Camille

UNE PLUIE D'ENFER

PETER ABRAHAMS

UNE PLUIE D'ENFER

Traduit de l'américain par
Philippe Delranc

PIERRE BELFOND
216, boulevard Saint-Germain
75007 Paris

Ce livre a été publié sous le titre original
HARD RAIN
par E. P. Dutton, New York.

Si vous souhaitez recevoir notre catalogue
et être tenu au courant de nos publications,
envoyez vos nom et adresse, en citant ce livre,
aux Éditions Belfond,
216, boulevard Saint-Germain, 75007 Paris.
Et, pour le Canada, à
Edipresse Inc., 945, avenue Beaumont,
Montréal, Québec H3N 1W3.

Pour Nana

PREMIÈRE PARTIE

CHAPITRE PREMIER

Celui qu'on appelait Bao Dai vivait dans un monde en trois couleurs : le brun des sangsues, l'orange des bottes du caporal Trinh et le vert de la jungle et du malheur.

Quant à ses propres bottes, elles étaient pourries depuis longtemps. Maintenant, il portait des sandales taillées dans un pneu de camion. Ses seuls autres biens consistaient en une chemise déchirée, un pagne et un bol d'étain rempli trois fois par jour : riz aux herbes du marais le matin, riz nature à midi et riz en sauce le soir. Ce régime en avait tué plus d'un, Bao Dai les avait vus mourir. Lui avait survécu. A présent il n'avait même plus faim ; il se disait que toute ration supplémentaire ne nourrirait que les vers qu'il portait en lui.

Tout comme son homonyme, l'empereur play-boy, Bao Dai faisait souvent des rêves d'évasion. Mais ce n'était pas pour ça qu'on l'appelait Bao Dai ; dans le camp, tout le monde rêvait d'évasion. On lui avait donné ce nom à cause de ses genoux grassouillets semblables à ceux de l'empereur tel qu'il apparaissait sur certaines photographies, lycéen en culottes courtes, à Paris. Le caporal Trinh, surtout, avait pris plaisir à le saluer ainsi, s'inclinant devant lui avant de se mettre au travail dans la salle de torture. Depuis, l'origine de la plaisanterie s'était perdue — on l'appelait Bao Dai parce que c'était le seul nom qu'on lui connût. En outre, ses genoux n'étaient plus grassouillets depuis longtemps. Il était devenu aussi robuste et filiforme qu'un habitant des collines.

Aucun espoir ne subsistait en Bao Dai, et pourtant, nuit après nuit, ses rêves persistaient. A la fin, ils se réalisèrent grâce à la pluie et non grâce au feu, aux roquettes ou aux Hueys tombant du ciel, ainsi qu'il l'imaginait chaque soir. Simplement la pluie, la pluie torrentielle de la mousson d'été finissant. Elle frappait avec une violence que les lois de la gravité ne pouvaient seules expliquer, battant son rythme forcené contre toute chose vivante, étouffant tout autre bruit, se déversant des arbres en cascade et inondant le sol.

Dans la boue, Bao Dai travaillait avec les autres. Ils construisaient une digue. Un camion apportait des pierres jusqu'au camp ; la route n'allait pas plus loin. Ils cassaient les pierres au marteau, les déposaient dans de gros paniers tressés qu'ils transportaient sur leur dos jusqu'à la rivière. Entre le camp et la rivière se dressaient deux collines. La première était la plus facile à gravir — à une époque, elle avait été connue sous le nom de Colline 422 et la végétation n'avait pas encore complètement repoussé. La seconde était luxuriante et beaucoup plus escarpée.

Plié en deux, Bao Dai progressait le long du sentier glissant, barré d'un rideau de pluie. La seule chose qu'il voyait, c'étaient les mollets tendus de Nhu — celui qui avait tué sa femme — à quelques mètres de son visage. Sur ses jambes, il sentait le souffle de Huong qui, autrefois, avait possédé deux taxis mais qui, maintenant, était en rééducation. Il n'arrêtait pas de pleurer — quelque chose s'était détraqué dans ses conduits lacrymaux. Le caporal Trinh fermait la marche ; il ne portait que son revolver, un Marakov 9 mm, et le fouet qu'il avait fabriqué lui-même.

A mi-hauteur, ils débouchèrent dans une petite clairière. Là, la pluie tombait en rafales si fortes qu'elle faillit plaquer Bao Dai à terre. Il lutta pour empêcher son sac pesant de tomber et ses pieds entravés de trébucher dans leurs fers. Il continua de marcher. Dans le creux de son genou, un petit tressaillement lui signala qu'une sangsue était accrochée. Il ne pouvait rien faire — il avait besoin de ses deux mains pour tirer sur la sangle fixée autour de son front afin d'empêcher le panier de basculer.

Bao Dai avançait toujours. La boue lui collait aux pieds, exhalant des odeurs de pourriture. Il entendit le chauffeur de taxi glisser puis tenter de se relever — il ne fut pas assez prompt. Le fouet du caporal Trinh siffla et le chauffeur de taxi hurla. Bao Dai s'efforça d'accélérer le pas. Il était devenu presque insensible à la douleur mais détestait le fouet du caporal, au bout duquel était fixé un hameçon à trois dents qui parfois se plantait, parfois non. Cela rendait la chose amusante aux yeux du caporal Trinh.

Au moment où Bao Dai amorçait la descente, il ne vit plus Nhu devant lui et n'entendit plus le chauffeur de taxi ni le caporal derrière. Il s'arrêta, appuya son panier contre un arbre et, à tâtons, chercha la sangsue sur son mollet. C'est alors que Trinh passa devant lui, son Marakov au poing. Aucune trace du chauffeur de taxi.

Bao Dai se redressa sous son fardeau et le suivit. Essayer de se cacher serait pire. Ils étaient censés ne pas se séparer. Une autre de leurs règles. Son dos le picota juste à l'endroit où il avait senti le fouet pour la dernière fois. Marchant et glissant, il s'élança vers le bas de la colline.

Il y eut un éclair, puis la foudre tomba. Quelqu'un cria. A un tournant du chemin, Bao Dai vit Nhu, l'assassin, étendu, un arbre abattu en travers de la poitrine. Sa colonne vertébrale était cassée vers l'arrière, par-dessus le panier de pierres. Il était mort. Bao Dai sentit une odeur de brûlé.

Tout d'abord, il ne vit pas le caporal Trinh. Celui-ci était plus loin sur le sentier lorsque l'arbre était tombé, l'emprisonnant sous ses branches. Recouvert de feuilles, le caporal saignait à la tête et se débattait sans parvenir à se dégager. Son Marakov traînait dans la boue. Il vit Bao Dai et tendit son bras libre par-dessus une branche, le plus loin possible. Pas assez pourtant. Bao Dai s'approcha. Les doigts du caporal Trinh se refermèrent sur la boue. Bao Dai s'accroupit et ramassa le revolver.

Il regarda l'arme, puis l'arbre, et enfin le caporal Trinh. Le martèlement dans son crâne noyait tout autre son, même celui de la pluie. Ce martèlement résonnait depuis longtemps dans le crâne de Bao Dai. Alors, doucement, il laissa glisser son panier à terre.

Trinh le suivit du regard. Il n'y avait aucune peur dans ses yeux. Il s'était préparé à l'idée de mourir avant même que Bao Dai ne se rendît compte qu'il était à sa merci.

Bao Dai se redressa. La pluie lavait le sang qui coulait de la blessure du caporal. C'était une blessure profonde. Bao Dai voyait des replis grisâtres à l'intérieur. Il se pencha, décrocha les clefs du ceinturon du caporal et se libéra de ses chaînes. Ensuite, il décolla la sangsue de son mollet. Elle céda avec un bruit de pansement arraché d'une croûte et s'enroula dans sa paume, ronde comme une pièce de monnaie.

Bao Dai vit le regard de Trinh fixé sur le Marakov; il s'aperçut qu'il était en train de braquer l'arme sur la tête du caporal. Il sentit son doigt crispé sur la détente, abaissa le revolver. Il avait salement envie de tuer Trinh; c'était l'étoffe de ses rêves les plus chers. Mais pas comme ça, pas d'une balle de revolver, pas si vite. Cependant, le temps lui manquait.

Il s'agenouilla à côté du caporal Trinh et maintint la sangsue à hauteur de ses yeux, de façon qu'il pût la voir. Alors, il l'enfonça le plus profondément possible dans la blessure. Le caporal hurla. Ce fut le son le plus extraordinaire que Bao Dai eût jamais entendu — il lui ouvrait un monde nouveau, lui redonnait espoir.

Bao Dai se détourna et se mit à courir, glissant, trébuchant, dérapant jusqu'à la rivière. Elle n'était pas très large, mais boueuse et criblée de pluie. L'autre rive ne semblait pas différente de celle-ci : une jungle épaisse qui pliait sous la mousson. Pourtant, c'était un autre pays.

CHAPITRE 2

Jerry Brenner arrosait ça. Tout seul, il sirotait un cognac sans marque dans un bar dont il n'avait pas pu lire le nom, dans une ville où il n'était jamais allé auparavant, et il était heureux comme jamais. Il éprouvait le même sentiment que lorsqu'il était étudiant à l'université de Californie, la veille des vacances : la sensation d'avoir réussi et d'être libéré de toute responsabilité immédiate. Seulement, à présent, il était adulte.

— Courage, forçat ! dit-il à voix haute.

La serveuse, vêtue d'une robe de soie moulante fendue sur les côtés, lui lança un regard dans la glace. Il adressa un grand sourire à son reflet.

Sacré fils de pute. Cet après-midi-là, il avait vendu pour deux millions de dollars de programme informatique à la Banque de Thaïlande. Le contrat avait été signé, contresigné, et replacé dans le coffre de l'hôtel. Cela voulait dire une prime — au moins vingt mille dollars — et, peut-être, de l'avancement. Son avion ne décollant que le lendemain après-midi, il avait toute la nuit pour faire la fête. Il pourrait dormir tout son soûl plus tard. Sacré fils de pute.

Une fille s'installa sur le tabouret voisin. D'office, la serveuse lui donna un verre. Jerry sentit la hanche de la fille contre la sienne. Il la regarda à la dérobée. Elle était habillée comme la serveuse ; elle lui ressemblait comme une sœur.

La fille lui sourit.

— Je te plais ?

Elle avait des ongles longs, rouge vif.

Jerry eut un rire bref.

— Tu parles !

Elle posa une main sur la cuisse de Jerry. Il abaissa le regard sur ses ongles. Il se sentit choqué ; non pas qu'il fût prude, mais il s'était attendu à des préliminaires plus longs, voilà tout. Préliminaires au terme desquels il aurait probablement refusé : Jerry Brenner n'était pas de ceux qui paient pour ça. Et puis, de toute façon, il préférait rester fidèle à sa femme — ces dix dernières années il n'avait eu que deux aventures. Mais la seule présence de cette fille était plus excitante que toutes les caresses de Ginny, et puis merde, ce soir n'était pas comme les autres. En outre, il était loin de chez lui.

Jerry se leva. La pièce tangua comme un chaland au bout de son câble d'ancrage. Sacré fils de pute. Le cognac n'était pas une boisson pour lui. La bière, oui. Mais ce soir n'était pas comme les autres. Et on ne boit pas de bière les soirs pas comme les autres. La fille rit et lui prit la main. Elle le précéda dans un escalier branlant, le long d'un couloir et enfin dans une chambre blanche et minuscule, aussi ordonnée qu'un sanctuaire bouddhiste.

Là, sur un lit qui puait le désinfectant, elle travailla à son plaisir Pas moyen de dire autrement. Elle le fit crier, crier encore et encore, comme une femme qui jouit. Il s'en effraya.

En sortant, il but quelques bières, histoire de se remettre les idées en place. La serveuse lui tendit l'addition, tout compris — le cognac, la bière, la fille. C'était très raisonnable. Jerry régla avec sa carte de crédit. Sa main trembla légèrement quand il signa mais le petit morceau de plastique, telles ces amulettes qui renferment un peu de terre du pays natal, était rassurant et il se ressaisit. Il réussit même à sourire en rangeant la carte dans son portefeuille. Elle était réservée à ses notes de frais : une baise déductible des impôts.

Jerry sortit. Il faisait nuit. Sacré fils de pute. La nuit était-elle déjà tombée au moment où il était entré? Impossible de se rappeler. Il s'éloigna du bar. L'air était froid — c'était peut-être pour ça qu'il n'y avait personne. Jerry sentait des odeurs d'eau croupie, de poisson pourri, de vidange. Une nausée lui souleva l'estomac — bière et cognac, mauvais mélange.

Il s'arrêta et regarda autour de lui. Un peu plus loin brillait le seul réverbère de la rue, tache jaune. Jerry avança, assailli par le sentiment que son hôtel était dans la direction opposée. Peut-être y aurait-il un taxi garé sous le réverbère? Il était las.

Il marchait toujours. C'était plus loin qu'il ne l'avait pensé. A un moment, il eut l'impression d'entendre des pas derrière lui mais, quand il se retourna, il ne vit personne.

Il n'y avait pas de taxi sous le réverbère. La rue s'achevait par un muret et donnait sur un canal. L'eau battait le béton. Les relents de vidange et de pourriture devinrent suffocants. La nausée enfla et monta dans sa poitrine. Il se précipita à l'ombre d'un immeuble pour vomir.

Il vomit la bière, le cognac et son déjeuner : crevettes sauce cacahuète, sur ses chaussures en cuir et son costume tropical, un Brooks Brothers. Ensuite, il se sentit beaucoup mieux.

— Sacré fils de pute, tu n'es plus tout jeune !

Il se redressa et réajusta sa cravate en se retournant. Un homme était tapi dans l'ombre et l'observait. Jerry sursauta.

— Hé, mon vieux ! s'exclama-t-il. Tu m'as fait peur !

L'autre ne répondit pas. Il le regardait toujours. Il avait des yeux étranges — bleus, d'un bleu dur comme du vernis.

L'homme leva le poing. Il tenait quelque chose, un objet qui lança un éclair dans la lumière du réverbère. Un revolver. Une poussée d'adrénaline traversa le corps de Jerry, le dessoûlant d'un coup.

— Hé, fais pas le con ! dit Jerry. Tiens, prends ce que tu veux.

Il leva la main vers son portefeuille.

Il y eut une détonation, pas très forte. Jerry se retrouva couché sur le dos. L'homme lui faisait les poches. « Je suis blessé », tenta de dire Jerry, mais aucun son ne sortit de sa bouche. L'homme trouva son passeport, l'examina. Ensuite, il déshabilla Jerry — les chaussures en cuir, les chaussettes de cadre dynamique, le costume ocre, la cravate avec les voiliers, la chemise cent pour cent coton, le caleçon.

Jerry avait très froid.

L'homme le hissa sur le béton rugueux. Il fredonnait une chanson que Jerry reconnut. *When the Music's Over*. La mélodie devint de plus en plus lointaine, inaudible.

« Oh, mon dieu, aidez-moi ! », tenta de dire Jerry — mais aucun son ne sortit de sa bouche.

Il tomba dans le vide et l'eau jaillit. Elle était froide à la surface mais, en dessous, beaucoup plus chaude.

CHAPITRE 3

A peine Bao Dai eut-il posé le pied sur le sol natal qu'il fut aveuglé par la lumière. Elle déformait tout. Il leva les yeux vers le ciel pour en comprendre la raison et remarqua qu'il n'y avait même pas de soleil, seulement des nuages. Il se frotta les yeux comme pour ôter des lentilles de contact déformantes qu'on lui aurait posées à son insu mais, quand il cessa, la lumière l'aveuglait toujours. Elle distordait le contour des voitures, des immeubles, des mannequins au visage creux dans la vitrine du magasin de vêtements.

Bao Dai entra.

Une Noire, grande, au visage aussi creux que celui de ses mannequins, se dessina dans la lumière éblouissante et dit :

— Que puis-je faire pour vous, monsieur ?

Elle ne s'exprimait pas comme les Noirs, en tout cas ceux qu'il avait connus par ici ; ni comme les Blancs du coin : trop chic. Elle le jaugea d'un rapide coup d'œil : costume, chemise classique, cravate, mocassins en cuir avec petits trous sur le dessus.

— Un jean, dit Bao Dai.

— Pardon ?

Il se demanda s'il avait bien prononcé le mot. Avait-il dit quelque chose du genre : « un jine » ? Il répéta en prenant soin de bien articuler.

— Si c'est un jean que vous voulez, monsieur, voyez le rayon Détente.

Elle le précéda au fond du magasin.

— Y a-t-il un styliste qui ait votre préférence ? Calvin Klein ? Jordache ? Ralph Lauren ?

— Pattes d'éléphant, dit Bao Dai.

— Pardon ?

Il répéta, soignant tout particulièrement sa prononciation.

La femme cligna des paupières, très vite, cinq ou six fois. Dans la lumière aveuglante, ses longs cils palpitèrent comme sous un éclairage stroboscopique.

— Vous désirez vraiment un jean pattes d'éléphant ?

Bao Dai maugréa.

Elle le toisa une nouvelle fois.

— Vous verrez une boutique rétro près de Coolidge Corner. Vous pourriez essayer là.

Plus tard, il se retrouva dans un autocar qui roulait sur une nationale. Au-dessus de la tête du chauffeur, un panneau indiquait : TOILETTES A L'ARRIÈRE. Il s'y rendit. La cuvette de métal fit un bruit de succion quand il tira la chasse. Il pensa à la Noire de la boutique. Puis, levant les yeux, il l'oublia aussitôt. Il voyait un visage dans le miroir ; le sien, bien sûr. Ça, il le savait. Ce qu'il ne savait pas, c'était à quel point son visage paraissait plus vieux que celui de la Noire. A son avis, ils avaient sensiblement le même âge, mais cela ne paraissait pas vrai. Il regagna sa place tout en jetant des coups d'œil aux autres passagers, essayant de deviner qui était plus âgé que lui, plus jeune, ou du même âge. Il parcourut l'allée plusieurs fois de suite, dans les deux sens, jusqu'à ce qu'il remarque les regards furtifs qu'on lui lançait et les yeux du chauffeur qui le guettaient dans le rétroviseur. Il retourna aux toilettes, verrouilla la porte, se déshabilla complètement et se regarda dans le miroir jusqu'au moment où il se rendit compte que l'autocar ne roulait plus.

Bao Dai longeait une petite route de campagne.

Quelle était cette chanson déjà ? se demandait-il en marchant. « Changements » ? « Assieds-toi près de moi, viens aussi près que... » Que moi ? Il ne s'en souvenait pas. En revanche, il se rappelait l'accord — *do, ré, mi, sol, mi,* en mineur. Sa main gauche battait le rythme en l'air.

Cette petite route de campagne, il la connaissait bien, avec ou sans lumière aveuglante. Il pleuvait maintenant et Bao Dai avançait tête baissée, non pas pour éviter l'eau ou le froid, mais parce qu'il n'aimait pas cette luminosité qui nimbait chaque goutte de pluie. Il n'avait pas besoin de regarder où il allait ; il connaissait la route comme la paume de ses mains. Bao Dai regarda ses mains.

Inconnues.

Complètement inconnues.

Il continua de marcher. De temps à autre, il jetait un coup d'œil sur ses mains afin de voir si elles lui devenaient familières. Elles ne le devinrent jamais ; mais la route, oui, il la connaissait.

Il s'arrêta à hauteur d'une boîte aux lettres : une boîte ordinaire comme on en voit à la campagne sauf que celle-ci avait été peinte. Il se souvenait de l'odeur de peinture fraîche, de la difficulté à obtenir le bleu exact des fleurs et à reproduire le symbole noir — un avion à l'intérieur d'un cercle — à partir d'un bouton. Il avait l'impression que ça datait d'hier. Pourtant, la peinture avait pâli, presque complètement. Il dut regarder de très près pour retrouver le tracé d'une ou deux fleurs et le contour du symbole.

Bao Dai s'engagea sur un chemin de terre. Il vit la ferme. Il entendit des voix, des rires, des accords de guitare. Son cœur battit plus fort. Il courut ; une course malaisée, plutôt une glissade sur le chemin boueux, en costume tropical et chaussures de cuir trop grandes de deux pointures. Mais, quand il arriva, personne ne riait ni ne jouait de la guitare.

Seule une femme d'une cinquantaine d'années jetait du grain à la volée dans la cour. Elle leva la tête, dans la lumière aveuglante, pénible. Il fallut à Bao Dai du temps pour la reconnaître, beaucoup de temps.

Elle ne le reconnut pas.

Il dut lui dire qui il était.

Et, dès lors, qu'aurait-il dû se passer ? A quoi s'était-il attendu ? Qu'avait-il rêvé ? Il l'ignorait, mais ses bras s'ouvrirent d'eux-mêmes. Elle ne bougea pas ; elle le dévisageait toujours. Il n'aimait pas sa façon de le regarder, il n'aimait pas ses rides.

Il laissa retomber ses bras et recula d'un pas.

A cet instant, elle lui tendit les mains d'une manière hésitante. Il recula encore. Elle abaissa les bras, se mordit les lèvres.

Ils n'étaient pas synchrones.

Finalement, elle le fit entrer et lui prépara un repas. Poulet rôti. Haricots cireux. Pain de banane.

Écœurant.

La nuit vint sans chasser la lumière aveuglante. Elle fit un feu dans la cheminée, roula une cigarette, l'alluma, aspira une bouffée, la lui tendit.

— Non, dit-il.

— Non ?

Elle était surprise.

— C'est du colombien.

— Non.

La marijuana lui faisait peur.

Elle alluma la radio. Musique. *Du rock,* se dit Bao Dai, mais il détesta. Barbant. Du rock ennuyeux, rien de pire. Elle battait le rythme du pied. Il se rendit compte qu'il avait les poings serrés. Il se détendit.

Entra un homme dans un fauteuil roulant.

— De la compagnie? dit-il.

Il était aveugle.

— Pour affaires, dit la femme. Personne que tu connaisses.

L'infirme partit. Il rappelait quelqu'un à Bao Dai qui était sur le point d'interroger la femme lorsqu'une autre question, beaucoup plus importante, lui vint à l'esprit.

Tout d'abord, elle refusa de répondre. Il répéta la question plusieurs fois, se leva, marcha de long en large dans la pièce, se planta devant elle. Alors seulement ils se touchèrent — il la prit par la main, la força à se lever, lui tordit le bras dans le dos.

Elle finit par répondre.

Bao Dai partit le lendemain matin. Il portait le costume tropical, la chemise classique, les chaussures en cuir mais il avait laissé la cravate dans sa poche avec l'argent qu'elle lui avait donné — du moins n'avait-elle pas tenté de l'arrêter quand il l'avait pris dans son sac.

A l'aéroport, dans l'avion, Bao Dai remarqua que les gens possédaient des choses. Toutes sortes de choses, dont quelquefois il ne connaissait même pas le nom. Lui, il portait un costume tropical, une cravate avec des voiliers imprimés dessus, une chemise, un caleçon, une paire de chaussettes bonnes à laver et une paire de chaussures — avec des petits trous sur le dessus — trop grandes de deux pointures. Et qui lui donnaient des ampoules. La veille, au moment de se coucher, il avait remarqué ses ampoules, mais elles ne le faisaient pas souffrir.

— Prendrez-vous un apéritif avant le repas, monsieur?

Bao Dai leva la tête et ses yeux rencontrèrent le regard bridé d'une Asiatique.

— Un apéritif? répéta-t-elle.

Il se cala dans son siège.

— Ou bien préférez-vous une boisson non alcoolisée?

Bao Dai bougonna. Elle s'éloigna. Il garda l'œil sur elle pendant tout le reste du trajet.

Il descendit de l'avion dans une ville où l'atmosphère lui fit venir les larmes aux yeux. Il trouva ce qu'il cherchait, près de la plage ; une maison dans le style espagnol avec un toit en tuile rouge. Il pensa à Zorro. Il se souvint comment Zorro faisait virevolter la bouteille de 7-up à la pointe de l'épée. *Zip zip zip* — un Z qui veut dire Zorro. Tous les samedis après-midi. A quatre heures et demie.

Bao Dai passa devant la maison trois ou quatre fois avant de se décider à frapper. Personne ne répondit. Il se rendit au garage et essaya d'ouvrir la porte. Elle céda. Il entra, referma derrière lui et se posta près d'une fenêtre d'où il pouvait surveiller la rue.

Une voiture s'engagea dans l'allée et s'arrêta. Les vitres étaient baissées et Bao Dai eut le temps d'entendre la musique avant que le contact ne fût coupé. Une musique puissante et claire, comme si tout l'orchestre avait été là, sur le siège arrière.

Un homme blond, d'allure jeune, sortit de la voiture et s'engouffra dans la maison.

Le salaud, qu'il avait l'air jeune !

De nouveau, Bao Dai avait les poings serrés. Il les décrispa, tendit une main vers la poignée de la porte. A cet instant, une autre voiture apparut. Une femme en descendit.

Une jolie femme.

Elle avait une peau saine et lumineuse et un corps vigoureux. Bao Dai le devinait à sa façon de marcher. Il aimait bien la manière dont ce corps bougeait ; il éprouvait des sensations presque oubliées comme s'il les ressentait pour la première fois. Presque. Trois visages de femmes défilèrent dans son esprit — la Noire de la boutique de vêtements, l'Asiatique de l'avion et, maintenant, cette femme blanche, à quelques mètres de lui. Tout à coup, il eut envie de faire l'amour ; et de le faire brutalement. Ça devait venir de l'Asiatique. Voilà longtemps qu'il n'avait pas pensé au sexe ; des années qu'il n'avait pas bandé. Il se demanda s'il en serait encore capable.

Bao Dai glissa sa main sous la ceinture de son pantalon et se toucha. Rien ne se passa. Il laissa pourtant sa main là, tout en regardant la femme qui se dirigeait vers la maison. Une petite fille l'accompagnait. Elles avaient les mêmes cheveux. Il essaya d'imaginer quelle serait la sensation de cheveux comme ceux-là contre son pénis et il sentit une faible contraction. Il baissa les yeux. La sensation s'évanouit. Peut-être l'avait-il rêvée. Il y eut un grognement sourd et rageur — cela provenait de sa propre gorge. Lorsqu'il releva la tête, la femme et la petite fille disparaissaient à l'intérieur de la maison.

Bao Dai demeura dans le garage. Au bout d'un moment, la femme ressortit, seule. Maintenant, un pli soucieux barrait son front. Elle monta dans sa voiture.

Le ciel s'assombrissait, mais la lumière aveuglante persistait. A la nuit, non pas noire mais plutôt rose orangé, sans étoiles, Bao Dai ouvrit la porte du garage et avança, sans bruit, vers la maison.

CHAPITRE 4

Jessie Shapiro était de mauvaise humeur. N'importe qui l'aurait deviné à la façon dont elle se tenait, bras croisés, sur le pas de sa porte. Seulement, personne n'était là pour la voir. La rue était déserte.

La montre de Jessie marquait 3 h 30. Les deux points qui séparaient les heures des minutes lançaient un éclair toutes les secondes pour lui rappeler que le temps passait. Éclair, éclair, éclair. Elle n'avait pourtant pas besoin qu'on le lui rappelle.

3 h 31. Jessie scrutait l'avenue, espérant voir surgir une BMW bleue qui roulerait trop vite, avec un homme blond au volant et une petite fille. Mais pas de BMW. Ni d'homme blond, ni de petite fille.

Aucune voiture. Il faisait trop froid pour aller à la plage, il était trop tôt pour sortir. L'ennui accumulé de quinze millions de personnes était presque palpable. Bientôt, tous ces gens iraient faire leurs courses mais, pour l'heure, le bourdonnement de la circulation évoquait celui d'une ruche lointaine. Le ciel était blafard et le soleil, étrangement bas, paraissait aussi petit qu'un terrain de base-ball. Mi-novembre à L.A., un dimanche après-midi.

3 h 33. Pat avait maintenant trente-trois minutes de retard. Kate devait être au goûter d'anniversaire à quatre heures, et Pat le savait. Jessie le lui avait dit, quand elle avait déposé Kate chez lui vendredi après-midi, à deux reprises, à l'arrivée et au départ. La seconde fois, il avait eu ce regard d'adolescent à qui l'on casse les pieds, et il avait dit : « Tu vas le répéter combien de fois ? »

« Jusqu'à ce que j'obtienne une réponse », avait-elle failli répondre. Mais ça ne servait à rien de se disputer avec lui. Les disputes, c'était bon pour les couples mariés. Le divorce, c'était la paix.

3 h 40. Une mère de famille passa avec une poussette. Elle faisait claquer son chewing-gum dans sa bouche. Son Walkman était réglé si fort que Jessie reconnut la chanson, *Sometimes When we Touch*. Le

bébé, dont le nez coulait, ressemblait à Buddy Hackett. Ils étaient les seuls êtres vivants.

— Fais chier ! dit Jessie.

Elle rentra et claqua violemment la porte. La maison trembla. Jessie était forte. Pas la maison : petite, jolie et fragile, comme une beauté vieillissante souffrant d'ostéoporose. Jessie avait dressé des plans pour la retaper de la cave au grenier. Il ne lui manquait que l'argent et le temps.

Elle passa sous l'unique objet de valeur qu'elle possédât, un petit mobile de Calder accepté d'un client en guise de paiement, puis devant une pile d'équipements de tennis, le sien et celui de Kate, et pénétra dans la cuisine. Inutile d'appeler Pat : il devait faire du bateau avec Kate tout le week-end et la ramènerait directement de la marina. Jessie décrocha quand même le combiné et composa son numéro. « Salut, dit la voix d'une femme qu'elle détesta sans la connaître. Nous sommes absents pour le moment, mais laissez-nous un message et nous vous rappellerons. C'est promis. »

— N'importe quoi ! dit Jessie.

Elle raccrocha, là encore plus violemment qu'elle n'aurait dû. Ses doutes quant au bien-fondé de confier Kate à son père un week-end sur deux revinrent mais elle les chassa grâce aux arguments habituels — Kate aimait bien voir Pat, une petite fille avait besoin d'un père, quel tort cela pourrait-il lui faire ? De toute façon elle avait accepté par écrit le principe de ces visites, en signant l'acte de divorce, document aussi important pour eux que la Constitution et tout aussi difficile à amender.

Elle revint sur le pas de sa porte et scruta l'avenue.

— Bordel de merde !

Le goûter avait lieu à Beverly Hills. Il fallait au moins une demi-heure pour s'y rendre. Elle avait espéré profiter de ce temps pour travailler et, au lieu de cela, elle était là sur son perron. De très mauvaise humeur.

3 h 50.

La sonnerie du téléphone retentit. Jessie courut à l'intérieur et décrocha.

— Salut, Jessie. C'est Philip.

— Oh, salut.

— Quel enthousiasme !

— Excuse-moi, Philip, je croyais que c'était quelqu'un d'autre.

— Ah oui ?

— J'espérais que c'était Pat, si tu tiens à le savoir, précisa-t-elle avec une exaspération qui n'était pas dirigée contre Philip. Il doit ramener Kate et il est en retard.

Me voici en train de me plaindre, pensa-t-elle. *Inutile*. Elle dit :

— Alors, que deviens-tu ?

— C'est terminé.

— Quoi ?

— *Vallée nocturne*.

Jessie entendit une voiture se garer devant la maison.

— Formidable. Écoute, Philip, je...

— Tu viens le voir quand ? On débouchera une bonne bouteille et...

— Écoute, je ne...

— Ce soir ? Ça me ferait tellement plaisir...

— Je ne pense pas que ce soit possible. Écoute, je te rappelle, d'accord ? Je crois qu'ils arrivent.

— Attends...

Jessie raccrocha et courut à la porte. Personne. La voiture était celle de la voisine d'en face, qui rentrait chez elle flanquée de son gamin portant un panda en peluche plus gros que lui. Chaque semaine, il revenait du Pays des Pères nanti d'un nouveau trophée. Jessie imagina tous ces enfants, dans toute la Californie du Sud, renvoyés à leur mère : augmentation des ventes de l'essence, flambée de la cote boursière des fabricants de jouets. Il devait exister des études scientifiques qui prouvaient que le divorce relançait l'économie.

— Merde !

Elle songea à appeler la marina mais elle ignorait quel bateau ils avaient emprunté. Pat connaissait des tas de gens entichés de navigation ces derniers temps. Elle refit son numéro. Elle n'avait pas à le chercher : la ligne avait été à son nom autrefois ; la maison de Venice leur avait appartenu à tous les deux.

« Salut, dit la voix de la femme qu'elle abhorrait sans la connaître. Nous sommes absents pour le moment, mais laissez-nous un message et nous vous rappellerons. C'est promis. » Un mot qu'elle détestait lui vint sur le bout de la langue. Pute. Elle le refoula.

Était-il concevable que Pat fût chez lui et ne répondît simplement pas au téléphone ? Jessie essaya de concevoir une raison valable et, n'en trouvant aucune, décida de sortir. En passant devant la table du couloir, elle avisa le cadeau d'anniversaire : un stylo à douze couleurs. Kate l'avait choisi et empaqueté elle-même avant son départ. Jessie le saisit.

Elle monta dans sa voiture, un modèle américain vieux de cinq ans, révisé trois fois, et prit la direction de Venice. La maison de Pat, de style espagnol, formait un L blanc avec un toit en tuiles rouges ; la rue était en impasse sur la mer. Chaque fois qu'elle venait, elle avait l'impression que les alentours devenaient de plus en plus miteux. Aujourd'hui, deux types se dirigeaient vers la mer en roller-skate, fumant un joint. Ils la reluquèrent sans ralentir leur allure et tournèrent au coin de la rue. Un homme, avec une bouteille dans un sac en papier, venait en sens inverse. Jessie se gara devant la maison. Pas de BMW dans l'allée. Jessie alla au garage. Vide. Elle avait une clef de la maison mais ne se donna pas la peine d'entrer : deux journaux dans leur bande étaient restés sur le seuil.

Elle retourna à sa voiture. Ses doigts se crispèrent sur le volant jusqu'à devenir blancs. *Peut-être*, pensa-t-elle, *Pat s'est rendu compte de son retard et a emmené Kate directement au goûter*. Cela ne lui ressemblait guère, pourtant Jessie démarra, fit demi-tour et roula vers l'est. Les autres scénarios qu'elle envisageait commençaient tous par un accident en mer.

Dans le quartier de la fillette qui fêtait son anniversaire, il n'y avait pas de fumeurs de joint en roller-skate. Elle habitait une propriété protégée par un mur d'environ trois mètres de haut. Le gardien, à l'entrée, était la seule personne en vue. Il portait un uniforme noir bien coupé et ressemblait à un SS de cinéma, mais sans insigne. Jessie baissa sa vitre.

— Je cherche ma fille — elle a été invitée au goûter de Cameo mais, suite à un malentendu, il est possible que son père l'ait accompagnée.

Le SS n'ouvrit pas les grilles. Il se contenta de consulter un registre.

— Comment s'appelle votre fille ?

Jessie le lui dit.

— Son nom figure sur la liste, en effet, mais elle n'est pas arrivée. Et le goûter est pratiquement terminé.

— Peut-être son père a-t-il téléphoné. J'aimerais parler aux parents de Cameo.

— Impossible : ils sont en croisière vers les îles Salomon.

Son regard inspecta la voiture de Jessie. Peut-être craignit-il que l'allusion aux îles Salomon ne fût vaine pour la propriétaire d'un tel véhicule.

— Dans ce cas...

— Je vous envoie à Mlle Simms. C'est la responsable de la petite fête.

Il ouvrit les grilles.

Jessie longea une allée sinueuse bordée d'hibiscus roses. Un peu plus loin étincelait un éden high tech, érigé au sommet d'une butte. Le goûter était installé en bas, tel un paradis ludique, avec une petite fête foraine pour les enfants : des jeux, une diseuse de bonne aventure, des clowns, des jongleurs et une grande roue. Mais aucun des enfants n'y jouait ; seuls les extra en profitaient.

Deux petites filles étaient assises dans une cabine de la grande roue immobile. Elles avaient toutes deux des cheveux blonds et raides, des pommettes saillantes. Jessie s'approcha.

— Cannes est une ville immonde, disait l'une.

— Paris est encore pire, répondit l'autre.

— Excusez-moi, dit Jessie, vous n'auriez pas vu ma fille ?

Les fillettes relevèrent la tête. Jessie eut l'impression d'être balayée par des radars socio-économiques.

— Elle s'appelle comment ? interrogea l'un des radars.

— Kate Shapiro.

Les petites filles secouèrent la tête.

— Ou peut-être la connaissez-vous sous le nom de Kate Rodney. Ou bien Rodney-Shapiro, ajouta Jessie en souriant.

La pointe d'humour leur échappa.

— C'est celle qui a des cheveux frisés comme vous ?

— Oui, c'est ça. Exactement comme moi.

Au ton de sa voix, les gamines baissèrent les yeux.

— Non, on ne l'a pas vue.

La plupart des enfants étaient rassemblés autour d'un bassin un peu plus loin. Jessie y parvint au moment où deux serviteurs mexicains posaient un gâteau rose sur une longue table. De l'aide n'aurait pas été superflue : le gâteau était une pièce montée de onze étages ; onze bougies d'argent étaient allumées à son sommet. L'un des clowns joua *Heureux Anniversaire* à l'accordéon mais personne ne chanta sauf les domestiques et une femme grande et sèche à l'accent anglais.

— Allez, Cameo, dit l'Anglaise. Fais un vœu et souffle les bougies.

La petite fille était étendue sur une chaise longue, un cocktail aux fruits à portée de main. Elle avait des lunettes de soleil Vuarnet et une casquette sur laquelle on pouvait lire « Club de Golf et de Loisirs de Bora Bora ».

— Je suis fatiguée, mademoiselle Simms. Soufflez vous-même.

L'Anglaise grimpa sur une chaise, fit un vœu et souffla les bougies d'un seul coup. Les clowns applaudirent gaiement et tapèrent du pied avec leurs chaussures trop grandes. Ils avaient le regard las. Jessie eut l'impression d'avoir déjà vu l'un d'eux dans un spot publicitaire télévisé pour une marque de beignets.

L'Anglaise entreprit de découper le gâteau. Un garçon lançait des assiettes en papier dans le bassin.

— J'ai la vidéo de M. Mister qui sortira le mois prochain, dit Cameo. Qui veut la voir ?

Les enfants se levèrent et, par petits groupes, se dirigèrent vers la maison. L'Anglaise cessa de découper le gâteau.

— Hector, dit-elle, portez ceci dans la chambre froide.

Les serviteurs soulevèrent le gâteau et l'emportèrent.

— Mademoiselle Simms ? dit Jessie.

— Oui ?

L'Anglaise, toujours debout sur la chaise, baissa les yeux.

— Je suis Jessie Shapiro et je cherche ma fille Kate. Est-elle venue ?

— Kate ?

Elle descendit de la chaise.

— C'est une enfant tellement adorable, tellement...

Elle s'interrompit, laissant son appréciation en suspens.

— Non, reprit-elle, Kate n'est pas venue.

— Son père n'aurait-il pas téléphoné, par hasard ? Il a dû y avoir un malentendu.

— Pas que je sache.

Mlle Simms s'assit à la table, poussa du coude une pile de cadeaux, tous impeccablement empaquetés dans le papier des célèbres boutiques de Rodeo Drive et, sur un téléphone portable, composa un numéro.

— Mademoiselle Sanchez, dit-elle. Vous voulez bien me lire le registre, s'il vous plaît ?

Tout en écoutant, Mlle Simms ouvrit un dossier relié en cuir, sortit des feuilles de papier épaisses à bord dentelé et commença d'écrire. Jessie déchiffra les mots à l'envers.

« *Chère petite mademoiselle, merci pour votre si joli cadeau. J'espère que vous vous êtes bien amusée à mon goûter. Merci beaucoup d'être venue. Votre amie...* »

Mlle Simms laissa un espace blanc au bas de la feuille pour que Cameo puisse signer, puis raccrocha le téléphone.

— Je suis navrée, dit-elle. Aucun appel.

Jessie se rendit compte qu'elle se mordait les lèvres et s'en empêcha. Mlle Simms la dévisageait. Jessie s'autorisa un soupir.

— Bon sang, dit-elle.

— Oui, dit Mlle Simms, tout en prenant une autre feuille.

« *Chère Hilary* », écrivit-elle.

Jessie regagna sa voiture et roula jusqu'aux grilles. Le faux SS ouvrit et cocha son nom sur un registre. Jessie s'engagea sur la route et remarqua alors qu'elle avait gardé le cadeau de Cameo.

Elle prit la direction de sa maison. La circulation était devenue dense, comme si tout le monde s'entraînait pour l'heure de pointe. Jessie alluma la radio. Elle entendit une publicité pour Levi's ; un spot qui ressemblerait à beaucoup d'autres, n'étaient les accords de guitare. Elle reconnut tout de suite le style de Pat. Il avait beaucoup de talent : s'il restait musicien de studio, c'est qu'il le voulait bien.

Il faisait nuit quand Jessie arriva chez elle. Elle pressa le pas en remontant l'allée mais aucune lumière ne brillait, et elle ralentit. Pourtant, en entrant, elle appela :

— Kate ? Kate ?

Pas de réponse.

Elle téléphona chez Pat.

« Salut ! Nous sommes absents... »

Elle appela la marina. Aucun bateau en retard ou manquant n'avait été signalé.

Jessie descendit à son atelier et alluma. D'un côté se trouvait un bric-à-brac de bicyclettes, de skis, de matériel de camping. De l'autre, une grosse table, avec *Orphée et Eurydice*, posé dessus, tout craquelé. Mme Stieffler n'allait pas être contente.

Elle s'assit près du téléphone et feuilleta son carnet d'adresses pour y chercher les numéros des amis de Pat. Elle les avait presque tous effacés depuis le divorce. Après cinq années, il ne restait plus que celui de Norman Wine, l'ancien manager de Pat. Jessie avait conservé son numéro, parce qu'il avait été le seul ami de Pat qu'elle avait trouvé sympathique. Elle l'appela.

— Productions Norman Wine, annonça une voix féminine.

En fond sonore, un trompettiste faisait des gammes.

— Norman Wine, s'il vous plaît.

— M. Wine est absent pour le moment.

— Oh !

30

La femme resta un instant silencieuse, puis reprit :

— Si c'est important, je peux transférer l'appel par le standard maritime.

— Le standard maritime ?

— Oui.

— C'est important.

— Votre nom ?

Jessie le donna, puis attendit ; il y eut une série de cliquetis et le trompettiste devint inaudible. Après d'autres bruits et le souffle d'un typhon, la voix de Norman s'exclama :

— Tiens, en voilà une surprise !

Elle avait l'impression qu'il était dans la pièce voisine.

— « A vous », ajouta-t-il, on doit dire « à vous ». A vous.

— Est-ce que Pat et Kate sont avec toi ?

— Tu ne l'as pas dit.

— Oui ou non ?

Il y eut un silence.

— Non, répondit Norman d'un ton moins enjoué. Il y a un problème ?

— Pas que je sache, dit Jessie. Pat a emmené Kate faire du bateau ce week-end et ils ne sont pas encore rentrés. Je cherche avec qui ils sont partis.

— Ils étaient censés partir avec moi, dit Norman. Je les attends encore.

— Comment ça ?

— Nous avions prévu de lever l'ancre samedi à neuf heures. Pat n'est pas venu. Nous avons attendu jusqu'à dix heures. Ce qui nous a fait arriver à Catalina avec du retard.

Jessie réfléchit. Elle entendit des rires à côté de Norman. Elle se demanda si Pat était sur le bateau et si Norman lui mentait.

— Je croyais que tu avais le mal de mer, Norman, dit-elle.

— Hé non ! Ce qui est le comble pour un type à vomir. Tout cela n'est qu'une vaste escroquerie fiscale.

Une femme rit.

— A vous, ajouta Norman.

La femme rit de plus belle.

— Norman, est-ce qu'ils sont sur le bateau ?

— Qui ?

— Kate et Pat.

— Je viens de te dire que non.

Il y eut un long moment de silence.

— As-tu la plus petite idée de l'endroit où ils pourraient être ? finit par demander Jessie.

— Pas la moindre !

Peut-être perçut-il le mécontentement qui subsistait dans sa voix car il l'adoucit en ajoutant :

— Qu'est-ce que tu fais en ce moment ? Ça te dirait de venir faire un tour en mer ? Mon bateau s'appelle *Le Traînard*.

Derrière lui, la femme cria :

— Il a coûté deux cent mille dollars.

— Est-ce que tu as essayé de lui téléphoner ? interrogea Jessie.

— A qui ? Pat ? Il n'était pas chez lui. Mais ne t'inquiète donc pas, ce n'est plus un gosse.

Cela restait à prouver, mais Jessie se contenta de dire :

— Kate, oui.

Un silence. Elle n'était pas drôle.

— Ah ! On me demande en haut, dit Norman. Un problème de bouchon qui ne veut pas sauter.

La femme, à côté de lui, piqua un fou rire.

— Au revoir, Norman, dit Jessie.

— Tu sais, j'étais sérieux à propos de la balade en mer.

Jessie raccrocha et remonta au rez-de-chaussée. Elle ouvrit la porte d'entrée et demeura sur le seuil. Les réverbères dessinaient des flaques verdâtres dans la nuit. Elle croisa les bras. 9 h 21. Éclair, éclair.

Bientôt, Jessie entendit des couinements. C'était la mère de famille au chewing-gum qui repassait, avec son petit Buddy Hackett dans la poussette. Cette fois, Jessie en eut les larmes aux yeux.

— Merde, dit-elle, furieuse contre elle-même.

La mère de famille fit volte-face, sidérée. Jessie rentra et claqua la porte. Une nouvelle fois, elle composa le numéro de Pat.

« Salut... »

Elle sortit une bouteille de cognac du placard au-dessus du réfrigérateur et se servit. Elle but à petites gorgées, appuyée contre l'évier. Cela ne l'apaisa pas. Son regard tomba sur une feuille collée à la porte du réfrigérateur.

Ma Maman
Ma maman, elle est comme la carapace d'une tortue
Si belle et si solide
Ma maman, elle a des yeux comme des océans
Qui savent ce qui est bien et ce qui est mal

« Bonne utilisation des comparaisons », avait écrit Mlle Fothe-ringham en rouge au bas de la feuille, « mais trop concis. B. » Jessie se demanda à quoi pouvait bien ressembler le poème de Cameo.

Elle posa son verre. L'alcool lui tournait déjà la tête. Peut-être ferait-elle mieux de manger quelque chose. Elle se prépara une omelette, mit la table pour une personne, s'assit et ne mangea pas. Elle pensait à son mariage, à ce qu'il en était advenu. « C'est très simple, lui avait dit Barbara Appleman, son avocate et amie. Sa conscience est dans sa queue. Il refuse de grandir. »

Non, c'était injuste. De quel droit Barbara ou elle-même se permettaient-elles de définir ce que signifie grandir ? Les liaisons de Pat étaient un risque à courir, comme les hasards de la haute mer pour un plongeur sous-marin. Mais Jessie n'avait pas réussi à en prendre son parti. Leurs rapports physiques s'étaient dévalués, glacés, et puis avaient cessé.

Maintenant, il lui restait Kate, et son travail. Était-ce suffisant ?

Beaucoup plus tard, Jessie se rendit compte qu'elle n'avait cessé de fixer l'omelette, qui à présent ressemblait à ces plats artificiels qu'on voit dans les vitrines des restaurants japonais. Trois heures du matin. Toujours ces éclairs.

De l'index, elle composa le numéro de Pat. La voix affectée attendait à l'autre bout de la ligne.

« Salut. Nous sommes absents pour le moment, mais laissez-nous un message et nous vous rappellerons. C'est promis. »

— Eh bien, voici mon message, dit Jessie. Je t'attendais ici pour trois heures de l'après-midi. Où est Kate ? Où diable sont...

Elle se domina et ce fut un véritable effort physique.

— Rappelle-moi, acheva-t-elle du ton le plus neutre possible.

Elle monta au premier, se dévêtit et se coucha. Un petit animal traversa le toit en courant. Un chien aboya. Un avion vrombit. Mais le téléphone ne sonna pas.

CHAPITRE 5

Jessie finit par dormir d'un sommeil bref, épuisant et inquiet. Elle rêva que son utérus devenait un bloc de glace et Philip disait : « Au cinéma, on ne peut pas voir quelqu'un tousser sans qu'il meure à la dernière bobine. »

Jessie se dressa, les yeux grands ouverts, tremblante. 8 h 27. Elle se leva et longea le couloir jusqu'à la chambre de Kate. Le soleil, comme chaque matin, pénétrait obliquement par la fenêtre en dessinant une tache de lumière sur le lit capitonné. Mais, aujourd'hui, il ne colorait pas un visage paisible et endormi. Le lit était vide.

Jessie décrocha le téléphone de Kate — à l'effigie de Miss Piggy — et composa le numéro de Pat.

« Salut. Nous sommes absents pour le moment, mais laissez-nous un message et nous vous rappellerons. C'est promis. »

Les dernières traces de sommeil s'effacèrent. Tout était réel.

Un frisson la parcourut — un frisson de peur — mais porteur d'un nouvel espoir : Pat revenait en voiture et déposait Kate à l'école. Jessie courut à la salle de bains. Elle se donna un rapide coup de brosse, aspergea son visage d'eau froide puis le frotta énergiquement avec une serviette. Elle s'habilla avec soin et sortit.

Près d'un million de dollars d'automobiles européennes était garé en double et triple file devant l'École primaire de Santa Monica. Jessie coinça sa voiture dans le lot, augmentant le total de trois mille deux cent quarante dollars — estimation à l'argus. Elle n'avait rien contre les écoles publiques, mais Pat avait tenu à ce que Kate reçût un enseignement privé, dont il payait les frais.

Jessie ne vit ni Pat, ni Kate, ni BMW bleue. Des enfants entraient en file indienne par la porte principale. Des voitures démarrèrent en trombe. A 9 h 02, un Noir vêtu d'un uniforme d'agent de la sécurité vint fermer la porte. Juste avant, Jessie pénétra dans le bâtiment.

Sur la porte de la salle 24 était punaisée une photographie de la

Grande Muraille de Chine. Jessie entra. Les enfants étaient assis à leur pupitre. La place de Kate était au bout de la première rangée : vide. Le pupitre voisin était occupé par Cameo Brown qui la regarda avec intérêt. Jessie essaya de sourire mais n'y parvint pas. Elle se tourna vers une petite femme maigrichonne qui entrait.

— Bonjour, les enfants, dit-elle en français.

C'est alors qu'elle vit Jessie.

— Madame Shapiro ? Que puis-je faire pour vous ?

— Je suis à la recherche de ma fille. Je pensais que son père l'avait peut-être accompagnée. Il y a eu un malentendu.

Mlle Fotheringham jeta un œil vers le pupitre inoccupé, puis sur Jessie. Elle pinça un peu les lèvres, et dit :

— Pourquoi n'iriez-vous pas vous renseigner au secrétariat ?

Jessie eut le sentiment que son nom grimpait en bonne place au hit-parade des Mauvaises Mères de Mlle Fotheringham.

Au secrétariat, l'employée feuilleta la liste des messages téléphoniques tandis que Jessie examinait le tableau d'affichage. Il était recouvert de travaux d'enfants. Un poème retint son attention.

Ma Maman, de Cameo Brown

Elle a l'air si belle
Et si gentille
Et toujours elle vous fait
Payer le prix
Lèvres si bleues
Les yeux si verts
Je ne la vois
Qu'au Mardi-Gras
C'est Maman Malibu.

« A », avait écrit Mlle Fotheringham au bas de la page. C'était la première intrusion de Jessie dans l'amitié de Kate et Cameo.

— Je suis navrée, dit la secrétaire en relevant la tête. Il n'y a pas eu d'appel pour vous.

Jessie rentra chez elle. Elle arpenta la cuisine, puis se décida à téléphoner à Barbara Appleman.

— Ouais ? dit une voix endormie et masculine.

Jessie pensa avoir composé un faux numéro.

— Je suis chez Barbara Appleman ?

— Elle est partie travailler. Elle devrait être à son bureau d'ici à une demi-heure.

C'était une voix très jeune. Jessie remercia et raccrocha.

Elle appela Gem Sound. Elle appela le studio d'enregistrement Hollywood. Puis Pioneer Air. Le studio Electric Wing. Bright Things A & R. Pat n'était nulle part. Personne ne l'attendait et personne ne savait où il était. Jessie n'avait personne d'autre à qui téléphoner. Elle ne connaissait pas ses amis et il n'avait pas de famille : il était fils unique et ses parents étaient morts dans un accident de voiture. Il avait abandonné ses études pour venir s'installer en Californie.

Jessie joua avec les touches du téléphone. On avait peut-être laissé d'autres messages sur le répondeur de Pat, qui révéleraient où il était allé. Le répondeur était interrogeable à distance ; c'était Jessie qui l'avait acheté juste après avoir démissionné de chez Getty et s'être installée seule. Elle fouilla sa mémoire pour retrouver le numéro de code. Sans succès.

Elle composa toutefois celui de Pat, espérant que ses doigts se souviendraient d'instinct. Elle entendit la voix de la femme puis tapa 92-356. Rien ne se passa. Elle essaya le 92-365.

Voix d'homme : « Il y a quelqu'un ? Merde. Je te rappellerai. » Bip. Bruissement. Voix de femme — celle-là même qui avait enregistré le message : « Pat ? Salut. Écoute, chouchou, il s'est passé un truc et je ne vais pas avoir le temps de venir. Je te vois dès ton retour. Ne te mouille pas. » Petit bruit de baiser. Bip. Bruissement. Voix d'homme : « Pat ? C'est fait. Tu as eu les feuilles ? La répet' est à 2 h 30, non 2 heures. Au Barn. » Bip. Bruissement. Voix de Norman Wine : « Alors, Patrick, t'arrives ? On est tous à t'attendre. » Bip. Bruissement. Long blanc. Jessie crut entendre le souffle de quelqu'un qui reprenait sa respiration. Puis une autre femme parla ; sa voix était tendue et sourde comme si elle se parlait à elle-même : « Bordel de merde, tu ne peux donc pas répondre à ton téléphone ? » Autre blanc. Puis, d'une voix plus forte : « Écoute-moi bien : il va falloir que tu te tires. Je suis... » Bip. Le temps imparti était écoulé. Bruissement. Jessie écouta la suite de la cassette, pensant que cette femme avait peut-être rappelé, mais elle n'entendit qu'une seule autre voix, et c'était la sienne : « Eh bien, voici mon message. Je t'attendais ici pour trois heures de l'après-midi. Où est Kate ? Où diable sont... Rappelle-moi. »

Jessie se releva. Elle avait les jambes en coton et la bouche pâteuse. Elle alla chercher la clef de chez Pat et, au moment où elle s'engageait dans l'escalier, la sonnerie de l'entrée retentit. Son cœur bondit dans sa poitrine. Elle dévala les marches et ouvrit en grand, les bras déjà prêts à enlacer Kate.

Mais ce n'était pas elle. Un jeune homme grassouillet flanqué d'une femme d'une cinquantaine d'années se tenait sur le seuil. Jessie n'avait jamais vu cet homme et il lui fallut un bon moment pour reconnaître sa compagne. Elle avait des traits trop tendus ; une courte veste en hermine la protégeait de la fraîcheur matinale. C'était Mme Stieffler.

— Oh, mon dieu ! s'exclama Jessie en regardant sa montre. 10 h 15. Je...

Une longue explication se déroula dans sa tête. Elle l'y laissa.

— Entrez. Je vous en prie.

Mme Stieffler ne se le fit pas dire deux fois. L'homme la suivit. Leurs regards s'arrêtèrent sur l'état du salon qui n'avait été ni rangé, ni balayé.

— Je vous présente le professeur de Vraag, de Berkeley, dit Mme Stieffler. Docteur en philosophie. Rubens n'a plus aucun secret pour lui.

— C'est-à-dire..., commença le professeur de Vraag.

— Aucun ! coupa Mme Stieffler. Et si nous allions voir le bébé ?

Jessie ne bougea pas.

— Vous êtes sûre que le moment est bien choisi ? s'enquit le professeur de Vraag. Peut-être...

— Mais c'est Mme Rodney elle-même qui a décidé de l'heure, dit Mme Stieffler. J'aurais préféré venir plus tôt, mais elle devait accompagner son fils à l'école.

— Ma fille, rectifia Jessie.

Elle les précéda dans le couloir ; ils passèrent sous le mobile de Calder que le professeur de Vraag regarda de près et que Mme Stieffler dédaigna, puis descendirent à l'atelier. Jessie avait envie d'aller n'importe où sauf là.

Orphée et Eurydice était posé sur l'établi sous l'ampoule de 500 watts. Mme Stieffler et le professeur de Vraag se penchèrent pour examiner la toile. Dans la lumière crue, Jessie voyait la cicatrice minuscule, à la racine des cheveux de Mme Stieffler, qui indiquait l'endroit où le chirurgien esthétique avait opéré.

Mme Stieffler se redressa. Elle arborait un sourire radieux, celui du gourmand qui voit arriver le plateau des desserts.

— J'adore ce que vous avez fait jusqu'à présent, dit-elle. Félicitations.

— Je vous remercie.

— Ces teintes! Regardez-moi ces couleurs! Regardez-moi ce rose!

Elle désignait le bras potelé d'Eurydice. Il ressemblait beaucoup au sien.

— Cela ne vous rappelle-t-il pas le Helena Fourment que nous avons vu à Anvers la semaine dernière, Dirk? Je le savais. Je l'ai toujours su. L'instinct.

Elle se tapota le bout du nez — un objet parfait, introuvable, dans aucun groupe ethnique qui ait jamais foulé le sol de la planète.

Le professeur de Vraag semblait mal à l'aise.

— Évidemment, mais il est impossible de se faire une opinion uniquement d'après les couleurs. Au stade où nous en sommes, on ne peut qu'affirmer que c'est de son école.

— Oh, ne soyez pas si tatillon!

Mme Stieffler se tourna vers Jessie, la poitrine palpitante sous son hermine.

— J'ai vibré dès que j'ai vu cette toile et je me suis dit : un vrai de vrai!

— Voulez-vous dire que vous pensez qu'il s'agit d'un Rubens? demanda Jessie.

— Évidemment que je le pense! Tout ce qu'il lui faut, c'est une bonne restauration. Un point c'est tout!

Mme Stieffler eut un rire enchanté. Le bout de sa langue rose pointait entre ses dents.

— Vous savez combien je l'ai payé?

— Dix-sept mille, je crois.

— Seize mille cinq cents. Et savez-vous à combien cette toile sera estimée une fois que nous aurons prouvé qu'elle est authentique?

— A beaucoup plus.

— Un million de plus. Minimum. N'ai-je pas raison, Dirk?

— Eh bien, les prix varient et puis, bien sûr, il nous faudra encore pas mal de temps...

Il s'interrompit, ayant remarqué quelque chose dans un des coins inférieurs de la toile, là où le mollet d'Orphée était tendu en pleine course.

— Qu'est-ce que c'est?

— La craquelure? Je ne pourrai pas la faire disparaître complètement.

— Oui, je comprends. C'est... c'est une trace brunâtre assez curieuse.

Il l'observait attentivement.

— Oui, dit Jessie.

Elle ne pouvait plus retarder le moment maintenant.

— C'est bitumineux.

Ils échangèrent un regard.

— Vous en êtes certaine ?

Jessie souleva le lourd cadre doré qu'elle sépara de la toile et prit une chemise posée derrière. Elle la tendit au professeur de Vraag. A l'intérieur se trouvait un rapport de laboratoire et une minuscule paillette marron posée sur une lamelle porte-objet.

— Je l'ai fait analyser, dit Jessie.

Le professeur de Vraag lorgna Mme Stieffler.

— Qu'y a-t-il dessous ? demanda-t-il à Jessie.

— Rien. C'est la couche inférieure. Mais peut-être pourrions-nous parler de cela plus tard...

— Pourquoi faites-vous ces têtes de dix pieds de long ? intervint Mme Stieffler. Vous savez ce que j'en fais de votre craquelure ?

Elle l'éluda d'un geste.

— La toile n'en a l'air que plus ancienne et c'est tout à notre avantage.

Il y eut un long moment de silence durant lequel Jessie et le professeur de Vraag attendaient de voir qui allait se décider à parler le premier. Finalement le professeur de Vraag se lança :

— Mme Rodney a trouvé une couche de peinture à l'huile bitumineuse sous le vernis. C'est la cause de la craquelure.

— Foutez-moi la paix avec cette histoire de craquelure ! Cela est un gros coup, mes amis.

Le professeur de Vraag se racla la gorge.

— L'utilisation du bitume dans la peinture à l'huile n'est pas apparue avant 1690, environ.

— Et alors ? dit Mme Stieffler.

Son expression changea. Son menton se raidit et son cou se tendit en avant. Le professeur de Vraag n'osait pas affronter son regard. Ses lèvres tremblotaient mais il ne disait mot.

— Et alors ? répéta-t-elle. Et alors, monsieur l'Expert à cent dollars la journée ?

Jessie jeta un coup d'œil à sa montre. Elle n'avait plus le temps de tergiverser.

— Rubens est mort en 1640, dit-elle. Ce qui signifie qu'il ne peut avoir peint ce tableau. Et...

— Et quoi ?

— Et que cette toile ne peut venir de son école.

— Voyons, dit le professeur de Vraag, je ne suis pas certain que nous puissions décider...

— Fermez-la ! coupa Mme Stieffler.

Le professeur de Vraag la ferma. Mme Stieffler se tourna vers Jessie.

— Êtes-vous en train de me dire que c'est un faux ?

— Considérant le fait que vous avez payé pour une toile de l'école de Rubens, oui. Mais c'est tout de même du bon travail.

Mme Stieffler pâlit puis verdit. Son regard sonda celui de Jessie.

— Je ne vous paie pas pour avoir des analyses de labo, ni pour que vous me fassiez des discours. Je vous paie pour faire de la restauration de tableaux.

— Madame Stieffler : cette toile n'est pas un Rubens.

Jessie se rendit compte qu'elle durcissait le ton. La voix de Mme Stieffler était devenue aussi désagréable qu'un tampon à récurer contre de l'émail.

— Ni de son école.

— Je vous emmerde !

— Et vous ne pourrez rien y changer.

Jessie n'avait pu se retenir.

— Ah non ? Eh bien, pour commencer, je vais confier ma toile à des gens qui connaissent leur métier.

Elle prit le cadre et le fourra sous le bras du professeur de Vraag. Puis elle posa ses mains sur la toile.

— Une minute, dit Jessie en essayant d'adoucir sa voix.

— Inquiète pour vos honoraires ? s'enquit Mme Stieffler en faisant claquer son chéquier sur la table.

Elle arracha un chèque et le lança vers Jessie. Il tomba sur le sol.

— Le voilà votre fric ! Mais n'espérez plus travailler pour moi. Ni pour aucun de mes amis. Vous êtes grillée à Bel Air.

Elle attrapa la toile et remonta énergiquement l'escalier, talonnée par le professeur de Vraag qui bataillait avec le cadre.

Jessie demeura près de l'établi. C'était la première fois qu'elle perdait son sang-froid avec un client et qu'elle menait si mal ses affaires. Soudain, elle eut froid. Cela lui rappela son rêve. Elle sortit et partit pour Venice.

Tout était comme la veille : pas de BMW dans l'allée, rideaux tirés dans la maison, journaux dans leur bande sur le seuil. La seule différence, c'était que maintenant il y en avait trois. Celui du samedi, du dimanche et du lundi. Jessie les poussa du pied en entrant.

Il faisait sombre. Mue par une ancienne habitude, elle donna un petit coup sur l'interrupteur. Elle se sentait encore chez elle dans cette maison, beaucoup plus que dans celle d'Idaho Avenue. Mais elle n'avait pas eu suffisamment d'argent pour pouvoir racheter la part de Pat : c'est lui qui avait racheté la sienne et était resté.

Sur la table du couloir étaient posées des lettres non décachetées. Normal. Les plantes avaient besoin d'eau et les poissons rouges avaient faim. Jessie alla dans la salle à manger et s'arrêta devant une photographie encadrée qu'elle voyait pour la première fois.

Pat était aux commandes d'un yacht, les cheveux ébouriffés par la brise. Ils étaient longs mais propres — comme ceux des Beatles sur la couverture de l'album *Sergeant Pepper*. Il avait déjà cette coupe quand Jessie l'avait connu et l'avait toujours gardée, comme s'il avait trouvé tout de suite la vérité — au moins à propos de ses cheveux.

Il enlaçait une jeune femme qui riait et dont les dents régulières luisaient au soleil. Le string qu'elle portait prouvait qu'elle ne s'accordait aucune des choses que Jessie, elle, s'accordait. A l'arrière-plan, un homme flou tenait une bouteille de champagne. Au regard de Pat, Jessie devina qu'il avait bu un verre de trop ; il souriait, mais son esprit flottait ailleurs.

Sur la table de la salle à manger étaient posées des barquettes de plats de chez King of Siam. Leur contenu s'était figé en une matière gluante et épicée maculée par les premières traces de moisi. Deux baguettes étaient plantées dans ce qui évoquait des crevettes sauce cacahuète : les baguettes en ivoire que Jessie avait rapportées de San Francisco l'été dernier. Elle les prit, les emporta dans la cuisine, les rinça et les rangea.

Elle traversa le salon. Il était propre et ordonné : dans les angles, elle remarqua les traces laissées par le passage de l'aspirateur. La femme de ménage était sans doute venue le vendredi matin, juste avant l'arrivée de Kate. Peut-être parce que tout était si impeccable, son regard tomba sur le seul désordre de la pièce : les mégots de deux joints écrasés par terre. Jessie les ramassa et les sentit. Pat avait pourtant promis de ne jamais utiliser de drogue lorsque Kate était avec lui. Jessie balança les mégots à travers la pièce.

Elle alla dans le studio de Pat. Le matériel de son prenait tout un mur, les instruments de musique suspendus les uns au-dessus des autres : guitares acoustiques, guitares électriques, une basse, deux banjos, une mandoline, une Dobro. Un espace vide marquait

41

l'endroit où Pat rangeait sa Stratocaster. C'était plutôt curieux car il en jouait rarement et ne la sortait jamais de la maison. Cette Stratocaster avait appartenu à Jimi Hendrix ; c'était avec elle qu'il avait joué *Star-Spangled Banner* au festival de Woodstock.

Jessie monta à la chambre de Pat. Il avait conservé le grand lit matrimonial. Il était défait ; oreillers, draps et couvertures étaient froissés et rejetés au pied du lit. On aurait dit que des catcheurs s'y étaient entraînés.

Jessie ouvrit le tiroir de la table de chevet. Elle y trouva un miroir et un sachet de poudre blanche. Dans le tiroir de l'autre table (qui avait été la sienne), elle découvrit un sac de soie imprimé *Clinique*. Ses doigts glissèrent jusqu'aux cordons, mais elle reposa le sac. Elle demeura immobile. La maison était très tranquille. Jessie rouvrit le tiroir. Elle ne pouvait pas s'en empêcher.

A l'intérieur du sac, elle trouva un diaphragme et un tube de spermicide. Elle les remit en place, ferma le tiroir et alla se laver les mains.

La chambre de Kate était au fond du couloir. Elle ressemblait beaucoup à celle de l'autre maison, en plus grand. Sur le bureau, une boîte de crayons de couleur ; au mur, des posters de gorilles et d'orangs-outangs ; et, sur le lit défait, un livre ouvert : *Jane Eyre*. Jessie le ramassa. *Lecteur, je l'ai épousé.*

Elle se prit le pied dans quelque chose caché par l'édredon qui débordait du lit. En le soulevant elle découvrit les nouvelles Reeboks de Kate — hautes à rayures bleues.

Jessie s'assit sur le bord du lit et regarda fixement les chaussures. Kate les avait portées tous les jours ces deux dernières semaines. Jessie ne pouvait se faire à l'idée qu'elle soit partie sans ces chaussures, surtout pour un week-end à Catalina. Elle examina les semelles : idéales pour faire du bateau. Elle les secoua, regarda à l'intérieur. Il n'y avait rien à voir outre les mots *Made in West Germany. Size 4.* Les singes, sur le mur, l'observaient avec compréhension.

Jessie descendit avec les Reeboks. C'est au moment où elle décrocha le téléphone qu'elle remarqua l'inscription sur le tableau pense-bête de la cuisine. Il n'y avait qu'un message, à supposer que c'en fût un, sans signification pour elle : « *Toi giet la toi.* » Ces mots avaient été écrits à la craie, en lettres capitales. Un étui en cuir doublé de velours rouge, celui qui renfermait l'assortiment de couverts que Jessie avait offert à Pat voici longtemps, était posé sur le rebord, à côté de la craie. Elle vit la fourchette à longues dents et l'aiguisoir, mais pas le couteau.

Jessie composa le numéro du bureau de Barbara Appleman.

— Pourrais-je parler à Barbara Appleman, s'il vous plaît ?

— De la part de qui ?

— Jessie Shapiro.

— Ne quittez pas.

Jessie entendit un déclic, puis la voix de Barbara qui disait :

— ... Et alors ? Et alors, on va lui coller un procès au cul. Voilà quoi. Tchao.

Puis elle enchaîna :

— Salut toi, ma petite abeille. Tu es là ?

— Oui, dit Jessie.

Des téléphones bourdonnaient en fond sonore.

Jessie avait envie de tout lui raconter mais les mots ne venaient pas. Au contraire, une boule gonflait dans sa gorge.

— Hé, t'es toujours là ? Dis quelque chose. Le temps, c'est tu-sais-quoi par ici.

Jessie se força à parler.

— Kate a disparu.

Barbara ne prit même pas le temps de marquer un silence de surprise avant de dire :

— C'était le week-end de l'obsédé du cul ?

— Ils étaient censés aller à Catalina et rentrer hier après-midi. Je crois qu'ils n'y sont pas allés et pourtant la maison est vide depuis vendredi.

Jessie parla de Norman Wine, des journaux, du message interrompu sur le répondeur automatique.

— A ta place, je ne m'en ferais pas. Il aura sans doute changé d'avis et l'aura emmenée à la montagne ou ailleurs. Il s'est complètement défoncé et il est encore en train de récupérer.

— Il n'est pas aussi irresponsable que ça.

— Ah non ? C'est moi qui me suis occupée de ton divorce, au cas où tu l'aurais oublié. Et si tu avais suivi mes conseils, tu n'en serais pas là aujourd'hui. Droit de garde et visite uniquement pendant la journée. L'instinct Appleman.

— Ce n'est pas le moment de rabâcher ça.

Après une pause, Barbara dit :

— Qu'attends-tu de moi ?

— Des conseils. Tu crois que je devrais appeler la police ?

— Pour leur dire que ta gosse est en visite légale chez son père et qu'il aurait dû la ramener depuis plusieurs heures ? persifla Barbara. On est à L.A., chouchou, pas dans un feuilleton télé. Tu ne peux déjà pas signaler la disparition d'un enfant avant vingt-quatre heures, et même alors, il faut attendre un mois avant qu'ils ne consultent leurs ordinateurs.

La main de Jessie se crispa sur les Reeboks.

— Alors, que faire ?

Barbara soupira.

— Écoute, je dois passer au tribunal. J'en sortirai vers trois heures. Si tu n'as toujours pas de nouvelles d'ici là, viens me chercher et j'irai jeter un œil dans la piaule de l'obsédé.

— Je suis déjà allée voir.

— Ouais. Mais j'aimerais bien écouter ce fameux message.

Barbara s'efforçait de parler d'un ton léger. Jessie n'en était que plus inquiète.

— Tu peux l'écouter d'ici, dit-elle.

— Pas maintenant, Jess, pas maintenant. Le procureur va me coller au cul d'ici à vingt minutes. Tchao.

Clic.

Jessie raccrocha. Elle mit le répondeur en marche et écouta le message.

« Bordel de merde, tu ne peux donc pas répondre à ton téléphone ? Écoute-moi bien : il va falloir que tu te tires. Je suis... » Bip.

Jessie appela l'école. Pas de Kate. Elle déambula d'une pièce à l'autre, regarda les singes sur le mur, le lit matrimonial, les barquettes de plats moisis, la femme en string. Ensuite, elle attacha les lacets des Reeboks, les mit sur son épaule et sortit.

Un homme remontait l'allée d'un pas rapide. Il portait des lunettes à monture d'écaille, une chemise classique et une cravate avec de petits canards dessus. Il lui rappelait un présentateur TV dont le nom lui échappait. Il s'arrêta devant Jessie.

— Bonjour, dit-il.

Des gouttes de sueur perlaient à son front et sur le bord de sa lèvre supérieure.

— J'étais en train d'admirer votre maison.

Il lui tendit une carte de visite — Truc-Bidule Agence Immobilière — et la remit en poche.

— Seriez-vous intéressée à vendre ?

— Je ne suis pas la propriétaire, dit Jessie.

— Ce n'est pas de chance, répondit l'homme en s'épongeant le

44

front du revers de sa manche. C'est une belle maison. Le propriétaire est là ?

— Non.

— Il revient quand ?

— Je l'ignore.

— Ce n'est pas de chance, répéta l'homme.

Il se détourna et s'éloigna.

Jessie remonta en voiture, posa les Reeboks à côté d'elle et démarra. Dans le rétroviseur, elle vit l'agent immobilier sur le seuil de la maison d'en face, main levée, prêt à frapper.

CHAPITRE 6

Barbara Appleman, en ensemble foncé à fines rayures, sortit du tribunal et cligna les yeux dans le soleil. La lumière cruelle accentuait sa pâleur, durcissait ses traits fins et laissait deviner ses rides. Elle aperçut Jessie, lui sourit et, mystérieusement, ces effets disparurent.

Barbara descendit l'escalier du palais de justice en balançant son porte-documents et monta dans la voiture de Jessie.

— Tu fais une de ces têtes d'enterrement! dit-elle, ayant deviné les pensées de Jessie.

— Je te l'ai dit : je suis inquiète.

— Moi, c'était il y a dix ans que j'étais inquiète. Le jour où tu l'as épousé.

— Tu ne me l'avais pas dit.

— Tu étais trop folle de lui pour m'écouter.

— J'étais amoureuse et lui aussi.

— Et alors?

— J'étais enceinte.

Barbara ne dit rien. Elles n'allaient pas reparler du passé. Ça finissait toujours dans une impasse : Jessie avait aimé Pat — elle l'aimait sans doute encore quand elle pensait à lui — alors que Barbara ne l'avait jamais apprécié.

Tandis que Jessie manœuvrait pour s'éloigner du trottoir, un homme corpulent dévala l'escalier et vint vers la voiture.

— Attends, dit Barbara, en baissant sa vitre.

L'homme posa ses mains sur le toit de l'automobile et se pencha. Le véhicule s'affaissa d'un côté. Jessie remarqua les vestiges d'une barbe récemment rasée aussi indéracinables que de la mauvaise herbe.

— Sans rancune?

— Sans rancune, répondit Barbara.

— Le feu de l'action!

— Comme tu dis !

Il tendit sa grosse main. Barbara la prit dans la sienne, longue et fine, et la serra.

Sa bague, une petite émeraude qui avait appartenu à Amelia Earhart, scintilla sous le soleil. Le regard de l'homme s'arrêta sur Jessie. Il la salua. Elles partirent.

— Qui c'était, celui-là ? demanda Jessie.

— Le lieutenant DeMarco. Homicide. Il faisait tout pour que l'un de mes clients soit poursuivi pour meurtre. On vient de négocier une attaque à main armée. Le lieutenant a tenu certains propos qu'il semble regretter.

— Homicide ? Mais tu fais du droit de la famille.

— Il arrive que les deux se rencontrent.

— Au croisement de l'Amour et de la Haine ?

Barbara se mit à rire.

— Jolie formule. Je devrais la faire imprimer sur mes cartes de visite.

Jessie sentit le regard de Barbara s'attarder sur elle et devina qu'elle allait chercher une cigarette un instant avant qu'elle ne le fasse. Camel, sans filtre. Barbara en fumait depuis sa puberté, ou même avant. La voiture s'emplit de substance cancérigène. Barbara ouvrit son porte-documents et en sortit un dossier. Elles demeurèrent silencieuses le restant du trajet.

Jessie se gara devant la maison au toit rouge. Une clocharde en robe à pois dépenaillée et lunettes de soleil passait en poussant un Caddie. Barbara, qui noircissait de son écriture pointue la marge d'un texte, ne la remarqua pas. Pas de BMW. Trois journaux sur le seuil, poussés de côté. Jessie ouvrit et fit entrer Barbara. Aucune lettre par terre. La maison fleurait bon l'Asie.

Elles longèrent le couloir jusqu'à la salle à manger. Barbara considéra l'agrandissement photographique de la partie de yachting.

— C'est son dernier coup ?

— Je suppose.

Elle alluma une autre cigarette et examina la photographie de plus près, tête relevée, le regard perçant un voile de fumée.

— Bien roulée, dit-elle. L'obsédé a toutefois une petite mine.

— Oh, ça va, Barbara.

De la moisissure verte s'étalait sur le dessus des plats de chez King of Siam.

A la cuisine, Jessie se pencha sur le répondeur téléphonique et pressa sur la touche de retour.

— Écoute le message dont je t'ai parlé, dit-elle.

« Salut. Nous sommes absents pour le moment, mais laissez-nous un message et nous vous rappellerons. C'est promis. »

Barbara fit la moue.

— Chut ! dit Jessie.

Mais le silence se révéla inutile : le reste de la bande était vierge.

Jessie sentit un frisson lui parcourir la nuque. Elle actionna les touches d'avance rapide, d'écoute, de retour.

« Salut. Nous sommes absents pour le moment, mais laissez-nous un message et nous vous rappellerons. C'est promis. »

Elle augmenta le volume. La bande se déroula jusqu'au bout, bruissant doucement.

— C'est étrange, dit-elle en se redressant. Il y avait plusieurs...

Elle s'interrompit. Son regard était tombé sur le tableau de la cuisine. L'inscription avait disparu. Ne restaient que de larges traînées de poussière de craie.

Jessie se dirigea lentement vers le tableau et l'examina.

— Qu'est-ce qui t'arrive ? demanda Barbara.

On avait effacé les mots avec un chiffon ; Jessie devina un « T » et un « o » sous les traînées.

— Il y avait quelque chose d'écrit tout à l'heure, dit-elle. Dans une langue étrangère.

— Laquelle ?

— Je ne sais pas.

— Comment ça, tu ne sais pas ? Voilà un des rares moments de ta vie où ton Bac de civilisation et de littérature pourrait te servir à quelque chose. C'était de l'espagnol ? Du français ? De l'italien ?

— Non.

— Du chinois ? De l'arabe ?

— Non. C'était notre alphabet.

— De l'allemand ? Du suédois ?

— Puisque je te dis que je ne sais pas !

Les mots résonnèrent dans la pièce. Barbara sembla prête à répliquer puis se ravisa. Elle approcha du répondeur automatique et tapota les touches.

— Qu'est-ce qu'il y avait sur la bande ?

— La voix d'une femme. Elle a laissé un message bref, interrompu. Elle a manqué de temps. Je ne me rappelle pas exactement

ses propos, mais ça ressemblait à un avertissement. Elle disait
« Tire-toi ». Ça faisait partie du message.

— Appel local ou longue distance ?

— Je ne sais pas.

Barbara plissa les yeux.

— Longue distance, peut-être.

— Oui, peut-être, dit Barbara. Tu as reconnu la voix ?

— Non.

— Mais tu penses qu'elle a appelé après qu'il a été parti ?

Jessie acquiesça.

— Le message précédent était de Norman Wine. Il...

Barbara haussa les sourcils.

— Tu le connais ? lui demanda Jessie.

— J'ai défendu sa femme.

Le regard de Barbara s'éclaira à ce souvenir.

— Norman m'a dit qu'il avait téléphoné un peu après neuf heures
samedi matin. A cette heure-là, Pat était déjà en retard à la marina.

— Donc, il n'a pas eu le message de cette femme, conclut
Barbara.

Elle baissa les yeux sur le répondeur. Jessie l'observait.

— Eh bien ?

Barbara releva la tête.

— Je ne pense pas que tu doives t'inquiéter à propos de ce
message. Il pouvait concerner n'importe quoi.

— Mais le ton de sa voix... Elle avait l'air...

Barbara attendit qu'elle terminât sa phrase. Jessie avait envie
d'ajouter « d'avoir peur » ou « paniquée » mais la peur avait-elle
existé dans la voix de la femme ou Jessie l'avait-elle imaginée ?
C'était la raison pour laquelle elle aurait souhaité que Barbara
puisse, elle aussi, écouter le message.

— Et puis, reprit Barbara, voyant que Jessie demeurait silencieuse, je ne m'inquiéterais pas non plus outre mesure à propos de
l'inscription sur le tableau. Ça voulait peut-être dire crevettes aillées
au miel, en thai. Cela dit, quelqu'un est venu ici.

— Pat ?

— Qui d'autre ? Il a dû revenir, écouter ses messages et repartir.
Il est en train de te chercher, si ça se trouve.

Jessie sauta sur le téléphone et appela chez elle, avec un faible
espoir. Mais seul son répondeur prit l'appel. Jessie vérifia si on avait
laissé des messages. Aucun. Elle téléphona à l'école. Fermée pour la
journée.

Elle reposa le combiné. L'espoir s'était figé et la laissait inerte. Relever les yeux vers Barbara lui coûta, d'autant plus que celle-ci lirait de la faiblesse dans son regard, or elle avait horreur des femmes faibles.

Barbara soutint ce regard. Avec les années, elle avait peaufiné la capacité de cacher ses pensées à ses interlocuteurs ; maintenant, Jessie voyait qu'elle exerçait ce talent.

— Il faut que je retourne au bureau, dit Barbara.

— Prends la voiture. Je te verrai plus tard.

— Qu'est-ce que tu comptes faire ?

— Regarder par ici.

— Tu penses que c'est une bonne idée ?

— Donne-m'en une meilleure.

Barbara sortit. Jessie la suivit. Elle fit une autre tentative.

— Kate n'a pas emporté *Jane Eyre*. C'est pourtant son livre de chevet.

— Et alors ?

— Elle n'a pas emporté ses Reeboks. Elles sont pour ainsi dire neuves.

— Et alors ?

— Écoute, il est possible que cette étroitesse d'esprit fasse de l'effet au tribunal, mais elle n'en a aucun sur moi. Ces Reeboks sont aussi importantes pour elle que le poncho péruvien pouilleux de Stanford l'était pour toi.

Barbara éclata de rire.

— Merde, j'avais complètement oublié cette histoire.

— Moi pas.

— Non, en effet.

L'espace d'un instant, le regard de Barbara se fit lointain, à l'époque du poncho péruvien, de l'encens, des nuits blanches au Fillmore. Mais elle chassa ces souvenirs.

— Ces Reeboks ne prouvent rien. Et elle en aura probablement eu marre de lire *Jane Eyre*. C'est assez indigeste.

— Je ne trouve pas. Et puis, elle était arrivée à la moitié du dernier chapitre.

— Arrête, tu me donnes mal au crâne, Jess, dit Barbara en soupirant.

Elle aspira la dernière bouffée de sa cigarette.

— Écoute, reprit-elle, même si tu penses que cette paire de chaussures et que cette chieuse de Jane Eyre sont des preuves, ce sont des preuves de quoi ?

Jessie n'avait pas de réponse. Barbara écrasa son mégot sous son talon et s'installa au volant de la voiture.

La clocharde était assise sur le trottoir. Elle écrivait au crayon, à toute allure, sur un petit bout de papier.

— J'aurais voulu que tu entendes ce message, répéta Jessie par la vitre de la voiture.

Barbara mit le contact. Jessie prit une profonde inspiration.

— Allez, Barbara, toi qui connais ces choses-là, qu'est-ce que tu penses vraiment ? A-t-il eu des ennuis avec des dealers ou quelque chose comme ça ?

— Ça peut arriver, dit Barbara.

Elle emballa le moteur.

— Un enfant kidnappé par l'un de ses parents, ça arrive aussi.

— Non, dit Jessie, se cramponnant à la voiture. C'est impossible. Il n'a jamais demandé à garder Kate plus longtemps. Pourquoi l'aurait-il enlevée ?

— Les junkies font n'importe quoi.

— Il n'est pas un junkie. Les junkies sont accros à l'héroïne. Pat fume de l'herbe et prend un peu de cocaïne, et ça n'a aucune conséquence sur son comportement.

Barbara haussa le ton.

— Ne sois pas si conne ! Ça fait cinq ans que vous avez divorcé et tu le défends encore. C'est un perdant, Jessie. Quand tu auras récupéré Kate...

— Eh bien quoi ?

Barbara s'adoucit.

— Tu ferais mieux de mettre certaines choses au point, voilà tout.

Barbara démarra. Jessie regarda la voiture s'éloigner jusqu'à ce qu'elle ait tourné le coin de la rue. Ses mains tremblaient. Elle les glissa dans ses poches.

La clocharde s'arrêta d'écrire et coinça le crayon derrière son oreille.

— Bordel de merde, téléportez-moi, murmurait-elle.

Jessie entra dans la maison.

Elle passa d'une pièce à l'autre. Pat était-il vraiment un perdant ? Elle regarda le ventre plat de la femme qui riait sur le mur ; les barquettes de fast-food sur la table ; le sachet de cocaïne ; le sac *Clinique* qu'elle n'ouvrit pas ; *Jane Eyre*. Elle examina l'espace vide où avait été accrochée la Stratocaster de Jimi Hendrix. Si Pat était un perdant, alors qu'était-elle ? Ils avaient gâché leur couple ensemble. Peut-être aurait-elle dû s'y prendre autrement ? Peut-être... Jessie s'empêcha d'aller plus loin. C'était fini. Le seul arrière-goût de cette histoire était du regret ; et, de temps à autre, Pat lui manquait, beaucoup.

Son regard tomba sur la console du couloir. Elle avait bien vu des lettres cachetées posées dessus tout à l'heure ? Elle fit tous les tiroirs. Elle trouva des prospectus, des reçus de magasins de prêt-à-porter, quelques factures non payées pour de petits montants, une poignée de pesos, des plectres, mais pas de lettres. Dans le tiroir du bas, elle découvrit une feuille de papier chiffonnée, une copie au carbone. Elle la défroissa. C'était le double d'un titre de paiement signé de Pat. Le 18 mars, il avait payé dix mille dollars à Eggman Cookies.

Ce nom ne disait rien à Jessie. Elle appela les renseignements et ne trouva aucune trace de Eggman Cookies à L.A., à Santa Monica, à Hollywood, le long des plages, dans la Vallée. Elle mit la feuille dans sa poche. Dix mille dollars, ça faisait beaucoup pour des biscuits.

Elle avait la chanson de John Lennon dans la tête : *I am the eggman. Goo goo ga joob.* Eggman Cookies serait-il le nom d'un groupe ? Elle passa dans le studio. Pat possédait des centaines de cassettes et de disques compact. Merle Travis, Carl Perkins, Muddy Waters, doc Watson, Eric Clapton, l'intégrale de Blind Lemon Jefferson. Charlie Christian, Django Reinhardt, Wes Montgomery, Joe Pass, Bucky Pizzarelli. Et puis aussi, Andres Segovia, Narciso Yepes, Julian Bream, John Williams. Sa collection de musique rock allait de Abba à Z.Z. Topp en passant par Blue Cheer, les Blues Magoos, les Moody Blues, David Blue et Two Jews' Blues. Mais pas d'Eggman Cookies.

Sur le point de partir, Jessie remarqua qu'une cassette était insérée dans l'un des magnétophones. Elle enclencha l'appareil. Joni Mitchell. Elle chantait Woodstock et l'espoir qu'on avait eu là-bas. *Pas le genre de musique de Pat*, se dit Jessie en arrêtant le magnéto-phone ; *peut-être celui de la femme au ventre plat ?*

— Merde, dit Jessie.

Elle passa dans la cuisine et s'aspergea le visage d'eau froide. Tandis qu'elle s'essuyait, son regard fut à nouveau attiré par le tableau. Elle alluma le plafonnier et l'examina de près. Elle devina le « T » et le « o ». Maintenant, elle distinguait la troisième lettre : un « i ». « Toi ». Du français ? Le dernier mot aussi semblait avoir été « toi ».

Après avoir cherché vainement une loupe, elle décrocha le tableau et l'enveloppa soigneusement dans une housse en plastique de teinturier. Dans son atelier, elle aurait une grosse ampoule, une loupe puissante et des brosses fines pour ôter la poussière de craie, couche après couche. Elle téléphona pour avoir un taxi.

C'était la fin de l'après-midi. Un vent frais venait de l'océan. Au bout de la rue, le rectangle bleu s'étirait à l'horizon et virait au gris, comme le ciel. Le temps était à la pluie.

Le chauffeur de taxi l'examina de la tête aux pieds, puis il vint ouvrir le coffre. Il dut contourner la clocharde qui, adossée à son caddie, regardait le ciel ; les reflets des nuages glissaient sur les verres de ses lunettes.

Le chauffeur tendit la main pour prendre le tableau mais Jessie voulut le poser dans le coffre elle-même. Au moment où elle se penchait, elle entendit le couinement d'une roue métallique. La clocharde, qui reculait, la bouscula. Le paquet lui échappa des mains. Le tableau se brisa sur le trottoir.

— Pour l'amour de Dieu ! dit Jessie, en se retournant.

La clocharde se fit toute petite, comme au plus fort d'un orage, sa tête grise enfoncée dans ses larges épaules. Alors, elle tourna les talons et s'éloigna rapidement en direction de la plage. Le caddie roula sur le tableau, en écrasant les fragments sous ses roues.

— Téléportez-moi ! Téléportez-moi ! murmurait-elle.

Jessie se baissa et examina les morceaux du tableau. Ils étaient tous là, dans le plastique, par dizaines.

— Mierda, dit le chauffeur de taxi.

Une goutte de pluie tomba sur le visage de Jessie.

CHAPITRE 7

Exactement comme un puzzle, sauf que toutes les pièces étaient noires et dentelées : former les quatre coins, les côtés, puis compléter l'intérieur. Sous l'ampoule de 500 watts, Jessie plongeait ses doigts dans la housse plastique. Elle trouvait la pièce, la mettait en place, rapide et efficace. Le puzzle commençait à prendre tournure, sur une grande feuille de papier Kraft étalée sur l'établi : « Ciel nocturne avec Voie Lactée ou encore Tableau Rectangulaire avec Traînées de Craie Blanche. » Sous la craie, Jessie distinguait des lettres capitales : « T », « o », « i », et aussi un « g » et un « e ».

Une fois placées presque toutes les pièces du puzzle, Jessie les colla sur la feuille. Puis elle fit pivoter sa loupe, régla la netteté, prit une brosse plate numéro 8 et se mit au travail. Frotter avec un chiffon sec déplacerait légèrement les particules de craie, les étalerait sur la surface du tableau mais, au-dessous, les formes des lettres demeureraient. Particule après particule, Jessie délimita le contour du « T », puis ceux du « o », du « i » et du « g ». Elle trouva ensuite le haut de la lettre suivante, puis son corps, brossa la couche supérieure de poussière : c'était un autre « i ». Au moment où la sonnerie de la porte retentit, elle avait fait réapparaître la phrase dans son entier : « Toi giet la toi. » Cela ne voulait rien dire. Elle recopia les mots sur une feuille et quitta son atelier.

Jessie fit entrer Barbara. La pluie dansait sur le toit de la voiture, garée dans l'allée.

— Salut, dit Barbara en lui tendant des sachets de chez Lean Cuisine.

Jessie les porta à la cuisine.

— Qu'y a-t-il au menu ? demanda-t-elle.

— Canard à l'orange, Dinde à la moutarde, Tagliatelles sauce palourdes.

— Deux cent vingt-deux calories ? Deux cent soixante-sept ? Te sens-tu d'humeur à pousser jusqu'à deux cent quatre-vingt-seize ?

54

— Je m'en fous, dit Barbara. Qu'est-ce qu'il y a à boire?

Jessie mit les surgelés au four.

— Du vin?

— Okay.

— Rouge ou blanc?

— Rouge. On ne vit qu'une fois.

Jessie servit deux verres de beaujolais et descendit avec Barbara à l'atelier.

— « Toi giet la toi », lut Barbara. « Toi », c'est du français, non?

— Ouais, mais « giet »?

Jessie chercha le mot dans un dictionnaire bilingue. Pas de « giet ».

— Il te faudrait peut-être un meilleur dictionnaire, dit Barbara.

— Je te signale que c'est le *Robert*!

— Mille excuses.

Elles remontèrent.

— Tu n'aurais pas un truc à me passer? demanda Barbara. J'aimerais bien quitter ce costume de mec.

— Pourquoi? Il te va très bien.

— Penses-tu! Blake vient me chercher tout à l'heure. Ma tenue de travail l'intimide.

Elle prit ses Camel, en coinça une entre ses lèvres.

Jessie se rappela la voix endormie au téléphone.

— Qui est Blake?

Barbara détourna son regard. Elle alluma sa cigarette, fronçant les sourcils au-dessus de la flamme.

— Tu vas le connaître.

Jessie lui prêta un jean et un pull. Elles étaient grandes toutes les deux, mais Jessie était plus corpulente. Quand Barbara sortit de la chambre, elle avait l'air plus détendu, comme si le sweater qu'elle portait était celui de son petit ami.

Elles s'installèrent dans la cuisine. Jessie servit le dîner, mais ne fit que boire.

— L'autre jour, j'étais à une réunion où quelqu'un a suggéré qu'on fasse pression sur les Nations Unies pour que le XXIe siècle soit déclaré le Siècle de la Femme, dit Barbara.

— Pourquoi pas tout le millénaire?

Elles se regardèrent. Barbara commença de rire, rejetant sa tête en arrière et faisant saillir les tendons de son cou. Elle rit sans discontinuer. De la fumée sortait en volutes d'entre ses lèvres entrouvertes. Tout à coup, Jessie se mit à rire aussi, sans se maîtriser. Son corps était secoué, son estomac lui faisait mal. Bientôt elle n'émettait plus que d'horribles borborygmes, sans pouvoir s'arrêter. Les larmes lui vinrent aux yeux et roulèrent sur ses joues. L'instant d'après, elle se cramponnait à Barbara.

— Aide-moi, Barbara. Aide-moi à la faire revenir.

Barbara la serra dans ses bras.

— Ne t'en fais pas, Jessie. Nous la récupérerons.

Elles pleuraient toutes les deux maintenant.

Elles allèrent à la salle de bains, se mouillèrent le visage, retouchèrent leur coiffure.

— Bon dieu, c'est vraiment un enfoiré, dit Barbara. Cette fois, on va le mettre au pied du mur, chouchou. Je suis sérieuse.

— Il n'est pas si salaud que ça. Ses parents sont morts alors que c'était encore un gosse, n'oublie pas, et il n'a pas fini ses études.

— Arrête, tu vas me refaire pleurer ! De toute façon, ça n'explique pas pourquoi il se sent obligé de sauter sur n'importe quelle femme qui passe à sa portée !

Jessie ne pouvait l'expliquer.

— C'est un garçon qui ne sait pas dire non, j'imagine.

— « Garçon » est vraiment le mot juste, Jess. C'est la seule chose qu'il y ait par ici : des garçons. Je suis bien placée pour le savoir. Des garçons en costume trois-pièces, des garçons avec des salaires à sept chiffres, des garçons aux cheveux aussi argentés que des crinières de lions — dans le genre de ton copain Norman Wine. L'autre jour, le bruit a couru qu'on avait vu un *homme* dans les parages, mais ça s'est révélé faux.

Leurs regards se croisèrent dans le miroir : deux têtes aux cheveux bouclés, deux jolis visages, l'un fin et moderne, l'autre plus rond et classique.

— Combien as-tu obtenu pour la femme de Norman ? demanda Jessie.

— Dix mille dollars par mois.

Jessie sifflota.

— Ce connard peut bien lui offrir ça. Il fait son beurre dans l'immobilier, dit Barbara.

— Norman est producteur de disques.

— C'est son boulot. Mais il a fait fortune avec l'immobilier. Réveille-toi, Jess. La fête est finie.

Jessie reprit ses esprits. Le montant des règlements pour la femme de Norman lui rappela le titre de paiement à l'ordre de Eggman Cookies. Elle le montra à Barbara.

— Incroyable! Je signalerai ça à DeMarco quand il téléphonera.

— DeMarco doit téléphoner?

Dans le miroir, le fin visage sourit.

— Je me suis dit que DeMarco pouvait me renvoyer l'ascenseur. Alors je lui ai demandé de bien vouloir outrepasser un peu les règles et lancer un mandat de recherche pour Kate.

Jessie lui sauta au cou.

— Ils ne la recherchent pas officiellement, continua Barbara, comprends-le. Mais s'il y a le moindre rapport concernant Kate, Pat ou... la voiture, il le saura. Il devrait appeler dans la soirée.

— Je te remercie, Barbara.

— Si tu veux me remercier, laisse-moi dire son fait à Pat quand tout sera terminé. D'accord?

Jessie ne répondit pas.

— Alors?

— Okay. D'accord.

Barbara lui tendit la main. Jessie la serra pour sceller le pacte. Dans le miroir, leurs reflets les imitèrent.

— J'aimerais bien avoir ton nez, dit Barbara.

— Tu peux te le payer.

— Les tarifs ont augmenté. C'était quoi le tien — un cadeau pour tes quinze ans?

— Cherche toujours, dit Jessie.

— Garce.

— Hé, appela une voix. Il n'y a personne?

C'était Philip. Il entra, un carton à dessins et une petite sacoche sous le bras. Il portait un ample pantalon de flanelle blanche, un T-shirt noir, une veste Lakers en satin et un petit diamant à l'oreille.

— Tu devrais fermer la porte, dit-il. On est à L.A.

— Non, Santa Monica, rectifia Barbara.

Jessie fit les présentations.

— J'ai quelque chose à vous montrer, dit-il tout en ouvrant le carton d'un geste ample. *Vallée nocturne.* Ce n'est qu'une étude. La vraie toile fait six cents par neuf cents.

— Mètres? demanda Barbara.

Philip sourit, un peu gauchement.

— Centimètres, dit-il, en ôtant la protection en plastique. Les diapos arrivent demain.

Tous trois regardèrent cette *Vallée nocturne,* lisse et brillante. Les couleurs dominantes étaient le violet et l'argent, bien que le sujet semblât être un bosquet orangé par un soir de brume. Une jeune fille nue était posée, telle une truffe dans une sauce à la crème.

— Alors ? demanda Philip.

— Bien roulée, commenta Barbara.

Le visage de Philip rosit. Il regarda Jessie. Il était difficile de cacher ses sentiments à Philip, car ses doux yeux noisette devinaient tout. Elle essaya de dire quelque chose. La peinture de Philip avait déjà été remarquée, il avait du talent. Elle se dit tout à coup qu'il réussissait avec ses pinceaux comme Pat avec sa guitare. Elle sut, au premier coup d'œil, que *Vallée nocturne* avait les atouts commerciaux nécessaires et qu'un jour elle serait accrochée dans une villa de Palm Springs ou de Malibu. Mais elle, elle n'aimait pas du tout.

Avant qu'elle ait eu le temps de dire quoi que ce soit, Barbara parla :

— Vous saviez que Kate avait disparu ?

— Kate ? dit Philip.

Il regarda Jessie d'un air interrogateur.

— Tu me l'avais dit hier ?

— Je t'avais dit que Pat ne l'avait pas ramenée à la maison. Il ne l'a toujours pas ramenée.

Philip s'approcha d'elle et la prit par l'épaule.

— Je suis sûr que tout ira bien, dit-il.

Elle sentit son doux regard sur elle. Il lui tapota l'épaule, plus chaleureusement.

— Je peux faire quelque chose pour toi ?

— Oui, peut-être, dit Jessie, en sortant la feuille de papier sur laquelle elle avait recopié les mots étrangers. Qu'en penses-tu ?

Philip l'examina.

— « Toi » et « la », c'est du français, non ? « Toi quelque chose la toi. » Il suffit de trouver ce que « giet » signifie.

Jessie lui dit que ce mot n'était pas dans le *Robert*.

— Aucun problème, dit Philip. J'ai une amie qui travaille pour Berlitz. Je lui téléphonerai demain.

Il plia la feuille et la glissa dans son carton à dessins, puis sortit une bouteille de sa sacoche.

— Vous aimez le champagne, Barbara ? Je sais que Jessie aime ça.

— Oui, elle adore faire la fête.

Les joues de Philip rosirent davantage.

— Laisse tomber, Barbara, dit Jessie.

Barbara esquissa un garde-à-vous.

— C'est le champagne que je préfère, dit-elle à Philip. Faites sauter le bouchon!

Ils burent. Philip parla de son projet d'une série de toiles sur la Californie; *Vallée nocturne* était la première. Jessie dit que c'était une bonne idée. Barbara ne fit pas de commentaire. Puis ils finirent le vin rouge et entamèrent le blanc. On sonna. Jessie vit un jeune homme de vingt et un ou vingt-deux ans, qui portait deux énormes boîtes de pizzas.

Il avait les yeux verts, la peau ambrée, les cheveux dorés et la musculature du *David* de Michel-Ange. Un sourire timide. Il était très beau.

— Salut, dit-il. Je m'appelle Blake. Barb' est là?

— Barb'? Ah, oui. Entrez.

— J'ai apporté des pizzas. J'espère que vous les aimerez.

Il embrassa Barbara. Elle semblait toute petite à côté de lui. Elle laissa sa bouche s'attarder sur la sienne. Jessie remarqua qu'elle avait fermé les yeux.

— Y a de la bière? demanda Blake. J'ai oublié la bière.

— Je vais en chercher, dit Jessie. J'ai envie de marcher.

— Il pleut, dit Blake. J'y vais en voiture.

— Non, ça va, la pluie ne me dérange pas. Vous l'aimez comment votre bière?

— Humide, répondit Barbara.

Philip eut un rire nerveux. Blake esquissa son sourire timide. Jessie enfila son ciré jaune et sortit.

La pluie tombait à verse. A l'ouest, le tonnerre grondait. Jessie mit la capuche et accéléra l'allure. Elle parcourut Idaho Avenue, jusqu'à une épicerie ouverte. Elle acheta des canettes de bière.

— Sale nuit, dit le vieil homme derrière son comptoir.

Jessie repartit. La pluie ne la dérangeait pas; elle avait toujours aimé se promener sous la pluie. Ça allait avec son goût pour *Jane Eyre*, les guitaristes, les peintres et tout le reste.

N'y pense pas. Pense à ce qui en vaut la peine. Le lieutenant DeMarco a peut-être téléphoné.

Jessie accéléra le pas. Comme elle débouchait sur Idaho Avenue, une voiture l'aveugla de ses phares. Elle traversa l'avenue et entra dans la maison.

Barbara raccrochait le téléphone.

— C'était DeMarco. Il a fait le tour des juridictions, de Santa Monica à San Diego. Rien.

Tout d'un coup, les canettes de bière étaient devenues lourdes. Jessie les posa.

— Plutôt une bonne nouvelle, continua Barbara. Ça signifie que rien de mauvais n'est arrivé.

Jessie acquiesça mais elle n'en avait pas le sentiment.

— DeMarco nous recommande de ne pas nous inquiéter. Ça ne fait qu'un jour. Il dit que s'ils devaient rechercher tous les gosses qui disparaissent une journée ils ne feraient rien d'autre.

Jessie attendit que ces paroles lui fassent du bien. Comme il n'en fut rien, elle finit par dire :

— Voilà la bière.

Ils s'installèrent autour de la table basse. Philip montra *Vallée nocturne* à Blake.

— Super, dit celui-ci.

Ils burent les bières. Philip mangea une part de pizza et Blake le reste.

— Et si on écoutait un peu de musique ? proposa Blake.

— De quoi avez-vous envie ? demanda Jessie.

— Des trucs des sixties.

— Pitié ! implora Philip.

— Choisissez, dit Jessie.

Blake opta pour Jimi Hendrix. Il chantonna sur *Purple Haze*. Barbara posa une main sur sa cuisse.

— Tu sais que l'ex-mari de Jessie a la guitare de Jimi Hendrix ?

— Sans blague ? Comment l'a-t-il eue ?

Jessie essaya de se rappeler ce que Pat lui avait raconté.

— Je crois qu'il l'a achetée à une vente aux enchères après la mort de Hendrix.

Blake réfléchit.

— C'est dingue, tous ces gens des sixties qui s'étouffent avec leurs souvenirs, je me demande pourquoi.

— Les années soixante, c'était de la merde, dit Barbara.

— Vraiment ? dit Jessie. Et la nuit où nous sommes allées à Reno en auto-stop ?

Barbara éclata de rire, aspergeant de bière le cou de Blake, ce qui ne parut pas le gêner.

— Qu'est-ce qui s'est passé à Reno ? demanda Philip.

— En fait, on n'y est jamais arrivées, répondit Barbara. Hein, Jess ?

Elle rit à nouveau.

— Qu'est-ce qui s'est passé ? dit Blake.

Barbara prit une cigarette, sourcils froncés.

— Un autre jour, dit-elle.

Jimi Hendrix joua encore des dizaines d'accords mais aucun sur lequel danser.

Blake se tourna vers Jessie.

— Cette époque devait être passionnante. Votre mari était musicien ?

— Il l'est toujours, En revanche, il n'est plus mon mari.

— Il vivait en communauté, c'est ça ?

Jessie jeta un coup d'œil à Barbara, se demanda ce qu'elle avait dit à Blake au sujet de Pat et d'elle. Barbara grimaçait dans la fumée de sa cigarette.

— C'était avant que je le connaisse, dit Jessie. Ils appelaient cela « L'Immensité des Cieux ». C'était quelque part dans le Vermont. Pat a écrit une chanson là-dessus.

— Elle a été enregistrée ?

— Plusieurs fois.

— Par des gens connus ?

— Dave van Ronk.

— Qui ?

— Un chanteur de folk, je crois, dit Philip. C'est ça ?

— C'est ça, dit Jessie.

Barbara inhala une longue bouffée de Camel.

La guitare de Jimi Hendrix rugit dans un océan de feedback mixé trop fort. Blake se leva et s'étira.

— Bon, dit-il. Je travaille demain.

— Que faites-vous ? demanda Jessie.

— Je suis instructeur.

Barbara le précéda dans l'escalier jusqu'à la chambre d'amis. Philip aida Jessie à débarrasser et monta quelques minutes plus tard. Jessie téléphona à Pat.

« Salut. Nous sommes absents pour le moment, mais laissez-nous un message et nous vous rappellerons. C'est promis. »

— Va te faire foutre, dit Jessie en raccrochant violemment.

Elle monta. En passant devant la chambre d'amis, elle entendit gémir Barbara.

Philip l'attendait, couché. Jessie se déshabilla.

— Tu es superbe, dit-il.

Elle se mit au lit. Il l'embrassa et caressa ses seins, ni trop doucement, ni trop fort. Philip savait se servir de ses mains. Jessie sentit le plaisir grandir en elle.

Mais Philip la pénétra un peu trop tôt. Et il jouit un peu trop vite. Ou peut-être fut-ce à cause de la vision de Kate qui s'interposa, mais l'orgasme de Jessie ne vint pas. Elle entendit Barbara qui criait à l'autre bout du couloir.

Ils restèrent couchés, chacun d'un côté du lit, sans se toucher.

— Tu n'as pas joui ? demanda Philip.

— Non.

— Excuse-moi. Ce n'est jamais arrivé avant, hein ?

Non, se dit Jessie, *grande première dans l'histoire de l'humanité.* Mais elle se contenta de répondre :

— Non.

Il y eut un moment de silence.

— Tu veux que je... fasse quelque chose ?

— Dors, Philip. Ce n'est pas grave.

Il lui caressa la cuisse. Sa main était froide. Il se racla la gorge.

— Tu aimes ?

— Quoi ?

— *Vallée nocturne.*

— C'est bien. Tu n'as pas besoin que je te le dise.

— Si.

Un peu plus tard, Philip dit :

— Tu connais Mme Stieffler, n'est-ce pas ?

— Oui.

— Ça me plairait de faire sa connaissance, et celle de certains de ses amis.

Jessie expliqua pourquoi elle ne pouvait pas l'aider. Il ne dit rien.

La pluie tambourinait sur le toit. Jessie ne parvint pas à s'endormir. Elle essaya de se réconforter en pensant aux paroles du lieutenant DeMarco, et au soutien de Barbara.

— Tu entends ? dit Philip, beaucoup plus tard.

Il avait le sommeil léger.

Jessie tendit l'oreille. Quelqu'un marchait dans le couloir. Elle sourit dans le noir.

— C'est Barbara. Elle cherche des cigarettes.

Ils l'entendirent descendre, puis ouvrir son porte-documents en jurant.

— Barbara est une femme... dure, non ? dit Philip.

— C'est la crème des crèmes.

Philip se tourna de son côté. Jessie repensa à la théorie de Barbara sur les garçons.

Elle entendit le bruit de la porte d'entrée. Barbara trouverait des cigarettes à l'épicerie de nuit. Jessie ferma les yeux. Elle écouta la pluie.

Un horrible crissement de caoutchouc la fit sursauter. L'instant d'après, elle entendit le bruit répugnant d'un objet dur frappant quelque chose de tendre. Puis, de nouveau, le crissement de caoutchouc.

— Mon dieu ! dit Jessie.

Elle courut le long du couloir, dévala l'escalier, sortit sous la pluie. Barbara gisait au milieu de la route.

— Barbara !

Jessie tomba à genoux et la prit dans ses bras. Elle avait les yeux ouverts.

— J'avais tort sur les sixties, Jess, dit-elle si faiblement que Jessie l'entendait à peine. Il y avait toi.

Elle se tut. L'instant d'après, la vie l'avait quittée.

— Mon dieu, mon dieu, mon dieu !

Jessie serra Barbara dans ses bras en la berçant, ne s'arrêta qu'à l'arrivée de la police qui les sépara.

Alors Jessie remarqua que Barbara lui avait emprunté son ciré jaune.

CHAPITRE 8

Sénateur Frame : « Monsieur le Président, je demande que, par consentement unanime, le texte du projet de loi soit imprimé dans le Compte rendu de session dès à présent. »

Aucune objection n'ayant été soulevée, il fut ordonné que les éléments soient imprimés dans le Compte rendu de session, comme suit :

S. 4076

Le Sénat et la Chambre des Députés des États-Unis d'Amérique assemblés en Congrès décrètent que :

Section 1. TITRE DÉNOMINATIF ET TABLE DES MATIÈRES

A. TITRE DÉNOMINATIF. — Il pourra être fait référence à cette loi sous le nom de : Loi fédérale sur la Détection de Mensonges.

Extrait du Compte rendu de session du Congrès

— Vous n'aurez pas mal, dit le jeune homme, tout en glissant un tensiomètre autour du bras de la femme. Il donna de la pression au point que l'appareil en devint gênant, mais pas douloureux. Puis il fixa deux détecteurs de sueur sur ses doigts, passa une étroite ceinture de caoutchouc autour de sa poitrine et une autre, plus large, autour de sa taille. Il pressa un bouton sur une boîte en métal posée sur le bureau qui les séparait. Quatre stylets frémirent d'impatience.

— Vous êtes pour ou contre les Redskins[1] ? demanda le jeune homme.

— C'est ça votre première question ?

— Ha, ha. Non. C'était juste histoire de parler.

---

1. Redskins : célèbre équipe de football américain de Washington. (N.d.T.)

Il en resta pourtant là. Il se contenta de régler un cadran, donner un peu plus de pression au tensiomètre et sortir un calepin. Il portait un badge nominatif sur le revers de sa veste : John A. Brent Jr.

— Faut-il absolument que ce soit aussi serré, monsieur Brent ?

— Pardon ?

— Ce truc pour la tension.

Il jeta un œil au cadran.

— Les variations sont normales, dit-il. Ce ne sera pas long.

— Combien de temps ? Mon mari ne me l'a pas dit.

— Pas longtemps.

Le jeune homme ouvrit son calepin et lut attentivement.

— Mon mari m'a laissé entendre que ce serait...

Il leva le regard. Les yeux de John A. Brent Jr. étaient faits pour voir, mais son regard était indéchiffrable.

— Oui ?

— Pro-forma.

— Pro-forma ? dit-il.

Ses yeux revinrent sur le calepin. La femme ne put décider s'il ne connaissait pas l'expression ou bien s'il évitait de répondre. Pour le savoir, il aurait fallu que les rôles fussent inversés.

Cette idée la mit en colère. Elle sentit son cœur battre plus vite, sa respiration devenir difficile, les pores de sa peau se dilater : déjà ça de gagné pour la boîte noire, et ils n'avaient même pas commencé. Cette pensée lui remémora un dîner au cours duquel quelqu'un avait prétendu qu'il était facile de triompher de cette machine. Il suffisait d'augmenter artificiellement le taux de sa tension durant les questions témoins — « Mordez-vous l'intérieur des joues ; appuyez vos pieds sur le sol ; pensez à la pire douleur que vous ayez jamais ressentie ».

— Au sexe, par exemple ? avait demandé quelqu'un.

— Seulement s'il s'agit d'adultère.

Une conversation plutôt spirituelle pour Washington, en ce moment, se dit-elle. *Ça avait dû se passer à l'ambassade du Canada. Où n'en était-on pas arrivé !*

— Je vais vous poser maintenant une série de questions, dit Brent. Répondez le plus simplement possible, je vous prie.

Il humecta l'extrémité de son pouce et tourna une page.

— Comment vous appelez-vous ?

Quelque chose dans son geste fit que la femme perdit le sens de la réalité, ne vit plus les choses telles qu'elles étaient — à savoir une opération de promotion qui serait bientôt terminée et suivie d'un déjeuner au Pavillon et de quelques courses — mais telles que les verrait un observateur non informé ou une caméra : fonctionnaire, machine à éplucher les êtres humains, citoyenne américaine. Qu'est-ce que cela avait pu être ? La vision de sa langue rose et épaisse mouillant l'extrémité de son pouce ? Un aperçu de quelque chose d'animal tapi derrière cette technique de pointe ?

Après avoir lancé un coup d'œil à M. Brent, qui observait les stylets, la femme se mordit l'intérieur des joues. Elle découvrit que son informateur du dîner n'avait jamais dû mettre sa théorie en pratique : comment parler en se mordant les joues ? A la place, elle enfonça un de ses ongles dans la paume de sa main et répondit :

— Alice Frame.

Dans la boîte métallique, le papier quadrillé se déroula. Les stylets plongèrent et grattèrent la feuille. Le jeune homme jeta un regard inexpressif sur les quatre lignes qui y apparurent et continua.

— Où habitez-vous ?

— Nous avons une ferme près de Sweet Briar, en Virginie.

Les stylets griffonnèrent. Le papier se déroula. Brent observa l'évolution arachnéenne du tracé. Le silence perdura jusqu'au moment où Alice se sentit obligée d'ajouter :

— Nous possédons aussi une maison à Palm Beach et un chalet de montagne en Nouvelle-Angleterre.

— Où en Nouvelle-Angleterre ?

— Est-ce important ? Près de Morgantown, dans le Massachusetts.

Brent humecta ses lèvres. Puis il demanda :

— Êtes-vous mariée ?

— Sinon je ne serais pas là, non ?

Les stylets exécutèrent une figure qui fit froncer les sourcils de M. Brent.

— Répondez directement aux questions, je vous prie. Êtes-vous mariée ?

— Oui.

— Comment s'appelle votre époux ?

— Edmund.

— Que fait-il ?

— Ce qui lui plaît.

Brent fronça les sourcils.

— Quelle est son activité professionnelle ?

— Comme vous n'êtes pas sans le savoir, il est membre du Sénat des États-Unis.

Brent observait les stylets. Entre ses yeux, le pli soucieux s'estompa, mais ne disparut pas complètement.

— Avez-vous des enfants ?

Alice enfonça un de ses ongles dans la paume de sa main mais, cette fois, pas dans le dessein de tromper la machine. Un réflexe.

— Non.

— Pourriez-vous parler un peu plus fort, s'il vous plaît ? Des enfants ?

— Non.

Brent suivait des yeux l'évolution des lignes noires sur le papier dans la boîte métallique. A nouveau, il fronça les sourcils. Puis il humecta l'extrémité de son pouce et tourna une nouvelle page de son calepin.

— Avez-vous déjà rencontré sans autorisation un représentant d'une puissance étrangère ?

— Non.

— Avez-vous déjà été victime d'une tentative de chantage ?

— Objection, dit Alice.

— Je vous demande pardon ?

Elle soupira.

— Non. Personne n'a essayé de me faire chanter.

Elle cessa d'enfoncer un de ses ongles dans la paume de sa main et répondit à toutes les autres questions de M. Brent aussi vite que possible. La seule chose qu'elle désirait, c'était en finir.

Brent la délivra. Il ne la remercia pas et ne lui dit pas au revoir. Aucun protocole n'avait été mis au point pour ce genre de situation. Le monde attendait l'avènement d'une Emily Post nouvelle et inflexible.

Alice sortit, prit un ascenseur. Dans le hall, des photographes la mitraillèrent. On colla des micros contre sa bouche. Puis Edmund se retrouva à son côté, une main autour de sa taille. Il lança son sourire étincelant, aussi fier qu'un père de famille dont le fils a gagné la course.

— Fais chier, dit Dahlin.

— Putain de merde, dit Keith.

Ils étaient en train de regarder une cassette vidéo. Dahlin donna un bon coup sur le bouton de télécommande d'arrêt sur image. Un visage de femme se figea sur l'écran. Agée d'une cinquantaine d'années, elle possédait selon toute apparence de beaux restes et la fortune qui lui assuraient la séduction pour dix ou vingt ans de plus. Cela ne consolait en rien les deux hommes qui faisaient face à son image.

Keith se leva et arpenta la pièce. Il regarda, l'air absent, un agrandissement photographique sous verre accroché au mur, tiré sur un papier à gros grain, qui représentait un homme chauve avec une tache de vin sur le front. Il donnait l'impression d'être en train de pisser contre une haie. Keith se tourna vers Dahlin, assis à son bureau.

— Tu ne peux rien me reprocher, dit-il.

— Qui parle de reproche ? répondit Dahlin.

— Tu penses peut-être que c'est moi qui l'ai poussé à le faire ?

— C'est trop fort !

— Mais je n'ai fait que l'encourager.

— C'est déjà plus exact.

— Il l'aurait fait de toute façon.

— Probablement.

Ils regardèrent l'écran.

— Fais chier, répéta Dahlin.

— Putain de merde.

— Il n'a pas à s'en faire, lui, pour ce genre de merde.

D'un mouvement de tête, Dahlin désigna l'homme de la photographie.

— Pour sûr. C'est pour cela que l'Amérique est un grand pays.

— Excellent, dit Dahlin.

Il ne rit pourtant pas.

— Qu'allons-nous faire ? demanda Keith.

— Que dirais-tu de ne rien faire ?

Keith retira ses lunettes à monture d'écaille et les frotta avec un mouchoir portant un monogramme.

— Rien ?

Dahlin fronça les sourcils.

— Tu as oublié une tache.

— Où ?

— Sur le verre de droite.

Keith acquiesça. Il frotta les deux verres.

— Je ne suis pas certain qu'on puisse ne rien faire, dit-il.

— Alors, dit Dahlin, il faut faire quelque chose.

Keith regarda par la fenêtre. Au loin coulait la rivière, gris sombre sous le ciel gris clair. Au-delà se dressait la ville avec ses monuments dédiés à ceci, à cela.

— Peut-être devrais-je m'en charger moi-même, dit-il.

— Toi ? Qu'est-ce que tu me chantes ? Comment le pourrais-tu ? Il te connaît. Elle te connaît. Pourquoi faut-il que ce soit toujours moi qui doive réfléchir à tout ?

— Désolé.

— Objectivité, dit Dahlin, semblant d'objectivité. Premier commandement.

Il ouvrit le tiroir de son bureau, en sortit une pipe et la déboucha.

— Il nous suffit de traiter ça comme d'habitude, comme un...

Il chercha le mot. Au bout d'un moment, il laissa tomber.

Ils regardèrent la femme, image frémissante sur l'écran pétrifié. C'était un gros plan — rien du matériel de détection n'était visible. Dahlin alluma sa pipe. Du temps passa. La fumée dessinait des volutes dans les airs. Sur le bureau de Dahlin, le téléphone sonna. Il ne décrocha pas. La rivière coulait. Sur la rive opposée, des silhouettes minuscules couraient après un ballon invisible sur un terrain de football. Elles cavalaient dans tous les sens, tombaient les unes sur les autres, se relevaient, se poursuivaient à nouveau.

— J'ai une idée, finit par dire Dahlin.

— Va au but !

— Que dirais-tu de Zyz ?

— Zyz ?

— Pourquoi pas ? Au moins, ça lui ferait prendre l'air.

— Écoute, ce n'est pas la première fois que nous...

Dahlin l'interrompit :

— Et puis, quel mal pourrait-il faire ?

— Ce n'est pas vraiment un enfant de chœur.

— Non, mais quel mal pourrait-il faire ? Hein ? répéta Dahlin.

Une fois qu'il avait trouvé un argument, il n'avait de cesse de le répéter. C'était là le fondement de sa réussite, et peut-être le fondement de toute réussite à Washington.

Keith n'avait rien à répondre.

Dahlin tirait sur sa pipe. La pièce commençait à sentir comme une usine d'incinération d'ordures. Ses lèvres s'agitaient autour du tuyau de la pipe.

— Zyz, dit-il. Tout à fait ce qu'il nous faut.

CHAPITRE 9

Le numéro 22, blanc et or, aussi resplendissant qu'un chevalier d'antan, ne manquait pas de courage mais plutôt de vitesse. Deux garçons en violet, au cou de taureau, le heurtèrent avant qu'il n'aborde le virage. Le choc résonna — bruit artificiel de plastique contre du plastique ; bruit naturel et plus mat de chair contre chair. Le numéro 22 chuta brutalement ; la douleur chassa le masque adulte de son visage, exposant aux yeux de tous celui du petit garçon que sa mère connaissait. Mais personne ne le remarqua, sauf l'homme qui courait sur le sentier entourant le terrain.

Échappant au numéro 22, le ballon rebondit de l'autre côté de la ligne de touche jusque sur le sentier. Le coureur, un homme massif en survêtement gris et tennis à dix dollars, le renvoya d'un coup de pied sans ralentir son allure. On aurait dit qu'il ne visait pas particulièrement, qu'il ne frappait pas très fort, et pourtant le ballon rebondit juste au milieu du terrain, aux pieds de l'arbitre. Celui-ci regarda l'homme une ou deux secondes, signala le quatrième jeu et donna un coup de sifflet.

Encore trois tours. Ivan Zyzmchuk courait d'un pied léger le long de la piste cendrée, très léger pour un homme de sa carrure. Il ne mesurait pas plus d'un mètre quatre-vingts, mais pesait près de cent kilos et contrôlait sans défaillance tous ses muscles.

« Jogging » n'était pas un mot que lui-même utilisait. Il appelait ça du « travail de route ». Il s'était mis au « travail de route » depuis longtemps, bien avant la découverte du Lycra, des semelles de crêpe, de la mode du jogging. Instruction militaire. Trois kilomètres par jour. A cette époque, il avait lutté pour décrocher une place dans l'équipe de boxe de l'école. Plus tard, dans son pays, il avait été champion catégorie poids moyen des écoliers. Puis était venue une interruption ; une longue interruption qui durait toujours. Mais il continuait son entraînement.

— Un, un — Un, deux — Un, trois...

Zyzmchuk, qui avait regardé distraitement la piste cendrée, releva la tête. Un entraîneur au visage carré et au ventre rond renvoya le numéro 22 sur le terrain comme plaqueur. Peut-être cet entraîneur testait-il la théorie du Il-Faut-Remonter-Tout-De-Suite-En-Selle. Le test donna des résultats immédiats : le garçon rata le ballon et retourna sur le banc, tête basse. Il devint inexistant pour l'entraîneur, pour ses partenaires, pour la dizaine de spectateurs groupés sur la ligne de touche — pour tout le monde sauf pour Zyzmchuk, qui courait autour du terrain. Non pas que Zyzmchuk fût morbide ou particulièrement attiré par l'humiliation d'autrui, ni spécialement intéressé par ce garçon — mais il voyait les choses telles qu'elles étaient. Une aptitude qui, sous une forme ou une autre, était mentionnée dans tous les rapports le concernant.

Tandis qu'il courait, ses pensées se détournèrent du match pour aller vers des souvenirs d'un autre genre de football, celui que lui avait joué. Peu de chose en vérité : l'image d'un maillot bleu passé, que sa mère avait tant de fois raccommodé ; des images sinistres d'un match disputé sous une pluie battante contre une équipe de cadets allemands ; le visage osseux d'un gardien de but rapide comme l'éclair qui s'appelait Miro et qui, un jour, avait partagé avec lui une tablette de chocolat volée.

Zyzmchuk continuait à courir. Des taches humides s'étalaient sous son sweat-shirt. Cette sensation de froid brisa sa rêverie. Tant mieux. Le maillot bleu avait fini par se déchirer ; les Allemands avaient remporté le match ; et Miro avait été fusillé contre un mur en 1944. Encore deux tours.

Zyzmchuk entendit des pas qui s'approchaient derrière lui. Il se rabattit sur le côté. Une jeune femme en collants orange le dépassa de sa course légère. Il eut le temps de voir un corps agile, un air déterminé, des chevilles nues, adorables et fines — les tendons d'Achille se contractant à chaque foulée comme des ressorts sans défaut de fabrication. Elle lui rappela les filles des montagnes de ses vacances d'enfant, sauf qu'elles n'avaient jamais eu un air aussi déterminé. Son corps accéléra, de lui-même. Il le refréna. Ce n'était pas une course à pied, il n'était pas taillé pour cela ; et, même s'il rattrapait la femme en collants orange, que se passerait-il ? Il y avait peu de chances qu'il devienne l'objet de ses pensées. Elle réfléchissait sans doute aux mensualités de sa nouvelle voiture, ou à une bonne rencontre, ou encore à créer une association. Zyzmchuk ne représentait rien pour elle. Bientôt, il perdit de vue ses chevilles parfaites.

Encore un tour. Il peinait juste un peu maintenant. Courir n'était pas un sport pour lui. Le football américain, ou n'importe quelle autre sorte de football, non plus. Le sport fait pour lui, il avait dû l'abandonner quand il s'était enfui de Prague après la guerre. Pas le temps de faire de la boxe en Amérique, trop de choses à rattraper, surtout pour son père et sa mère. Mais Zyzmchuk, lui, les avait rattrapées.

Il termina le dernier tour et descendit vers la rivière. Une brise froide venant de Virginie soufflait sur l'eau. Les feuilles des arbres tombaient en spirale. Zyzmchuk s'allongea sous un chêne. Ses yeux se fermèrent. Le visage de Miro glissa sous ses paupières. Il rouvrit les yeux.

Travail au sol. Vingt pompes. Vingt flexions. Vingt abdominaux. Trente pompes. Trente flexions. Trente abdominaux. Quarante pompes. Quarante flexions. Quarante abdominaux. *Ça suffit,* se dit Zyzmchuk : *suffisant pour un gars de vingt ans et je vais en avoir cinquante-sept dans deux mois.* Cette perspective lui fit faire quelques mouvements de plus, mais tout de même pas trois séries de cinquante. Cette époque était révolue.

Lorsqu'il se redressa, il aperçut la femme en collants orange, qui faisait du stretching non loin de lui. Elle l'observait. Étonnant. Elle détourna le regard quand elle vit qu'il l'avait remarquée, termina ses mouvements et se dirigea vers le parking de l'autre côté du terrain. Zyzmchuk se leva et la suivit.

Le match était terminé, la pelouse déserte. La femme monta dans sa voiture — une Peugeot — et partit. Zyzmchuk nota son numéro minéralogique.

Il alla à sa propre voiture, une Blazer, cent vingt-deux mille kilomètres au compteur et moteur trafiqué. Il s'arrêta un moment, cherchant ses clefs, surveilla les alentours et ne vit personne. Alors, il se baissa, s'allongea sur le dos et regarda sous le châssis, comme un acheteur méfiant qui vérifie s'il n'y a pas de rouille. Il en trouva beaucoup, avec en prime un boulon desserré sur un côté du silencieux et un radiateur catalytique perforé qui ne passerait pas l'hiver. Il ouvrit la portière, s'installa au volant, enfonça la clef de contact et la tourna, tout cela sans se volatiliser dans un nuage de fumée.

Zyzmchuk coupa le contact. De la boîte à gants il sortit une bouteille Thermos. Une odeur de café emplit la voiture. Il s'en servit une tasse, pas bouillant, mais encore chaud. Une bénédiction, le café. Une des plus appréciées. Comptez vos bénédictions : une. Il sortit un sandwich d'un sac en papier. Saumon fumé sur pain de seigle frais. Deux, trois. Les odeurs se mêlèrent à celle du café, aussi harmonieuses qu'un trio de Beethoven. Ivan Zyzmchuk déjeunait.

Treize heures trente. L'heure de rentrer au bureau. Zyzmchuk avait plutôt envie d'un sauna. Il en fut stupéfait. Peut-être changeait-il, que cela lui plaise ou non. « Ça n'a rien à voir avec toi, Zyz. Une question d'argent, c'est tout. » D'accord.

Il décrocha le téléphone et composa un numéro.

— Grace, dit-il, j'aimerais que vous fassiez une recherche d'après un numéro d'immatriculation. Maryland, SEO 833.

Il resta assis en attendant qu'elle le rappelle. Deux canards, un mâle et une femelle, descendirent du ciel en une courbe gracieuse jusqu'au poteau de but. Leurs têtes allaient d'avant en arrière. Puis le mâle monta la femelle. Elle tenta de s'esquiver, mais il lui coinça la tête avec son bec. Un autre mâle survint, chassa le premier et prit sa place, le bec planté dans le cou de la femelle. Le premier mâle mordit le second. Les trois canards tournoyèrent au pied du poteau de but en une mêlée courroucée. « La Nature, se souvint-il d'avoir entendu dire à Leni, c'est ce que nous devons chercher à dépasser. » Il sentit une chaleur, douillette et intime, lui traverser le corps. Cela arrivait toujours quand il pensait à Leni, mais il savait par expérience qu'il était inutile de l'encourager. Zyzmchuk chassa Leni de ses pensées. Sur le siège arrière, traînaient quelques prospectus. Il mit ses lunettes et s'en empara.

Coucher de soleil en Arizona. Pays de la Copropriété. L'Expérience de la Multipropriété. Zyzmchuk détailla les photographies de personnes âgées et bronzées en train de jouer au tennis ou de sucer des glaces. La vieillesse présentée comme une partie de rigolade. Il baissa la vitre et jeta les prospectus dans une poubelle.

Ils avaient commencé à envahir sa boîte aux lettres quelques jours après qu'on l'eut prié de prendre une retraite anticipée. Le Pays de la Copropriété avait son service de renseignements. « Ça n'a rien à voir avec ta façon de travailler. Zyz. Ce n'est pas ça du tout. » Oh non. « C'est un problème budgétaire. Tu as vu les chiffres, tu sais de quoi je parle. Il est temps d'engager des types plus jeunes. Nous devons penser à l'avenir. Tu sais combien de temps dure quelqu'un dans cette branche. Tu es déjà notre Satchel Paige. »

Zyz ne jouait pas au base-ball.

— Notre Pelé alors. Notre Archie Moore.

— Je sais qui est Satchel Paige.

— Bien sûr, bien sûr.

Et autres palabres du même genre, mais ils connaissaient tous la vraie raison. Ivan Zyzmchuk n'était pas taillé pour travailler dans un bureau, pourtant il ne lui restait rien d'autre à faire. Telle était la politique du ministère — personne sur le terrain après cinquante ans. Zyzmchuk avait tenu bon six années de plus grâce à une série de contrats spéciaux de six mois, mais maintenant c'était terminé. Au crédit : une retraite de 2 272,65 dollars par mois (qu'il ne commencerait à toucher qu'à partir de soixante ans), un compte épargne avec un petit crédit de trois mille dollars. Au passif : un appartement de huit cents dollars par mois, une assurance automobile, une couverture sociale, nourriture et boisson pour une personne. Conclusion : il devait trouver du travail. Références : une licence en économie de l'université de Chicago, 1951, et un curriculum vitae de vingt-cinq pages dont le contenu était top secret.

Le téléphone sonna. Grace avait fait vite.

— Oui ? dit-il.

Mais ce n'était pas Grace.

— Je t'y prends, Zyz, dit Keith.

— A quoi ?

— Au beau milieu d'un déjeuner à l'ancienne arrosé de trois martinis. Je me trompe ?

Il se tut, attendant la réponse de Zyzmchuk. Elle ne vint pas. Il n'aimait pas qu'on l'appelle Zyz.

— Enfin, si quelqu'un l'a mérité, c'est bien toi.

Il y eut un silence encore plus long. Lorsque Keith reprit la parole, sa voix avait perdu sa bonhomie

— Passe au bureau cet après-midi. On a quelque chose à te montrer.

— Quoi ?

— A te montrer, pas à te dire. Je pense que ça devrait t'intéresser.

La communication fut coupée. Zyzmchuk regarda de l'autre côté de la rivière ; il distinguait une tour grise, qui ressemblait à n'importe quel bâtiment gouvernemental dessiné par des architectes bas de gamme pour des travailleurs bas de gamme. Peut-être y avait-il davantage d'équipement sur ce toit-là que sur les autres. Zyzmchuk démarra et roula vers le pont.

Il était sur la rive de la Virginie quand le téléphone sonna de nouveau.

— Monsieur Zyzmchuk ? C'est Grace. Maryland SEO 833 appartient à une certaine Lisa Turley. Elle vit seule, 483 Hawthorn Street, Bethesda et travaille comme analyste au Bureau des études économiques. Divorcée, vingt-neuf ans ; diplômée de l'université de Wellesley. Ni arrestation ni condamnation dans aucun État, pas de voyage connu dans un pays du bloc soviétique. Un avortement en 1983. Doit cinquante-cinq dollars d'impayés de tickets de parking au district de Columbia. Désirez-vous en savoir plus ?

— Que pourrait-il y avoir d'autre ?

— Je pourrais fouiller du côté de son ex-mari pour commencer ? Zyzmchuk rit.

— Si cela peut vous faire plaisir, dit-il.

— Quelle idée, monsieur Zyzmchuk !

— N'est-ce pas ?

Zyzmchuk roula jusqu'à la tour sur la colline et déboucha dans le parking qui se trouvait à l'arrière. Les places étaient numérotées. Il se gara au numéro 9, bien que ce ne fût pas la sienne ; c'était la 31 qui lui était attribuée, mais la 9 était plus près de l'entrée et son propriétaire hospitalisé pour des examens.

Aucune plaque sur les portes de la tour mais une pierre sculptée — un aigle, qui ressemblait davantage à un vautour, tenant une bannière sur laquelle on lisait 1952. A l'intérieur, ni contrôle de sécurité, ni garde, ni bureau de renseignements. L'unique décoration consistait en un immense miroir sur le mur du fond ; une femme y pinçait ses lèvres. Le GAR, ainsi que l'appelaient ceux qui y travaillaient et qui jouissaient d'une confiance suffisante pour connaître le nom de leur patron — le Groupe d'Analyse et de Recherche —, était un bâtiment aux bureaux anonymes qui n'appelait aucun commentaire, sauf si on était au courant de ses caméras cachées, de ses détecteurs de métal, de plastic, et des deux hommes postés de l'autre côté du miroir, l'un devant un registre et l'autre derrière une mitrailleuse calibre cinquante.

Zyzmchuk prit l'ascenseur jusqu'au dernier étage et entra dans son bureau. Grace était assise, les yeux sur sa console, une main plongée dans une boîte d'amandes Roca.

— Vous me prenez la main dans le sac, monsieur Zyzmchuk, dit-elle.

— Il y a des jours comme ça, répondit Zyzmchuk, bien qu'il prît Grace la main dans le sac chaque fois qu'il entrait ou sortait.

Elle était plus lourde que lui ; les kilos s'étageaient mollement de son menton à ses chevilles. Grace avait des cheveux châtains et lustrés et une peau sans défaut. Elle fourra une autre amande dans sa bouche. Zyzmchuk gagna le bureau du fond, retira son survêtement et passa un pantalon de flanelle grise et une veste en tweed.

— Jolie cravate, monsieur Zyzmchuk, lui dit Grace quand il fit sa réapparition. Ce sont des canards ?

— Exactement.

Zyzmchuk sortit et longea le couloir. Il entendit les rires de Dahlin et de Keith avant d'être à mi-chemin du bureau d'angle. Ils aimaient les bonnes blagues. On le devinait à la photographie satellite de Gorbatchev surpris en train de pisser devant sa maison de campagne.

Dahlin, assis sur le bras d'un divan de cuir rouge foncé, tenait une revue ouverte lorsque Zyzmchuk entra : Keith la regardait par-dessus son épaule.

— Quel personnage ! dit Dahlin, en hochant la tête

— Le pire et le plus chiant, dit Keith.

Ils rirent à nouveau. Dahlin referma la revue : *Harvard*. Ils avaient parcouru la promotion inscrite au dos. Ils levèrent les yeux vers Zyzmchuk. Tous deux portaient des costumes à fines rayures, des chaussures anglaises, des lunettes à monture d'écaille : les Dupond et Dupont des grandes écoles. Il était facile de sous-estimer des hommes comme eux. Zyzmchuk avait vu beaucoup d'Européens commettre cette erreur.

— Ivan, dit Dahlin, content de te voir.

C'était la veille, se souvint Zyzmchuk, qu'ils s'étaient vus pour la dernière fois. Dahlin se leva et lui tendit la main. Zyzmchuk la serra. Dahlin avait une poignée de main ferme et sèche, mais ce n'était pas significatif. Quiconque, au poste qu'il occupait, aurait, depuis longtemps, maîtrisé cet art, tout comme lui-même avait appris quelle fourchette utiliser pour manger un kiwi et comment dire non. Le seul fait notable était qu'ils se serraient la main pour la première fois.

— Que se passe-t-il ?

— Assieds-toi, Ivan, dit Dahlin, en croisant les jambes.

Zyzmchuk s'assit.

Keith se leva et alla regarder par la fenêtre. Il ressemblait à George Will, le présentateur TV, en plus rond et en plus jeune. Zyzmchuk remarqua que lui aussi arborait des canards sur sa cravate. Des canards de qualité supérieure, semblait-il.

— Content de te voir, répéta Dahlin.

Il sortit sa pipe et commença de la déboucher.

— Tu vas nous manquer.

Zyzmchuk hocha la tête. Il ne dirait pas que Dahlin, lui aussi, allait lui manquer. Dahlin était le cinquième directeur pour lequel il avait travaillé. Il avait perdu le compte des adjoints arrivés et repartis à cette époque ; habituellement, comme Keith, ils étaient nommés pour raisons politiques. Ils venaient, apprenaient des secrets, dépensaient de l'argent et repartaient. Peut-être Keith avait-il plus d'ambition que les autres ? Au cours de son premier mois de travail, il avait rédigé une monographie intitulée *Du Rôle du Déguisement dans la Matrice des Services Secrets Modernes*, l'avait fait classer top secret, puis largement distribuer dans la communauté des services secrets. Zyzmchuk en possédait un exemplaire dédicacé : « A un vieux pro ».

— L'autre jour, je parlais à quelqu'un qui m'a dit le plus grand bien de toi, dit Dahlin. Il a notamment cité Budapest en 1956.

— Qui était-ce ?

Dahlin dit un nom qui figurait dans les journaux presque chaque jour.

— Il n'y était pas, dit Zyzmchuk.

— Je sais bien, dit Dahlin, d'un ton sec.

Il venait d'éplucher quelques-uns des rapports de l'époque.

— Pour quelle raison ?

— Écoute, Ivan, dit Dahlin, comment saurais-je une chose pareille ? Tu n'arrêtes donc jamais de travailler ?

— Bien sûr que si. A cinq heures tous les jours. Et le samedi et le dimanche, depuis Gramm-Rudman.

Dahlin ouvrit la bouche, comme s'il allait rire, mais aucun son n'en sortit. Il y coinça sa pipe. Keith tourna le dos à la fenêtre et jeta un coup d'œil à sa montre en or. *Il se pourrait que je sois drôle*, se dit Zyzmchuk, *mais pas à hurler de rire, comme Gorbatchev ou la promotion de Harvard.*

— On a quelque chose qui a l'air d'être pour toi, dit Dahlin. Ça te fera sortir du bureau, au moins, pour ces quelques derniers...

Dahlin abandonna cette tactique, mais sans lui en substituer d'autre.

Sa prudence était superflue : l'idée de sortir plaisait à Zyzmchuk.

— Quel genre de chose ? demanda-t-il.

Dahlin fit un signe de tête à Keith. Celui-ci effleura le bouton d'une télécommande. La lumière jaillit sur l'écran mural. Elle prit la forme du visage d'une femme d'à peu près son âge, calme, soigné mais légèrement mal à l'aise : le genre d'expression que l'on rencontre dans la salle d'attente du meilleur dentiste de la ville.

Sur l'écran, la silhouette d'un homme se pencha et masqua la vue. Il avait un cou épais, récemment rasé. Il fit quelque chose en disant : « Vous n'aurez pas mal. » Il manipula d'autres objets. Zyzmchuk aperçut les yeux de la femme comme l'homme se courbait. La pupille s'était très légèrement dilatée : petit trou par lequel son flegme risquait de s'échapper.

— Les Redskins ? Vous êtes pour ou contre ? demanda l'homme, dos à la caméra.

— C'est ça votre première question ? répondit la femme, déroutée.

L'homme sur l'écran eut le genre de rire que provoquent les enfants en demandant si c'est le bon Dieu qui a mis le bébé dans le ventre de maman.

— Non, c'était juste histoire de parler.

Il sortit un calepin et quitta le champ.

La femme passa son doigt le long de sa lèvre supérieure, comme pour en chasser des gouttes de sueur, bien qu'aucune trace n'en fût visible.

— Faut-il absolument que ce soit aussi serré, monsieur Brent ?

— Pardon ? dit l'homme, se retournant.

La caméra saisit son profil. Zyzmchuk constata qu'il avait parfaitement entendu ce qu'avait dit la femme.

— Il ne peut pas s'empêcher d'être retors, dit Dahlin. C'est le genre de nigauds fabriqués en série à Langley.

— Mais des nigauds qui adorent leur travail, dit Zyzmchuk.

— C'est justement ce qui les abêtit, dit Keith qui éclata de rire et coupa le son de la vidéo.

Il avait croisé ses mains sur son estomac, comme un spectateur installé dans un bon fauteuil à une pièce de Neil Simon.

L'homme de Langley était sorti du champ.

— Pro-forma ? disait-il, comme s'il ne pouvait pas en croire ses oreilles.

Le visage de la femme se crispa. L'homme annonça qu'il allait lui poser une série de questions, puis formula la première :

— Comment vous appelez-vous ?

Il y eut un long silence. La femme lança un regard rapide dans la direction de l'homme ; puis elle ferma sa main droite et répondit :

— Alice Frame.

— Nom de dieu, dit Zyzmchuk. C'est la femme du sénateur ?

— Tu cernes rapidement le problème, Ivan, dit Dahlin.

— Je ne cerne rien du tout, rétorqua Zyzmchuk. Qu'est-ce qu'elle fout dans la salle d'interrogatoire ?

— Tu as dû entendre parler du projet de loi du sénateur sur le détecteur de mensonges ?

— Oui. Il veut passer à la question tous les premiers-nés du pays.

La bouche de Dahlin eut son imitation de rire, révélant des dents couronnées, et une langue chargée de tabac.

— Quand même pas, Ivan. Quelques centaines de milliers de personnes seulement seront concernées, essentiellement des gens du Département d'État et du ministère de la Défense, certains de leurs vacataires, quelques organismes comme la NASA, ce genre de choses.

— Et leurs familles.

— Dans certains cas. Le sénateur essaie de se rendre utile.

— En mettant sa propre femme à l'épreuve ?

— Il ne fait que démontrer qu'il n'exige de personne ce qu'il n'accepterait pas lui-même. Toutes les chaînes de télévision l'ont enregistré hier soir.

— Tu ne vas quand même pas défendre ces interrogatoires ? dit Zyzmchuk.

— Pas entre ces quatre murs, dit Dahlin.

— Sauf pour décourager les mouchards potentiels, ajouta Keith.

— Tu veux dire seulement intimider les petits gars.

— Pourquoi ?

— Parce que la machine n'est pas capable de déceler si l'on ment. Elle est tout juste capable de tracer des lignes sur du papier, comme son nom ne l'indique pas. Ni plus ni moins.

Zyzmchuk se tut. Il se rendit compte qu'il était allé trop vite — cela arrive lorsqu'un homme qui parle neuf langues avance des arguments fondés sur des concepts qui échappent à des gens n'en parlant qu'une.

— Le fait est que, bientôt, tout le monde le saura. Et alors, ce ne sera même plus angoissant.

Du coin de l'œil, Zyzmchuk vit Alice Frame, ignorante de la présence d'une caméra, qui s'enfonçait un ongle dans la paume de sa main en disant : « Non, jamais. »

— Vous ne pouvez faire d'une plaisanterie votre première arme de défense, dit Zyzmchuk. Les professionnels en rigolent déjà.

— Je ne tiens pas à en discuter, Ivan. Le fait est que le sénateur siège au comité des services secrets depuis vingt ans ; il est un de nos supporters les plus importants ; et il est très enthousiasmé par son propre projet de loi. Fait numéro un. Fait numéro deux : sa femme a subi le test. Appelle ça un coup de pub, si ça te chante ; il n'empêche que, si nous obtenions de tels résultats avec n'importe qui d'autre, nous ouvririons une enquête. Je ne parle pas du rapport sur la détection de mensonges — ne perds pas ton temps à le lire — mais il suffit de la regarder, elle. Fait numéro trois : notre intervention devra être discrète. Hors de question que le sénateur découvre que nous enquêtons sur sa femme.

— Enquêter pour trouver quoi ?

— C'est là le problème.

— En tout cas, ce n'est pas le mien, dit Zyzmchuk en regardant Keith. S'il y a un problème, c'est le sien.

Keith rougit très légèrement, mais il dit d'une voix calme :

— L'idée n'est pas de moi.

— Je le sais. Mais tu aurais pu le dissuader.

— Tu surestimes mes prérogatives. Le sénateur ne me consulte que pour des conseils techniques, jamais pour des questions politiques.

— C'est dingue. C'est toi qui as écrit le moindre mot qu'il ait jamais prononcé sur les services secrets.

Keith rougit un peu plus, ce qui lui donnait un air très jeune.

— Pas depuis que j'ai quitté son bureau. Il a maintenant deux personnes qui travaillent exclusivement sur les services secrets. Ça va faire un an que je ne l'ai pas vu.

Zyzmchuk voulut dire quelque chose, mais Dahlin le devança :

— Ivan, je t'en prie. Nous avons besoin de ton aide.

— Pour quoi ?

Dahlin eut l'air surpris.

— Une filature. Au cas où, tu comprends, il y aurait vraiment quelque chose... on ne peut pas prendre le risque qu'on dise que nous n'avons...

— Rien fait, acheva Keith pour lui.

— Alors ? dit Zyzmchuk.

— Il va falloir la surveiller, répondit Keith.

— Oh, arrêtez, ce n'est pas une espionne. Elle est probablement inquiète qu'ils ne découvrent la petite virée que lui a offerte son mari aux frais de la princesse. Pourquoi ne pas se contenter de laisser tomber ?

— Elle est dans une position où elle sait beaucoup de choses.

— Alors, faites appel au FBI. Ce n'est pas notre rayon.

— Légalement, non, bien que je pourrais justifier l'enquête, dit Dahlin. Mais comme problème pratique, nous avons une étroite relation de travail avec le sénateur et nous ne tenons pas à ce qu'elle soit menacée par un quelconque imbécile du Bureau.

— Mais supposons qu'en effet nous trouvions quelque chose, dit Zyzmchuk. Qu'adviendra-t-il de votre étroite relation de travail ?

— Nous aviserons le moment venu.

— Pourquoi ne pas battre le fer tant qu'il est chaud ?

Le silence se fit dans la pièce. La voix d'Alice Frame y résonna. « Des officiels soviétiques ? Ma foi, j'ai rencontré l'ambassadeur une fois au cours d'une réception. Et quelques-uns de ses assistants. Je... Je suis navrée, mais je suis incapable de me souvenir de leurs noms. »

Ils regardèrent l'écran. Alice Frame se mordait la lèvre inférieure ; elle aurait tout aussi bien pu être sur le point de pleurer. « Mais jamais je... » « Attendez les questions, s'il vous plaît », dit M. Brent.

— Éteignez-moi ce foutu machin, dit Zyzmchuk.

Keith toucha un bouton. Zyzmchuk se leva et traversa la pièce. Il compensait ainsi sa furieuse envie de saisir Keith et Dahlin à bras-le-corps pour leur fracasser le crâne. Pendant un moment, il examina la photographie de Gorbatchev. Le tirage n'était pas assez sensible pour qu'on pût distinguer les détails mais on devinait nettement ce qu'il faisait.

— Pourquoi moi ? finit par demander Zyzmchuk.

— Je pense être capable de répondre à cette question, dit Keith. Parce qu'il faut que ce soit parfaitement exécuté.

Zyzmchuk sourit.

— Sympathique.

Il continua de sourire.

— Je me demande pourquoi, ajouta-t-il, puisque le sénateur est un si bon ami, notre budget est si serré.

Il y eut un silence. Keith était près de la fenêtre, adossé au mur. Dahlin était assis sur le divan, les jambes croisées, ses chaussettes de cadre dynamique visibles. Sans qu'ils aient à échanger un regard, des signaux passèrent entre eux. Zyzmchuk les intercepta sans pouvoir les décoder.

— Pour être clair, interrogea Dahlin, tu demandes pourquoi notre budget est serré au point que nous devons nous séparer de toi ?

Zyzmchuk acquiesça.

Keith parut vexé.

— Mais ce n'est pas pour cela que nous nous séparons de lui. Zyz, nous en avons déjà parlé. Tu es au-dessus de la limite d'âge pour un agent. Tu as été un grand homme de terrain. L'opération de la cabine téléphonique est un classique du genre — les recrues l'étudient chaque année. Mais...

Se tournant vers Dahlin, Zyzmchuk interrompt Keith :

— C'est exactement ce que je veux dire. Pour être clair ?

Dahlin croisa ses mains. Zyzmchuk le vit hésiter puis renoncer à faire craquer les articulations de ses doigts.

— Peut-être, dit Dahlin, pourrons-nous faire quelque chose si tu fais un travail bien discret sur l'affaire Alice Frame.

— Je ne parle pas d'un boulot de bureau, dit Zyzmchuk. Il faudrait que ce soit sur le terrain.

— Ivan, tu sais que c'est impossible.

Zyzmchuk se leva.

— En ce cas, je suis navré, mais je ne peux pas vous aider.

Cette fois, Dahlin fit craquer ses doigts.

— Je pourrai peut-être arranger un truc avec Langley. Si tu ne vois pas d'inconvénient à y être temporairement affecté.

— Dis-leur que je veux Prague. Deuxième choix : Budapest.

Keith se racla la gorge.

— Nous pourrions nous contenter de t'ordonner de le faire.

Il se tourna vers Dahlin.

— N'est-ce pas ?

Dahlin ne dit rien. Zyzmchuk répondit pour lui.

— Je refuserais. Et ensuite, que feriez-vous ? Je suis déjà viré.

Zyzmchuk s'attendit à des rires devant l'ironie de tout cela, mais ils ne vinrent pas. Dahlin et Keith n'étaient plus d'humeur à rigoler. Il sortit.

Keith le rattrapa avant qu'il ait atteint l'extrémité du couloir. Il redressa sa cravate aux canards qualité supérieure, se racla de nouveau la gorge et dit :

— J'espère que tu n'as pas pensé qu'il voulait que tu remues ciel et terre. Ce n'est pas du tout ce dont il s'agit.

De derrière ses lunettes, Keith observait Zyzmchuk dans l'attente d'un signe qui prouverait qu'il suivait son raisonnement. Zyzmchuk n'en fit aucun. Keith soupira.

— Ce que veut le département, c'est quelque chose de plus...

— Pro-forma ? suggéra Zyzmchuk.

Keith sourit.

— Exactement, Zyz. Tu as tout compris.

CHAPITRE 10

Tout marchait comme sur des roulettes.

Zorro était au volant. Zorro, si rusé, si réel et libre ; un P qui veut dire Zorro.

La petite fille de Zorro était assise à une extrémité de la banquette arrière. Bao Dai, à l'autre.

— Appelle-moi Tonton Bao, lui avait-il dit.

Elle ne l'avait pas appelé du tout. L'épisode du couteau en fanon de baleine l'en avait dissuadée. Un incident, peu de chose, juste histoire de le brandir. Bao Dai le regrettait — il avait simplement eu envie d'aller faire une longue balade en voiture — mais il avait dû persuader Zorro. Maintenant, le couteau était rangé et tout marchait à la perfection.

La campagne obscure, la musique des Doors — Bao Dai n'en revenait pas de cette sono dans la voiture — le ciel sombre : tout était bien. Même la luminosité était moins pénible.

Bao Dai appuya sa tête contre un des haut-parleurs arrière. Il y en avait six. Des basses lui vibrèrent dans l'oreille. Le chanteur chantait le cri du papillon. Bao Dai l'entendait. La nuit défilait à l'extérieur. Il oublia tout, ou presque. Puis la musique cessa. Bao Dai se redressa, jeta un coup d'œil sur la petite fille. Elle était endormie.

— Où sommes-nous ?

La voiture ralentit.

— Dans le Missouri, dit Zorro.

La voiture se rabattit sur le côté de la route et s'arrêta.

— Pourquoi on s'arrête ? dit Bao Dai.

— Je suis fatigué.

Zorro se retourna vers lui. Le salaud, qu'il avait l'air jeune.

— Fatigué ?

C'était une sensation oubliée pour Bao Dai.

— Je pense que nous devrions faire demi-tour, et rentrer.

— Où ?

Zorro prit une inspiration.

— Écoute, ne le prends pas mal.

— Quoi ?

— Je pense qu'il te faudrait, peut-être, l'aide d'un... spécialiste.

— C'est-à-dire ?

— Quelqu'un avec qui parler.

— Je te parle, non ?

— Je ne suis pas un spécialiste.

— Bien sûr que si, dit Bao Dai. Tu es un grand spécialiste, en ce qui me concerne. Un vrai pro.

— Je ne vois pas ce que tu veux dire.

— Sans blague ?

Il y eut un moment de silence. Une voiture les dépassa, puis une autre. Le visage de Zorro s'éclairait puis s'assombrissait à la lumière des phares.

— La vie ne t'a pas épargné, finit-il par dire.

— Pourquoi tiens-tu à parler de moi ? dit Bao Dai.

Pas de réponse.

— Je n'ai pas envie de parler de moi, mais plutôt de toi. Tu as la belle vie, pas vrai ?

— Pas si...

— Une belle voiture. Une belle maison. De belles musiques. Une belle petite fille. Où est ta femme ?

— Je te l'ai dit. Nous avons div...

— Tu m'as dit beaucoup de choses. A quoi ressemble-t-elle, ta femme ?

— Je te l'ai dit, nous ne sommes...

— A quoi ressemble-t-elle ?

— Eh bien, elle n'est pas mal.

— Beaux nénés ?

— Je suppose. Ça fait cinq ou six ans maintenant que nous avons...

Mais Bao Dai savait qu'elle avait de beaux seins. Il l'avait vu du garage.

— Comment as-tu pu laisser tomber des nénés comme ceux-là ?

Zorro rit, entre hommes.

— Merde, ils n'étaient pas si terribles que ça. Et puis, de toute façon, les filles, ce n'est pas ce qui manque dans le coin. Les femmes, je veux dire.

Zorro tourna la tête et tenta un sourire, entre hommes.

84

— Non, dit Bao Dai. Je ne sais pas.

Silence.

— Et ta petite fille, elle a déjà des nénés ?

Il la regarda. Elle dormait.

— Je préférerais que tu évites de parler d'elle comme ça. Elle n'est qu'une enfant.

— C'est ce que j'ai dit. Une petite fille. Elle a le même âge que... ma fille.

— Mais tu n'as pas d'enfant.

Silence.

— N'est-ce pas ?

— L'âge qu'aurait ma petite fille, idiot. Si j'en avais eu une. Et une femme avec de beaux nénés. Tu vois ce que je veux dire ?

— Je n'en suis pas certain.

— Tu as la belle vie — voilà ce que je veux dire, dit Bao Dai. Partons.

— On fait demi-tour ?

— Ne regarde pas en arrière, dit Bao Dai. Pas tant que je suis là.

— Je voulais dire, où veux-tu aller ?

— Tu le sais bien.

— C'est loin.

— Loin ?

Ça, c'était très marrant. Bao Dai faillit rire.

— Tu ne sais pas ce que « loin » veut dire, dit-il. Démarre.

Zorro roula. La petite fille dormait. Bao Dai observait la levée du jour.

— Tu doubles tout le monde, dit-il au bout d'un moment.

— Ah bon ?

— Ralentis.

— Pas de problème.

— Tu les doubles encore !

— Ah bon ?

Mais c'était trop tard. Des lumières rouges lancèrent des éclairs dans les rétroviseurs.

— Salaud, dit Bao Dai.

— Il veut que nous nous rabattions.

Bao Dai sortit le couteau en fanon de baleine. Il le tint sous sa veste.

— Alors, fais-le, dit-il. Mais s'il doit arriver quoi que ce soit, c'est à elle que ça arrivera. Compris ?

— Oui.

Ils se rangèrent. Un flic approcha, regarda par la vitre baissée.

— Vous rouliez à cent cinquante kilomètres/heure au compteur.

— Désolé, monsieur l'agent.

Le flic inspecta l'intérieur de la voiture, vit Bao Dai et la petite fille endormie.

— Belle voiture, dit-il. On n'en voit pas beaucoup des comme ça par ici.

Le flic ressemblait beaucoup à un adjudant que Bao Dai avait connu. Ce fut peut-être pour cela qu'il dit :

— Vous devriez entendre sa sono.

Les mots lui avaient échappé.

Le flic regarda à nouveau Bao Dai.

— Ah ouais ?

— Fais-lui voir, dit Bao Dai.

Zorro mit de la musique. Elle emplit la voiture.

— Les Doors, hein ? dit le flic. Pas mal. Combien ça vous a coûté ?

— La sono ? dit Zorro. Comprise dans la voiture.

— Et combien elle a coûté ? demanda Bao Dai.

— Eh bien, assez cher.

— C'est-à-dire ? insista Bao Dai. Allez, ne fais pas le modeste.

Le flic et Bao Dai échangèrent un sourire rapide.

— Un peu plus de trente, dit Zorro.

Le flic sifflota. Zorro regardait le flic. Bao Dai vit son regard suppliant, mais l'autre se méprit sur le sens de la supplication. Il donna un petit coup sur le toit.

— Bon, ça va, mon gars. Te voilà quitte pour un avertissement. Mais la prochaine fois ne sois pas si pressé.

Il regagna la voiture de patrouille et s'éloigna.

Lorsqu'il fut hors de vue, Bao Dai dit :

— Je l'aime plus, cette voiture. Elle est trop... ouverte.

Zorro, la tête dans les mains, n'écoutait pas.

— Qu'attends-tu de moi ? dit-il. On ne peut pas défaire le passé.

— On peut toujours essayer, dit-il. Roule.

Ils roulèrent. La cassette se termina. La radio prit le relais. Une pub pour des jeans.

— C'est papa, dit la petite fille.

Bao Dai la regarda. Elle était bien réveillée.

— Qui joue à la radio, ajouta-t-elle.

Elle le regarda d'un air bizarre et dit :

— Tu ne savais pas qu'il était musicien professionnel ?

Bao Dai était incapable de répondre. Il ne lui était pas venu à l'idée que Zorro était autre chose que riche. Il écouta la guitare et tout son corps se raidit au fur et à mesure des accords. Il aurait pu les jouer, chacun d'eux, exactement comme ça. C'était son style.

— Ce n'est rien, vraiment, dit-on depuis le siège avant. Juste un boulot.

— Tu es trop modeste, papa, dit la petite fille.

Bao Dai ne dit rien. Sous sa veste il serra le manche du couteau, très fort. Il le serrait toujours après la fin du spot publicitaire.

CHAPITRE 11

Kate pleurait. Le son venait d'en bas. Jessie dévala l'escalier. Le sous-sol était inondé. Les pleurs de Kate étaient plus forts, mais provenaient toujours d'un endroit plus profond. Jessie franchit la dernière marche et posa le pied sur le sol mouillé. Il n'y avait pas de sol. Elle tomba dans l'eau et fut engloutie.

Jessie sombra dans les ténèbres. Les pleurs de Kate étaient de plus en plus forts. Jessie continua de nager, toujours plus bas, plus profond. Ses poumons étaient sur le point d'éclater. Elle luttait pour ne pas respirer, nageant au hasard, vers Kate. Alors, au moment où elle se sentit incapable de retenir davantage sa respiration, ses doigts effleurèrent quelque chose. Elle l'empoigna et donna un coup de pied pour remonter à la surface. Les pleurs cessèrent. Elle fendit l'eau et se retrouva à l'air libre, en avala une grande bouffée. Elle avait dans les mains la toile craquelée d'*Orphée et Eurydice*.

Jessie se dressa sur son séant. Elle était trempée, de sueur et non pas d'eau. La lumière emplissait sa chambre, non la clarté fraîche de l'aube, mais un jour déjà avancé.

— Zut! dit-elle.

Elle était en retard. Elle se précipita dans la salle de bains et se prépara en essayant de ne pas trop regarder son reflet aux yeux cernés. Ensuite, elle enfila le vêtement le plus sombre qu'elle possédait.

Au-dehors, la nature n'imitait pas les humeurs des hommes, du moins pas la sienne. C'était une journée radieuse, ensoleillée, presque chaude. A l'autoradio, l'animateur dit d'un ton suffisant que le temps serait froid et pluvieux dans tout le pays, sauf dans le Sud, *amigos*. Il parut aussi fier d'annoncer que la circulation était dense sur les autoroutes, que les habitants de Chicago jouissaient des scandales de la corruption et que les New-Yorkais en avaient plus qu'assez des agressions dans Central Park.

Jessie n'avait pas besoin de l'animateur pour se faire une idée de la circulation ; elle était dedans. Elle changea de station. Spot publicitaire pour les jeans Levi's. Le jingle de Pat. Jessie l'imaginait, appuyant ses hanches contre sa guitare tandis qu'il jouait. Elle coupa le son.

Elle tomba en panne d'essence juste avant la sortie de Seal Beach. Pendant une ou deux minutes, à l'arrêt dans la file d'urgence, elle ne s'en rendit pas compte, puis elle vit la jauge.

— Merde et merde.

Elle donna de grands coups sur le volant, une fois, deux fois, mais ne pleura pas. Elle n'avait plus de larmes.

Au moment où elle arriva au cimetière, ils sortaient le cercueil du corbillard. Tout le monde portait des lunettes de soleil, sauf elle. Elle courut et s'empara d'une des poignées de cuivre. Personne n'y trouva à redire.

Jessie aida à transporter le cercueil jusqu'à son trou. Elle ne le trouva pas très lourd. Peut-être parce que c'était Blake qui portait la poignée de cuivre avant la sienne ; la largeur de son dos l'empêchait de voir devant elle. Sur le côté, il y avait trois porteurs qu'elle ne connaissait pas et un qu'elle reconnut : Noah Appleman, le fils de Barbara. Il avait trois ans de plus que Kate et vivait à San Diego avec son père, Sid. La vue de son bras mince tendu par l'effort rappela à Jessie ce que contenait le cercueil. Elle serra la poignée de toutes ses forces pour empêcher sa main de trembler.

Un rabbin réformiste à la cravate en *cashmere* prononça quelques paroles non confessionnelles. Jessie se tint au bord du trou avec les autres, sous la chaleur. Son vêtement le plus noir était en laine ; elle l'avait depuis longtemps. Elle était en nage. Le rabbin cita Bertrand Russell, Hannah Arendt. Bruno Bettelheim. C'était un homme moderne. Autrement dit, il n'avait pas de réconfort à offrir. Jessie n'écouta plus. Elle observa Noah, debout de l'autre côté ; il donnait la main à son père. Sid portait une kippa qui ne cachait pas sa calvitie. Il avait tous ses cheveux la dernière fois qu'elle l'avait vu ; depuis, il avait atteint la cinquantaine, s'était fané et voûté. Ou peut-être avait-il changé d'un coup, ces deux derniers jours.

Le rabbin se tut. Tout était calme, excepté le bruit d'un avion zébrant le ciel. Le rabbin adressa un signe de tête à un homme en bleu de travail taché.

— *En bajo,* dit l'homme.

Un appareil fit descendre le cercueil. L'homme en bleu jeta une pelletée de terre. Fin de la cérémonie. Un bulldozer attendait à côté pour achever le travail.

— Mon dieu, dit Sid, lançant un regard à Jessie comme il passait à côté d'elle en allant vers le parking.

Noah monta dans une grosse voiture. L'épouse numéro deux attendait à l'avant, se remaquillant dans le miroir de courtoisie. Elle montrait les dents pour que le brillant des lèvres soit parfait.

— Jessie Shapiro ? dit quelqu'un dans son dos.

En se retournant elle vit un homme en costume noir qui retirait ses lunettes ; ses cernes étaient assortis à son costume.

— Je suis...

— Dick Carr. L'associé de Barbara.

— Nous nous sommes déjà rencontrés ?

Il remit ses lunettes.

— Une fois. Au cours d'un réveillon de Noël chez elle, il y a quelques années.

Il sourit.

— Étonnant que je ne m'en souvienne pas.

Il tendit la main. Jessie la serra. Elle était moite. La sienne aussi.

— Avez-vous récupéré votre fille ?

— Non.

— Je suis navré de l'apprendre. Barbara était très contrariée à ce sujet. Elle n'avait parlé que de cela cet après-midi-là, quel jour était-ce, lundi ?

— Oui.

Il tourna la tête vers l'autre côté du cimetière. Jessie suivit son regard. Le bulldozer avançait et reculait, poussant de la terre. Dick Carr soupira.

— J'aimerais que vous passiez au bureau un de ces jours. Au sujet du testament de Barbara.

— Barbara avait fait un testament ?

— Bien sûr. Pas vous ?

— Je n'en ai jamais vu la...

Elle s'interrompit : l'argument ne tenait pas.

Carr se tourna vers elle.

— Barbara a légué la majeure partie de ses biens — à savoir le montant des ventes de sa maison et de sa voiture, ce qui devrait faire une jolie petite somme — à Noah. Mais il y a quelques legs d'une nature plus personnelle à deux ou trois autres personnes.

— Dont moi ?

— Oui.

— Pouvez-vous me dire ce que c'est ?

— Je préférerais que vous passiez au bureau.

— D'accord.

Carr démarra et partit. Les autres en firent autant. Le rabbin était au téléphone, dans sa voiture. Au cimetière, des ouvriers roulaient des bandes d'herbe par-dessus la terre et plaçaient une pierre carrée et grise. Lorsqu'ils eurent terminé, Jessie remonta le sentier caillouteux et s'immobilisa devant la stèle. « Barbara Ann Appleman », avec ses dates de naissance et de mort. Elle n'avait même pas trente-cinq ans. Jessie fut traversée par une vision folle, celle de retourner la pierre, gratter la terre avec les ongles, éventrer le cercueil et ramener Barbara à la surface. Cela lui remit en mémoire le rêve de Kate. Ces deux visions se refermèrent sur elle comme un étau, comme si elle avait été pétrifiée.

Lorsque, plus tard, elle retrouva la force de bouger, elle recula et se cogna contre quelqu'un derrière elle. Un homme grand et sombre, à la barbe fournie.

— Non! dit-elle, en levant les bras.

— Pardon?

Elle le reconnut : l'inspecteur DeMarco.

Jessie laissa retomber ses bras.

— Excusez-moi, dit-elle.

— Vous êtes un peu nerveuse.

— J'ai dit : excusez-moi.

Il acquiesça, puis regarda la pierre tombale.

— C'était quelqu'un, dit-il.

La pensée que Barbara ait pu être la maîtresse de DeMarco vint à l'esprit de Jessie. Cela lui déplut. Le ton de sa voix durcit lorsqu'elle demanda :

— Avez-vous trouvé son meurtrier?

— Son meurtrier? N'est-ce pas aller un peu loin? Le mieux qu'on puisse espérer dans les cas d'accidents avec délit de fuite, c'est l'homicide involontaire. Et encore, dans les cas flagrants. Avec témoins. Là, nous n'avons aucun témoin. Aucune piste.

— Si, vous avez des pistes. J'ai expliqué au policier que, plus tôt cette nuit-là, quelqu'un m'avait fait des appels de phares. Ensuite, lorsque Barbara est sortie, elle portait le même ciré jaune...

DeMarco leva sa main; elle était suffisamment grosse pour masquer le visage de Jessie.

— J'ai lu votre déposition.

— C'est vous qui vous occupez de l'enquête?

— De loin.

— Considère-t-on que c'est un meurtre?

— J'ai déjà répondu à cela. Je garde un œil dessus parce que Barbara... parce que je la connaissais.

— Qu'avez-vous pensé de ma déposition ?

Il détourna le regard. Jessie devina qu'il s'était attendu à autre chose, peut-être à une question sur Barbara.

— Vous voulez dire, quand vous déclarez que c'est vous qui auriez dû être la victime et que cela aurait un rapport avec votre fille ?

— Oui.

— Je n'y accorde pas beaucoup de crédit.

— Pourquoi ? Ma fille disparaît avec mon ex-mari. Ensuite, ma meilleure amie se fait tuer alors qu'elle porte un imperméable qui m'appartient. Cela n'éveille pas vos soupçons ?

— Écoutez, l'endroit et le moment sont plutôt mal choisis pour avoir une telle discussion.

— Ah oui ? Vous croyez que ça la gênerait ?

Jessie se rendit compte que sa voix était un peu trop haut perchée — comme celle de Barbara — et qu'elle avait désigné la tombe d'un coup de pouce, exactement comme Barbara l'aurait fait.

DeMarco parut surpris. Il était criminologiste et rien ne l'impressionnait plus à L.A., mais elle l'avait choqué. Cela n'avait pas été son intention — elle ne savait pas pourquoi elle avait imité Barbara. Était-ce son subconscient qui essayait de la maintenir en vie ? Jessie l'ignorait, mais elle avait fini par toucher DeMarco.

— Alors, dit-elle, vous le croyez ?

DeMarco respira un grand coup.

— Je pense que non.

— Elle adorerait.

— Ah ouais ? dit-il.

Un sourire effleura ses lèvres.

— Oui. Vous en seriez persuadé si vous la connaissiez vraiment.

Elle le regarda droit dans les yeux pour deviner jusqu'à quel point il l'avait connue.

Suffisamment, conclut-elle, pour élargir un peu plus son sourire.

— Ouais, répéta-t-il. Venez jusqu'à ma voiture. Nous parlerons.

Ils longèrent le sentier jusqu'au parking. Ils durent se pousser sur le côté pour céder le passage à un autre groupe portant un cercueil, sophistiqué, avec des poignées en platine et beaucoup de fioritures. *Ce sont les vers qui vont être impressionnés,* pensa Jessie. Aucun intérêt de dire ça à voix haute : la seule personne qu'elle connaissait qui appréciait ce genre d'humour était partie. Elle domina son désir de regarder une dernière fois en arrière.

Un rabbin remontait le sentier en courant. C'était celui de tout à l'heure, mais Jessie ne le reconnut pas. Il avait changé de cravate.

Jessie prit place dans la voiture de DeMarco. A la radio grésillante, une femme, d'une voix monotone, répartissait des patrouilles entre divers endroits de grabuge. DeMarco brancha l'air conditionné.

— Jamais allée à un enterrement italien?

— C'est mon premier, italien ou non.

— Ah oui? Les gens ne meurent pas autour de vous?

— Eh bien, non.

DeMarco la regarda.

— Au 22680 La Cienega, cambriolage en cours, dit la femme à la voix monotone. Rectification : c'est au 22860. C'est le Seven-Eleven[1] du coin de la rue.

— Vous avez soif? demanda DeMarco.

— Pas vraiment.

— Vous permettez?

Il y avait une glacière sur le siège arrière. Il en sortit une canette de bière.

— Il faut se soulager dans un moment pareil.

— Se soulager?

— Rectification : c'est à Sepulveda, dit la femme à la voix monotone.

— Au lieu de Pico, enchaîna une voix grésillante.

— Au lieu de La Cienega, rétorqua la femme d'une voix tranchante.

DeMarco sirotait sa bière. L'homme en bleu de travail apparut sur le sentier, une cigarette aux lèvres. Une femme arriva au volant d'un tas de ferraille, avec quatre gosses à l'arrière qui buvaient du Coca-Cola. L'homme monta dans la voiture et, quand ils se furent un peu éloignés, il jeta sa cigarette par la vitre. Des étincelles volèrent.

— Vous avez quelque chose de prévu pour ce soir? demanda DeMarco.

— Rechercher ma fille.

Il ne se méprit pas sur la sécheresse de sa voix.

---

1. Les Seven-Eleven sont une chaîne de magasins d'alimentation ouverts 24 heures sur 24. (N.d.T.)

— Excusez-moi, dit-il. Peut-être vais-je trop vite, mais je vous trouve très attirante.

— Non seulement vous allez trop vite, mais vous faites fausse route.

Il rit en se tournant vers elle ; il en profita pour passer son bras sur le dossier du siège.

— C'est aussi ce qu'avait dit Barbara. Au début.

Jessie tendit la main vers la poignée de la portière.

— Attendez, dit DeMarco. Je n'aurais pas dû dire ça.

Jessie s'immobilisa.

— C'était maladroit, pour un début, reconnut DeMarco.

Il ouvrit une autre bière.

— Elle m'a largué, continua DeMarco. J'étais près à quitter ma femme pour elle, vous savez.

— Je l'ignorais. Êtes-vous heureux en ménage, monsieur DeMarco ?

— Non.

DeMarco laissa traîner un peu de tristesse dans sa voix. Jessie jugea cela sentimental.

— Alors, ce n'aurait pas été un grand sacrifice ?

— J'ai aussi des gosses, dit-il, pas seulement une femme.

— Cela ne m'intéresse pas, monsieur DeMarco. Ce qui m'intéresse, c'est de savoir qui a tué Barbara et ce que vous faites pour retrouver ma fille.

DeMarco se tourna vers elle mais, à cause de ses lunettes de soleil, Jessie ne put déterminer l'expression de ses yeux.

— OK ! Mais dites-vous bien que c'est un accident avec délit de fuite, pas un meurtre. Je vous l'ai déjà dit.

Il coinça la canette de bière entre ses jambes et sortit un calepin de sa chemise.

— Aucun témoin, dit-il, résumant ce qu'il lisait. On a interrogé tous les riverains. Peu de gens ont entendu l'accident. Personne n'a rien vu d'anormal. Aucun rapport sur un chauffard qui aurait été appréhendé dans le coin. Des éclats de peinture de voiture ont été prélevés sur les cheveux de Ba... de la victime. Nous aurons le rapport du labo demain. Ensuite nous pourrons téléphoner aux carrossiers. D'accord ? Voilà pour le numéro un.

Il tourna la page.

— Numéro deux, votre fille. Trois jours de retard alors qu'elle est en visite légale chez son père. Personne ne sait où se trouve le père. Position : tous les deux sont sur informatique.

— Cela signifie-t-il que vous les recherchez ?

— Cela signifie que, s'ils sont arrêtés pour quoi que ce soit — excès de vitesse, passage à un feu rouge —, nous les tiendrons.

— Ce n'est pas suffisant.

— C'est toujours mieux que ce qu'on fait d'habitude. Les enfants disparus se répartissent en trois catégories. La plus importante, et de loin, ce sont les fugueurs. Ensuite, on trouve les bagarres pour la garde de l'enfant, comme le cas qui nous occupe. La dernière catégorie, la moins importante, ce sont les rapts purs et simples.

— Mais ce n'est pas un problème de garde. Mon... Mon ex-mari ne veut pas la garde de l'enfant.

— Alors il est probablement parti faire la bringue. Barbara m'a parlé de lui...

— Il ne ferait pas ça.

— Non ? Il se drogue ?

— Je n'appelle pas ça se droguer.

— Comment appelez-vous cela alors ?

Jessie chercha les mots. C'était difficile à expliquer à cause de ce qu'elle venait de vivre, et du boulot de DeMarco ; à cause de sa loyauté vis-à-vis de Pat, et de sa fidélité à une certaine époque, ou à une culture. Elle additionna le tout ; cela ne donna pas grand-chose comparé à Kate.

— Oui, il se drogue, dit-elle.

DeMarco hocha la tête.

— Alors, tenez bon. Il reviendra. J'ai connu un cas semblable une fois. Je me suis crevé le cul d'un bout à l'autre du pays.

— Et qu'est-il arrivé ?

— Il est revenu. De lui-même. Ils reviennent toujours.

— Je veux dire : qu'est-il arrivé à l'enfant ?

DeMarco parut surpris.

— Il a ramené le gosse. Trop de responsabilité. Un camé ne pense qu'à lui. Un point, c'est tout.

— Mais ce n'est pas uniquement Kate qui a disparu. Barbara aussi.

DeMarco leva sa grosse main, mais Jessie continua :

— Supposons que ce ne soit pas un simple accident avec délit de fuite, mais qu'on ait voulu me tuer.

— Qui ?

— Je n'en sais rien.

— Et pourquoi ?

— Je n'en sais rien non plus.

— Vous avez des ennemis ?

— Pas que je sache.

— Barbara, elle, en avait beaucoup.

— Ah oui ?

DeMarco laissa retomber sa main.

— Elle a éreinté pas mal d'hommes au tribunal. Cela fait d'elle une victime plus plausible que vous, non ?

— Je l'ignore.

— C'est elle qui s'est occupée de votre divorce ?

— Oui. Mais nous ne sommes pas passés devant un tribunal et personne ne s'est fait éreinter, comme vous dites.

— Ouais. En parlant de ça, quelle est la couleur de votre ex-voiture ?

— Bleue. Une BMW bleue.

DeMarco secoua la tête.

— Les paillettes étaient vertes.

Il referma son calepin, retira ses lunettes de soleil et saisit une canette de bière. Cette odeur de bière était à vomir.

— Fait chaud aujourd'hui, dit DeMarco. Vous ne voulez toujours pas de bière ?

— Non.

— Vous ne buvez pas ?

— Ça m'arrive.

DeMarco sourit. Il avait un joli sourire ; ses yeux se rapprochèrent.

— Et pour ce soir ?

— C'est non.

Le sourire disparut. Il remit ses lunettes de soleil.

— Rectification : c'est la station-service d'Amoco, dit la voix à la radio, pas le Seven-Eleven.

DeMarco porta la bière à ses lèvres.

— Autre chose ? demanda-t-il.

— Non.

Jessie sortit de la voiture. Avant de fermer la portière, elle dit :

— Et si c'est vous qui vous trompiez ?

— Je vous emmène à Disneyland, tous frais payés.

Barbara lui souffla la réponse depuis la tombe. Jessie transmit le message.

— Toutes vos économies vont y passer. Je vous ruinerai en vous traînant en justice.

Elle claqua la portière, regagna sa voiture et fila hors du parking.

Pendant quelques instants, elle eut le sentiment, malgré son scepticisme à l'égard du surnaturel, que Barbara l'observait, qu'elle lui souriait. Puis, tout d'un coup, ce sentiment l'abandonna. Il ne revint jamais.

Sur le chemin du retour, Jessie s'arrêta chez l'imprimeur. Les affiches étaient prêtes. Elle en avait commandé deux cents. Maintenant, elle ne savait plus pourquoi. Pourquoi pas mille, un million ? Sur le moment, deux cents lui avaient paru un nombre raisonnable. Jessie ouvrit le paquet sur le comptoir et examina les affiches. « Avez-vous vu cette petite fille ? » demandaient-elles en grosses lettres noires. Suivaient les photographies et les signalements de Kate et de Pat, la description de la voiture et le numéro de téléphone de Jessie.

— C'est bon ? dit l'employé.

— Oui. Ça va.

— 3 388 dollars.

Jessie avait pris une agrafeuse. Elle circula dans tout Santa Monica à la recherche d'endroits où mettre les affiches. Il y avait des arbres ou des cabines téléphoniques adéquats dans presque toutes les rues : une cabine libre d'affichage au coin des avenues Ocean et Olympic ; un panneau vide à côté d'une station-service ; une pancarte devant une laverie automatique près de la plage. Elle ne sortit pas de la voiture, ne s'arrêta même pas. Non qu'elle fût embarrassée, ni qu'un étalage public détruirait ses dernières illusions, mais elle ne tenait pas à ce que Kate fût étalée partout.

Elle rentra chez elle. Elle pénétra dans la maison silencieuse, vérifia si elle avait eu des messages, appela chez Pat. Le répondeur. Elle raccrocha et écouta le silence. Puis elle ouvrit le buffet où étaient rangés les alcools. Elle regarda un moment les bouteilles. Rouge ou blanc ? Rouge. *On ne vit qu'une fois.*

Elle téléphona à Philip pour lui parler des affiches. Il fallait les poser. Peut-être viendrait-il l'aider.

— Jessie ! Comment ça va ?

— Je reviens de l'enterrement de Barbara.

— Oh ! C'est affreux !

Elle lui parla des affiches.

— Je ne peux pas venir tout de suite. Il m'arrive une chose extraordinaire — quelqu'un vient du Musée d'Art Moderne demain pour voir *Vallée nocturne.*

— Formidable !

— N'est-ce pas ? Je n'en ai pas fermé l'œil de la nuit.

Jessie ne dit rien. Il y eut un long silence.

— Écoute, ne t'en fais pas pour les affiches, dit Philip. Agrafe-les n'importe où. Comme tout le monde. Le pire qui puisse arriver, c'est qu'on les déchire.

— Ce n'est pas...

— On sonne à la porte. Écoute, est-ce que je pourrais...

— Et pour ce qui est de la traduction, Philip ?

— Quelle traduction ?

Jessie perçut l'interlocuteur de Philip, en arrière-plan : on aurait dit la voix de Mme Stieffler.

— Tu avais dit que tu chercherais ce que signifiait l'inscription du tableau de Pat.

— Merde ! J'avais complètement oublié. Excuse-moi. Je vais essayer de...

Jessie raccrocha. Sans violence. Elle raccrocha, simplement.

Puis, toujours dans sa robe noire, elle sortit et roula jusqu'à Malibu. Elle entreprit de placer toutes ses affiches, du nord au sud. Elle termina dans Venice, agrafant la dernière sur un palmier devant la maison sombre de Pat.

Chez elle, elle écouta si elle avait eu des messages, appela Pat, tomba sur le répondeur. Elle raccrocha et écouta le silence. Elle ouvrit le buffet aux alcools.

Beaucoup plus tard, elle monta dans sa chambre et s'allongea sur le lit. Kate pleurait, loin en dessous. Jessie dévala l'escalier et gagna le sous-sol inondé. Pas de plancher. Elle tomba et fut engloutie.

CHAPITRE 12

Une sonnerie venait de très loin. Jessie nagea vers la surface, ouvrit les yeux. Elle était couchée sur son lit, la robe noire collée contre son corps humide. Elle décrocha le téléphone.

— Allô?

— C'est DeMarco.

Jessie consulta sa montre. 4 h 32 du matin. Éclair, éclair.

— Oui? dit-elle.

— Je vous appelle pour vous dire que vous avez gagné.

Jessie agrippa le combiné.

— Vous voulez dire que vous l'avez retrouvée?

— Oh, non. Rien de la sorte. Mais je peux vous promettre que nos recherches vont être plus actives à partir de maintenant. Nous avons obtenu un mandat pour perquisitionner chez Pat Rodney. J'y suis en ce moment.

— C'était inutile. Je vous aurais ouvert la porte.

— C'est mieux ainsi. Je ne veux pas d'embrouille au procès.

— Je suis peut-être idiote, monsieur DeMarco, et vous me réveillez. Mais de quoi parlez-vous?

— De la centaine de grammes de coke que nous avons trouvée dans le tiroir de votre ex-petit mari. Avec, en prime, quelques sachets d'herbe et de pilules diverses que nous expédions au labo. Nous aurons un mandat d'arrêt contre lui pour trafic de stupéfiants vers dix heures ce matin.

— Allez au diable, dit Jessie. Je vous ai dit qu'il se droguait, mais ce n'est pas un trafiquant.

— Ne montez pas sur vos grands chevaux. Il s'agit seulement d'une procédure de routine. Son avocat pourra toujours négocier avec le juge afin que seule la charge de consommateur soit retenue. Contre le nom de son fournisseur.

— Nom de dieu!

— Quelle importance ? A moins que vous n'éprouviez toujours quelque chose pour lui, évidemment.

— Je ne suis pas dupe, dit Jessie. Je sais pourquoi vous avez fait ça.

— Ah oui ?

— Vous êtes un mufle.

— Vous m'offensez, dit DeMarco. Je m'attendais à de la reconnaissance.

— Sans blague ? Je connais la manière dont les gens comme vous arrêtent les toxicomanes — le doigt sur la détente. S'il arrive quoi que ce soit à Kate de votre faute...

— Vous devenez hystérique.

Jessie se domina. Les accusations d'hystérie ont les mêmes effets que les aiguillons : elles font mal et assagissent.

— Restez où vous êtes, monsieur DeMarco. Je veux vous parler.

— Je vous écoute.

— Face à face.

Jessie appuya sur la touche coupant la communication, puis obtint le numéro de téléphone privé de Dick Carr par les renseignements et l'appela. Elle voulait qu'il soit avec elle quand elle verrait DeMarco. Il n'avait pas encore de mandat d'arrêt, on pouvait encore empêcher qu'il l'obtienne. Mais personne ne décrocha.

Jessie partit donc seule pour Venice. Il faisait toujours nuit quand elle se gara devant chez Pat. La pleine lune luisait au-dessus de l'océan sombre au bout de la rue. Jessie ne vit aucune voiture de police. La maison était obscure et la porte fermée à clef. Jessie entra.

— DeMarco ? appela-t-elle.

Pas de réponse. Elle alluma et fouilla la maison. Elle y trouva quelques changements ; les plantes jaunissaient et, dans l'aquarium de l'entrée, les poissons rouges flottaient le ventre en l'air ; on avait laissé une odeur de cigare bon marché et un mégot dans l'évier ; on avait fermé l'exemplaire de *Jane Eyre* dans la chambre de Kate ; le sachet de poudre blanche et le petit miroir n'étaient plus dans le tiroir de la table de chevet de Pat. Le sachet de soie *Clinique* avait disparu aussi. DeMarco avait fait un travail propre, mais Jessie pensait aux chiens qui pissent pour délimiter leur territoire.

Elle revint dans l'entrée et retira les poissons de l'aquarium. Pourquoi ne les avait-elle pas nourris ? Elle les jeta à la poubelle. Le mégot du cigare prit le même chemin. C'est en arrosant les plantes de l'entrée que son regard tomba sur la table : plus de courrier. Elle y avait bien vu la veille une pile de lettres cachetées ? Aucune lettre devant la porte. Cela signifiait que Pat n'avait rien reçu ces deux derniers jours ou bien que DeMarco avait emporté son courrier.

Elle monta dans la chambre de Kate. Elle ouvrit la fenêtre afin de chasser l'odeur de cigare. La lune s'était couchée, hors de vue ; l'océan virait au bleu. Un garçon vêtu d'une combinaison de plongée marchait tranquillement vers l'eau, une planche de surf sous le bras. Jessie tira les rideaux. Elle s'assit sur le lit, les genoux sous le menton. Puis elle s'allongea et posa son visage sur l'oreiller. Elle ramena la couette de Kate sur elle, celle avec les gros nuages dessus. Au-dehors, le grincement d'une roue s'approcha, s'arrêta, repartit. Jessie regarda les gorilles et les orangs-outangs sur le mur. Ils soutinrent son regard de leurs yeux limpides. Elle ferma les siens. Elle était certaine de sentir le doux parfum des cheveux de Kate après un shampooing.

Elle glissa vers le sommeil. Au loin, quelqu'un pleurait, très faiblement. L'odeur des cheveux de Kate s'estompa pour céder la place à celle de l'eau, de plus en plus puissante.

— Merde !

Jessie se dressa sur son séant. Elle ne voulait pas partir pour le pays des rêves. Elle bondit hors du lit et redescendit. Elle composa un numéro sur le téléphone de l'entrée.

— Appleman and Carr, annonça une voix.

Elle en fut décontenancée.

— Allô ? dit la voix.

— Dick Carr est-il là ?

— Non. Qui le demande ?

— Savez-vous où je pourrais le joindre ? J'ai essayé de l'appeler chez lui, mais sans succès.

— M. Carr est à Sacramento jusqu'à samedi. Il doit téléphoner. Y a-t-il un message ?

— Non.

Jessie raccrocha. Elle demeura dans l'entrée, immobile, la main posée sur le téléphone, les yeux sur l'aquarium vide. Elle faillit ne pas remarquer le courrier que l'on glissait par la fente dans la porte.

Des lettres tombèrent doucement sur le sol. Jessie courut à la porte, l'ouvrit. Le facteur s'éloignait.

— Excusez-moi, dit Jessie.

Le facteur s'arrêta et se retourna. Il avait un cure-dents dans la bouche et les yeux larmoyants.

— Ouais ?

— J'ai vu que vous avez apporté du courrier aujourd'hui.

Il cligna les paupières.

— Ouais?

— Curieux qu'il n'y en ait pas eu beaucoup cette semaine.

Il plissa très légèrement les yeux, comme si Jessie l'accusait. Il fit bouger le cure-dents dans sa bouche.

— Ça dépend de ce que vous entendez par beaucoup, pas vrai? Y en a qui en ont plus que d'autres.

— Oui, je suppose, mais nous n'avons rien reçu cette semaine.

— Écoutez, m'dame, j'sais pas où vous voulez en venir exactement, mais moi, j'ai déposé du courrier dans cette maison tous les jours. Si vous l'avez pas eu, j'y suis pour rien. Je l'ai donné à la bonne en main propre.

— La bonne?

— Ouais. Celle qui balaie les marches.

Jessie s'approcha de lui; il recula, maintenant constamment une distance entre eux.

— Il se passe quelque chose d'étrange, dit-elle. Mais ça n'a aucun rapport avec vous.

Le facteur s'immobilisa.

— Vous rappelez-vous à quoi ressemblait cette bonne?

— Bien sûr. Le genre grosse. Bon poids. Cheveux grisonnants, voyez le genre.

— Quoi d'autre?

— Difficile à dire. Elle portait des lunettes de soleil, des grandes lunettes, vous voyez.

Jessie regarda dans la rue. Il n'y avait personne sauf le surfeur qui revenait avec sa planche. Elle se retourna vers le facteur.

— Je vois, dit-elle, je vous remercie.

Elle rentra et ramassa le courrier.

Le menu d'un fast-food chinois de Montana et trois lettres : une facture d'American Express, une lettre d'un concessionnaire Dodge, et une écrite à l'encre violette. Jessie la décacheta.

Cher Pat,

Juste un petit mot pour te dire à quel point j'ai aimé l'autre nuit, vraiment. J'espérais un peu que tu me téléphonerais mais j'ai souvent été absente (je fais les deux huit au club, je vais devenir riche!) et peut-être as-tu essayé de me joindre (tu peux toujours appeler au boulot — ils s'en foutent, le numéro est 962-7011).

Pat, j'ai adoré la façon dont tu as joué ces vieilles chansons des

Beatles. Tu m'as permis de comprendre pour la première fois à quel point cette époque a dû être stupéfiante. Tu as tant de veine d'avoir connu, vraiment connu cette époque. Avec Hendrix à Woodstock !

Et pour après, s'il te plaît, essaie de comprendre.

Je veux dire, je suis devenue un peu timide, ça ne me ressemble pas du tout : je n'ai pas de complexe sur ces trucs-là. Je crois que c'était la c... Elle a vraiment eu un drôle d'effet sur moi. Ce ne sera pas du tout pareil la prochaine fois si tu veux bien que je parle d'une prochaine fois. Alors, n'oublie pas l'allée sinueuse qui mène à ma porte.

Très, très sincèrement,
Tania

Jessie replia la lettre et la remit dans l'enveloppe. Elle eut un haut-le-cœur, un peu comme si elle avait traversé un trou d'air en avion. Prompte justice : elle était punie pour avoir lu le courrier d'autrui. Elle se rendit à la cuisine et but un verre d'eau.

Ensuite, elle pécha à nouveau en ouvrant tout d'abord la facture de l'American Express — Pat devait 927,85 dollars en notes de restaurants essentiellement de Hollywood et pour une chemise achetée chez Giorgio dans Westwood — et la lettre du concessionnaire Dodge ensuite.

Cher M. Rodney

Merci encore d'acheter votre nouvelle camionnette chez Dodge. Nous vous remercions de votre confiance et vous assurons que nous ferons le maximum pour vous donner satisfaction. Ci-joint, vous voudrez bien trouver un ticket pour le sweepstake de chez Buddy Boucher de cette année : Gagnez-une-Semaine-aux-Bermudes. Le tirage aura lieu le 1er juin prochain. Bonne chance !

Bien à vous,
Buddy Boucher

Jessie relut la lettre. Elle la relut une troisième fois. Le papier commença de trembler, très légèrement, dans ses mains. Pour deux raisons. La lettre de Buddy Boucher était datée et oblitérée du lundi, il y avait trois jours. Fait concret numéro un. Fait concret numéro deux : le concessionnaire Buddy Boucher des camions Dodge se trouvait à Bennington, dans le Vermont.

Jessie décrocha le téléphone.

— Un numéro dans quelle ville, s'il vous plaît ?

— Bennington, Vermont, Les Camions Dodge de chez Buddy Boucher.

Un ordinateur termina la conversation.

— 732-8911, dit-il.

Jessie composa ce numéro.

— Buddy Boucher, annonça une voix masculine. Que puis-je pour vous ?

Jessie fit un effort. La ligne grésillait.

— Voilà. Je... Je viens de recevoir par courrier un ticket pour un sweepstake et...

— Le tirage n'a lieu qu'en juin, mon chou.

— Je le sais. Il semblerait que mon mari vienne d'acheter une camionnette chez vous et j'ai pensé que vous pourriez peut-être me dire où je pourrais le joindre.

— D'où appelez-vous ?

— De Los Angeles

— Vous êtes Mme Rodney ?

— Oui.

Silence.

— Savez-vous où il est, monsieur Boucher ?

— Non. Je ne l'ai pas vu depuis qu'il est venu acheter la camionnette, lundi.

— Lundi ?

— Sûr. Juste après le déjeuner. Il n'a pas dû rester plus de vingt minutes.

— Était-il seul, monsieur Boucher ?

— Non. Il était accompagné d'un ami. Et de sa nièce.

— Sa nièce ?

— Une petite fille.

— Pouvez-vous me la décrire, monsieur Boucher ?

Il y eut un moment de silence.

— Pourquoi posez-vous toutes ces questions ?

— C'est très important, monsieur Boucher. Je dois le contacter au sujet d'une opération boursière.

— Oh !

Silence. Au loin, une femme rit, presque inaudible pour Jessie.

— Alors pourquoi, poursuivit Buddy Boucher, voulez-vous des renseignements sur sa nièce ?

— Simple curiosité. Pat a plusieurs nièces dans le coin.

— Eh bien, celle-là a une dizaine d'années, je dirais. Une petite fille adorable. Un peu timide, peut-être. Elle n'a pas ouvert la bouche. Ça vous dit quelque chose ?

— Je crois, oui. De quelle couleur étaient ses cheveux ?

— Châtain foncé. Frisés.

Jessie sentit le sang battre dans ses doigts crispés sur le combiné, et dans ses lèvres, à quelques millimètres du récepteur.

— Savez-vous quelque chose sur son ami ? demanda-t-elle.

— Non. Je ne l'ai pas vraiment vu, il ne se sentait pas bien. Il est resté tout le temps dans la voiture.

— Quelle voiture ?

— Eh bien, la BMW de votre mari. Elle est toujours au parking. Il a dit qu'il repasserait dans la semaine, mais il n'est pas encore venu.

— Vous ne l'avez pas reprise ?

— Contre un Dodge ? Ça n'arrive jamais, madame Rodney.

— Comment a-t-il payé alors ?

Buddy Boucher s'éclaircit la voix.

— Vous êtes séparés ou quelque chose comme ça ?

— Pas du tout.

Elle avait menti sans hésitation.

— Alors, je crois qu'il n'y a pas de problème. Il a payé en billets verts. Un peu inhabituel, pas autant qu'autrefois. J'espère que c'est pas l'argent des commissions !

Il rit.

Lorsque son rire s'estompa. Jessie dit :

— Voulez-vous me rendre un service, monsieur Boucher ?

— Tout dépend de quoi.

— Lorsqu'il repassera, dites-lui de me téléphoner. C'est tout.

— Assez simple, dit Buddy Boucher.

Jessie lui donna son numéro et raccrocha. Puis elle fut incapable de rester en place. Son corps l'entraîna sur le trottoir, vers le bord de la mer, aller et retour. Pourtant, aucune dépense d'énergie ne pouvait faire cesser ses tremblements.

Jessie revint dans la maison de Pat. Elle envisagea de téléphoner à DeMarco. Mais à quoi bon ? DeMarco avait vu juste. Pat était parti faire la bringue, sur la route du souvenir avec un vieux pote du Vermont, direction les années soixante, chantant les chansons des Beatles, jetant l'argent par les portières et sniffant sa saleté de coke.

Téléphoner à DeMarco aboutirait à un échange de télex à travers le pays, beaucoup d'attente et, peut-être, à une descente de fédéraux, pistolet au poing, dans une drogue-party. Il fallait cinq heures pour atteindre le Vermont, huit en comptant le décalage horaire. Huit heures, ce n'était rien en comparaison de journées d'anxiété.

Jessie localisa Bennington sur une carte, puis réserva une place dans un vol pour Boston. Le premier disponible partait à minuit. Elle serait à Boston le vendredi matin, à Bennington vers midi. Si elle arrivait avant que Pat ne repasse chez Buddy Boucher pour la BMW, ce serait facile ; sinon, il lui faudrait un peu plus de temps, voilà tout. Jessie se vit déjà avec Kate dans l'avion de vendredi soir, de retour à L.A. Elle rêva sur cette image.

Elle courut au premier prendre *Jane Eyre,* au cas où Kate aurait envie de lire dans l'avion. Puis elle fonça chez elle pour empaqueter *Jane Eyre,* les Reeboks rayées bleu et le nécessaire pour un ou deux jours dans le Vermont.

CHAPITRE 13

Jessie retira sa robe noire et la laissa choir sur le sol de la salle de bains : un petit tas macabre comme les restes de la Méchante Sorcière de l'Ouest. Elle se savonna sous la douche, s'épila les jambes, se fit un shampooing qui contenait assez de protéines pour assurer la survie d'une famille éthiopienne pendant une semaine. Cheveux, corps et maintenant, face au miroir, visage : un trait noir autour des yeux, une touche de brillant sur les lèvres. Jessie se maquillait rarement, mais quel tort cela lui ferait-il, surtout pour un voyage ?

Elle fit ses bagages : *Jane Eyre*, les Reeboks, un sweater rouge pour Kate, un bleu pour elle ; jeans et veste en daim au cas où il ferait froid ; vieux mocassins confortables ; lettre de Buddy Boucher. Elle vérifia le contenu de son portefeuille : cinquante-deux dollars. Insuffisant. Sur son compte, il lui restait juste assez pour couvrir le prochain emprunt-logement. Et le coût des billets d'avion de retour dépasserait les limites de sa carte de crédit. Elle pensa au chèque de Mme Stieffler.

Ce chèque posait problème. Elle aurait mieux fait de le déchirer et d'en éparpiller les morceaux dans le sillage de la signataire. Mais il était toujours posé sur la grande table au sous-sol. Cinq cents dollars. L'argent n'a pas d'odeur : *Encaisse-le*, se dit Jessie ; n'était-ce pas la méthode américaine ? Cette exaltation la surprit. Du calme, Jess. Ça ne fait même pas une journée que Barbara est enterrée.

Jessie déposa le chèque à la banque. Jeudi après-midi. Queue interminable. Peu lui importait. Le monde s'ouvrait à nouveau devant ses yeux. Elle entendait des conversations ordinaires : un couple s'inquiétait des dix pour cent d'agios, des femmes parlaient de problèmes de poids. Lorsque arriva son tour, elle endossa le chèque et le tendit au caissier.

— Des billets de vingt feront l'affaire, dit-elle.

Mais Mme Stieffler avait fait opposition.

Les femmes derrière Jessie en oublièrent leurs histoires de bronzette, la banque parut sombrer dans un silence méditatif. Jessie dut se résoudre à retirer deux cents dollars — elle s'inquiéterait de l'emprunt-logement plus tard. Quand elle fut de retour chez elle, le téléphone sonnait.

— Madame Shapiro ? dit une voix d'homme.

— Oui ?

— Jessie Shapiro ?

— C'est exact.

— C'est vous qui avez posé l'affiche « Avez-Vous Vu Cette Petite Fille ? »

— Oui. Que voulez-vous ?

— J'ai peut-être des renseignements pour vous.

— Vous appelez du Vermont ?

— Non. De Los Angeles. Pourquoi pensiez-vous que je téléphonais du Vermont ?

— J'ai dit cela sans réfléchir. Quel genre de renseignements avez-vous ?

— Je préférerais ne pas en parler par téléphone.

— Mais... vous l'avez vue ?

— Peut-être pourrions-nous nous retrouver quelque part ce soir ?

Entendit-elle un léger accent étranger dans sa voix ? Jessie n'en était pas certaine.

— Ce soir, ce n'est pas... Pouvez-vous au moins me dire si vous l'avez vue ?

— Demain soir vous convient mieux ?

— Non. Je... pourquoi ne pouvez-vous pas en parler par téléphone ?

— Que dites-vous de l'embarcadère de Santa Monica ? Huit heures ?

— C'est Pat qui vous a demandé de m'appeler ? Vous êtes un de ses amis ?

— Je vous expliquerai tout ce soir.

— Comment vous appelez-vous ?

— Mickey.

Un nom auquel Pat n'avait jamais fait allusion. Cela ouvrait d'autres possibilités.

— C'est de l'argent que vous voulez ? demanda lentement Jessie. Pas de réponse.

— C'est ça ?

— Nous en parlerons ce soir.

Un courant glacé coula dans les veines de Jessie.

— Avez-vous Kate ? S'agit-il d'une demande de rançon ?

L'homme rit, non sans une certaine condescendance.

— Bien sûr que non, dit-il. J'ai des renseignements qui, je pense, vous intéresseront, c'est tout. Mais, pour des raisons qui deviendront parfaitement claires, je dois vous les communiquer en personne. OK ?

Jessie ne sut que répondre. Quel genre de renseignements ? Kate était dans le Vermont, mais il avait paru l'ignorer.

— Je ne sais pas, dit-elle. Kate est-elle hors de danger ? Pat est-il toujours avec elle ? A-t-il eu un accident ?

L'homme poussa un soupir.

— Je vais être plus précis, madame Shapiro. Je suis détective privé et je travaille sur une autre affaire. Il se trouve que je suis tombé par hasard sur quelque chose qui, je pense, devrait vous intéresser.

— Vous le vendez ou vous le donnez ?

— Je vous ai déjà suggéré que nous parlerions de ça au moment voulu, madame Shapiro. A huit heures.

Clic.

Jessie raccrocha d'un geste lent. Poser des affiches dans toute la ville était une invite aux appels bidons. L'homme n'avait offert aucun fait nouveau. D'un autre côté, il aurait pu être plus insistant à propos de la rencontre, et il n'avait pas eu l'air d'un plaisantin. Sa voix lui avait fait penser à un historien d'art suédois qu'elle avait connu chez Philip.

Jessie consulta la liste des agences de détectives dans les pages jaunes de l'annuaire de L.A. Pas d'abonné entre Michaelson et Mitchum. Elle essaya celles de Santa Monica, West L.A. et de la Vallée. Pas de M. Mickey. Cela ne signifiait pas qu'il ait menti. DeMarco saurait peut-être. Jessie l'appela. Quelqu'un décrocha, des enfants pleuraient.

— Tu as gâché ma vie ! cria une femme.

Un homme, hors de lui, hurla une réponse, mais ce n'était pas DeMarco.

— Allô ? dit la femme.

Jessie raccrocha.

A 7 h 45, Jessie ramassa sa valise. En sortant, elle passa devant le poème « Ma Maman » collé sur la porte du réfrigérateur. Elle l'arracha, le plia soigneusement et le glissa dans sa poche. Elle roula jusqu'à l'embarcadère, où elle trouva une place dans une rue attenante. Le soleil s'était couché, le brouillard gagnait du terrain. étalant un sfumato orange dans la nuit qui rappelait *Vallée nocturne*. Une luminosité étrange et faible, mais suffisante pour voir M. Mickey. Elle n'avait rien à perdre à le rencontrer, avant d'aller à l'aéroport. Elle n'en serait peut-être que mieux armée pour discuter avec Pat.

Jessie longea l'embarcadère. En été, l'endroit aurait été plein de touristes, de lycéens, d'obsédés de la plage, de fumeurs d'herbe, de buveurs de bière. Maintenant, les stands étaient fermés — le vendeur de hot dogs, de T-shirts, les autos-tamponneuses, le manège — et tout le monde était parti. Seules les odeurs demeuraient — graisse, oignon, huile de vidange, et, venant d'en bas, celle de la mer.

Jessie arriva au bout de l'embarcadère. Elle y trouva un homme assis, jambes pendantes, le dos contre une boîte à ordures. Il portait un chapeau de paille au bord usé et tenait distraitement une canne à pêche.

— Monsieur Mickey ? demanda Jessie.

— *No hablo inglés.*

Il ne leva même pas la tête.

Elle fit demi-tour. Le brouillard s'épaississait autour d'elle. Une sirène retentit, quelque part en mer. Au loin, sur la côte, une autre lui répondit. Jessie commença de craindre que le trafic aérien ne fût perturbé. Elle accéléra le pas.

Comme elle passait près du manège, une ombre se détacha.

— Madame Shapiro ? dit un homme.

— Oh ! Vous m'avez fait peur. Monsieur Mickey ?

— Décidément, je n'arrête pas.

Il avait toujours un léger accent qu'elle ne parvenait pas à identifier.

Quand il approcha, elle constata qu'il était plus grand qu'elle n'avait cru ; ses proportions parfaites masquaient sa taille. Il était immense. Elle domina son envie de fuir.

— Que savez-vous à propos de ma fille ?

— Je ne suis pas en mesure de répondre à cette question moi-même.

Cette fois, Jessie recula.

— Qu'est-ce que ça veut dire ?

— J'ai un... directeur. C'est lui qui répondra à vos questions.

Jessie regarda alentour et ne vit que le carrousel enseveli par la brume.

— Je suis ici pour vous mener à lui, dit M. Mickey. Mais auparavant il y a certains préliminaires.

— Lesquels ?

— Des formalités.

L'homme tendit la main.

— Vos papiers, s'il vous plaît.

— Vous savez déjà qui je suis. Vous m'avez appelée par mon nom.

— Il nous faut des preuves.

— Mais qui d'autre pourrais-je être !

Il retira sa main.

— Parfait. En ce cas, j'ai bien peur qu'il n'y ait rien à ajouter.

Jessie ne broncha pas. Dans la faible luminosité orange le visage de l'homme demeurait indistinct ; elle avait une impression de pommettes saillantes, de cheveux blonds, mais aucune idée de ce qu'il pensait.

— Qu'est-ce qui prouve que vous savez quelque chose à propos de Kate ? Ce que vous m'avez dit ne me pousse guère à le croire.

— Que savez-vous qui rende nos renseignements improbables ?

Sans savoir pourquoi — peut-être à cause de la taille de cet homme, de l'odeur de la mer en bas, ou simplement du brouillard — Jessie éluda la question. Peut-être sa précision même lui fit peur.

— C'est vous qui êtes censé avoir des renseignements, dit-elle.

De la lumière orange scintilla sur les dents de l'homme. Souriait-il ?

— Je trouve votre attitude très étrange, dit-il. Nous essayons de vous aider.

— Pour quelle raison ?

— N'est-ce pas ce que vous espériez en posant vos affiches ?

— Je ne sais pas.

— Peut-être. Mais c'est arrivé. Nous disposons de renseignements concernant l'endroit où se trouve votre fille. D'un autre côté, il est possible que vous disposiez de renseignements concernant une affaire sur laquelle nous travaillons. Nous vous proposons donc un troc.

— Ainsi, vous savez où se trouve Kate ?

— C'est à mon directeur de vous le dire.

— Pourquoi toutes ces cachotteries ?

— Cela n'a rien à voir avec vous. L'autre affaire est assez délicate.

— J'ignore de quoi vous parlez. Quel genre de renseignements voulez-vous ?

L'homme tendit à nouveau sa main.

— Pour commencer, vos papiers, s'il vous plaît.

— Est-ce une affaire de drogue ? Pat a-t-il des ennuis quelconques ?

M. Mickey soupira.

— Madame Shapiro, voulez-vous revoir votre fille ?

Jessie sortit son portefeuille et lui tendit son permis de conduire.

M. Mickey l'éclaira avec une lampe-stylo. Jessie l'observa. Il avait les pommettes tellement saillantes qu'elles jetaient des ombres jusque dans ses yeux pâles. Ses cheveux étaient blond platine, avec des reflets orange à cause du brouillard. Il combinait toutes les couleurs de *Vallée nocturne,* avec le détail qui aurait rendu le tableau inquiétant.

— Merci.

Il lui rendit son permis et éteignit. Ses traits disparurent dans la brume.

— J'ai cherché votre numéro dans les pages jaunes, dit Jessie. Vous n'y figurez pas.

— L'agence n'est pas à mon nom.

— A quel nom alors ?

— Mon directeur préfère se charger des présentations.

Il sortit un calepin.

— Êtes-vous scandinave ?

— Non, dit-il.

Le ton de sa voix laissait transparaître un certain agacement.

— Hermosa Beach.

Il feuilleta son calepin.

— Je dois clarifier certains détails avant que nous commencions. Un : avez-vous vu quelque chose d'inhabituel quand vous êtes allée chez Pat Rodney, après la disparition ?

— Qu'est-ce qui vous fait penser que je suis allée chez lui ?

Le souvenir de l'agent immobilier lui traversa l'esprit.

— Ça ne ferait pas partie d'une affaire immobilière, par hasard ?

M. Mickey rit.

— Très drôle. Mais, je vous en prie, madame Shapiro, ne jouez pas au détective. C'est notre boulot. Contentez-vous de répondre à la question.

— Mais j'ai le droit de...

— Madame Shapiro !

M. Mickey avait durci le ton, ce qui lui donnait davantage d'accent.

— Vous vous comportez comme si nous disposions de beaucoup de temps. Permettez-moi de vous dire que, dans les cas de disparitions, le temps est l'élément crucial. Essayez de comprendre qu'un délit a été commis, un délit qui n'était dirigé ni contre vous ni contre votre fille, mais qui vous a tout de même affectées. Je pense que mon directeur est disposé à vous faire part de certains faits, si vous coopérez au cours de cette petite conversation.

— Ce délit a-t-il été commis contre Pat ? Ou par lui ?

— Ni l'un ni l'autre. Ce n'est pas lui qui nous intéresse, c'est récupérer une certaine somme d'argent. Un point c'est tout. Voilà. Vous avez gagné : maintenant, vous savez tout.

Jessie se détendit.

— Bon, dit-elle. Il y avait des mots bizarres écrits sur le tableau dans la cuisine de Pat. C'est ça que vous cherchez ?

— Bizarres ?

— Étrangers. On les avait effacés, mais j'ai pu les reconstituer.

— Que signifiaient-ils ?

— Je n'ai pas su les traduire. C'était : « Toi giet la toi ». Au départ, nous avons pensé que c'était du français, mais non. Vous savez ce que ça signifie ?

— Oui. C'est un proverbe. Librement traduit, il veut dire : « Il faut battre le fer tant qu'il est chaud. »

— En quelle langue ?

— En arabe. C'est un proverbe connu.

— Mais ce n'était pas écrit en arabe.

— C'est l'équivalent phonétique, dit Mickey d'une voix impatiente. Pat Rodney a-t-il des amis arabes ?

— Pas que je sache. Comment connaissez-vous cette langue ?

— A question américaine, réponse américaine, dit M. Mickey : j'ai travaillé dans le pétrole.

Il tourna une page de son calepin. Jessie se demanda pourquoi M. Mickey avait dû utiliser une lumière pour lire son permis et ne s'en servait plus maintenant, et pourquoi quelqu'un irait écrire « Il faut battre le fer tant qu'il est chaud » sur le tableau de Pat. M. Mickey releva la tête.

— Avez-vous remarqué autre chose d'inhabituel dans la maison ?

— Pas vraiment. Mais j'ai entendu une partie d'un message sur son répondeur. Plus tard, quand j'ai voulu l'écouter à nouveau, la cassette avait été effacée.

— Vous vous souvenez de ce qu'il disait ?

— C'était une femme. On aurait dit qu'elle prévenait Pat d'un danger, elle lui disait de partir.

— Où ?

— Elle ne l'a pas précisé.

— Vous reconnaîtriez sa voix ?

— Je n'en sais rien.

M. Mickey referma son calepin et le remit dans sa poche.

— Je pense que nous pouvons aller voir mon directeur.

— Où est-il ?

— Par ici.

M. Mickey s'éloigna. Jessie le suivit mais, au lieu de se diriger vers la rue, il emprunta l'escalier qui menait à la mer.

— Où allons-nous ? demanda Jessie.

— Le voir.

Pourtant, Jessie ne voyait personne sur la plage, mais une forme sombre oscillait sur l'eau. M. Mickey envoya des signaux lumineux. Jessie entendit le bruit d'un moteur, étouffé par le brouillard. La forme sombre vint vers eux.

— Il est sur le bateau ? demanda Jessie.

— Non, mais nous le rejoindrons plus vite ainsi.

Le sable glissa sous une frange d'écume. De l'eau froide vint lécher les pieds de Jessie. D'où elle était, elle vit que le bateau était un grand cruiser ; elle distingua une silhouette dans la cabine.

— Je n'ai pas beaucoup de temps, dit Jessie.

— Nous ne sommes qu'à une dizaine de minutes.

M. Mickey avança dans l'eau. Cela valait bien dix minutes. Jessie le suivit.

M. Mickey se tourna vers elle.

— Je vous porte ? dit-il.

— Non.

Mais il la souleva tout de même, aussi facilement qu'un sac, et la hissa sur le pont. Peut-être se trouvait-il galant ; peut-être prouvait-il sa force. Jessie détesta.

M. Mickey grimpa à sa suite. Il leva la tête vers la silhouette dans la cabine, un homme qui portait un chapeau de paille au bord usé. Le bateau avait-il été amarré au bout du débarcadère ? Elle fouillait toujours sa mémoire lorsque M. Mickey dit :

— *Andale.*

Le mot claqua.

L'oscillation fut doublée d'un demi-tour, puis le bateau s'élança en vrombissant. Jessie tomba, le souffle coupé. Couchée sur le pont, elle sentit la force effrayante des moteurs.

M. Mickey l'aida à se relever, la traîna à moitié jusqu'à un siège de pêcheur à la poupe. Il lui cria quelque chose à l'oreille. Une excuse, peut-être. Elle n'entendait rien à cause du bruit. M. Mickey hurla à nouveau.

— Quoi ? Je ne comprends pas.

Il fit le geste de boire.

— Non, lui cria Jessie. Rien.

M. Mickey sourit, puis entra dans la cabine. Un rai de lumière jaune passa sous la porte. Avant qu'elle se refermât, Jessie aperçut un mur couvert d'équipement électronique, éclairé au gré du balancement d'une lampe Tiffany. On avait allumé un poste de télévision. John Wayne maltraitait les clients d'un saloon. Malgré le renfort de toute la MGM, il avait l'air moins costaud que M. Mickey.

Les yeux de Jessie se réhabituèrent à l'obscurité. Le bateau filait à travers le brouillard sur un V d'écume. C'était la première fois qu'elle se trouvait à bord d'un bateau aussi rapide. L.A. avait déjà disparu dans un cocon orange.

Une main lui toucha l'épaule. M. Mickey. Sur la table qui séparait leurs sièges, il disposa deux verres et une bouteille d'armagnac. Il tendit un verre à Jessie ; le parfum agréable de l'armagnac s'éleva. Elle but. M. Mickey sourit, prit son verre et retourna à l'intérieur.

L'alcool réchauffa Jessie. Elle but encore une gorgée, puis une autre. Cela suffit, se dit-elle. Elle avait une longue nuit devant elle : le directeur de M. Mickey, l'avion pour Boston. Il n'était que 8 h 45, elle avait le temps : ils devaient être presque arrivés. Où se dirigeaient-ils ? Elle verrait mieux depuis la proue.

Elle se leva. Ses jambes étaient faibles. La luminosité orange se trouvait du côté droit : ils allaient donc vers le nord. Sur le pont veillait l'homme au chapeau de paille déchiré.

Elle fit demi-tour et retourna s'asseoir. Elle remarqua une bouée de sauvetage suspendue au plat-bord ; quelque chose y était écrit en lettres capitales. Elle s'approcha avec lenteur et lut : *Ratty*.

Était-ce le nom du bateau ? Jessie fit le long voyage jusqu'à la poupe. Se tenant fermement à la rambarde, elle se pencha au-dessus du V bouillonnant, vibrant avec le bruit des moteurs. Il n'y avait rien d'écrit sur la poupe. Elle toucha l'endroit où aurait dû se trouver un nom. C'était collant.

Jessie se redressa. La tête lui tournait. Le mal de mer ? Non, plutôt un vertige. Elle se dirigea vers le siège de pêcheur, lentement. Des vertiges, et l'envie de dormir. Une torpeur soudaine et irrésistible se diffusait dans tout son corps comme des métastases.

— Oh, mon Dieu !

Elle n'atteignit pas la chaise. Le bateau tangua sur une vague. Elle perdit l'équilibre et tomba par-dessus la table, entraînant la bouteille et le verre dans sa chute. Elle gisait dans une flaque d'armagnac et des éclats de verre, avec la puissance des moteurs, très loin, au-dessous.

CHAPITRE 14

Le jeudi, c'était le soir de Bela. Autrement dit, slivowitz dans un dé. « Opera Box » à la radio et Bela disant des choses du genre « Ce pays est un pays de pédales, Ivan. Depuis toujours, mais, au début, je ne m'en rendais pas compte, voilà tout ». Ensuite, il se penchait dans son fauteuil, comme à présent. C'était un homme petit qui, autrefois, avait été très fort, cuisses épaisses et pectoraux puissamment développés ; il ne lui restait que l'instinct de combat.

— Tu veux parler de sexe ? demanda Zyzmchuk. L'homosexualité, ça existe aussi dans notre vieille mère patrie, Bela.

D'un geste, Bela balaya cet argument.

— Non, je ne parle pas de ça, dit-il à Zyzmchuk qui le savait déjà et avait seulement voulu dérouter le vieil homme. Enfin, pas seulement. Je veux parler de la mentalité en général. Macho ! Des banquiers qui se font manucurer ! Des hommes politiques qui se font teindre les cheveux ! Plaideurs, mendiants, râleurs. Voilà ce qu'ils appellent macho ! Je vais te dire qui sont ces machos, Ivan. De la pédale. Normal, non ? C'est latin. Le Latin est incapable de se battre. Tout le monde sait cela. Tu sais qui peut se battre, Ivan ?

— Qui ?

— Et je ne parle pas des Coréens ni des Japs ni de ces enculés de Russes. Sais-tu qui sait vraiment se battre ?

— Qui, Bela ?

— Les Anglais. Et je ne parle pas des petits Lord La Pédale. Je parle des Anglais des couches sociales défavorisées.

— Ceux qui se bagarrent aux matchs de football ?

Le regard de Bela se durcit ; sa bouche se referma d'un coup sec. Bjorling passait à la radio. *Dein ist mein ganzes Herz.* Pas le genre dont raffolait Zyzmchuk. Le regard de Bela se perdit dans le vague, toute colère disparue. Il tendit le bras vers la slivowitz, en avala une bonne gorgée. La voix douce emplit la pièce. La sono de Bela était excellente : un compact disque Nakamichi, des enceintes Acoustic Research de deux cents watts, un bon ampli. Cela faisait-il pédale ?

Zyzmchuk garda cette pensée pour lui. Bjorling atteignit la dernière note et la tint sans effort. La famille de Bela avait toujours été fana de Bjorling. Zyzmchuk se rappela le matériel Blaupunkt volé aux Allemands, qui trônait sur la table de la cuisine, voici longtemps. Le poste de radio avait disparu, et la maison, et la famille ; le pays, en un sens, avait lui aussi disparu ; pourtant, sur la sono de Bela, Bjorling était meilleur que jamais, oui, le meilleur.

Bela vida son verre mais le garda dans ses mains dures. Lorsqu'il parla à nouveau, sa voix s'était adoucie.

— Et sais-tu pourquoi les Anglais des couches sociales défavorisées sont de si grands combattants ?

— Non.

— Parce qu'ils ne craignent pas la mort. Tu les rends fous furieux et ils n'en ont rien à foutre de mourir. C'est ça le secret. De nos jours, tous les autres ont la trouille de crever. Ils ont si peur de la mort qu'ils tombent comme des mouches. Comme des mouches, Ivan.

Bela se mit à rire.

Son visage devint rougeaud, il étouffait. Zyzmchuk vint vers lui et lui tapa dans le dos.

— Comme des mouches, comme des mouches, haleta-t-il. C'est la chose la plus drôle que j'aie jamais vue de ma foutue vie.

A cet instant, le regard de Zyzmchuk tomba sur la photographie de Leni posée sur la cheminée. Il abaissa les yeux sur le vieil homme et vit que, lui aussi, la regardait.

— Y a de la bière, Bela ?

Il n'avait pas envie de ce genre de soirée : slivowitz et Leni.

— Dans le frigo.

Zyzmchuk décapsula une canette et retourna dans le salon. Le vieil homme regardait toujours la photographie.

— Une bonne bière de pédale, dit Zyzmchuk. T'en veux une ?

— Je suis incapable de boire de cette pisse, dit Bela, emplissant son verre de slivowitz. Les Américains ne savent pas fabriquer de la bonne bière. Ils ne savent rien.

Zyzmchuk savait ce que Bela voulait dire : ce que les Américains n'avaient surtout pas su faire, c'est empêcher les Russes d'entrer à Budapest. Un péché capital. Mais il ne fit pas de commentaire.

— Et moi, Bela ? Je suis américain.

— *Ja*, mais ça n'a pas pris.

— Arrête. J'ai la citoyenneté depuis que je suis majeur.

118

— Ne me fais pas rire. Tu es un grand Tchèque — trop intelligent pour être intelligent, comme la plupart de tes compatriotes — tu n'es pas américain.

Le regard de Bela revint sur la photographie ; celui de Zyzmchuk aussi. Leni était attablée dans un café, souriante ; ce n'était pas un tirage excellent mais il y avait le sourire de Leni.

— Tu sais ce à quoi je pense ? demanda Bela.

— Tais-toi.

Bjorling termina en beauté. Bela avala une autre slivowitz. Il allait le dire.

— Je pense au genre de petit garçon qu'un grand idiot de Tchèque comme toi et ma Leni auraient eu.

— Ça n'aurait pas été forcément un garçon.

— Tu dis n'importe quoi. Elle le portait haut : ça voulait dire que c'était un garçon.

— C'est un conte de bonnes femmes, dit Zyzmchuk, mais sans conviction : ses pensées vagabondaient et avaient fait surgir, pour le distraire, l'image du numéro 22 en blanc et or.

Bela frappa plusieurs fois sur le bras capitonné de son fauteuil. Un nuage de poussière s'éleva.

— Ç'aurait été un garçon ! Tu sais ce que je veux dire.

Il se pencha, de nouveau prêt à se battre.

— Je sais ce que tu veux dire, dit Zyzmchuk.

— Peut-être deux.

Zyzmchuk se leva. La pièce était trop petite et surchauffée, encombrée du bric-à-brac d'une Europe centrale qui n'existait plus.

— Que dirais-tu d'une bière à la place de cette saloperie ? dit-il. Plus personne n'en boit en Hongrie.

— Il y a beaucoup de choses que plus personne ne fait en Hongrie maintenant.

Zyzmchuk se rendit à la cuisine pour prendre une autre bière. Un calendrier était accroché au-dessus du frigo ; à côté des jeudis était écrit : « Z. + Opera Box ». Zyzmchuk resta dans la cuisine à siroter sa bière. Il n'avait pas envie de reparler de tout ça — le démêlé au kiosque, le carburateur cassé, le petit village minable à la frontière, le colonel Grouchine. Une opération classique, selon Langley. Mais la malade était morte.

— Hé, cria Bela, tu t'es perdu ?

Zyzmchuk revint dans le salon. Le verre de Bela était de nouveau vide. Ses yeux brillaient.

— Ce salaud, au kiosque !

C'était comme si la conversation s'était déroulée malgré eux.
Zyzmchuk soupira.

— Tu t'es vengé.

— Ce n'était pas suffisant. J'aurais dû le faire de mes propres mains.

Il les leva, avides. Son verre tomba et se brisa. Zyzmchuk alla chercher le balai dans la cuisine. La sonnerie du téléphone retentit.

— Monsieur Zyzmchuk?

— Bonjour, Grace.

— Je vous passe M. Keith.

Il y eut un déclic. La ligne se brouilla. Keith lui semblait très loin.

— Salut, dit-il. Notre Mamzelle Alice est sur le départ.

— Vous aviez mis sa ligne sur écoute?

— J'y avais songé, mais non. En fait, c'est de notoriété publique : annoncé dans le programme journalier publié par le bureau de son mari. Elle va assister à une cérémonie quelconque. Grace a tous les détails.

— OK.

— Zyz, ne parle pas d'écoute. On est sur une ligne ouverte.

— Mais c'est toi qui en parles!

Keith rit. Il était très jovial depuis qu'ils étaient arrivés à un compromis.

— Quels fous nous sommes, nous autres mortels, hein, Zyz?

Zyzmchuk ne fit pas de commentaire. Il écouta la mauvaise connexion : comme un surf glissant sur une plage sablonneuse.

— Où es-tu?

— Sur la place Rouge, dit Keith. Tu as d'autres questions?

— Non.

— Très bien. Alors, en selle.

— Sûr.

— Salut.

La ligne s'éclaircit. Grace prit la relève et lui donna les détails. Zyzmchuk raccrocha. Il savait que Bela l'observait depuis le seuil de la cuisine.

— Tu repars pour le bureau? lui demanda-t-il.

— Beaucoup moins pédale que ça. Ils me laissent sortir.

— Pour faire quoi?

— Le truc habituel. Des petites virées dangereuses et top secrètes.

Bela fit un geste tranchant du revers de la main; il essayait toujours d'aller à l'essentiel. Il n'avait pas fait d'études.

120

— Ça veut dire les Russes ?

— Pire.

— Pire que les Russes ?

— De beaucoup. Un stade de football bourré de hooligans.

Bela ne sourit même pas. Il tendit son cou de taureau et dit :

— Tu sais quoi ? J'avais tort.

— A propos de quoi ?

— A propos de toi. Tu es bien américain. Tu ne comprends rien et tu ne sais pas que tu ne sais pas. C'est ça qui fait de toi un Américain. Même une bête comme moi sait quand il ne sait pas.

— C'est le moment de boire un autre verre, dit Zyzmchuk en passant un bras autour des épaules de Bela et en le guidant vers la salle à manger.

Bjorling interprétait l'Ingemisco.

— C'est mieux comme ça, dit Zyzmchuk.

Il balaya les morceaux de verre, les jeta dans la cheminée, servit de la slivowitz pour deux.

— A Verdi ! dit-il.

— Et à l'assassinat des Russes, ajouta Bela.

Ils burent. Zyzmchuk se leva.

— Ivan ? dit Bela. Je peux venir avec toi ?

— Où ?

— N'importe où.

— Tu connais ma réponse.

— C'est à cause du danger ? Je sais encore me battre, merde !

En guise de preuve, Bela brandit son poing.

— Il n'y a aucun danger. C'est bête et ennuyeux. Juste histoire de sortir du bureau.

— Je ne m'ennuierai pas.

— Désolé, Bela. A la semaine prochaine.

Zyzmchuk se décida à sortir. Bela augmenta le volume. La voix de Bjorling, dans le rôle de Dick Johnson, le poursuivit jusqu'à sa voiture.

Zyzmchuk s'installa au volant et regarda la lumière dans l'appartement de Bela. Elle s'éteignit, mais l'air de *La Fille du Far-West* lui parvenait encore.

Grace lui avait réservé une place dans le dernier avion pour Logan ainsi qu'une chambre d'hôtel ; cela lui laissait beaucoup de temps jusqu'à l'arrivée de Mamzelle Alice prévue le lendemain matin. Mais Zyzmchuk n'aimait pas l'hôtel, et préférait la voiture à l'avion. Pourquoi pas ? Il avait ses vêtements de rechange à l'arrière de la Blazer : pull-overs et tennis, sa brosse à dents et son matériel. La seule chose qui lui manquait était son revolver, mais il n'en avait pas besoin pour filer Alice Frame.

Zyzmchuk entama le long trajet nocturne jusqu'à Boston, un goût de slivowitz dans la bouche et l'image de Leni dans la tête.

CHAPITRE 15

Une voix. Familière.

« Mur », disait-elle. « Salut. »

Puis, plus rien. Seulement la mer, très proche. Jessie ouvrit les yeux.

Un Picasso de la Période Rose accroché à un mur blanc : il représentait une femme anguleuse sur une plage blafarde ; elle ressemblait à Barbara. Ses yeux de travers regardaient vers la mer.

Jessie était étendue sur un lit en rotin. Elle se redressa. Le sang lui monta à la tête et battit contre ses tempes. Elle demeura quelques instants immobile, espérant que cela cesserait ; puis elle se leva et traversa la pièce. Ce fut une longue traversée : le tapis était de haute laine ; son corps pesait une tonne ; ses jambes flageolaient.

Jessie s'arrêta devant le tableau. Elle lut la signature célèbre apposée en bas, déjà un chef-d'œuvre en soi, et ce n'était pas une copie : un vrai Picasso de la Période Rose sur un mur blanc, dans une chambre avec un lit en rotin, un tapis de haute laine et l'océan tout près.

Jessie fit glisser l'un des panneaux d'une baie vitrée et sortit sur un balcon. Nuit de brume. D'un geste automatique, elle releva sa manche pour regarder l'heure. Sa montre avait disparu.

Plus bas, un autre balcon un peu plus large dépassait de deux ou trois mètres. Très loin au-dessous, l'océan. Un cruiser tanguait au bout de ses amarres, la proue pointée vers l'horizon, la poupe vers Jessie. Sans nom.

Son cœur battit plus vite, redonnant un peu de force à ses jambes, mais relança sa migraine. Elle regagna l'intérieur, essaya d'ouvrir la porte. Elle n'était pas fermée à clef. Elle ouvrit très doucement. Un escalier, recouvert d'une moquette épaisse, menait vers le bas. Jessie s'y engagea.

Elle passa sous une voûte qui communiquait avec une immense pièce au sol de marbre. Un feu se consumait dans une cheminée en granit rose. Sur une table en verre était posé le tableau de Pat, dont on avait recollé les morceaux et reconstitué le message à la craie blanche. « Toi giet la toi. » Une femme aux cheveux gris, agenouillée à côté de la table, examinait le tableau, tournant le dos à Jessie.

Jessie avança sur le marbre. La tête grise tourna vers elle. Lunettes de soleil. Immenses.

— Vous vous levez aux aurores, très chère.

C'était la clocharde. Elle avait une voix étrange, haut perchée mais ponctuée d'intonations masculines. Jessie en eut la nausée.

— Nous ne sommes pas encore prêts pour vous.

Sur le point de prendre la fuite, Jessie se domina.

— Où est Kate ?

Elle avait un tout petit filet de voix.

— Décidément, vous aimez poser des questions, dit la clocharde. Mais il va falloir attendre votre tour. D'abord, c'est à nous de vous interroger.

— Sur quoi ?

De son lourd menton, la clocharde désigna le tableau.

— Que penser de cela, par exemple ?

— Je n'en sais rien. Pourquoi est-ce important ?

— Voilà que vous me répondez par une autre question.

Elle eut un sourire condescendant, montrant de bonnes dents.

— Qu'en pensent les autres ?

— Quels autres ?

— Votre ami le lieutenant de police, par exemple.

Jessie fixa la paire de lunettes de soleil. Elle n'y vit que son image, minuscule et déformée.

— C'est vous qui avez tué Barbara Appleman ?

— Comme vous y allez !

La clocharde se leva, grande et forte.

— Et puis, c'est encore une question. Vous êtes une jeune femme plutôt indisciplinée, n'est-ce pas ?

La clocharde fit un pas vers elle. Un reflet bleuté glissa sur sa lèvre supérieure.

— Que savez-vous sur Woodstock ?

— Woodstock ? Je ne vois pas le rapport.

Son reflet déformé gesticula sur les lunettes de soleil. Cette vision la rendit furieuse.

— Pourquoi m'avoir amenée ici ? demanda-t-elle, sa voix s'envolant vers les aigus. Qui êtes-vous ?

La clocharde vint plus près, une main dans la poche de sa robe.

— Vous êtes vraiment... difficile, dit-elle.

Le corps de Jessie l'emporta sur sa volonté. En une seconde, elle bondit en arrière et remonta jusqu'à la chambre. Elle ferma la porte mais ne put la verrouiller, faute de clef. Les pas de la clocharde claquaient sur le marbre. Jessie courut jusqu'au balcon, regarda par-dessus la balustrade. Elle n'avait jamais plongé de plus haut que cinq mètres ; ici, il y avait plus de quinze mètres, et le balcon du dessous à éviter.

Jessie fit demi-tour pour regagner la pièce. Trop tard. La clocharde y entrait, un pistolet à la main.

— On se calme, très chère.

Jessie regarda autour d'elle. Rien à lancer, excepté le Picasso accroché à côté d'elle. Elle le lança au visage de la clocharde, courut sur le balcon et grimpa sur la balustrade. Elle ne réfléchissait plus ; son instinct avait pris le dessus. Elle entendit la clocharde hurler :

— Mickey !

Ses intonations aiguës avaient disparu.

M. Mickey apparut sur le balcon du dessous et vit Jessie. Elle prit son élan et se lança de toutes ses forces. M. Mickey tendit ses bras vers elle ; ses doigts l'agrippèrent par le torse, la griffant ; mais la vitesse le renversa en arrière, par-dessus la balustrade, et Jessie l'entraîna dans sa chute.

M. Mickey se cramponnait à elle. Ils tombèrent en une longue chute, unis l'un à l'autre comme des amants. Elle lut le meurtre dans les yeux pâles de M. Mickey.

Il atteignit l'eau le premier. L'impact lui coupa la respiration ; il poussa un grognement et Jessie perçut son souffle. Ensuite, ses doigts la lâchèrent et elle plongea dans la mer froide.

L'eau ralentit sa vitesse. Elle se laissa couler, assommée et engourdie, jusqu'à ce que quelque chose de visqueux effleurât son visage. Alors, instinctivement, elle frappa du pied pour remonter, s'éloigner de cette chose, nageant comme une forcenée. Sa tête fendit la surface de l'eau. L'obscurité se referma autour d'elle, le monde se dérobait. Elle avait du mal à respirer ; la bouche grande ouverte, elle emplit ses poumons d'air. Le monde lui fut restitué.

Un cône de lumière terminé par un rond jaune transperça le brouillard, zigzagua à la surface de l'eau. Il glissa sur le visage de Jessie, s'arrêta, revint en arrière. Il y eut un craquement. Quelque chose frappa l'eau, à quelques mètres de Jessie.

Elle plongea. *Slap*, au-dessus de sa tête. *Slap, slap*. Elle prit peur, perdit le contrôle de ses mouvements ; l'air sortit en bulles de sa bouche. Elle serra les dents en s'efforçant de faire des gestes plus réguliers et plus puissants. *Plié, tendu, tiens bon. Plié, tendu, tiens bon.* Une autre bulle lui échappa, encore une autre. Elle n'en pouvait plus. Elle atteignit enfin la surface ; ses pieds touchaient le fond — elle était debout, de l'eau jusqu'à la poitrine.

Jessie avala une grande gorgée d'air et commença de courir. Elle sortit de l'eau, traversa une plage et arriva dans une palmeraie. Elle courait sans but, loin de la mer. La nuit était pleine d'ombres ; elle les évitait et poursuivait sa course. Pendant un moment, elle n'entendit que son propre souffle. Puis un chien aboya. Bientôt, ses aboiements passèrent de l'avertissement à la rage. Ils approchaient. Jessie obliqua, essayant de courir plus vite. Les ombres s'écartèrent. Elle était sur une route : des pointillés blancs la divisaient. Mais, tandis qu'elle les suivait en courant, un objet la frappa aux jambes et elle tomba.

Une voix s'éleva dans les arbres.

— Vous avez violé une propriété privée. Ne bougez pas.

La voix répéta la même chose en espagnol ; une voix nasillarde, brouillée par des parasites. Jessie resta là où elle était. Les aboiements se rapprochèrent.

— Vous avez violé une propriété privée. Ne bougez pas, répéta la voix.

La voix avait déjà redit la moitié du message en espagnol lorsque Jessie comprit qu'il s'agissait d'un enregistrement. Elle se releva avec peine et reprit sa course.

Trop tard. Elle n'avait pas fait deux foulées qu'elle était aveuglée par une lumière braquée dans ses yeux. Une autre voix s'éleva.

— Un pas de plus, et vous êtes morte.

Pas de nasillements, pas de parasites.

Elle se sentait glacée. Une forme bondit de derrière les arbres en grognant, lui tomba sur le dos, la plaquant au sol. Des pattes grattèrent le macadam pour retrouver leur équilibre ; la lumière balaya la route jusqu'à l'animal — un gros Doberman noir. Il se retourna vers Jessie, prêt à bondir.

— Au pied, Fiston, cria la voix.

Le chien s'arrêta, la bave dégoulinant de ses babines retroussées, les muscles tendus.

— Au pied.

La bête frémit, puis passa à côté de Jessie, sans même la regarder, et trottina vers la lumière.

— Vous avez violé une propriété privée, dit la voix bilingue dans les arbres. Ne bougez pas.

Fiston gronda.

Les pas se rapprochèrent.

— Debout !

Jessie se leva.

La lumière parcourut son corps — de bas en haut, de haut en bas. Seulement alors, elle prit conscience qu'elle était nue. Deux yeux brillèrent. Ils appréciaient ce qu'ils voyaient. Quand elle n'eut plus la lumière en plein visage, Jessie distingua la silhouette d'un homme puissant et chauve, portant une espèce d'uniforme et, à côté de lui, le chien, tirant sur sa laisse.

— Les mains en l'air, dit l'homme. Pas comme ça — posées sur la tête. Ouais. Joli.

L'homme s'agenouilla sur le bas-côté de la route. Un fil de détente luisait dans l'éclat de sa torche électrique. Il le suivit jusqu'à un poteau, y enfonça une clef, la tourna. Sa voix se tut. Il se redressa.

— OK, avance.

— Où m'emmenez-vous ? On m'a kidnappée et agressée...

— Boucle-la !

Jessie se détourna et avança. Elle sentait la lumière sur son dos. Fiston grogna, gentiment.

Jessie suivit le tracé des pointillés : l'ombre d'une femme dans un ovale jaune tremblotant, suivie par celles d'un chien et d'un pistolet. Le bruit de la mer s'éloignait.

— Vous...

— Boucle-la !

La route en croisa une autre, un peu plus large. Il y avait une loge de gardien à leur intersection, de la lumière brillait à l'intérieur.

— Arrête-toi.

Jessie obéit.

— Assis, Fiston.

Fiston obéit, sans cesser de gronder.

L'homme vint tout près de Jessie et ouvrit la porte de la loge.

— Entre.

Jessie hésita. L'homme appuya la torche électrique dans le creux de ses reins et la poussa à l'intérieur.

— Ne me touchez pas.

— Oh, la mijaurée ! dit l'homme.

Mais il ne la toucha plus.

Il s'assit à un bureau métallique. Il n'y avait pas d'autre chaise.

Jessie resta debout. Un magazine traînait sur le bureau : *Nanas aux Gros Nichons*. L'homme surprit son regard et glissa le journal dans un tiroir.

Il joignit ses grosses mains sur le bureau et la regarda sans expression particulière, mais seulement un instant — il avait du mal à empêcher son regard de dévier.

— Alors, bébé, on cherche les ennuis ?

— De quoi parlez-vous ?

— Violation de propriété privée.

— Je n'ai rien violé du tout. On m'a enlevée à Santa Monica dans la soirée. Je ne sais même pas où je suis.

— Je suis sûr que tu peux trouver mieux que ça.

Jessie le dévisagea : un homme d'une cinquantaine d'années, avec des bourrelets au-dessus de la ceinture et d'autres sous le menton. Il portait un uniforme vert avec un badge nominatif sur sa poitrine : Hubble, et un insigne de garde de sécurité sur le bras : Domaine Mille Flores — *quelque part dans Malibu,* pensa Jessie, étonnée d'être si près de chez elle.

— Sinon ? demanda-t-elle.

Le dévisager avait remis les choses en place. Ou peut-être les effets de la drogue qu'on avait ajoutée à l'armagnac se dissipaient-ils ?

— Sinon j'appelle les flics.

— Allez-y.

Hubble la regarda du coin de l'œil. La conversation avait pris une tournure qu'il n'aimait pas.

— Vaudrait mieux pas pour toi.

— Quelle autre possibilité ?

— Ben, écoute, on pourrait peut-être s'arranger à l'amiable. Tous les deux.

— Je préfère que vous appeliez les flics. Par exemple, le lieutenant DeMarco à Santa Monica.

— DeMarco ?

— Oui, dit Jessie. Service des homicides.

Hubble tendit la main vers le téléphone, puis arrêta son geste. Décidément, il préférait un arrangement à l'amiable.

— Je m'appelle Jessie Shapiro. Ça l'intéressera.

Hubble composa un numéro et sortit. Quand il revint, il lança une couverture à Jessie.

Elle s'en enveloppa et s'assit par terre. Hubble ouvrit la bouche, puis se ravisa. Ils attendirent. Il ne fallut pas beaucoup de temps avant que des phares de voiture balaient les fenêtres de la loge. Fiston se remit à aboyer.

— Ta gueule, Fiston !

Le chien se tut.

Une portière claqua. DeMarco fit son apparition ; il portait un pull crasseux et une barbe de deux jours, mais à côté d'Hubble il ressemblait à Fred Astaire.

— Je vous écoute, dit-il.

— Eh bien, mon lieutenant, commença Hubble, j'ai appréhendé cette...

— Pas vous, coupa DeMarco. Elle.

Jessie se leva, ramenant la couverture sur ses épaules.

— On m'a... Quelle heure est-il ?

— Une heure moins le quart.

— Vendredi ?

— Évidemment !

— Il me semblait qu'il était plus tard. On m'a enlevée dans la soirée. J'ai l'impression qu'il m'a administré un somnifère.

— Qui « il » ?

— Un homme qui s'appelle M. Mickey. Ou peut-être Mickey tout court. Et une femme, ou peut-être un homme, qui avait l'air d'être son patron. Ils m'ont emmenée dans une villa, quelque part près d'ici. On est dans la Colonie ?

— Tout près, oui. A quoi ressemblaient ces gens ?

Jessie les décrivit.

— Ça vous rappelle quelqu'un ? demanda DeMarco à Hubble.

— Hein ?... Une femme qui est peut-être un homme qui est peut-être le patron d'un type appelé M. Mickey ou peut-être Mickey tout court ? Elle est défoncée ou quoi ?

— Je vous dispense de vos commentaires, dit DeMarco.

— C'est elle qui a parlé de drogue, dit Hubble. J'essayais d'aider, c'est tout.

DeMarco ignora sa remarque.

— Décrivez la villa, dit-il à Jessie.

Elle parla des balcons, du sol en marbre rose, du grand plongeon dans la mer.

— Ça vous dit quelque chose ? demanda DeMarco à Hubble.

— Ça ressemble un peu à la villa de Blugerman. Mais ça fait un an qu'elle est inhabitée. Il l'a vendue.

— A qui ?

— Je ne sais pas, dit Hubble. Mais j'ai une liste des propriétaires des environs.

Il ouvrit un tiroir, poussa de côté *Nana aux Gros Nichons* et consulta un répertoire.

— D.C. Société Anonyme de Placement.

— Qu'est-ce que c'est que ça?

— Sais pas.

— Ils ont d'autres propriétés dans le coin?

Hubble parcourut la liste des yeux.

— Non.

— Il y a une adresse?

— Juste Panama.

— Bon, dit DeMarco, allons jeter un œil à la baraque.

Ils montèrent dans la voiture de DeMarco, Jessie devant et Hubble à l'arrière avec Fiston.

— Vous pourriez lui demander d'arrêter de gronder? dit DeMarco.

— Il grogne pas, il ronronne. Il aime bien faire de la bagnole.

En suivant les directives de Hubble, ils arrivèrent en haut d'une colline, sur un promontoire dominant la mer, se garèrent à côté d'une palissade. A travers un portáil, ils distinguèrent une allée qui menait à une villa. Pas de voiture; pas de lumière.

— Je vous l'avais dit, dit Hubble.

— C'est celle-là? demanda DeMarco à Jessie.

Elle s'emmitoufla dans la couverture; le brouillard se levait et la nuit fraîchissait.

— Je ne sais pas. Je n'ai pas vraiment eu le temps de la voir de l'extérieur.

DeMarco se tourna vers Hubble.

— Vous avez la clef?

— Eh bien, écoutez, je n'ai pas l'auto...

DeMarco regarda fixement Hubble.

— Épargnez-moi ça.

Hubble ouvrit la bouche mais ne dit rien. Fiston gronda.

— La ferme! dit DeMarco.

Le chien cessa.

— Alors, mon gars, dit DeMarco, combien?

— Je ne suis pas...

— Combien?

— Cinquante.

— Vingt.

— Je ne peux...

— Ouvrez.

DeMarco fourra un billet dans la poche de chemise de Hubble. Celui-ci décrocha un trousseau de clefs de sa ceinture et ouvrit le portail.

— Laissez le chien, dit DeMarco.

Hubble enferma Fiston dans la voiture. Ils remontèrent l'allée jusqu'à la villa et s'arrêtèrent devant la porte. La maison était silencieuse, mais la mer, de l'autre côté, rugissait.

DeMarco appuya sur la sonnette. Trois notes tintèrent. Il frappa. Il sonna une deuxième fois.

— Vous avez de la lumière ?

Hubble lui tendit la torche électrique, que DeMarco braqua par l'une des fenêtres. Du marbre rose brilla dans la lumière.

— C'est là, dit Jessie.

DeMarco appuya sur la sonnette en y maintenant son doigt. Les trois notes tintèrent sans discontinuer. DeMarco se tourna vers Hubble.

— A toi de jouer, mon gars.

— Oh, non, si je fais ça, je serai...

DeMarco pointa un doigt sur la poche de chemise de Hubble.

— Trop tard maintenant... t'as déjà perdu ta réputation. Ne m'oblige pas à le répéter.

— A le répéter ?

— Ouais. A ton patron.

— Salaud !

— C'est ce que tout le monde dit. Ouvre.

— C'est plus cher.

— Mais tu viens de m'insulter ! Ouvre.

Hubble déverrouilla la porte, puis retourna à la voiture. Jessie suivit DeMarco à l'intérieur. Il alluma les lumières. Leurs pas résonnèrent sur le marbre rose. La villa était vide. M. Mickey, la clocharde, le Picasso avaient disparu, et même le feu — pas seulement éteint, mais disparu : il n'en restait pas une cendre. Jessie posa la main sur la cheminée en granit : tiède.

— Touchez, dit-elle.

DeMarco toucha.

— Et alors ?

Ils sortirent sur le balcon. Il braqua la lumière sur l'eau. Pas de bateau. Pas d'amarres.

— Il était là, exactement.

— Ouais. Quel genre de bateau ?

— Un cruiser. Au moins douze mètres.

— Quel nom ?

— C'est ça qui est bizarre ! Il n'en avait pas.

— Pour être bizarre, ça l'est.

— Vous ne me croyez pas ?

— Oh, si, je crois que vous étiez dans cette villa, qu'il y avait un feu dans cette cheminée, que vous avez plongé, et que vous avez absorbé de la drogue. C'est le reste qui me paraît un peu trouble.

Jessie s'en prit à DeMarco.

— Qu'est-ce qui ne va pas chez vous ? Pourquoi est-ce que j'irais inventer tout ça ?

Ses yeux s'emplirent de larmes ; elle ne put les arrêter.

— Ne comprenez-vous pas qu'il se passe quelque chose de terrible ?

— Quoi ?

— Une...

Elle chercha un mot.

— ... Une conspiration.

Ce fut un mauvais choix.

— Bien sûr, dit DeMarco. Tout est une vaste conspiration. Et la nuit, tous les chats sont gris.

— Regardez !

Jessie venait de voir quelque chose flotter à la surface de l'eau.

— Qu'est-ce que c'est ?

DeMarco braqua la torche.

— Une jambe, dit-il.

Jessie sortit de la villa en courant, contourna la façade et, suivie par DeMarco, descendit l'escalier étroit taillé dans la pierre. Elle laissa tomber la couverture et entra dans l'eau. Ce qui flottait à la surface de l'eau, c'était une jambe, deux jambes ! Son blue-jean.

— Vous voyez ? dit-elle à DeMarco.

— Quoi ? Je vous ai dit que je croyais à votre histoire de plongeon. C'est le reste qui ne tient pas.

Jessie fouilla dans les poches de son jean et en sortit la feuille de papier détrempée. La mer avait effacé l'encre. « Ma Maman » avait disparu. Elle enfila le jean et reprit la couverture.

Ils retournèrent à la voiture. Hubble et Fiston étaient partis. DeMarco raccompagna Jessie à Santa Monica. Elle était en train de se demander si elle devait ou non lui parler de Buddy Boucher, quand il dit :

— Vous ne réagissez pas très bien à tout ça. Vous devriez peut-être aller voir un psy.

— Pourquoi ?

— Parce que... Vous devenez un peu dingo. Barbara avait cette tendance elle aussi, quand elle était sous pression. Il vous faut des tranquillisants.

— Barbara n'en prenait jamais.

— Mais vous n'êtes pas Barbara.

— Cela m'empêche de commettre certaines de ses erreurs.

— C'est à moi que vous faites allusion ?

Jessie ne répondit pas. Le reste du trajet se passa en silence.

DeMarco la déposa dans la ruelle près du débarcadère, à côté de sa voiture. Ses clefs étaient toujours dans la poche de son jean. Son portefeuille aussi.

— Vous me devez vingt dollars, dit DeMarco.

— C'est une plaisanterie ?

— Non.

Elle lui tendit un billet mouillé. Bizarrement, elle se sentit mieux après le lui avoir donné. Il partit.

Jessie rentra chez elle. Elle sortit sa valise du coffre de la voiture et entra dans la maison. Tout semblait normal : porte fermée à clef, tiroirs fermés, meubles en place ; il ne manquait rien. Sauf le tableau de Pat. Et Kate.

Tout était normal mais elle claquait des dents. Elle devait réfléchir. Elle se rendit à la cuisine, fit du thé, le but fort et fumant. Cela l'empêcha de trembler, mais pas de penser. Elle n'arrivait pas à trouver d'explication à son aventure. DeMarco avait-il raison ? En avait-elle imaginé une partie ? Mais laquelle ? Elle essaya de reconstruire les événements, morceau par morceau. Cela n'eut pour effet que de la faire de nouveau claquer des dents.

Fais quelque chose, lui souffla une voix intérieure furieuse. Ce qui était, ou non, arrivé ces dernières heures ne changeait rien à la réalité de Buddy Boucher. Vrai ou faux ? Jessie essaya de trouver un contre-argument, mais n'y parvint pas. Peut-être une autre personne aurait-elle trouvé une idée, mais Jessie était seule.

Elle se leva et se dirigea vers le téléphone. Tout d'un coup ses gestes devinrent lents et lourds, comme si elle avait doublé de pesanteur. Elle s'exprimait avec lenteur et difficulté. Elle appela la compagnie d'aviation.

— J'avais une place dans le vol de minuit pour Boston, mais je l'ai raté. Mon billet est-il valable pour le prochain vol ?

— Parlez plus fort — je vous entends à peine.

Elle haussa la voix, avec effort. Son corps aurait voulu se recroqueviller et ne plus bouger.

— Votre avion n'a pas encore décollé. Le brouillard l'a retardé.

— Je peux encore le prendre ?

— Vous avez quarante-cinq minutes.

Elle partit.

CHAPITRE 16

Bao Dai était passé maître dans l'art de ligoter les gens de façon qu'ils ne puissent bouger. La manière forte, il la tenait du caporal Trinh. Une fine corde de nylon faisait l'affaire; l'idéal, c'était du fil de cuivre. Bao Dai s'en procura deux chez le quincaillier.

Il attacha ses invités. Il se refusait à penser à eux comme à des prisonniers. Le caporal Trinh avait des prisonniers, Bao Dai, lui, avait des invités — la petite fille, surtout. Il avait envie de prendre le temps de les connaître, de tout savoir sur eux. Alors seulement, il prendrait sa décision. Et s'il arrivait quelque chose au renard, si futé et libre, alors peut-être serait-il obligé d'élever la petite fille à sa place. Après tout, il aurait pu avoir une enfant comme celle-là si... s'il avait répondu non plutôt que oui le dernier jour du Peace and Love.

Ce n'était pas trop tard. Il avait tout le temps, du moment qu'il ne commettait pas d'erreurs. Bao Dai s'assit à l'arrêt d'autobus, en se demandant s'il en avait déjà commis. Une, pensa-t-il.

Cette nuit-là, il prit un autobus. Le trajet ne fut pas long et il y avait peu de passagers. L'un d'eux était un homme aux cheveux longs, le premier hippie que voyait Bao Dai. Il lui sourit. L'homme vint s'asseoir à côté de lui.

— Tu fumes? lui demanda-t-il.

— Non.

L'homme rit.

— Je me demandais si t'en cherchais.

— Si j'en cherchais?

— Ouais.

L'homme aux cheveux longs sortit un paquet de cartes de sa poche et l'ouvrit. A l'intérieur, bien serrées, se trouvaient des cigarettes roulées à la main dans du papier vert foncé.

— Des joints? demanda Bao Dai.

— T'as tout compris. Deux dollars chaque.

Bao Dai en acheta cinq.

— Vous êtes le premier allumé que je rencontre, dit-il.

Était-ce une autre erreur ?

Bao Dai tâta le devant froncé de sa veste ocre, là où il avait rangé le couteau en fanon de baleine.

— Allumé ?

— Hippie, quoi, expliqua Bao Dai, regardant de nouveau l'autre, en se demandant s'il était plus jeune que lui, et de combien d'années.

— Tu vois ce que je veux dire ?

L'homme rit.

— C'est fini les hippies, *amigo*. Ici comme ailleurs. Je suis un commerçant, ni plus ni moins.

Bao Dai se détendit.

— Tu vends quoi ?

L'homme rit de nouveau.

— Ce que tu viens de m'acheter. Et des pilules aussi.

Il sortit un flacon empli de comprimés bleus et de capsules rouges.

— Les rouges, c'est des hallus, et les bleus des acides.

— Des acides ?

— Ouais. Cinq dollars chaque.

Bao Dai acheta cinq bleus et cinq rouges. L'homme aux cheveux longs sortit le paquet de joints et en alluma un. Il aspira une bouffée, avala la fumée, et le tendit à Bao Dai.

Bao Dai secoua la tête. Il avait peur. Il attendrait de ne plus avoir peur.

Un instant, l'homme parut contrarié, puis il tira une autre bouffée et dit :

— Tu travailles dans le coin ?

Bao Dai ne répondit pas.

— Ou t'es juste de passage ?

— C'est ça.

L'homme tirait sur son joint.

— Moi, je travaillais dans les poêles à bois. Pour les copropriétés, tu vois ? Puis ils ont sorti leurs nouvelles lois contre la pollution et l'augmentation des prix nous a fait perdre le marché. On peut même plus faire brûler ce foutu bois.

D'un coup de pied, il écrasa le mégot et descendit à l'arrêt suivant.

Bao Dai descendit plus loin. Tout était tranquille, tout le monde était couché. Bao Dai trouva l'erreur à l'endroit même où ils l'avaient laissée. Il ouvrit la portière, démarra.

La sono était sensationnelle. Il régla le volume au maximum : « ... pour entendre le cri du papillon ». Et Bao Dai l'entendit, comme jamais.

Il en oublia sa peur de la marijuana. « Juste une petite taf », se dit-il. Il alluma un joint, tira une bouffée, puis une autre. D'un seul coup, il se retrouva perché sur le haut-parleur droit d'où jaillissaient les cymbales et crissaient les aigus. Comme un cochon qu'on égorge.

Ça lui rappela l'Année du Cochon : du pus dans les yeux, des vers qui se contorsionnaient dans le bol de riz, chier un liquide verdâtre, avoir un visage décharné et puis tout ce que le caporal Trinh l'avait forcé à faire. Le caporal Trinh, son revolver noir, le fouet qu'il s'était fabriqué, sa petite bite jaune : voilà ce qu'avait été l'Année du Cochon.

Son père aussi avait un fouet et l'avait fabriqué lui-même — une corde à nœuds accrochée à côté du crucifix dans la cuisine. Bao Dai s'en souvenait : le sang peint à l'emplacement des clous, l'expression étrange sur le visage du Christ, pas celle d'un homme qui souffre ni celle du caporal Trinh quand Bao Dai l'avait quitté. Pourtant, la crucifixion, ça devait être douloureux, très douloureux.

Bao Dai coupa le son, mais la vision du crucifix ne disparut pas pour autant. Il n'arrivait pas à la chasser de son esprit. Il arrêta la voiture, se força à respirer calmement. Puis il éprouva un sentiment curieux, comme s'il allait fondre en larmes. Pourtant, il ne pleura pas, et la vision disparut. Il oublia le fouet de papa et l'Année du Cochon.

Ensuite, ce fut plus facile. Il n'avait pas besoin de réfléchir : il connaissait la région comme la paume de ses mains. Bao Dai les examina. Elles étaient couvertes de cicatrices, de marques, de rides ; des mains de vieux. Non, il ne connaissait pas du tout la paume de ses mains. Quelqu'un allait payer pour ça.

La région, il s'en souvenait. Ce fut facile : passer le vieux mur, descendre le sentier et aller jusqu'au gros rocher après les arbres.

Bao Dai sortit de la voiture, la mit en place, puis la poussa. Elle tomba dans l'eau avec un fracas terrible, comme des milliers de cymbales se heurtant dans des milliers de baffles.

Puis ce fut le silence. Il était sauvé.

DEUXIÈME PARTIE

CHAPITRE 17

Le tapis roulant largua les sacs un à un à l'arrivée des bagages. Un amuseur aurait pu les doter chacun de drôles de frimousses et inventer une comédie musicale sur la différence de classe. Louis Vuitton, faux Louis Vuitton, imitation Louis Vuitton, Samsonite, sacs à dos, boîtes en carton, valises éventrées retenues par de la ficelle — tous avançaient cahin-caha. Des mains se tendirent ; tout le monde retrouvait son rang dans la société, sauf Jessie. Son bagage — un sac en cuir râpé avec de solides poignées en cuivre qu'elle avait dégoté lors d'une vente chez un particulier à Menlo Park en 1970 : dans quelle catégorie l'animateur l'aurait-il classé ? — n'apparut pas.

Au bout d'un moment, le tapis fut vide et ses compagnons de vol disparus. Des lettres et des chiffres défilèrent sur le panneau au-dessus de sa tête, et L.A. UA 418 se transforma en WASH EA 102. De nouveaux arrivants se dirigèrent vers le tapis roulant. Jessie était sur le point de se rendre au bureau des objets trouvés, lorsque la machine eut un soubresaut et cracha son sac. Elle s'en empara et le souleva, réalisant à quel point elle était lasse — le sac cogna contre la barrière de sécurité et lui échappa des mains. Il serait tombé si quelqu'un, à côté, ne l'avait rattrapé et posé doucement.

— Merci, dit Jessie.

L'homme à la carrure puissante, en survêtement gris, lui fit un signe de tête.

Elle s'isola et ouvrit son sac. Il ne manquait rien : les Reeboks, *Jane Eyre*, les lettres de Buddy Boucher. Jessie se dirigea vers le guichet de location de voitures.

Peu de temps après, nantie d'un véhicule et d'une carte routière, elle s'éloignait de l'aéroport. Sur l'autoroute, elle sentit le vent du nord : il secouait la petite voiture comme pour la projeter dans la file voisine, giflait les arbres. Jessie ferma les vitres et mit le chauffage. Elle avait toujours froid. Une tasse de café l'aurait peut-être réconfortée, mais elle n'avait pas envie de s'arrêter. Elle alluma la radio ; pas de chance de ce côté-là non plus : la publicité pour Levi's fut la première chose qu'elle entendit. Preuve que c'était un seul et même pays, conçu dans la liberté et unissant ses efforts pour réussir une vente. Jessie continua de rouler en silence, à travers un paysage démantelé, mis à nu, en attente de la première chute de neige. Cela lui rappela un autre voyage monotone, une seule traite jusqu'à la pointe de la Basse-Californie, Kate endormie sur ses genoux. Un instant, elle crut sentir le poids de la tête de Kate ; mais non, ses jambes étaient froides et vides, comme son cœur.

Des collines dénudées se dressèrent sur sa droite. Elle prit la sortie suivante et la nationale qui montait vers elles. Le vent souffla plus fort ; le ciel se couvrit. Passé le péage, Jessie se trouva confrontée au paysage de la Nouvelle-Angleterre : les prairies rocailleuses, un troupeau de vaches à l'abri d'un bosquet d'épicéas, une grange rouge sur le toit de laquelle on pouvait lire : ACHAT ET VENTE D'ANTIQUITÉS. MARCHÉ AUX PUCES TOUS LES SAMEDIS. CARTES DE CRÉDIT ACCEPTÉES.

Jessie entra dans Bennington peu après trois heures, et passa tout de suite devant la concession de Buddy Boucher, qui arborait des fanions en plastique rouge, blanc et bleu, une grosse enseigne représentant un paysan jovial, et un petit parking où étaient garées une dizaine de voitures rutilantes. Elle se gara devant la réception et regarda les voitures. Elle ne vit pas la BMW bleue mais il y en avait d'autres derrière le bâtiment, là où la pancarte indiquait : RÉVISION. Elle entra.

Une berline couleur chocolat avec des pneus et des enjoliveurs chromés trônait dans la salle d'exposition. Au fond, trois bureaux cloisonnés, de la taille de la boutique d'un cordonnier dans un marché oriental. Dans l'un d'eux, un homme parlait au téléphone. Il avait des cheveux gris argent tirés en arrière qui avaient besoin d'être lavés et un visage aussi mobile que celui d'un acteur de série B.

— Hé, disait-il, on va trouver une solution. C'est pour ça qu'on est là.

Il opina plusieurs fois, sourit, cligna de l'œil, haussa un sourcil.

— Ces foutus klaxons, dit-il. Ces foutus klaxons.

Il raccrocha. Son visage se détendit. Ensuite, il aperçut Jessie et reprit ses mimiques, un peu distraitement au début ; il donnait l'impression d'un chanteur étonné d'être bissé.

— Bonjour, dit-il, en venant vers elle. Belle mécanique, hein ?

Il tapota le toit de la voiture chocolat.

— Vous conduisez quoi ?

— Je cherche Buddy Boucher, répondit Jessie.

— C'est lui-même.

Buddy Boucher souffla à l'endroit où il avait tapoté, lustra avec un mouchoir et dit :

— Qu'est-ce que je peux faire pour vous ?

— On s'est parlé hier, commença Jessie.

Elle se présenta. Il détourna le regard quand il entendit le nom de Rodney.

— Mon mari est-il repassé chercher sa voiture ?

Buddy Boucher se racla la gorge.

— C'est-à-dire, madame Rodney, je ne sais pas que penser.

— Je ne comprends pas ?

— Vous voyez, la voiture était sur le parking quand j'ai fermé hier soir. Là, pour être précis, à côté de la Charger verte. Mais, quand je suis arrivé ce matin, elle avait disparu.

— Vous voulez dire qu'on l'a volée ?

— Je l'ignore. On l'a peut-être volée. D'un autre côté, votre mari avait les clefs. Alors, il a très bien pu venir après la fermeture et la reprendre. J'aurais préféré qu'il laisse un mot.

Jessie regarda l'espace vide sur le parking. Les fanions rouges, blancs et bleus claquaient sous le vent.

— Quels étaient vos arrangements ?

— Il avait dit qu'il repasserait à la fin de la semaine.

— Vous avez appelé la police ?

— Pas encore. Je voulais voir s'il allait venir ce week-end.

— Comment était-il quand vous l'avez vu ?

Question maladroite : elle la regretta à peine formulée.

— Que voulez-vous dire ?

Elle hésita.

— Sa santé m'a un peu inquiétée ces derniers temps.

— Eh bien, j'en sais rien. Comme je vous l'ai dit, il n'est resté là qu'une demi-heure, maxi.

Buddy Boucher plissa les yeux.

— Il avait l'air d'aller bien. Fatigué, peut-être. Il gardait toujours un œil sur la petite. Il lui lâchait jamais la main. Bien habillé — costume-cravate.

— Cravate ?

— Ouais. Costume ocre et cravate avec des voiliers imprimés dessus.

— Comment se fait-il que vous vous souveniez de ça ?

— J'ai l'œil pour ce qui est des vêtements, madame Rodney. Vaut mieux, dans ce boulot.

Il ne put s'empêcher de la jauger de la tête aux pieds.

— Comment était habillée la petite fille ?

— J'ai pas fait attention. C'est pas les gosses qui font les chèques.

Il commença de rire, s'arrêta en voyant que Jessie ne suivait pas.

— Sans rancune. J'adore les gosses.

Il réfléchit.

— En fait, elle portait un T-shirt Coca-Cola.

Jessie le connaissait.

— Et... elle avait l'air d'aller bien ?

Buddy Boucher prit une profonde inspiration.

— Vous êtes sûre qu'il n'y a pas de, euh, de problèmes entre M. Rodney et vous ?

— Je vous l'ai dit — une proposition pour un investissement. Il est urgent que nous en parlions.

Il la dévisageait.

— On nous a fait une offre pour la maison, ajouta-t-elle.

Il acquiesça. Avait-elle enfin parlé le même langage que lui ?

— La petite fille. Elle allait bien, je suppose. Elle n'a pas dit un mot, comme je vous ai dit.

Son regard s'attardait sur le visage de Jessie.

— C'est votre fille, pour sûr. Elle ne tient pas beaucoup du papa.

— C'est à cause de ses cheveux blonds. Imaginez-le en brun et vous verrez qu'ils se ressemblent beaucoup.

Buddy Boucher écarquilla ses petits yeux.

— Ses cheveux blonds ?

— Oui, ceux de Pat, précisa-t-elle. De M. Rodney.

Buddy Boucher recula. Exit le Visage Mobile. Jessie attendit l'entrée en scène du Visage Inexpressif. En vain. A sa place, un air astucieux de petit citadin, avare de ses expressions, et pas très sympathique.

— Ça vous ennuierait de m'expliquer ce qui se passe ? demanda Buddy Boucher.

— Que voulez-vous dire ?

— Je veux dire que votre mari n'a pas les cheveux blonds, ma bonne dame. En tout cas, pas quand il est venu ici.

— De quelle couleur alors ?

— C'est à vous de me le dire.

— Entendons-nous bien, monsieur Boucher. Pat n'est pas blond clair, plutôt foncé : peut-être que pour vous c'est châtain.

Les lèvres minces s'entrouvrirent.

— Ce n'est pas un problème de couleur. Le type était chauve.

— Comment...

Jessie s'entendit parler une octave au-dessus de son timbre normal. Elle se reprit.

— Comment savez-vous que c'était bien Pat Rodney ?

— Il avait ses papiers.

Buddy Boucher commençait à perdre patience. Jessie le devinait à sa voix.

— J'ai vu son permis de conduire, sa carte de sécurité sociale. Je les demande à tous mes clients.

— Même ceux qui payent en espèces ?

— Oui.

— Vous avez tout noté ?

— Oui.

— J'aimerais y jeter un œil.

Buddy Boucher la conduisit dans son bureau. Aux murs, il y avait des diplômes de Dale Carnegie et, sur son bureau, des photographies d'une épouse rondouillarde et de trois enfants tout aussi adipeux. L'adresse et la date de naissance du permis de conduire étaient correctes ; quant au numéro de sécurité sociale de Pat, ne le connaissant pas, elle ne put vérifier.

— Était-il chauve sur la photographie du permis de conduire ?

Buddy Boucher réfléchit.

— Je ne me souviens pas.

Cet aveu dissipa son impatience.

— Je ne suis pas sûr d'avoir vraiment regardé. J'ai juste recopié le numéro.

— Quel genre de calvitie était-ce ? demanda Jessie. Naturelle ou le crâne rasé ?

Le regard de Buddy Boucher se posa sur les photographies de sa petite famille : au ski, sous des parasols, derrière des gâteaux d'anniversaire.

— Le genre crâne rasé, je dirais. Je ne peux rien garantir.

Jessie regretta de ne pas avoir apporté une photographie de Pat, mais elle en avait une de Kate. Elle la sortit de son portefeuille : Kate à la plage, faisant une grimace en se tenant comme une cigogne.

— C'est bien elle, dit Buddy Boucher.

Le téléphone sonna. Le visage mobile de Buddy Boucher reprit du service.

— Allô ? Hé, où étais-tu passé ?

Jessie se pencha en avant. Le visage de petit citadin réapparut un instant, tandis que Buddy la regardait en secouant la tête.

— Tu ferais mieux de te radiner. Il m'en reste qu'une sur le parking, et un type de Putney vient la voir lundi... Climatisation, Radio-FM cassette, tout quoi... Je peux pas te dire au téléphone. D'accord. Salut.

Il raccrocha, regarda Jessie, changea d'expression.

— Je peux vous demander quelque chose ? dit-il.

— Oui.

— Il est recherché ? Par les flics ?

— Pourquoi me demandez-vous ça ?

Il ouvrit sa main et énuméra sur le bout de ses doigts :

— Payé en espèces. Crâne rasé. Et vous qui le cherchez pour une histoire d'investissement et en posant toutes sortes de questions comme si vous ne le connaissiez pas si bien que ça.

— Vous croyez que je suis de la police ?

— Difficile à dire de nos jours.

— Je vous en prie. Écoutez, monsieur Boucher, c'est mon ex-mari. Ma fille est avec lui illégalement. Je veux la récupérer. C'est tout. Les flics n'ont rien à voir là-dedans.

— Et pourquoi ne les appelez-vous pas ?

— Difficile de les intéresser à un cas comme celui-là. Et je préférerais résoudre cette histoire à l'amiable, si je peux.

Buddy Boucher la regarda droit dans les yeux. On aurait dit qu'il essayait de prendre une décision. Peut-être celle de lui vendre la berline couleur chocolat. Jessie attendit.

— Écoutez, finit-il par dire. Vous restez dans le coin ?

— Aussi longtemps qu'il le faudra, répondit Jessie.

Ce n'est qu'en le disant qu'elle se rendit compte que c'était vrai.

— Aussi longtemps qu'il le faudra, répéta-t-elle.

— Laissez-moi un numéro où je peux vous joindre. S'il repasse, je vous appellerai pendant qu'il est là. Comme ça, vous pourrez vous arranger ensemble.

— C'est très gentil de votre part.

— J'ai des gosses, moi aussi, dit-il en jetant un coup d'œil aux photographies. Et j'aime bien les gosses — comme je vous ai dit.

— Je vous remercie, dit Jessie, en se demandant si l'amour était

146

une chose d'inattaquable à laquelle Buddy se raccrochait dans ce monde plein de pièges, comme la cathédrale d'une ville délabrée.

— Mais pas de scandale dans mes locaux.

— Aucun problème. Ce n'est pas notre genre.

Jessie lui tendit la main. Buddy Boucher la serra.

— Si, insista-t-il.

— Si ?

— Ce n'est pas sûr qu'il repasse, je veux dire.

Jessie eut une idée.

— Vous connaissez le numéro d'immatriculation de la voiture que vous lui avez vendue ?

— Mieux que ça. J'ai un polaroïd de la camionnette. C'est un numéro provisoire, car il n'est pas de cet État.

Il le lui donna : une camionnette noire avec des vitres teintées et des flammes rouges peintes sur les ailes.

— Et son ami ?

— Comme je vous ai dit au téléphone. Je ne l'ai pas vraiment regardé. Il est resté dans la BMW. Un peu retourné, que m'a dit votre mari.

— Retourné ?

— Grippe intestinale.

— La petite fille n'était pas malade, j'espère ?

— Il ne m'a pas semblé.

Jessie s'apprêta à partir.

— Pat a-t-il dit pourquoi il voulait acheter une nouvelle voiture ?

— Non. Et puis, j'ai pas demandé. Mon paternel m'a élevé mieux que ça.

Jessie sortit dans le froid. Elle ne regagna pas immédiatement sa voiture, mais se dirigea vers l'espace vide près de la Charger verte. C'était un rectangle goudronné, sans rien par terre sauf un morceau de peigne en plastique. Jessie le ramassa : une barrette couleur de la carapace de tortue. Quelques cheveux bruns et frisés y étaient accrochés : la couleur exacte, la frisure exacte. Jessie le porta à son nez : pas d'odeur. Elle le mit dans sa poche. *Ma Maman est comme la carapace d'une tortue.*

Quelques minutes plus tard. Jessie retenait une chambre dans un motel, téléphonait à Buddy Boucher et lui communiquait son numéro. Ensuite, elle s'assit sur le lit. Le matelas s'enfonça, et elle avec lui. Elle se redressa. Elle n'avait pas fait tout ce chemin pour faire la sieste.

Jessie se rendit à la cafétéria, commanda un café et un sandwich au thon. Cela ne la réveilla pas, mais ne fit que lui nouer l'estomac. Elle enfila son pull-over bleu et retourna à sa voiture. La laine épaisse, qu'elle ne portait que par temps froid, ne la réchauffa pas du tout. Elle s'installa au volant, mit le chauffage et démarra. Elle ne roulait pas vite, ses yeux cherchaient une camionnette noire avec des flammes rouges sur les ailes.

Elle vit peu de voitures. Il n'y avait pas grand-chose à acheter dans Bennington et peu de gens faisaient leurs courses. Personne ne fréquentait non plus la campagne. Peut-être étaient-ils tous à la maison, à couper des bûches pour le feu, faire de la confiture, passer des commandes par téléphone. Au bout d'un moment, Jessie se gara devant un petit restaurant dans la rue principale, but un autre café et téléphona à Buddy Boucher.

— Pas de nouveau, dit-il. Et je suis sur le point de fermer. J'ouvre à dix heures demain matin.

— Je vous rappellerai.

— Pas de problème.

Jessie ressortit ; l'après-midi était calme, mais le froid mordait. Les mains enfoncées dans ses poches, Jessie marcha en jetant des coups d'œil aux voitures. Sur les pare-chocs, elle vit des autocollants pour et contre l'avortement, la guerre nucléaire et la sécession de l'Union. Mais pas de camionnette noire avec des flammes rouges.

Comme elle faisait demi-tour pour regagner sa voiture, une pancarte attira son attention : NOURRITURE D'AMOUR, disait-elle, DISQUES ET CASSETTES. Elle prit cette direction, pensant à « L'Immensité des Cieux » et à l'homme qui était resté dans la BMW : un ami de Pat, un vieux copain peut-être du temps de la communauté. Puis elle eut une autre idée : et si Pat ne s'était pas rasé le crâne, comme l'avait suggéré Buddy Boucher ? Si c'était son ami, le chauve, qui était allé dans la salle d'exposition-vente, avec Kate et les papiers de Pat ? Jessie ne trouvait pas d'explication à cela, pas plus qu'à la raison pour laquelle Pat se serait rasé.

La boutique de disques occupait le rez-de-chaussée d'un immeuble étroit, en brique, à un étage. Des stores jaunis étaient baissés derrière les petites fenêtres du premier. Celles du magasin, pas beaucoup plus grandes, étaient grises de poussière. Jessie devina une peinture murale psychédélique représentant des amants renversés sur un champignon géant avec, en face, des pochettes de disques poussiéreuses : *Surrealistic Pillow, Strange Days, Disraeli Gears*, le Disque Blanc. Jessie ne connaissait pas grand-chose de Pat à cette époque, ne savait pas même où était située la communauté, mais elle se souvint qu'une ville était citée dans les paroles de sa chanson. Elle entra dans le magasin.

Une chanson passait : « Oh, où étais-tu, mon fils aux yeux bleus ? » Des rangées de bacs de disques s'étendaient jusque dans l'obscurité de l'arrière-boutique. Des posters montraient un couple s'embrassant à un concert de rock. John et Yoko dans un sac, Jim Morrison torse nu, Jerry Garcia avec un joint épais coincé entre les cordes de sa guitare, les Freak Brothers salivant sur une fille en minijupe, des hommes en béret — Che Guevara, Huey Newton, Eric Anderson. Une odeur d'encens. Jessie ne vit pas de clients, pas de vendeurs ; aucun son sauf celui de Bob Dylan. Elle aurait pu être dans un musée après la fermeture, un musée dédié à 1968.

Jessie longea les bacs jusqu'à la lettre V. Elle le trouva : van Ronk — beaucoup d'albums. Elle cherchait dans le casier quand une porte s'ouvrit au fond de la boutique. Elle se retourna.

Un homme surgit de l'obscurité, sans rien modifier à l'atmosphère : jean brodé, blouson écossais, lunettes cerclées de métal et cheveux tirés en queue de cheval. Cela faisait longtemps que Jessie n'avait vu un garçon en queue de cheval ; autrefois, c'était courant, même à Santa Monica.

— Salut, dit l'homme, avec un geste rapide — le signe de la paix ? Il faisait trop sombre pour le dire. Il marchait mollement, à grandes enjambées ; à la lumière, Jessie vit les rides sur son front et ses mèches grisonnantes.

— Je peux vous aider ?

Il avait une voix et des yeux doux, injectés de sang, derrière ses vieilles lunettes. Il apportait avec lui des odeurs de fumée de bois et de sueur rance.

— Je cherche une chanson enregistrée par Dave van Ronk.

Il la regarda de la tête aux pieds, mais à la va-vite, furtivement.

— Vous aimez le vieux Dave ?

— Oui.

— Génial !

— Je cherche une chanson précise.

L'homme désigna le bac d'une main molle.

— J'ai tous ses disques. Peut-être pas en parfait état, mais tout y est. C'était vraiment un précurseur, pas vrai ? Quel est le titre de la chanson ?

— *L'Immensité des Cieux.*

— *Travelin' Light.* Vanguard R 143. Face deux. Plage trois.

Il lui tendit un album. Jessie le retourna pour voir le dos de la pochette. Face deux, plage trois : « L'Immensité des Cieux (Artie Lee) ». Artie Lee était le pseudonyme de Pat — une magouille pour les impôts mise au point par Norman Wine.

— Je peux l'écouter ?

Il tira sur une mèche de cheveux rebelle.

— C'est un disque emballé. Comme je n'aimerais pas...

— Je l'achète de toute façon.

— D'accord. Huit dollars quatre-vingt-quinze.

Jessie paya. Il fourra l'argent dans la poche de son jean.

— J'ai une platine dans l'arrière-salle.

Il la précéda dans une pièce qui servait à tout : un bureau, avec une pile de papiers commerciaux, des bacs de disques le long du mur, un poêle à bois dans un coin, et un lit défait dans l'autre. La platine était posée sur une caisse vide à portée du lit. Un disque tournait : « J'ai vu une autoroute de diamants, déserte. »

L'homme arrêta Dylan, ouvrit le disque de van Ronk et le plaça sur la platine, le manipulant comme s'il était en cristal. En abaissant le bras, il demanda :

— Vous voulez du thé ?

Jessie n'en avait pas envie, elle voulait écouter les paroles de la chanson et repartir au plus vite. L'homme l'observait de ses doux yeux injectés de sang, le diamant suspendu au-dessus du vinyle.

— Moi, j'en prends une tasse, dit-il, ramenant le bras sur son support.

— D'accord, dit Jessie, ayant soudain l'impression d'être une étrangère en train de marchander dans un bazar oriental. Je vous remercie.

Il emplit d'eau deux grosses tasses bancales en céramique, puis prit un sachet en plastique.

— Tisane, dit-il en répandant des feuilles vertes dans les tasses.

Il en tendit une à Jessie. Elle sentit une odeur de pissenlit.

— Asseyez-vous, dit-il.

Le seul endroit où s'asseoir, c'était le lit.

— Ça va.

Elle s'appuya contre le bureau. L'homme s'assit et abaissa la tête de lecture. Dave van Rock joua une petite intro puis la chanson commença :

J'ai fait un rêve
Un rêve tissé de rêves
Et quand je me suis éveillé

J'étais le sergent Pepper.
Ceint de lumière
Et je me sentais bien
Loin, loin, loin,
Plus haut que les montagnes
Très haut dans les airs
C'était si merveilleux
Dans l'immensité des cieux.

J'ai fait un rêve
Un rêve tissé de rêves
Et quand je me suis éveillé
J'étais tout bonnement moi-même
La bouche poussiéreuse
La langue rouillée
Et j'étais loin, loin, loin
Plus bas que la terre
Plus profond que les tombes
Je devais être de retour
De retour à Morgantown

J'ai fait un rêve
Un rêve tissé de rêves
Et quand je me suis éveillé
J'étais le sergent Pepper
Ceint de lumière
Et je me sentais bien
Loin, loin, loin.
Plus haut que les montagnes
Très haut haut dans les airs
Tout était si vrai
Dans l'immensité des cieux.

— C'était celle que vous cherchiez?

Jessie demeura silencieuse un moment. Elle avait oublié la puissance d'interprétation de Dave van Ronk, surtout quand il chantait comme ça, à voix basse. Mais ce n'était qu'une des raisons de son silence.

— Oui, dit-elle. C'est celle que je cherchais. Est-ce que Morgantown est loin d'ici?

— Morgantown?

— La ville dont il est question dans la chanson.

Dave van Ronk enchaîna avec *Cocaïne*. L'homme releva le saphir et remit Bob Dylan. La chanson reprit à l'endroit exact où elle avait été interrompue. « J'ai vu une branche noire avec du sang qui gouttait. »

— Pourquoi ? demanda-t-il.

— Je pensais que cette chanson parlait d'une communauté du Vermont. Je la cherche.

Le vent cogna contre les fenêtres. L'homme fouilla dans la poche de son blouson et en sortit un joint. Il l'alluma, aspira une grosse bouffée et le tendit à Jessie. Elle secoua la tête.

— Rejetteriez-vous mon hospitalité ? dit-il dans des volutes de fumée.

La question avait quelque chose de drôle, mais pas le ton de sa voix.

— Les gens sont tous si pressés, de nos jours.

Lentement, il se leva, rangea le disque de van Ronk dans sa pochette et le tendit à Jessie.

— Je ne vous retiens pas.

Elle ne bougea pas.

— La chanson parle bien d'une communauté du Vermont ?

— Peut-être.

Les odeurs de marijuana, de sueur et de bois brûlé donnaient la nausée à Jessie.

— Faut voir.

De nouveau, il lui tendit le joint.

Les yeux injectés de sang étaient posés sur elle. Ils savaient quelque chose sur « L'Immensité des Cieux ». Mais elle devait d'abord communier, il avait l'hostie. Jessie la prit.

Elle n'avait pas fumé de marijuana depuis des années. Elle tira une bouffée et le lui tendit. Il refusa d'un geste.

— Tirez un autre coup. On ne vit qu'une fois.

Cette expression la paralysa.

— Quelque chose ne va pas ?

— Non.

Elle tira une seconde bouffée et lui rendit le joint ; cette fois, il l'accepta.

— Du bon, hein ? Fait maison.

Elle ne ressentait aucun effet.

— Y avait-il ou y a-t-il encore une communauté appelée « L'Immensité des Cieux » ?

L'homme s'affala sur le lit tout en fumant.

— Il y avait, oui. Pourquoi vous y intéressez-vous ?

A ce moment, on tapa sur une grosse caisse ; un orgue ajouta une plainte lointaine ; des guitares, électriques et acoustiques, firent vibrer l'air de sons métalliques et grinçants ; et une voix écorchée, effrayée et angoissante, celle de Bob Dylan, mais pas le Bob Dylan de *People* ou de MTV mais celui d'avant, commença de chanter *Visions of Johanna*. Jessie fut emportée sur des routes musicales qui se divisèrent et se subdivisèrent dans son esprit.

— Du bon, hein ?

Jessie croisa le doux regard.

— Oui, en effet.

Sa voix lui parut très jeune, celle d'une adolescente.

— Asseyez-vous donc.

— Je suis bien ici.

Où ? Appuyée contre le bureau ; des mégots de joint noircis dans une bouteille de bière ; des piles de factures et de lettres : « *Cher monsieur Flenser*, lut-elle. *Vous nous devez à ce jour cinq mensualités, et nous ne pouvons plus...* »

— Vous savez, vos goûts en musique me bottent. Ce que vous aimez et ce que vous n'aimez pas, je veux dire. *Visions of Johanna*. Un monde en soi, pas vrai ?

Il fredonna d'une voix très légère et très aiguë, mais juste et mélodieuse.

— Écoutez, monsieur Flenser...

— Appelez-moi Gato.

— J'aimerais retrouver « L'Immensité des Cieux ».

— Mais pourquoi ?

— Pourquoi ? Parce que...

Mais la musique l'empoigna à nouveau, plus violemment que tout à l'heure : elle ne sentit plus le bureau, le sol ; elle ne sentit plus ni l'odeur de sueur, ni celle du bois brûlé, ni celle de la marijuana ; sa vision se rétrécit à une douce traînée rouge ; tout était sonorités — elle bondissait sur les basses, sentait les lourdes vibrations de la batterie dans chacune de ses fibres, s'attarda entre les silences significatifs qui ponctuaient les solos du guitariste, et termina face à face avec la voix écorchée, apeurée et angoissante.

Tout cela devenait absurde.

Ce n'est qu'un vieux disque. Reprends-toi.

Elle s'écarta du bureau. Tournis, tournis...

— Fait maison. Mais ça fait quinze ans que je fais des croisements entre des plantes. C'est la meilleure herbe que vous avez jamais fumée, pas vrai ? Soyez objective.

— Vous me demandez d'être objective et défoncée en même temps ?

Gato rit, à n'en plus finir. Jessie avait envie de rire aussi, mais elle s'en empêcha. Si elle se laissait aller, elle ne s'arrêterait plus, et ce serait tout sauf un rire. Elle prit une profonde inspiration pour s'éclaircir les idées, mais se fit piéger : l'air frais dans ses narines se réchauffait en coulant dans sa gorge, la gonflait comme une baudruche, étirait ses côtes, tendait les bretelles de son soutien-gorge.

Au bout d'un moment, Jessie se rendit compte qu'elle retenait sa respiration. Elle souffla : ce fut comme si elle se dégonflait. L'homme sur le lit ne riait plus. Il l'observait.

Il retira l'élastique qui maintenait ses cheveux et les secoua.

— C'est du bon, répéta-t-il. Mais plus important que ça, nous le partageons.

Le disque s'arrêta.

— Vous voulez quoi ? Encore du Dylan ? Ou que diriez-vous d'un Leon Russel ? Vous me faites penser à lui — vous êtes aussi exaltée que lui quand il jouait du piano.

— Je ne suis pas une exaltée.

— Ah non ?

Gato enroulait ses doigts dans ses longs cheveux.

— Je disais ça comme ça.

— Pas de problème. Mais si vous savez quelque chose sur « L'Immensité des Cieux », je vous en prie, dites-le-moi.

Gato la regarda.

— Pourquoi êtes-vous si intéressée par « L'Immensité des Cieux ? »

Elle se demanda si elle devait lui dire la vérité ; vu son état et la manière dont il réagissait, cela pouvait prendre des jours.

— J'écris un papier sur les communautés, dit-elle.

— Ah ouais ? Pour qui ?

— *Rolling Stone.*

Gato s'anima.

— Vous travaillez pour eux ?

— Pigiste.

Il se mordit les lèvres.

— Ils vous remboursent vos frais ?

— Ça dépend.

154

— Peut-être que mes renseignements valent quelque chose.

— Peut-être.

— Combien ?

— Vingt, dit Jessie.

Ça lui paraissait être le tarif courant.

— Disons trente.

— Coupons la poire en deux. Vingt-cinq.

— D'accord.

— Où est « L'Immensité des Cieux » ?

— Où est l'argent ?

— Vous parlez d'abord.

— Comment être sûr que vous l'ayez vraiment ?

— Parce que vous avez regardé dans mon portefeuille quand j'ai payé le disque.

Il médita un moment.

— Vous êtes maligne, vous savez. Un peu exaltée, mais ça vous va bien.

— « L'Immensité des Cieux », lui rappela-t-elle.

— Vagues ambrées de blé...

Il rit.

— Merde, dit-il. C'est marrant comme l'esprit peut faire des rapprochements.

Il secoua la tête devant ce prodige. De longues mèches de cheveux roulèrent sur son visage.

— Deux êtres humains dans une pièce avec une platine et un peu d'herbe. Que vous faut-il de plus ?

— Les renseignements.

Gato rit. Un instant, Jessie craignit une autre crise de fou rire. Mais il en sortit rapidement.

— D'accord, d'accord. La chanson *L'Immensité des Cieux*. Paroles et musique d'Artie Lee. Un personnage assez mystérieux dans le monde de la musique — apparemment, c'est sa seule et unique chanson. On dit qu'il a vécu dans la communauté pendant un temps, mais avant mon époque.

— Avant votre époque ?

— Ici. J'ai passé trois ans à Marrakech.

Il s'attarda sur ce nom.

— Qui dit qu'il a vécu dans la communauté ?

— Des gars. D'un autre côté, ajouta-t-il, en levant son index comme un logicien coupant les cheveux en quatre, elle dit qu'elle n'a jamais entendu parler de lui.

— Qui « elle » ?

— Blue.

— Qui est-ce ?

— La femme de la communauté. Sauf que ce n'est plus une communauté. En tout cas, ça ne l'était plus la dernière fois que je lui ai parlé.

— C'était quand ?

Il se mordit les lèvres.

— Ça devait être aux alentours de la sortie de *Exile on Main Street*.

— C'était il y a longtemps.

— Ah ouais ? Eh bien, c'est la dernière fois que je l'ai vue. Elle était venue au magasin. L'ancienne boutique. J'avais l'ancienne boutique, à l'époque.

— Où était-ce ?

— A Bennington.

Dans sa bouche, ce nom devenait aussi romanesque que Marrakech.

— Ils sont branchés musique à Bennington.

— Mais on est à Bennington, non ?

— Pas dans le vieux Bennington. Maintenant, tout ça, c'est...

Il chercha un mot, mais abandonna, sombrant dans le silence.

— La communauté se trouve près de Bennington ?

— Ce n'est plus une communauté.

— Qu'est-il arrivé ?

Gato regardait par terre.

— Vaste question.

— La femme vit toujours là-bas ?

— Pour autant que je sache.

— Vous êtes allé chez elle ?

— Pas depuis que c'est chez elle. A l'époque de la communauté, j'y suis allé une fois. *Sticky Fingers*.

Il se servait des sorties d'albums comme repères chronologiques.

— Artie Lee y était-il à cette époque ?

— Je vous ai dit que non. Il était passé en coup de vent. Si la chanson parle vraiment de ça ! On peut jamais être sûr.

Il s'anima à nouveau.

— Manson pensait que le Disque Blanc était sur la guerre entre les races, pas vrai ? Ce qui est une connerie : c'est sur la mort. Alors cette nana — comment elle s'appelle déjà ? — s'est fait avoir pour rien. Vous pigez ça ?

156

« De quoi diable parlez-vous ? » avait envie de demander Jessie. Mais elle dit :

— Vous vous souvenez où c'était situé ?

— Sur la route 8. Troisième à gauche après le stop.

— Quel stop ?

— Celui de la route 9.

— C'est loin d'ici ?

— Pourquoi me posez-vous toutes ces questions ?

— Je vous l'ai dit : j'écris un article sur les communautés.

— Mais ce n'est plus une communauté.

— C'est justement ça qui fait l'intérêt de l'article.

Il rit. Il avait l'air d'un troll mécanique pris d'un accès de folie.

— L'intérêt de l'article. L'intérêt. L'intérêt. L'intérêt. Oh, génial ! Vous êtes géniale !

Brusquement, le rire cessa.

Gato Flenser alluma un autre joint. Il la gratifia d'un doux regard, lui tendit le joint. Jessie traversa la pièce, prit son portefeuille et lui donna vingt-cinq dollars. Il les laissa tomber par terre.

— Vous êtes obligée de partir tout de suite ?

— Bouclage, dit Jessie.

— Je ne veux pas de votre fric.

— Gardez-le.

Jessie prit le disque de van Ronk et sortit de la boutique, quittant l'obscurité pour le vent froid. Avant que la porte se referme, un saphir gratta du vinyle ; la musique la suivit jusque sur le trottoir. Gato avait mis le volume à fond. Et c'était vrai : Leon Russel était complètement exalté quand il jouait.

CHAPITRE 18

La route 9 défilait comme un film sur les lignes blanches. Pas d'intrigue, pas de dialogues, pas de personnages, mais il passionnait Jessie autant que *Citizen Kane* ou *Les Sept Samouraï*. Lorsqu'une voiture klaxonnait ou lui lançait un appel de phares, Jessie se rappelait ce qu'elle faisait, jetait un œil sur le compteur pour regarder l'aiguille redescendre à soixante-dix, soixante-cinq kilomètres/heure.

La pression sur ses yeux diminuait. Quand elle atteignit le stop à l'intersection de la route 8, le brouillard s'était levé de son cerveau, la laissant comme un paysage après la sécheresse : la bouche en carton, l'esprit amorphe, avec l'envie d'une bonne douche. Dans son cas, l'intempérie avait été intérieure et la famine mentale.

Une boîte aux lettres marquait le troisième virage sur la gauche. Aucun nom n'y était indiqué, que des dessins fanés peints à la main : des fleurs bleues s'enroulant autour de ce qui avait pu être le symbole de la paix ; la peinture était très écaillée.

Au bout de quelques centaines de mètres, la route se rétrécit brusquement et ne fut plus goudronnée. Jessie la suivit vers le haut de la colline, en tâchant d'éviter les creux et les bosses. De chaque côté, elle était bordée par des arbres nus et des tas de feuilles mortes. Au sommet Jessie s'arrêta. De l'autre côté s'étendait une grande prairie jusqu'à un monticule boisé. On voyait, blottie dans une clairière, une ferme blanche, grange rouge, volets non peints. « L'Immensité des Cieux ». Jessie leva la tête : le ciel se réduisait à un seul nuage gris et bas, comme un couvercle au-dessus d'une marmite s'assombrissant à l'approche de la nuit.

La maison semblait mieux vue de loin ; grande et imposante, elle avait dû être splendide autrefois. Aujourd'hui, la façade s'écaillait, des traînées assombrissaient les lucarnes, la véranda s'affaissait. Jessie se gara à côté d'un bloc-moteur rouillé et d'un tas de pneus lisses. Elle gravit les quelques marches du perron et frappa. Rien ne se passa.

Elle frappa plus fort. Personne ne vint ouvrir. Aucun bruit à l'intérieur.

— Il y a quelqu'un ? cria-t-elle. Il y a quelqu'un ?

Silence.

La porte, massive et abîmée, avait une fenêtre en forme de croissant, à hauteur d'yeux. Un gilet matelassé pendait à un crochet mural ; un escalier montait vers l'obscurité.

— Il y a quelqu'un ?

Silence.

Jessie fit le tour de la maison, pensant qu'il y aurait peut-être une voiture garée de l'autre côté, mais ne vit qu'une cour en terre battue où picorait un gros dindon. Elle gagna la grange.

Ce n'était pas le genre qu'aurait apprécié Norman Rockwell : presque toute la couleur s'était effacée, il n'en subsistait que des taches semblables à une maladie de peau. Les planches étaient tordues, fendues, pourrissantes. Aucune fenêtre par laquelle jeter un œil, et la porte était fermée. Jessie frappa. Pas de réponse. Elle n'entendit ni bruits de sabots ni bruissements d'ailes. La ferme était-elle abandonnée ? Seule la présence du dindon solitaire laissait supposer le contraire, et aussi le gilet matelassé dans l'entrée.

Jessie tendit la main vers la poignée. Entrer chez quelqu'un sans permission, c'était mal, mais que disait la loi pour les granges ? Les citadins n'étaient pas censés la connaître. Jessie fit coulisser la porte.

La grange était vide : ni cheval, ni vache, ni basse-cour, pas de foin, pas de machine. Juste des toiles d'araignée et, au fond, une grosse bosse sous une bâche. Puis elle leva les yeux. Et vit...

Quoi ?

Était-ce une plaisanterie géante ?

Le plafond à la Sixtine d'une chapelle hippie ?

Une immense fresque, la couverture de l'album de *Sgt. Pepper's Lonely Hearts Club Band,* recouvrait le plafond de la grange. John, Paul, George et Ringo, et tous ces autres visages et bons mots, plus grands que nature. Ils regardaient vers le bas, dans une magnificence silencieuse, pétrifiés en 1967. Les signatures des artistes étaient éparpillées parmi les fleurs rouges qui écrivaient « Les Beatles » : Digger, Hank, Jojo et Ruthie, Blue, Oddjob, Hart, Rama, She, François et Marlene, Disco, Stork, Sunny, Lara, Susie, Cityboy, Pat, et d'autres qu'elle n'arrivait pas à lire — la peinture, appliquée directement sur le bois, s'effaçait.

Jessie regarda *Sgt. Pepper's Lonely Hearts Club Band* pendant un long moment. Puis elle s'enfonça dans l'ombre jusqu'au fond de la grange. Elle voulait savoir ce que dissimulait la bâche. Elle était recouverte de poussière et de moisissure. Jessie en souleva un coin.

Dessous, il y avait une voiture. Une voiture bleue, du même bleu que la BMW. Jessie tira la toile d'un coup sec. Ce n'était pas la BMW.

C'était une Corvette, intacte et rutilante. Jessie était sur le point de tout remettre en place, lorsqu'elle se rendit compte que cette voiture avait quelque chose de bizarre. Elle était immaculée, mais pas récente. Le modèle lui rappelait celui que conduisaient Buzz et Todd dans *Route 66 :* la Corvette bleue devait dater de la même époque que *Sgt. Pepper.*

Jessie vérifia le compteur : cent quarante kilomètres. Il fallait donc se fier aux apparences — ce n'était qu'une vieille voiture qui avait très peu roulé, avec une plaque minéralogique du Vermont : PAT 69. Jessie la recouvrit et sortit.

Le dindon picorait toujours. Tout à coup, il dressa la tête, la tourna, se figea. Jessie entendit approcher une voiture. Elle regagna rapidement le devant de la maison.

Un 4 × 4 éraflé et cabossé cahotait le long de la route. Il s'arrêta contre la voiture de Jessie. Une femme en sortit, vêtue d'une chemise de flanelle, d'un gilet matelassé et d'une jupe paysanne. Son visage était large, les traits réguliers, les cheveux poivre et sel descendaient jusqu'à ses reins. Elle n'avait aucun maquillage, mais un énorme anneau d'or à une oreille.

Elle se planta devant Jessie.

— Vous cherchez quelque chose ?

— Quelqu'un qui s'appelle Blue, dit Jessie. On m'a dit que je pourrais la trouver ici.

Mais Jessie savait qu'elle l'avait trouvée : la femme avait des yeux d'un bleu aussi limpide et dur que la porcelaine.

— Qui « on » ?

— Un type qui tient un magasin de disques à Bennington.

— Ce ne serait pas Gato ?

— Si.

— Il est toujours dans les parages ?

Jessie acquiesça. La femme la toisa une nouvelle fois.

— Si vous bossez dans l'immobilier, vous perdez votre temps. Je ne veux pas vendre. Je pensais que toutes les agences le savaient.

Jessie secoua la tête.

— Je m'appelle Jessie Shapiro. Je ne suis pas un agent immobilier. Je cherche quelqu'un et je pensais que vous pourriez m'aider.

— Vous cherchez qui ?

— Pat Rodney.

— Pat Rodney ?

Jessie vit les yeux bleus sonder les siens. Elle-même ne pouvait rien y lire, bien qu'il y eût quelque chose de familier chez Blue, qu'elle ne put identifier. Peut-être appartenait-elle tout simplement à un type de femme précis — la mère nourricière — vieillie et endurcie.

— C'est ça, oui, dit Jessie. Il a vécu ici, n'est-ce pas ?

— C'est Gato qui vous a dit ça ?

— Non.

— Qui alors ?

Jessie dressa rapidement dans sa tête un mensonge impliquant *Rolling Stone* et l'article sur les communautés, mais elle y renonça. La vérité n'avait-elle pas influencé Buddy Boucher ? Oui, mais lui avait des enfants. Jessie n'avait vu aucun signe d'enfant dans « L'Immensité des Cieux », très peu de traces de vie, en fait. Elle opta tout de même pour la vérité.

— C'est Pat lui-même qui me l'a dit. C'est mon ex-mari.

Blue ouvrit la bouche, suffisamment pour que Jessie ait le temps de voir qu'il lui manquait une molaire.

— Sans blague ?

— Oui. Il a disparu avec ma fille, Kate. Notre fille. Je sais qu'il est dans le Vermont, et j'ai pensé qu'il aurait pu venir ici.

Blue se détourna vivement et regarda la route. Elle était déserte. Elle prit une profonde inspiration.

— Je ne l'ai pas vu depuis des années, dit-elle. Qu'est-ce que vous entendez par « disparu » ?

— Il n'a pas ramené Kate après sa visite du week-end. Et personne ne l'a rencontré depuis vendredi dernier.

Les yeux bleus semblèrent se focaliser sur le lointain.

— *Où* ne l'a-t-on pas rencontré ?

— Pat vit à Venice, en Californie.

Blue acquiesça, un geste presque imperceptible, comme si cela avait une signification pour elle.

— Et vous êtes venue de Californie ?

— Oui.

— Pourquoi avez-vous pensé qu'il pourrait être ici ?

Jessie lui parla de Buddy Boucher. Les yeux de Blue cessèrent de regarder au loin; ils passèrent rapidement sur Jessie, puis se posèrent ailleurs. Elle marmonna quelque chose que Jessie ne comprit pas.

— Comment?

— Rien.

Blue la regarda de nouveau; elle était plus grande et plus forte que Jessie.

— C'est vrai qu'il a une gosse?

— Oui.

Jessie lui montra la photographie; Blue y jeta un vague coup d'œil. Son visage ne trahit rien.

— Et vous étiez mariés?

— Oui. A vous entendre, on dirait que c'est bizarre.

— Ah oui? Vous ne paraissez pas être son type, si vous me permettez de dire ça. Mais il a peut-être changé.

— Pourquoi ne serais-je pas son type?

— Je ne sais pas. Vous avez l'air trop... sérieux, je suppose.

Jessie ravala son agacement. Elle ne gagnerait rien à se quereller avec Blue.

— Vous avez sans doute raison. Nous avons divorcé, d'ailleurs.

— Vous étiez vraiment mariés? Officiellement? Ou vous viviez simplement ensemble?

— Nous étions vraiment mariés. Ce sont des choses qui arrivent.

— Je sais. Mais ça ne lui ressemble pas du tout.

— Ah bon?

— C'était pas le genre à se marier, en tout cas quand je le connaissais.

— C'était quand?

Un souffle frais traversa la prairie fouettant les longs cheveux de Blue. Le ciel devint couleur charbon, encore plus sombre à l'est.

— Autant que vous rentriez, dit Blue, si ça ne vous gêne pas de me voir travailler.

Blue précéda Jessie dans la maison. Il ne faisait pas beaucoup plus chaud à l'intérieur. Elles traversèrent des pièces poussiéreuses et sombres — meublées de chaises délabrées, de matelas tachés, d'étagères de briques et de planches, de tables à jouer branlantes — jusqu'à la cuisine.

Blue alluma l'ampoule nue au-dessus de l'évier, révélant un agencement qui n'avait aucune chance de paraître dans la revue *Town and Country* : sol inégal, murs jaunes pas repeints depuis une génération, fenêtres sales donnant sur la cour et la grange. Seuls la cuisinière et le réfrigérateur tranchaient, tout neufs.

Blue sortit un bol de pâte, y mélangea du chocolat et commença à en disposer des cuillerées sur les plaques du four. Ses mouvements étaient rapides, précis. Pas une fois elle n'enfonça un doigt dans la pâte pour la goûter. Jessie n'avait jamais fait de gâteaux sans y goûter avant.

Blue alluma le four.

— Il... Pat vous a déjà parlé de moi ? demanda-t-elle.

— Non. Il ne parlait pas beaucoup de cette époque.

Blue glissa les moules dans le four.

— Ça fait longtemps, dit-elle.

Soudain, ce que signifiait la question de Blue frappa Jessie, et elle sentit tout le poids de sa fatigue. Elle avait mis du temps à admettre les maîtresses de Pat durant leur vie commune, mais elle n'avait jamais songé à celles qui avaient précédé. Elle s'assit.

— Ouais, asseyez-vous, dit Blue. Vous voulez du thé ?

— Oui, merci.

Son thé sentait le pissenlit, comme celui de Gato. Jessie n'avait pas besoin de pissenlit, mais de caféine, et d'une bonne dose. Pourtant, la chaleur lui fit du bien. A ce moment un courant froid parcourut la cuisine et glissa le long de son dos. Blue ne parut pas le remarquer, car elle était bien couverte.

Elle ouvrit la fenêtre et jeta une poignée de grain ; le dindon gloussa et traversa la cour sur ses pattes raides, un regard intense dans ses petits yeux. Blue s'assit.

— Encore six jours de grains.

— Six jours ?

— Jusqu'au Thanksgiving. Quelle sorte de voiture a-t-il achetée ?

— Une camionnette noire avec des flammes rouges sur les ailes.

— Ça ne lui ressemble pas, des flammes rouges.

L'expertise de la personnalité de Pat par Blue commençait à énerver Jessie.

— Vous me direz si vous la voyez ?

La tasse de Blue hésita à mi-hauteur de ses lèvres.

— Bien sûr. Mais pourquoi viendrait-il par ici ? Je ne l'ai pas vu depuis 1969.

— Je pense qu'il est revenu pour revoir de vieux amis à lui. L'un d'eux était avec lui quand il a acheté la camionnette.

— Ah oui ? Qui ?

— J'espérais que vous auriez une idée.

163

— Désolée. Tous ceux de cette époque sont partis.

— Pas tous, apparemment. Le concessionnaire à vu Pat, Kate et un autre homme.

— Comment était-il ?

— Je n'ai pas son signalement.

Blue sirotait son thé.

— Vous avez des enfants ? demanda Jessie.

— Non.

Blue sortit les gâteaux du four. Jessie sentit une odeur d'amandes beurrées de chocolat, mais elle n'avait pas faim : le sandwich au thon pesait sur son estomac. De toute façon, Blue ne lui en offrit pas, mais les empaqueta par six dans des sacs en papier kraft.

— Combien de temps Pat a-t-il vécu ici ?

— Pas trop longtemps. Moins d'un an, je pense, mais il était dans le coin avant.

— Où habitait-il ?

— Je l'ignore. Ici ou là.

— Il devait bien avoir des amis alors ?

— C'est sûr. Mais ils sont tous partis maintenant. La seule personne de cette époque encore ici, c'est moi.

— Où sont-ils allés ?

— Aux fleurs, tous.

Blue empila les sacs en papier dans un panier, reprit sa tasse, mais ne s'assit pas.

— Il va falloir que j'y aille, dit-elle. Désolée de ne pouvoir vous aider.

Jessie lui donna le numéro de son motel à Bennington.

— S'il se montre, contactez-moi.

— Une camionnette avec des flammes rouges.

— Et il s'est peut-être rasé le crâne. Lui ou son ami.

Du thé se renversa, Blue reposa sa tasse.

— Pourquoi aurait-il fait ça ?

— Je ne sais pas. Rien de tout cela ne ressemble à Pat. Il a toujours été un peu... irresponsable, il a eu des ennuis avec la drogue, mais il n'avait jamais rien fait qui porte préjudice à Kate. A ce qu'il semblerait, il est parti...

Jessie s'interrompit. Quelqu'un cognait au plafond.

— Qu'est-ce que c'est que ça ?

— Qu'il aille au diable ! s'exclama Blue.

Elle balança le panier sur la table et sortit. Jessie la suivit. Blue se retourna, le bras tendu pour l'arrêter.

— Il va falloir que vous partiez.

— Où allez-vous ? Qui est au premier ?

— Disco, mon locataire. Il est grabataire.

— Il n'y a personne d'autre ?

— Vous pensez à qui ?

Jessie ne répondit pas. Blue sortit.

Jessie resta sur place, tendant l'oreille. Blue dit en revenant :

— Encore là ?

Elle prit le panier, éteignit la lumière.

— Partons.

Jessie la suivit à travers la maison froide et sombre. Dehors, la nuit. Elle leva la tête vers le premier étage. Pas de lumière non plus.

— Qu'est-ce qu'il a eu, votre locataire ?

— Blessé dans une chute.

— Il est de la région ?

— Ouais. Pourquoi ?

— Il connaissait Pat ?

— Non. Écoutez, je suis déjà en retard.

— Contactez-moi si vous le voyez.

Pas de réponse. Toujours ce regard bleu indéchiffrable.

— Je vous en supplie.

— Ouais. Adieu.

Blue monta dans le 4×4, attendit que Jessie ait fait marche arrière et se soit engagée sur la route. Les phares de Blue la suivirent jusqu'à Bennington. Ensuite, ils obliquèrent dans une rue transversale. Jessie se gara, resta un moment au volant, puis fit demi-tour et reprit le chemin de la ferme.

Il faisait nuit noire — pas de lune, pas d'étoiles, et pas de lumière venant de la maison. Quand ses yeux se furent habitués à l'obscurité, elle contourna la maison. Le froid la transperçait, elle croisa les bras en marchant.

Elle repéra la cuisine et, au-dessus, la pièce d'où étaient venus les coups. Pas de lumière. Jessie s'approcha de la fenêtre par laquelle Blue avait jeté les grains, la poussa ; elle s'ouvrit en grinçant. Jessie s'immobilisa, à l'écoute. Elle n'entendit que le vent. Elle sauta sur le rebord de la fenêtre.

Dans la cuisine, l'obscurité était totale. Inutile d'attendre, ses pupilles devaient déjà être complètement dilatées. Elle aurait dû emporter une lampe de poche, mais cela aurait impliqué une effraction préméditée et ce n'était pas le cas.

Elle demeura immobile. Sans lumière, elle ne trouverait pas

l'escalier. Jessie sentit un calme étrange l'envahir. Elle restait à la frontière — un pas en avant la faisait basculer dans un pays inconnu, plein d'embûches, où elle serait une hors-la-loi. Un pas en arrière la menait — où ? Là où Kate n'était pas. La main de Jessie glissa du rebord de la fenêtre. Elle sauta dans la pièce.

Son mouvement eut raison de son calme. Son pouls s'accéléra. Elle s'était raconté des histoires à propos de la lumière : elle savait que l'escalier se trouvait dans l'entrée, et elle avait déjà traversé deux fois la maison, pas besoin de lumière. Lentement, elle contourna la table, traversa la cuisine et sortit.

Elle avançait sur la pointe des pieds. Elle passa d'une pièce pleine d'ombres à une autre, jusqu'à ce qu'elle aperçût la clarté de la lune à travers une fenêtre lézardée : elle avait atteint l'entrée. Elle posa la main sur la rampe et s'engagea dans l'escalier. Les marches craquaient à chacun de ses pas.

En haut, c'était la nuit. Jessie tendit le bras et toucha un mur. Elle se trouvait dans un couloir étroit. Se guidant le long du mur, elle le suivit jusqu'au bout.

Une odeur de marijuana flottait ; la fumée sortait par la porte ouverte de la pièce du fond : rectangle gris dans la nuit. Jessie s'arrêta sur le seuil et distingua des ombres, et le point incandescent d'une cigarette.

— Pat ? demanda-t-elle d'une voix calme.

Pas de réponse. Le point incandescent brillait toujours.

— C'est moi, Jessie.

Elle avait parlé un peu plus fort. Elle n'obtint pas de réponse.

Peut-être n'y avait-il personne, mais comment expliquer l'odeur de marijuana et le petit point rouge ? Elle tendit le bras, tourna un commutateur.

Une ampoule nue, au plafond, s'alluma. Jessie cligna les yeux pour dominer sa cécité momentanée et vit un lit, une commode, un homme dans un fauteuil roulant. Ce n'était pas Pat, il avait un Walkman sur la tête ; voilà pourquoi il ne l'avait pas entendue. S'il ne la voyait pas, c'est qu'il n'avait plus d'yeux : juste des orbites vides avec les paupières enfoncées. Il ne savait même pas que la lumière était allumée.

C'était Disco. Blessé dans une chute, avait dit Blue.

Jessie demeura sur le seuil. Disco avait des jambes, mais elles étaient réduites à de la peau sur des os, et marquées de profondes cicatrices. Elle les voyait nettement car il ne portait qu'un pull-over.

Le haut de son crâne était chauve, mais une frange filandreuse lui descendait jusqu'aux épaules. Son nez était aplati comme celui d'un boxeur ; il avait des cicatrices sur les sourcils et une plaque rêche de peau blanche sur un côté du visage. Il avait aussi de longs cils — soyeux, recourbés, très beaux.

Ses doigts, jaunis par la fumée de cigarette, tenaient un joint, qu'il porta à sa bouche ; il tira dessus en creusant les joues. De son autre main, il donna deux petits coups sur son genou décharné, puis elle retomba, inerte. Le cœur de Jessie battait la chamade ; elle avait envie de s'enfuir, de rouler très loin. Elle recula un peu, puis se ressaisit. Ce n'était pas en reculant qu'elle trouverait Kate. Elle rassembla son courage et cogna contre la porte.

Disco fit volte-face. Il enleva ses écouteurs d'un geste gauche ; le joint tomba par terre.

— Blue ? dit-il, en tournant la tête vers la porte.

— Non, répondit Jessie de sa voix la plus douce. Je suis une amie.

Disco recula le fauteuil roulant contre le mur.

— Je ne reconnais pas votre voix.

— Je suis une amie de Blue.

— C'est quoi votre nom ?

— Jessie.

— Jamais entendu parler de vous.

Il tournait et retournait le casque dans ses mains.

— Il y a peu de temps qu'on s'est rencontrées.

— Où ?

— Aucune importance. Je suis à la recherche de Pat Rodney.

— Pat Rodney ?

— Vous le connaissez ?

— Autrefois. Il y a longtemps. Avant...

— Avant quoi ?

— Avant que je prenne du LSD et me jette du haut d'une montagne.

Il y eut un long silence. Une musique presque inaudible sortait des écouteurs posés sur les genoux de Disco. Il coupa le son.

— C'était quand ? finit par demander Jessie.

— La nuit du feu d'artifice. Le 4 juillet. 1972. Ou peut-être 73.

— Je voulais dire à quelle époque connaissiez-vous Pat Rodney ? Quand l'avez-vous vu pour la dernière fois ?

— Avant cela. Tout était bien avant.

Un léger sourire erra sur ses lèvres. Peut-être un sourire méprisant, ou un frémissement involontaire.

— Combien de temps avant ?

Ses traits se figèrent, arborant une expression paisible. Jessie se demanda si cela était dû aux intonations apaisantes qu'elle essayait de faire passer dans sa voix, quand il dit :

— J'ai une de ces sensations fortes qui arrive.

— Tant mieux pour vous, dit Jessie.

Disco fronça les sourcils.

— Je partagerais bien, mais mes réserves baissent et l'autre garce ne...

Ses mains se tordaient sur ses genoux.

— Ne vous en faites pas, dit Jessie. J'ai le sentiment que Pat Rodney est venu ici dernièrement. Cette semaine.

Disco ne répondit pas. Il croisa ses mains pour les empêcher de se tordre.

— Je me trompe ? demanda Jessie avec plus de conviction.

— Pat Rodney ?

Disco commença de se balancer d'avant en arrière.

— Ça fait des années qu'il est parti. Je viens de vous le dire, non ?

— Quand l'avez-vous vu pour la dernière fois ?

— Quand j'avais des yeux pour voir.

Sa main courut sur le bras du fauteuil roulant.

— Où est mon joint ?

Jessie le ramassa.

— Tenez.

En le prenant, sa main effleura la cuisse nue.

— Putain de merde ! dit-il. Elle ne m'a même pas habillé.

Jessie prit une couverture sur le lit et l'en recouvrit. Il tourna son visage vers elle, comme s'il la regardait attentivement.

— Vous êtes flic ?

— Pourquoi ?

— Parce que vous recherchez Pat Rodney.

— Pourquoi serait-il recherché par les flics ? Il a fait quelque chose ?

Disco ne répondit pas. Ses doigts tordirent de nouveau les écouteurs.

— Vous n'avez pas l'air d'être flic.

— Je ne suis pas de la police. J'ai été mariée à Pat. En Californie. Il a disparu avec notre petite fille. Je sais qu'il est dans le Vermont et je pensais qu'il aurait pu venir ici.

Disco réfléchit ; du moins demeura-t-il immobile, le joint se consumant entre ses doigts.

— Vous étiez mariée à Pat Rodney ?

— Oui.

Long silence.

— Qu'a dit Blue ?

— Elle a dit qu'il n'était pas venu ici ; mais j'ai pensé qu'elle pouvait mentir.

— Ah ouais ?

Jessie eut l'impression de percevoir de l'amusement dans sa voix.

— Pourquoi mentirait-elle ?

— J'ai eu l'impression qu'elle voulait le protéger. Ils ont été... amants autrefois, non ?

Disco demeura silencieux quelques instants, puis il eut un rire cassant, grinçant, sans trace d'humour.

— Qu'est-ce que j'ai dit de drôle ?

— Rien. Blue a fait pas mal de choses dans sa vie, mais jamais rien d'aussi pervers.

— Que voulez-vous dire ? Qu'y aurait-il de pervers à ça ?

Disco rit sans répondre. Il glissa le joint entre ses lèvres pour la dernière bouffée, puis écrasa le mégot sur le mur.

— J'ai soif.

Tout à l'heure, il y avait eu de la peur dans sa voix ; plus maintenant.

— Vous voulez que j'aille vous chercher quelque chose ?

— C'est quoi votre nom ?

— Jessie.

— Vous avez l'air sympa, Jessie.

— Qu'est-ce que vous voulez boire ?

— J'ai eu une petite amie. Elle est partie.

— Quel dommage !

— Tout le monde est parti. Sauf moi et Blue.

— Où est allé Pat Rodney ?

— J'en sais rien.

— Quand l'avez-vous vu pour la dernière fois ?

— Quand j'avais des yeux pour voir.

— Ce n'était déjà pas drôle la première fois, dit Jessie.

— Parce que vous croyez que je dis ça pour rigoler ?

La voix de Disco se brisa. Il geignit comme s'il allait se mettre à pleurer. Jessie vit une bouteille de Coca au pied du lit. Elle la lui mit dans les mains. Il cessa de geindre sur-le-champ et but. Ses dents étaient jaunes et pourries.

— J'aime pas quand elle me laisse seul, dit-il.

— Est-ce que Pat est venu ici pendant que vous étiez seul ?

— Non. Pourquoi vous répétez toujours les mêmes choses? Je vous ai dit que je ne l'avais pas vu. Compris? Je ne l'ai pas vu.

Il baissa d'un ton.

— C'est la vérité. Je ne l'ai pas vu depuis Woodstock.

— Woodstock?

— Ouais.

Quel rapport avec Woodstock?

— Vous voulez parler du festival? demanda Jessie.

— Bien sûr.

Il ramena la couverture sur ses épaules.

— Ce festival de mes deux.

— Pourquoi dites-vous cela?

— Ce fut la fin.

— De quoi?

— De tout. De la communauté.

— Pourquoi?

Disco haussa les épaules. Ce geste lui fit mal. Il grimaça.

— Comment s'est terminée cette communauté?

— Tout le monde est parti. Pat, et tous les musiciens.

— Quels musiciens?

— Ils avaient formé un groupe. Ils étaient sacrément doués. Hendrix improvisait avec eux dans les bois.

— Jimi Hendrix?

— Le seul et unique.

— Qui faisait partie de ce groupe?

— Pas mal de mecs. Ça changeait sans cesse. Mais c'étaient surtout lui et Hartley Frame. Les deux guitaristes. Comme les Stones, vous savez?

— Qui est Hartley Frame?

— Un pote de Pat depuis la fac, celle de Morgan, la seule du coin. Juste après la limite de l'État.

Jessie en avait entendu parler : une petite école lourde de deux siècles de traditions.

— Se trouve-t-elle dans une ville qui s'appelle Morgantown?

— Morgantown, oui. Dans le Massachusetts. Pas très loin d'ici.

— Est-ce que Hartley Frame vit toujours ici?

Disco ne répondit pas tout de suite. Quand il se décida à parler, sa voix était beaucoup plus basse.

— Plus personne ne vit ici.

— Où est-il allé?

— Tout le monde s'est séparé. Vous m'écoutez ou quoi?

— Pourquoi ?

— Pourquoi, pourquoi, pourquoi. Faites chier.

Sa main se crispa autour de la bouteille de Coca.

— Vous êtes complètement à côté de la plaque. Et puis vous commencez à m'emmerder. Comment êtes-vous entrée d'abord ?

— Par la porte. Elle était ouverte. Je pensais que Blue serait là.

— Comment l'avez-vous connue, redites voir ?

— Elle m'aide à retrouver Pat.

Disco inclina la tête d'un côté, comme s'il essayait de voir les choses sous un autre angle.

— Combien vous la payez ?

— Pourquoi devrais-je la payer ?

Disco ne répondit pas. Jessie s'approcha, lui prit la main. Elle était dure et froide.

— Disco ?

Il recula.

— Comment savez-vous mon nom ?

— C'est Blue qui me l'a dit.

— Elle a une grande gueule, tout d'un coup. Elle vous a aussi parlé de mon « voyage » ?

— Votre voyage ?

— Direct jusqu'à l'oubli.

— Elle m'a dit que vous vous étiez blessé dans une chute, rien de plus.

— Rien de plus, ouais.

Elle le toucha de nouveau.

— Je suis sûre que vous me cachez quelque chose. Vous n'avez rien à craindre. Si vous me dites que Pat est venu ici, je vous promets de ne pas le répéter à Blue. Je ne veux qu'une chose : retrouver ma fille.

Une pensée horrible lui vint à l'esprit : et si Blue voulait un enfant mais ne pouvait pas ? Elle l'imagina avec Kate, sans elle.

A nouveau, Disco retira sa main.

— Qu'est-ce que vous racontez ? Comment pourrait-il être ici ?

— Je vous l'ai dit — il est dans le Vermont. Il était à Bennington lundi.

— Et je vous l'ai dit — vous êtes complètement à côté de la plaque.

— C'est-à-dire ?

Disco eut son rire crispant. Il riait à n'en plus finir, de plus en plus haut, jusqu'à perdre la voix.

— Vous avez ce qu'il faut ? Du pognon ?

— Non. Pourquoi ?

— Alors vous êtes aussi nulle que les autres.

Il rit encore, se balançant d'avant en arrière ; une de ses paupières tremblait.

— J'ai une bonne sensation qui m'arrive. Et vous m'emmerdez.

Ses mains trouvèrent le Walkman et il remit ses écouteurs.

Il augmenta le volume au point que Jessie entendit une musique très métallique, qui semblait jouée par un groupe de lilliputiens.

Elle se leva.

— N'oubliez pas d'éteindre en sortant, dit Disco.

Jessie éteignit, s'en alla. Elle roula jusqu'à la frontière de l'État, la franchit, réserva une chambre dans le premier motel qu'elle trouva et s'affala sur le lit.

Ses yeux se fermèrent immédiatement. Un peu plus tard, elle s'éveilla et courut à la salle de bains où elle vomit les restes du sandwich au thon.

Ensuite, elle ne put s'endormir. Chaque fois qu'elle essayait, son esprit se peuplait de visions de paupières plaquées sur des orbites vides, ornées de cils longs et soyeux, magnifiques. Elle savait que, si elle s'endormait, elle rêverait que ces orbites sans regard deviendraient celles de Kate.

CHAPITRE 19

Dans la salle d'arrivée, la femme brune s'agenouilla et fouilla dans son sac de voyage. Non loin Ivan Zyzmchuk l'observait. Il n'y avait pas grand-chose dans ce sac — une paire de chaussures, quelques vêtements, un livre, une enveloppe. La femme le referma et s'éloigna à vive allure. Ivan Zyzmchuk l'observa jusqu'à ce qu'elle fût hors de vue.

Il excellait dans l'art de deviner les activités de chacun d'après son apparence : ces deux femmes en tailleur, par exemple, qui se dirigeaient vers le tapis roulant, étaient des femmes au foyer — trop de bijoux et trop décontractées pour être des femmes d'affaires ; et le type en anorak près de la sortie était un flic — un flic qui ne savait pas comment s'y prendre pour surveiller sans en avoir l'air ni choisir un vêtement assez épais pour dissimuler le revolver sous son aisselle. Pourtant, malgré tous les indices qu'il possédait sur la femme brune — le sac de voyage patiné et luxueux, son étiquette, son contenu —, il n'avait pas la moindre idée de son activité habituelle. Il était seulement certain de son inquiétude extrême, au point de n'être plus capable de la cacher en public. Un instant, il se demanda si elle était saine d'esprit. C'est alors qu'Alice Frame apparut sur l'escalator dans un long manteau de vison. Zyzmchuk oublia la femme brune.

Alice Frame, elle aussi, avait l'air anxieux, mais à un degré moindre. Un coup d'œil aux autres voyageurs venant de Washington suffit à Zyzmchuk pour constater qu'ils avaient tous l'air inquiet, conséquence de tout voyage aérien. Mieux : ce moyen de transport reposait sur le principe même d'inquiétude tout comme un drame shakespearien repose sur ses cinq actes : retards, surréservations, contrôles de sécurité, entassements, accidents ; et maintenant, au final, angoisse des voyageurs pour leurs bagages : allaient-ils les récupérer ou pas ?

Alice Frame ne fut pas abandonnée à son appréhension. A peine eut-elle atteint l'arrivée des bagages qu'une limousine apparut. Un homme en costume gris et chapeau assorti se précipita dans le hall ; Alice leva sa main gantée du geste qu'on fait pour capter l'attention d'un serveur. Ils surveillèrent ensemble le tapis roulant où tournaient les bagages. Le rôle d'Alice se limitait à montrer du doigt, tandis que le chauffeur attrapait les valises. Au bout de quatre, Alice se dirigea vers la sortie ; l'homme la suivit avec les valises.

Le policier en civil la suivit, des yeux seulement. Et Zyzmchuk ne lui donna pas tort. Alice Frame était suffisamment belle et riche pour s'offrir des visons, des limousines, des chauffeurs et dix années de moins sur le visage.

Zyzmchuk sortit de l'aéroport. Alice était déjà assise à l'arrière de la limousine. La Blazer était garée non loin de là, faisant tache. Un flic en uniforme, chargé de faire respecter le standing, fronçait les sourcils au vu de la plaque minéralogique. Il sortit son carnet à souches. Zyzmchuk passa près de lui et prit le volant. Le flic posa une main sur le capot.

— Tu sais pas lire, mon gars ? dit-il tout en désignant d'un mouvement de tête le panneau STATIONNEMENT INTERDIT.

— Si, mais seulement le braille, répondit Zyzmchuk.

Il mit le contact. L'autre ouvrit la bouche mais Zyzmchuk démarra avant qu'il ait eu le temps de formuler une réponse. Zyzmchuk le comprenait, mais l'heure était mal choisie pour faire la causette.

Il talonna la limousine sous le tunnel, sur la voie express, et quand elle obliqua vers le sud, au péage. Sur l'autoroute, il se laissa dépasser par quatre ou cinq voitures, quelquefois davantage. Il n'y avait pas le moindre risque. Même le dernier des bleus ne serait pas arrivé à perdre de vue cette voiture-là. Zyzmchuk se cala confortablement dans son siège.

Il regarda défiler le paysage : sombre, dénudé, au bord de l'ensommeillement. Puis il alluma la radio, écouta de mauvaises émissions, d'autres meilleures, mais aucune de bonne. Il se consola avec le café de sa bouteille Thermos. Finalement, il s'autorisa à regarder le compteur. Il n'avait parcouru qu'une vingtaine de kilomètres.

Il décrocha son téléphone. Le vendredi, beaucoup de gens quittaient le bureau de bonne heure. Grace, non. Elle était célibataire et aimait son travail. Il avait une petite question à soumettre à son ordinateur ; et envie de parler.

Grace décrocha à la première sonnerie.

— Monsieur Z. ?

— Comment avez-vous deviné que c'était moi ?

— Vous êtes le seul dont la voiture ait besoin d'un réglage. Celle de M. K. ronronne et M. D. ne m'appelle jamais quand il conduit.

— Pourquoi ?

— Il préfère garder ses deux mains sur le volant.

La limousine atteignit le haut d'une côte et disparut de sa vue. Il accéléra.

— Trouvez-moi le nom du propriétaire d'une voiture immatriculée dans le Massachusetts, JTA 395.

— *Momentito,* dit Grace.

Il entendit un craquement ; elle croquait des amandes. Bruit de touches.

— Ce numéro appartient à l'université Morgan, Morgantown, Massachusetts.

— Pas de nom d'une personne privée ?

— Le signataire de la carte grise, par exemple ?

— Ce genre de truc, oui.

Tap, tap.

— Professeur Jameson T. Phinney. Président de l'université.

— Merci.

Pendant quelques kilomètres, Zyzmchuk tenta d'imaginer ce que pourrait être sa vie avec Grace. Il en vint à la conclusion que leurs rapports ressemblaient à toutes les relations de bureau, le contraire d'un iceberg : émergées à quatre-vingt-dix pour cent. Voilà pourquoi elles ne menaient généralement nulle part ; ce qui le fit glisser, comme une voiture qui dérape sur une nappe de verglas, vers Leni. Et le visage de Grace s'évanouit.

On montait vers les Berkshire, les villes devenaient belles comme des images. Passé une frontière invisible, elles ne semblaient plus reposer sur rien ; à l'exception du ciel gris. Zyzmchuk avait l'impression de rouler dans une carte postale.

Morgantown semblait tout aussi prospère, mais, à la différence des autres villes, en révélait les raisons : résidences, bibliothèques, bureaux, écoles, un musée, un observatoire — tous construits dans les meilleurs matériaux, ayant le bon goût de paraître plus petits qu'ils n'étaient — terrains de jeux, gymnase, patinoire. Morgantown, jugea Zyzmchuk, était décidément une ville universitaire. Autrement dit, *La Maison du Dr Edwardes* et *Sueurs froides* à l'affiche des cinémas du centre ville en alternance avec *Animal House* et *Animal Farm.* Autrement dit, cubitainer acheté pour le week-end chez un marchand de vin et mannequins dans les vitrines habillés comme

M. K. et M. D. à un cocktail. Autrement dit, jeunes gens traversant des cours lumineuses, vêtus comme M. K. et M. D. pour un week-end à la campagne. Ils avaient des visages déterminés, des coupes de cheveux impeccables, en route pour des destinations connues. La ville universitaire d'une académie haut de gamme.

La limousine s'engagea dans une rue déserte et se gara devant une grande bâtisse blanche, située en retrait, à côté de Mercedes, Jaguar et Volvo. Zyzmchuk passa devant la maison et s'arrêta sous un érable sans feuilles qui offrait l'illusion d'un camouflage. Dans le rétroviseur, il vit le chauffeur aider Alice Frame à descendre de voiture, sortir les valises puis l'escorter jusqu'à la porte d'entrée. Celle-ci s'ouvrit alors qu'ils n'étaient qu'à mi-chemin. Un homme en sortit, grand et mince, avec des cheveux bruns, grisonnants sur les tempes dans le style magnat de l'industrie d'un mauvais feuilleton. Il prit la main d'Alice Frame dans les siennes et la pressa chaleureusement, puis la conduisit à l'intérieur. Le chauffeur suivait. Avant que la porte se refermât, Zyzmchuk eut le temps d'apercevoir une femme aux cheveux longs, un violon à la main, et un homme qui portait un plateau de coupes de champagne.

Il ne bougea pas. Le vent du nord poussait un plafond de nuages bas. Il prit du café, amer et refroidi. Il faisait ce qu'il aimait. Ne s'était-il pas battu pour que Keith et Dahlin lui permettent de continuer ? C'était censé l'amuser. Mais rester coincé dans cette Arcadia rutilante à attendre que des potaches d'écoles de maintien aient vidé leurs coupes de champagne n'était guère réjouissant, plutôt une parodie de ce qu'il aimait, et il n'avait pas envie d'en être le héros.

Il vissa le bouchon de la bouteille Thermos et roula vers le centre ville. Après avoir acheté le *Guide de l'Université Morgan,* il entra dans le MORGAN'S BAR, GRILL ROOM, BIÈRE À LA PRESSION.

Le guide s'ouvrait sur un amical avant-propos du président de l'université, Jameson Tucker Phinney, et Zyzmchuk remarqua qu'aucun de ses patronymes n'était un prénom. Au bout de deux siècles, les Américains n'arrivaient toujours pas à se faire à l'idée qu'ils n'avaient pas d'aristocratie. Cette incapacité était-elle à l'origine de leur vitalité, de Neil Armstrong posant le pied sur la Lune et du comportement des maîtres d'hôtel à Manhattan ?

Et aussi la raison de noms comme Jameson Tucker Phinney. Un portrait souriant de M. Phinney apparaissait à côté de sa signature : des traits réguliers, qui n'auraient pas déparé une représentation de

My Fair Lady par une troupe de répertoire. C'était l'homme qui avait pris la main d'Alice Frame pour l'accueillir.

Zyzmchuk but une bière et un whisky, puis retourna se poster sous l'érable. Il lut le guide de la première à la dernière page, y apprit que les frais de scolarité, pension comprise, s'élevaient à seize mille soixante dollars par an ; que les trois quarts des étudiants de troisième année continuaient en troisième cycle ; et que l'équipe de football avait fait des prodiges l'année précédente. Il en était à tenter de mémoriser le plan de la ville lorsque la porte de la maison s'ouvrit. Des gens aux joues rouges en sortirent, échangeant signes de tête, remerciements et adieux. Ils montèrent dans leurs Mercedes, leurs Jaguar et leurs Volvo et se cédèrent la priorité les uns aux autres tout en riant de ces absurdités — faire des manœuvres au volant, boire du champagne tout l'après-midi, obtenir leur part du gâteau et surtout la manger. Quelques minutes plus tard, le chauffeur sortit à son tour. Il jeta sa casquette sur le siège de la limousine et démarra.

Le soir glissa sur le ciel comme un filtre sombre. Puis du garage sortit une petite voiture carrée, noire, le modèle ordinaire d'un M. Tout-le-Monde japonais. Elle passa devant Zyzmchuk. Jameson T. Phinney était au volant, Alice Frame à son côté. Zyzmchuk les suivit. Ils ne regardèrent pas derrière eux.

La petite voiture ne roula que quelques centaines de mètres avant de se garer devant un gros bâtiment dont la corniche était éclairée par des projecteurs. Zyzmchuk fit demi-tour et attendit de l'autre côté de la rue.

La façade était de celles où l'on fait graver des noms pour servir d'exemple, en l'occurrence : Bach, Haendel, Haydn, Mozart et quelques autres, que Zyzmchuk ne parvint pas à déchiffrer sans lunettes. Phinney et Alice s'engagèrent sur la pelouse qui bordait le bâtiment.

Au milieu de l'herbe se dressait une forme haute comme deux hommes, recouverte d'une bâche dont Phinney souleva l'un des coins de façon qu'Alice passe dessous pour regarder. Zyzmchuk observait aussi, mais sans rien distinguer dans la lumière mourante.

Alice recula, Phinney laissa retomber la bâche. Ils bavardèrent un moment, mais Zyzmchuk était trop loin pour entendre. Puis ils remontèrent en voiture et partirent vers le sud, sortirent de la ville. Ils passèrent devant un motel, *La Demeure 1826,* qui proposait dîner et chambres avec cheminée. Zyzmchuk faillit s'arrêter, mais Phinney tourna dans une rue transversale et il le suivit.

La rue montait vers les monts Blackstone. Les phares de la petite voiture éclairaient la route. Zyzmchuk coupa les siens.

La route serpentait vers le sommet de la montagne. L'air devenait plus frais, le vent plus vif. Phinney, en bon citoyen, clignota pour signaler qu'il tournait à droite, et s'engagea dans une allée de graviers. Zyzmchuk s'arrêta. La petite voiture disparut sous les arbres. Zyzmchuk coupa le contact et baissa la vitre. Au bout d'une ou deux minutes, il entendit le claquement d'une portière. Au point mort il fit marche arrière jusqu'à un dégagement sur le bord de la route.

Il était tard. Bientôt le ciel serait complètement noir, aucun rayon de lune ou scintillement d'étoile ne transpercerait son épais nuage violet. La tombée de la nuit lui fit l'effet que ni café, ni bière ni whisky n'avaient réussi à produire : elle le réveilla. Ses sens s'aiguisèrent. En écoutant le silence — pas de chant d'oiseaux, pas de bruissement animal, que le souffle du vent dans les arbres nus — il se rendit compte qu'il n'était pas seulement fait d'un manque de sons mais d'une invitation à l'absence, offrant une infinité de possibilités, comme un clavier à un pianiste. Voilà ce qui rendait le silence si exaltant, surtout la nuit. Zyzmchuk aurait préféré quelque chose de plus prometteur à faire.

Il enfila un pull-over et un ciré. Puis, sa boîte à outils sous le bras, il gravit l'allée en marchant sur l'herbe. Le seul bruit était celui du vent dans les arbres.

Il sentit une odeur de bois brûlé, et, après un tournant, aperçut une lumière au loin. Il s'arrêta sous un arbre et distingua la masse carrée d'un chalet. Les fenêtres et les étincelles d'un feu de cheminée voletaient dans la nuit. Tout le reste était indistinct. Sa vue n'était plus ce qu'elle avait été et ce n'était pas en faisant des pompes qu'il y changerait quelque chose. Autrefois, il pouvait annoncer la couleur des yeux de quelqu'un à quinze mètres.

Il se dirigea vers le chalet. Une pelouse descendait vers la façade et les côtés, mais, derrière, il donnait sur le flanc de la montagne, touchant presque la forêt. Zyzmchuk le contourna. Il ne se pressait pas et s'arrêtait régulièrement pour écouter. Finalement, il arriva au pied d'un petit cèdre, derrière la maison. Entre l'arbre et la fenêtre la plus proche s'étendaient environ trois mètres de terrain décou-vert. Posant sa boîte à outils, il s'aplatit sur le sol et rampa.

L'herbe était fraîche et la terre dure. Une musique se répandit dans la nuit : Sarah Vaughan. Voilà maintenant que la divine Sarah accompagnait le vent dans les arbres. Deux forces de la Nature. Le sourire aux lèvres, Zyzmchuk posa ses mains sur le rebord de la fenêtre et, lentement, redressa la tête.

Alice Frame et Jameson T. Phinney étaient assis sur un épais tapis devant le feu. Elle était habillée comme pour des sports d'hiver à Gstaad ou Megève. Il portait du cachemire et du tweed. Ils mangeaient du pâté, arrosé d'un vin de Bourgogne : Zyzmchuk le devina d'après la forme de la bouteille. Un panier était posé entre eux. Alice Frame y plongea sa main manucurée et en sortit une grappe de raisin. Elle arracha un des grains et le tint à bout de bras. Phinney ouvrit la bouche sur des petites dents blanches et une petite langue rose. Alice lança le grain de raisin en l'air et Phinney le rattrapa en bon phoque. Ils rirent ; pour Zyzmchuk, cette scène évoquait D. H. Lawrence ou Scott Fitzgerald, mais certainement pas Mata Hari.

Une goutte de pluie atterrit sur sa nuque. Puis une autre. Zyzmchuk retourna sous le cèdre en rampant et s'assit. Le ciel semblait chuchoter, avec insistance. La pluie tombait obliquement à cause du vent, fouettait la terre tout autour de lui. Il ramena les genoux sous le menton pour rester à l'abri, mais la pluie finit par l'atteindre à travers les branches. D'abord mouillé, puis transi de froid, il se raconta que c'étaient des gouttes de whisky qui lui tombaient dessus. Il se concentra tellement sur cette idée qu'il mit du temps à se rendre compte que la voix de Sarah Vaughan s'était tue.

Zyzmchuk rampa hors de sa cachette et se redressa. La maison était obscure. Il était sur le point d'aller vérifier si la voiture de Phinney était toujours là, lorsqu'un son étouffé lui parvint d'une fenêtre au premier étage.

Zyzmchuk ouvrit sa boîte à outils et en sortit une perche télescopique en acier au bout de laquelle il vissa un micro. Il s'approcha de la maison, et allongea la perche jusqu'à ce que le micro touchât la vitre. Il retourna sous l'arbre, enclencha la touche d'enregistrement du magnétophone et écouta.

Tout d'abord, il n'entendit que la pluie contre le carreau, comme un instrument à percussion, puis un gémissement de femme.

— Oh, oui, disait-elle. Jamie, oh oui...

L'homme eut une plainte plus rauque et gutturale.

— Nom de dieu, c'est tellement...

Les gémissements s'amplifièrent à l'unisson, puis il n'y eut plus que le rythme de la pluie contre la vitre.

Un soupir.

— Quand revient Maggie? demanda Alice Frame.

— Demain soir, répondit Phinney d'une voix endormie.

L'eau tombait goutte à goutte dans le col du ciré de Zyzmchuk, traversait son pull-over jusqu'à sa peau. *Le Bon Dieu me punit d'être un voyeur professionnel, ou plutôt un auditeur en l'occurrence.*

Alice poussa un long soupir.

— Le salaud! dit-elle.

Zyzmchuk augmenta le volume, ce qui n'eut pour effet que d'amplifier le bruit des cymbales.

— Ça a dû être affreux, dit Phinney.

— Tu ne peux pas imaginer.

Il s'éclaircit la voix, effort pour chasser sa torpeur ou façon de masquer les mots qu'il ne voulait pas prononcer.

— Raconte.

— Je préfère ne pas en parler.

Silence.

— Mais je ne me suis jamais sentie aussi humiliée.

Sa voix se brisa.

— Ne pleure pas.

— Excuse-moi.

— Tu n'as pas à t'excuser. Pleure si tu en as envie. Mais ne sois pas triste, c'est ce que je voulais dire.

Alice cessa de pleurer.

— Quel salaud! Il ne veut même pas venir pour l'inauguration. Son équipe n'a pas été capable d'accrocher suffisamment le *Times* ou le *Post* pour qu'ils envoient des photographes.

Phinney ne répondit pas.

— Il reste du vin? demanda Alice.

— Tiens.

Zyzmchuk l'entendit boire. Il avait du bon matériel.

— Quand revient Maggie?

— Je te l'ai déjà dit. Demain soir.

— Viens plus près, dit Alice.

Froissements de literie.

— On peut essayer, dit Phinney.

— Je n'en demande pas plus. J'ai... J'ai besoin de toi, Jamie. Mais je ne devrais pas te le dire, n'est-ce pas?

Pas de réponse.

Ils gémirent à l'unisson, doucement, passionnément. Zyzmchuk ôta son casque. Il n'avait pas envie de les entendre faire l'amour, surtout sans motif. Or le motif avait disparu, l'affaire était classée. Il

180

connaissait maintenant la raison du comportement d'Alice Frame le jour du test de détection de mensonges : cela n'avait rien à voir avec une histoire d'espionnage, mais d'adultère. Il continua d'enregistrer les ébats du couple dans le chalet des monts Blackstone — Keith pourrait écouter toute la cassette si bon lui semblait, mais pas lui. Il préféra réfléchir au moyen de les obliger à tenir parole. L'enquête s'était révélée si simple et ses conclusions si banales qu'il craignait qu'ils ne se désistent. Il envisagea les éventualités auxquelles ils pourraient avoir recours, et celles qui lui permettraient de contre-attaquer. Il en vint même à envisager de faire les petites annonces.

Aux premières lueurs de l'aube, Zyzmchuk s'étira, remballa sa boîte à outils et regagna sa voiture. Il redescendit les monts Blackstone, pénétra dans la bruine. Il avait prévu de rentrer chez lui, mais, en passant devant *La Demeure 1826*, il revit la pancarte vantant les chambres avec cheminée. *Et avec douche aussi*, pensa-t-il. *Confort et repos. Pourquoi pas ?*

Zyzmchuk roula jusqu'à l'accueil, en songeant à des verres de whisky devant un bon feu. La porte s'ouvrit. Une femme en sortit. Zyzmchuk, qui avait déjà un pied sur le trottoir, le remit dans la voiture et referma la portière.

C'était la femme brune de l'aéroport.

Il sortit du parking avant qu'elle ne l'ait remarqué. Il roula quelques centaines de mètres et se gara devant l'hôtel Morgan, qui vantait aussi ses chambres avec cheminée, mais ce ne fut pas pour cette raison que Zyzmchuk en réserva une (chintz et bois d'érable, matelas trop mou et pas de cheminée, celles avec étaient prises) : il n'était pas payé pour croire aux coïncidences, et il préférait mériter son salaire.

CHAPITRE 20

— C'est censé être drôle, dit un jeune homme.

— Pas quand tu me traites comme ça, répondit une fille.

— Comme quoi ?

— Comme la nuit dernière.

— Nom de dieu, elles ont bien raison de dire ça.

— Qui a raison de dire quoi ?

— Tes camarades de chambre — que tu es une chieuse.

Pas de réponse. Une porte claqua. Jessie ouvrit les yeux. Un rai de lumière filtra à travers les doubles rideaux. Son regard fit le tour de la chambre : bureau, télévision, cheminée, le lit dans lequel elle était couchée. Elle alla regarder par la fenêtre.

Un jeune homme s'éloignait, engoncé dans le col relevé d'une veste au dos de laquelle était écrit MORGAN, soit pour se protéger de la bruine soit parce qu'il ne souhaitait pas être reconnu. L'instant d'après, une jeune fille passa rapidement devant la fenêtre de la chambre. Elle appartenait à cette catégorie de femmes qui, un jour peut-être, finissaient par se rendre compte de leur beauté, mais ne la soupçonnaient pas encore. Elle avait les yeux gonflés de pleurs et de manque de sommeil. Elle monta dans une voiture portant une décalcomanie Vassar et démarra en trombe. Jessie se remémora des week-ends semblables du temps où elle était étudiante, excepté qu'à Stanford le soleil les rendait moins déprimants.

Elle enfila son dernier vêtement propre. Elle n'avait pris des affaires que pour un jour ou deux. Samedi, deuxième jour. Le seul objet qu'elle avait gagné à ce voyage était une barrette cassée avec quelques cheveux frisés. Elle téléphona à Dick Carr.

— Nom de dieu ! dit-il. On est en pleine nuit.

— Excusez-moi. J'avais oublié.

— Comment ça ?

— Je suis dans le Vermont, ou peut-être le Massachusetts.

— Ça fait deux jours que j'essaie de vous joindre.

182

Jessie s'accrocha au combiné.

— Ils ont retrouvé Kate ?

— Non, non, pas du tout. Et rien de nouveau sur l'accident. C'est au sujet du testament de Barbara. Je croyais que vous deviez faire un saut à mon bureau ? Je veux régler ça dans les prochains jours.

— Je ne sais pas quand je serai de retour, dit Jessie, avec un énervement qu'elle ne chercha pas à dissimuler. Kate est par ici, du moins y était-elle lundi. Avec Pat.

Il répondit d'une voix plus aimable.

— Comment le savez-vous ?

— On les a vus.

— Cela signifie-t-il que DeMarco avait raison ? Une histoire de drogue ?

— Je crois, oui, dit Jessie. Pourquoi vouliez-vous me voir ?

— Pour signer certains documents. Barbara vous a légué sa bague.

— Celle d'Amelia Earhart ?

— Oui.

— Vendez-la. Et envoyez-moi l'argent.

— Je n'aime pas ça.

— Moi non plus. Mais j'ai besoin de fric.

Silence. Puis Dick Carr poussa un soupir.

— Je vous en avance sur les fonds de la société. Nous officialise-rons cela à votre retour.

— D'accord.

— Cinq cents vous suffiront ?

— Oui, merci.

— Où êtes-vous ?

Jessie ouvrit le tiroir du bureau et y trouva du papier à en-tête. *La Demeure 1826*. Elle lui dicta l'adresse et raccrocha. Elle n'avait pas envie de porter la bague d'Amelia Earhart — celle de Barbara, peut-être, mais pas celle d'Amelia Earhart.

Elle demanda à l'accueil un plan de la ville et paya deux nuits d'avance, ce qui lui laissait soixante-dix-huit dollars. Cette idée la tourmenta tandis qu'elle sortait. Une grosse jeep rouillée déboula du parking. Jessie prit la direction du campus.

Immenses pelouses vertes même au mois de novembre ; arbres séculaires et bâtiments de style anglais classique, Renaissance grecque, nordiste et colonial. Elle avait l'impression qu'Harold Lloyd pouvait en sortir à tout moment.

Elle ne pensait pas trouver l'Association des anciens élèves ouverte, elle voulait simplement repérer les lieux pour y être le plus tôt possible lundi matin. Pourtant, de la fumée s'élevait de la cheminée des locaux — une coquette maison blanche avec des lucarnes et des fleurs aux fenêtres. Jessie frappa.

— C'est ouvert ! cria-t-on.

Jessie traversa une entrée où des battes de hockey pendaient aux murs, et arriva à un bureau. Un homme était assis devant un moniteur, sa main voltigeant sur le clavier, le téléphone coincé entre l'épaule et le menton. Il lui désigna une chaise.

— On n'a pas parlé chiffre, Tad, disait-il. On n'est pas à Harvard, ici. Ça doit venir du cœur.

Il grimaçait devant le moniteur avec un regard plein de malice comme si l'autre pouvait le voir. Tout en parlant, il tapotait sur le clavier. Des mots s'inscrivirent sur l'écran : « Addison T. Wheeler, Jr. — 1 000 dollars ».

— Ce fut un plaisir de bavarder avec toi, Tad. Fais-toi moins rare.

Il raccrocha et pivota vers Jessie.

— Je peux vous aider ?

— Je l'espère. J'essaie de trouver l'adresse actuelle de l'un de vos anciens étudiants.

— Vous vous adressez à la bonne personne. Quel est votre lien avec l'université ?

— Aucun, en fait. C'est... C'est mon mari. J'ai toutes les raisons de penser qu'il rend visite à cet ancien étudiant. J'aimerais trouver son adresse.

Les dernières traces de gaieté laissées par sa conversation téléphonique avec Tad quittèrent le regard de l'homme.

— Votre mari est-il lui aussi un ancien étudiant ?

— Non.

— Je vois.

— Mais c'est très important.

— Je n'en doute pas. Mais nous ne pouvons pas nous permettre de donner au premier venu des renseignements sur nos anciens étudiants. C'est notre politique. J'ai bien peur que vous ne deviez présenter une demande écrite.

Il lui tendit une carte : Curt Beringer, Association des anciens élèves.

Jessie s'approcha de lui.

— Je vous en prie, écoutez-moi, monsieur Beringer. Je suis venue exprès de Los Angeles. J'ai une fille de dix ans. Ça fait une semaine qu'elle aurait dû rentrer de chez son père. On les a vus dans la région, et je suis presque certaine qu'ils sont chez un ami, un de vos anciens étudiants. J'ai besoin de votre aide.

Curt Beringer l'avait écoutée sans que son regard s'adoucisse, au contraire. Il était devenu perplexe, comme si elle avait levé un voile sur une chose déplaisante.

— Vous êtes divorcés ?

— Quel rapport ?

Elle avait haussé le ton malgré sa volonté de rester calme.

— Ça me paraît davantage du ressort de la police, dit Curt Beringer. Évidemment, si vous avez une autorisation de la police, c'est autre chose.

— Je n'en ai pas. Mais...

— En ce cas, je suis profondément navré.

Beringer se tourna vers le moniteur. Il appuya sur la touche ENVOI. « Nom ? » interrogea l'écran. Beringer consulta une liste. « Wallis », tapa-t-il. « Newton E. ». Le lecteur de disquettes ronronna. Beringer décrocha le téléphone et composa un numéro tandis que des renseignements sur Newton E. Wallis s'affichaient sur l'écran.

— Newt ? dit Beringer. Salut, ça va ? C'est Curt Beringer, de Morgan. Oui, ça va... très bien... Tu cherches toujours ce coup droit qui tue ? Ha, ha. Dis donc, je t'appelle pour la Souscription pour le Complexe Sportif... La SCS ça te dit quelque chose ? Écoute, Newt...

Il releva la tête et fronça les sourcils en constatant que Jessie était toujours là. Ce regard lui donna l'envie de le frapper ; au lieu de cela, elle sentit les larmes lui monter aux yeux. Avant que Curt Beringer ne le remarque, elle sortit de l'Association des anciens élèves et pleura. C'est alors que le souvenir de la jeune femme de Vassar lui vint à l'esprit ; il eut pour effet de sécher ses larmes. Ce n'était pas le moment de pleurer.

Jessie reprit sa marche, sans but précis. L'université de Morgan, conçue à la dimension humaine, était apaisante, même sous un ciel gris et bruineux. *Réfléchis*, se dit-elle. Elle laissait l'inquiétude croître en elle sans raison valable. *Examine les faits*. Elle était plus proche de retrouver Kate en restant en Californie. Et si Buddy Boucher avait dit vrai, ça n'avait rien à voir avec un enlèvement. Kate était avec son père, et tous deux avec un de ses vieux copains, vraisemblablement Hartley Frame. Ce qui impliquait qu'il lui fallait trouver l'adresse de cet individu. Curt Beringer avait parlé d'une autorisation de la police. Parfait. Plutôt que de perdre son sang-froid, elle aurait mieux fait de décrocher le téléphone et appeler le lieutenant DeMarco. Elle reprit le chemin de l'Association des anciens élèves.

Elle frappa. Pas de réponse. Elle tourna la poignée, traversa l'entrée jusqu'au bureau, s'attendant à trouver Curt Beringer devant son ordinateur. Personne.

— Il y a quelqu'un ? cria-t-elle.

Pas de réponse.

— Il y a quelqu'un ?

Elle vit un long couloir qui menait à l'arrière du bâtiment.

— Monsieur Beringer ?

Silence.

Il lui faudrait revenir plus tard. Elle se rendit compte alors que Beringer avait laissé l'ordinateur en marche. « Kinsley » affichait-il. « Forrest J. Promotion 56 ». Jessie avança la main vers le clavier, abaissa son index vers la touche ENVOI et appuya.

« Kinsley, Forrest J. » s'effaça. « Nom ? » interrogea l'écran.

« Frame », tapa Jessie. « Hartley ». ENVOI.

Des mots s'affichèrent à toute vitesse du haut en bas de l'écran. « Frame, Hartley E. Promotion 69. Père : Edmund S. Frame. Promotion 43. Sénateur, Virginie. Mère : Alice (Sangster). Directeur d'études : Pr M. R. McTaggart, UER de musique. Résultats obtenus : Satisfaisants. Oral... »

Dehors, le gravier de l'allée crissa. Jessie retira vivement sa main du clavier. Elle entendit la porte d'entrée. Le moment était venu de faire preuve de sang-froid. La situation était embarrassante, voilà tout — elle n'avait pas commis un crime. Elle n'avait qu'à expliquer à M. Beringer ce qui s'était passé ; il comprendrait.

La porte claqua. Une lame du parquet craqua comme sous un énorme poids. Jessie sursauta, s'enfuit par le couloir. Elle ne cessa de courir que lorsqu'elle eut atteint un carrefour au centre duquel trônait la statue d'un homme à l'air sentencieux, le colonel Morgan. Elle fit volte-face. Une femme, les bras chargés de livres, s'éloignait en sens inverse. Un setter irlandais bondissait après une balle. Personne ne l'avait suivie.

Elle retourna à l'hôtel. Première étape — franchie non sans mal, sans dignité non plus mais franchie tout de même.

Deuxième étape : Jessie décrocha son téléphone et appela les renseignements de Washington. Ils lui communiquèrent le numéro du sénateur Edmund Frame. Elle regarda ce numéro pendant un long moment. Elle n'avait jamais téléphoné à un sénateur, mais c'était l'étape suivante.

Un homme répondit à la première sonnerie.

— Oui ?

Même un samedi, il n'avait pas l'air d'avoir une minute à lui.

Jessie sentit l'impatience dans sa voix. Elle choisit d'aller à l'essentiel quitte à maquiller un peu la vérité.

— Bonjour. Je suis une vieille connaissance d'Hartley Frame, le fils du sénateur. Je me demandais si vous pourriez me dire comment le joindre ?

— Le sénateur ?

— Non. Hartley.

Il y eut un silence. Puis l'homme dit :

— Si c'est une plaisanterie, elle est de très mauvais goût.

Clic.

CHAPITRE 21

— Boucher, concessionnaire Dodge. Buddy à l'appareil.

— C'est Jessie Shapiro, monsieur Boucher.

— Ah oui, madame Rodney.

— Est-ce que...

— Navré. Rien de nouveau.

— Il n'est pas repassé ?

— Non. Et rien de nouveau non plus sur la BMW.

Jessie lui donna le numéro de téléphone de *La Demeure 1826* et raccrocha. Elle s'allongea, se recroquevilla sous les couvertures et ferma les yeux. Elle aurait bien voulu trouver le sommeil, non parce qu'elle était fatiguée, et pourtant elle l'était, mais parce qu'elle devait trouver un moyen de s'évader. Elle comprit vite que le sommeil ne viendrait pas ; l'inertie qui avait gagné son corps n'avait aucun pouvoir sur son esprit. Des images sans suite y défilèrent : Reeboks rayées bleu, lunettes de soleil, cils recourbés, queue de cheval grisonnante. *A l'aide,* pensa-t-elle. Elle faillit le dire à voix haute.

Mais personne n'était là pour l'aider. Barbara était morte. Philip ne lui serait d'aucun secours, même s'il le désirait, ce dont elle doutait. DeMarco était l'homme de la situation — robuste, efficace — mais il n'avait pas assez d'imagination pour partager ses peurs ; il en avait juste assez pour ne pas la croire.

La tentation fut la plus forte. Jessie ouvrit son portefeuille et en sortit la photographie où Kate grimaçait sur la plage. Elle avait été prise pendant le pique-nique de fin d'année de l'école. Ils avaient joué au portrait. Kate avait collé tout le monde avec Speedy Gonzales. Jessie contempla si longtemps la photographie qu'elle en perdit toute signification. Elle continua néanmoins de la regarder.

Elle se leva, ouvrit l'annuaire et y trouva McTaggart. Elle regarda ce nom jusqu'à ce que les lettres eussent perdu leur valeur symbolique et qu'il n'en restât plus que ces formes si mystérieuses aux yeux des illettrés. *Courage,* se dit-elle. *Tant qu'il reste une étape à franchir, franchis-la.* Elle composa le numéro.

— Oui ? interrogea une voix masculine à l'autre bout du fil.

Il donnait l'impression qu'on le dérangeait. En fond sonore, quelqu'un jouait du piano.

— Professeur McTaggart ?

— Comment ?

Les notes de piano se turent.

— Jouez, jouez ! cria McTaggart d'une voix à moitié étouffée.

La musique reprit.

— Non, non, à partir de la troisième mesure.

Ça ressemblait à du Bach mais mal interprété. McTaggart partageait sans doute cette opinion. Il grommela quelque chose, puis s'adressa à Jessie :

— Oui, qu'y a-t-il ?

— Excusez-moi de vous interrompre en plein travail, commença Jessie, mais c'est très important. Je cherche à contacter un ancien étudiant de Morgan dont vous étiez le directeur d'études dans les années soixante. Je me disais que vous pourriez peut-être m'aider.

— Quel est son nom ?

— Hartley Frame.

McTaggart ne réagissant pas, Jessie ajouta :

— Il faisait partie de la promotion 69.

Jessie n'entendait plus que les notes, aussi minuscules que si elles provenaient d'un jouet pour enfant.

— Vous vous trompez de numéro, finit par dire McTaggart.

— Mais...

— C'est à mon ex-femme qu'il faut vous adresser. Au revoir.

Il coupa la communication.

— Fais chier ! dit Jessie.

L'instant d'après, elle lançait le téléphone contre le mur. Il fit un bruit de sonnerie et tomba. Jessie se jeta sur le lit et enfouit sa tête dans l'oreiller. Elle n'avait jamais agi ainsi auparavant ; d'ailleurs ceux qui le faisaient la dégoûtaient.

Mais aucune de ses tentatives ne donnait le moindre résultat. Chaque étape, logique en soi, débouchait sur quelque chose de grotesque. Agrafer des affiches avait mené à M. Mickey et à la clocharde. Suivre les traces de l'ami de Pat menait à des coups de fil qui tournaient court, sans queue ni tête. Et rien de tout cela ne la rapprochait de Kate.

Kate était allée à Bennington lundi. Fait numéro un. Pat avait dit à Buddy Boucher qu'il repasserait pour la BMW. Fait numéro deux Mais Buddy Boucher n'avait pas revu Pat et la voiture avait disparu. Faits numéros trois et quatre. Quelle était la suite logique à tout cela ? Retourner à Bennington et attendre ? Rentrer à la maison ? Continuer à rechercher l'ami de Pat ?

Ces possibilités ne semblaient pas plus logiques les unes que les autres. Mais seule la troisième signifiait agir. Et Jessie ne se contenterait pas d'attendre : cela, elle l'avait su dès le début.

Elle rouvrit l'annuaire à McTaggart, M. R. La seule autre McTaggart était une certaine Erica, 15 Mariposa Street. Jessie ne lui téléphona pas. Les coups de fil au sujet de Hartley Frame ne donnaient rien, se déplacer serait peut-être plus efficace. Elle se rendit à la réception du motel, y obtint des renseignements sur la route à suivre et partit.

Mariposa Street était un cul-de-sac qui finissait en marécage. Les maisons en bardeaux étaient petites et d'apparence pauvre ; elles avaient peut-être été de belles villas à une époque. Le numéro quinze était le dernier de la rue. La maison était entourée par une étroite bande de pelouse recouverte de feuilles détrempées. Derrière, un enchevêtrement de broussailles et de joncs droits et jaunes bordait le marécage. La bruine avait cessé mais restait suspendue dans l'atmosphère, mouillant le visage de Jessie tandis qu'elle marchait jusqu'à la porte. Elle frappa.

A l'intérieur, des bruits de pas approchèrent. Une femme brune, maigrichonne, apparut sur le seuil. Elle portait un jean souillé de traînées de peinture, un T-shirt noir déchiré et un collier navajo en argent et turquoise ; elle tenait une palette sur laquelle scintillait une seule et unique tache de peinture à l'huile, rouge.

— Oui ? demanda la femme.

Elle avait une voix pâteuse et rauque, comme si elle n'avait pas parlé depuis longtemps.

— Madame McTaggart ? s'enquit Jessie.

La femme acquiesça. Elle n'avait pas lâché la poignée de sa porte.

— Je cherche à contacter un ancien élève de l'université. On m'a dit que vous pourriez peut-être m'aider.

— Qui « on » ?

— M. McTaggart.

— Docteur McTaggart, si cela ne vous fait rien. Docteur en philosophie. Ne pas omettre le titre chéri de Ross. C'est tout de même grâce à lui que je reçois une — ô combien ! généreuse — pension alimentaire, comme il est le premier à le rappeler.

Ce flot d'amertume fut si prompt et si inattendu que Jessie ne sut que dire. Mme McTaggart la dévisageait. Elle avait des yeux vifs, cernés de traînées noires, restes d'un maquillage qui devait dater de la veille, et surmontés de sourcils presque complètement épilés.

— Et quand l'avez-vous vu ce petit chéri ?

— Je ne l'ai pas vu. On s'est parlé par téléphone.

— Oh ! dit-elle d'une voix plus douce.

Elle avait l'air de penser que Jessie, n'ayant eu qu'un contact oral avec M. McTaggart, avait échappé à la contamination.

— Et comment s'appelle cet étudiant ? Cela dit, je vous signale que ça fait cinq ans que j'ai coupé les ponts avec l'université. Il ne vous l'a pas dit ?

— L'étudiant en question la fréquentait avant, dit Jessie. Il était de la promotion 69.

Mme McTaggart avait froncé les sourcils.

— Il s'appelle Hartley Frame.

Mme McTaggart plissa davantage les yeux. Le rouge monta à ses joues pâles.

— Lequel de vous deux a eu l'idée de cette blague ? Vous ou lui ?

Jessie haussa le ton. La colère s'était brusquement emparée d'elle.

— Pourquoi tout le monde n'arrête pas de dire ça ? Chaque fois que je parle d'Hartley Frame, on me demande si je plaisante. Pourquoi ?

Mme McTaggart, elle aussi, éleva la voix.

— Parce que Hartley Frame est mort.

Tout à coup, Jessie se sentit très faible et très grande, très loin du sol.

— Mort ? répéta-t-elle.

Sa voix lui parut désincarnée.

— Oui, dit Mme McTaggart. Au Viêt-nam.

Jessie prit une profonde inspiration.

— Je... Je suis navrée, dit-elle en reculant.

Elle trébucha, puis retrouva son équilibre.

— Je voulais pas vous déranger.

— Si vous n'étiez pas au courant, ce n'est pas grave. Le cher professeur ne vous l'a pas dit ?

— Non.

— Quel con !

Elle décocha un regard aigu à Jessie.

— Ça va ? on ne le dirait pas.

— Si, si, ça va.

Mais elle était très loin et sa voix venait d'ailleurs.

Mme McTaggart émit un son désapprobateur.

— Vous feriez mieux d'entrer vous asseoir un moment.

— Ce ne sera pas né...

Mme McTaggart la prit par le bras et la conduisit à l'intérieur. Au passage, Jessie aperçut une entrée étroite, un petit salon, un chevalet, un divan en velours usé. Elle s'y affala. Il était dur. Mme McTaggart lui apporta un verre d'eau. Jessie but, son vertige se dissipa.

— Voilà qui est mieux, dit Mme McTaggart. Vous étiez aussi blanche qu'un linge.

Jessie vida son verre. Mme McTaggart le lui prit des mains.

— Merci, madame McTaggart.

— Appelez-moi Erica. Je n'aime plus le label McTaggart. Pour raisons personnelles.

Elle posa le verre sur une table basse. Son trajet la fit passer près du chevalet, qui sembla l'attirer comme un aimant. Elle plongea un pinceau dans la flaque rouge sur sa palette, hésita, puis ajouta une touche sur sa toile. Du divan, Jessie voyait le tableau pratiquement achevé : deux hommes difformes, nus, debout à côté d'une pompe à essence, peut-être en train de se quereller. L'idée n'était pas mauvaise, mais Erica McTaggart n'avait pas assez de talent pour l'exprimer. Philip l'aurait fait en dix minutes.

Erica vit que Jessie regardait sa toile.

— Je pense l'appeler *Les Pleins*. C'est le numéro Un-A de la série *Un Homme Doit Être Ce Qu'un Homme Doit Être* de mon expo — des hommes à des combats de boxe, des hommes dans des bars, des hommes dans des pissotières. Ce n'est peut-être pas de l'art, mais c'est au moins thérapeutique.

Elle recula un peu, posa la palette et le pinceau.

— Je sais ce que vous pensez : si j'ai quelque chose à dire, je ferais mieux d'envoyer un télégramme, c'est ça ?

— Pas du tout.

Mais si Erica décela le manque d'enthousiasme dans sa réponse, elle se méprit sur sa cause. Elle dit, pincée :

— Merci pour le vote de confiance, euh...

— Jessie. Jessie Shapiro.

Ce qui lui restait de sourcils se haussa.

— Juive ?

— Absolument.

192

Le père de Jessie était juif, sa mère protestante, mais ces histoires ne l'intéressaient pas.

— Absolument, répéta-t-elle. Juive.

— Hé, dit Mme McTaggart, pas de problème !

Elle s'assit par terre, jambes croisées, dans la position du lotus. Jessie l'observait, mais c'était à ses parents qu'elle pensait. Pour tous deux, ce furent des secondes noces. En ce moment, sa mère était au Costa Rica et préparait son quatrième mariage. Son père passait sa retraite en Floride. Il avait cessé de jouer au jeu des mariages, n'avait plus que des petites amies. Comme beaucoup de gens que Jessie connaissait, ils étaient leurs propres enfants, occupés de leur propre croissance, leur propre éducation. Cela mettait leurs véritables enfants dans une position étrange. Jessie était résolue à ne jamais donner cette impression à Kate.

— J'espère que je ne vous ai pas froissée.

— Non.

— Mon nom de jeune fille était Rabinowitz. Je n'aime pas ce label non plus. Pour raisons esthétiques.

Elle sourit. Elle avait des petites dents pointues.

— Mais, si vous tenez à savoir la vérité, c'est avec les femmes juives que je suis le plus à l'aise. Pas vous ?

— Non.

Le sourire d'Erica se figea. La pièce était silencieuse. Une mouche bourdonna entre les doubles fenêtres.

— Donc, reprit Erica, vous cherchiez Hartley Frame. Puis-je me permettre de vous demander pourquoi ?

— Je pensais que mon mari... que mon ex-mari..., commença Jessie.

Elle laissa sa phrase en suspens. Penser à ses parents l'avait désorientée.

— Quand Hartley est-il mort ?

— Je ne me rappelle pas l'année exacte. 1971 ou 72. Dans ces eaux-là. Vous ne m'avez toujours pas expliqué pourquoi vous le cherchiez. Cela a-t-il un rapport avec le mémorial ?

— Quel mémorial ? Je voulais le voir parce qu'il était un ami de mon ex-mari.

Brièvement, Jessie lui relata la disparition de Kate et la lettre de Buddy Boucher.

— Comment s'appelle votre ex-mari ?

— Pat Rodney.

Erica McTaggart inclina un peu la tête en arrière, comme si elle essayait de voir Jessie sous un autre angle.

— Vous étiez mariée à Pat Rodney?

— Oui.

— Et vous avez eu un enfant de lui?

— Oui. Qu'y a-t-il de si bizarre à cela?

Le regard d'Erica se perdit dans le vague.

— Rien. Les gens changent, je suppose, bien que je ne l'aie jamais vérifié par moi-même — avec le temps, on apprend à quoi ils ressemblent vraiment.

Son regard revint se poser sur Jessie.

— Vous n'êtes pas son type de femme, voilà tout.

— C'est ce qu'on m'a déjà dit. Et pourquoi?

— Vous êtes trop... trop chic.

Jessie hocha la tête.

— Je suis une petite-bourgeoise. Comme Pat.

— Je ne parlais pas au sens propre du terme. Pat Rodney est — ou du moins était — un tantinet... fruste.

— Comment ça? dit Jessie, se rendant compte qu'elle durcissait le ton et se demandant pourquoi elle prenait la défense de Pat.

— Eh bien, il me... pelotait, même si je n'en avais pas envie, des choses comme ça.

— Vous êtes sortie avec lui?

— Grands dieux, non! Je suis sortie, si on peut dire, avec Hartley...

— Je pensais...

Erica eut un sourire malicieux.

— Et vous pensez juste. J'étais mariée à Ross à l'époque. Il n'a pas été content quand il a su — il a réagi en homme, on pourrait dire. Il a mis fin à notre mariage, en fait. A ce qu'il en restait. Le plus drôle, c'est qu'à l'époque où Ross l'a découvert Hartley était déjà... Hart et moi nous étions sur le point de nous séparer.

— C'était quand?

— En automne 68. Tout a été fini entre nous au début de l'hiver. C'est là qu'il a laissé tomber.

— Laissé tomber?

— Oui. Avant qu'il se fasse virer. Il échouait dans toutes les matières, sauf en musique. Il obtenait toujours des A en musique. Hartley était un véritable artiste. Je pense que c'est cela que Ross ne pouvait pas supporter. Ross avait été le premier à repérer son talent

194

— il avait même essayé de convaincre ses parents de l'envoyer à Juilliard, mais ils avaient d'autres intentions.

— Son père est sénateur, c'est ça ?

— Oui. Mais ils ne s'entendaient pas. Hartley avait complètement rompu avec sa famille pendant sa seconde année de fac.

— A cause de quoi ?

— De sa façon de vivre en général, je suppose. La drogue. Ils étaient contre. Ross a commencé à penser que Hart n'avait pas de talent quand il a découvert notre liaison.

— De quel instrument jouait-il ?

— N'importe. Il pouvait jouer de tout. Il avait un groupe. Sergeant Pepper.

— C'était le nom du groupe ?

— Oui. Hart adorait cet album, alors c'est comme ça qu'il a baptisé son groupe. Je chantais avec eux parfois. *Descartes Assassin.*

— Pardon ?

— C'était un de nos titres.

Le regard d'Erica s'illumina.

— Ça vous dirait de l'écouter ? Je l'ai sur cassette.

— Pourquoi pas ?

Erica farfouilla dans ses piles de cassettes. Elle prononçait leurs titres à mi-voix tout en les écartant les unes après les autres : « *Tapestry, Best of Buffalo Springfield, After Bathing at Baxter's.* »

— La voilà !

La pièce s'emplit de grésillements, puis une voix féminine hurla : « Descartes Assassin » et un groupe se mit à jouer à un rythme assourdissant. Les paroles qui suivirent étaient incompréhensibles et l'accompagnement des plus chaotiques. Jessie ne percevait clairement qu'un seul son, celui d'une guitare, plus ou moins présente en fond. A la fin du morceau, Erica éjecta la cassette.

— Un peu rébarbatif, peut-être, mais on y mettait plus de passion qu'aujourd'hui.

Son visage s'était animé.

— Des fois, je me dis qu'il en est du rock comme de l'opéra. Ses grandes heures sont derrière lui.

Erica dressa son petit menton pointu, prête à affronter toute contestation.

Mais Jessie ne relança pas la balle.

— C'est Pat qui jouait dans ce morceau, n'est-ce pas ? Il l'a écrit aussi ?

— Hart était l'auteur de tous nos titres, répliqua Erica d'un air ennuyé. C'était son groupe. Différentes personnes y ont joué à différents moments, Pat aussi. Pat était un primitif. Il n'était pas capable de déchiffrer une note.

Une ombre voila ses yeux noirs. Sa voix s'adoucit.

— On prenait de l'acide et on jouait dans les souterrains. C'était terrible.

— Quels souterrains ?

— Ceux de la maintenance. Il y en a des kilomètres sous le campus. Il y fait noir comme dans un four. Parfois, on y allait juste pour prendre de l'acide et les explorer. Ou bien on prenait nos instruments et on improvisait toute la nuit. Et... de temps en temps, Hart et moi y descendions tous les deux, seuls — on s'était aménagé un petit coin à nous au bout d'une galerie. Avec un matelas.

Elle se tut, son regard sombre tourné vers le passé.

— C'était comme dans *La Bohème,* finit-elle par dire.

Puis elle se tourna vers Jessie comme surgissant d'une rêverie. Elle se méprit sur son expression.

— Vous savez, l'opéra ?

— Je croyais que toutes ses grandes heures étaient derrière lui ?

Cela ne fut pas du goût d'Erica. Sourcils froncés, elle chercha une réplique cinglante. L'espace d'un instant, Jessie vit à quoi elle ressemblerait quand elle serait vieille.

— Pat n'était pas très bon, pour tout dire. A mon avis, Hart le gardait dans le groupe par pitié. Le vieux cliché des copains d'enfance.

Jessie eut un sursaut d'énergie ; comme si un moteur redémarrait.

— Des copains d'enfance ? Vous voulez dire que Pat est d'ici ?

Erica parut surprise.

— Pas de Morgantown proprement dit, mais du coin, oui. Vous ne le saviez pas ?

— Pat ne parlait pas de son passé.

— Probablement parce qu'il n'avait pas grand-chose à en dire. Comment a-t-il fini ?

— Comme requin de studio à L.A.

— Sans blague ?

— Si.

— Mais il n'était pas capable de déchiffrer une note.

— C'est vous qui le dites.

Erica McTaggart parcourut la pièce du regard.

— On finit peut-être par changer après tout.

196

Jessie se pencha sur le bord du divan, mais non par exaltation devant les spéculations psychologiques d'Erica.

— Si Pat est d'ici, il doit connaître des gens dans les environs.

— Ça ne serait pas surprenant.

— Vous avez une idée?

Erica bâilla. Pour la première fois, Jessie remarqua son extrême fatigue. Peut-être avait-elle peint toute la nuit.

— Vous pourriez essayer dans le Vermont, dit-elle. Ils y avaient fondé une communauté — Pat, sa sœur, et quelques autres. Hart y a séjourné après avoir laissé tomber ses études. J'y suis allée une fois. Plutôt moche comme endroit. C'est la dernière fois que j'ai vu Hart.

Erica retombait dans la nostalgie. Jessie se leva.

— Pat a une sœur?

— Vous ne le saviez pas? Combien de temps avez-vous été mariés?

Jessie éluda la question.

— Comment s'appelle-t-elle?

Erica réfléchit.

— Doreen, si ma mémoire est bonne. Mais à cette époque elle avait un nom de guerre hippie.

— Lequel?

— Blue. Je suppose que ce n'est pas plus ridicule que Clair de Lune ou Fleur de Lotus. C'est pour elle que Hart m'a quittée, en fait. Elle parmi tant d'autres.

Elle se leva, abandonnant non sans grâce sa position du lotus.

— Mais, vous savez, je ne regrette rien. C'était formidable.

Elle s'interrompit. Son regard s'assombrit.

— Vous croyez que c'est uniquement parce que nous étions si jeunes?

Jessie l'ignorait. Elle remercia Erica et partit précipitamment.

CHAPITRE 22

Des crosses de hockey étaient suspendues dans l'entrée du bâtiment silencieux. Zyzmchuk se dirigea vers la pièce du fond. Une lame de parquet craqua sous son poids. Il s'arrêta. Un bruit de pas précipités lui parvint. Il arriva juste à temps pour voir la femme brune sortir par une porte de service

Zyzmchuk prit le parti de la suivre, puis se ravisa. L'ordinateur. Il revint sur ses pas. *Hâtez-vous lentement. Rien ne sert de courir...* et autres dictons du même acabit lui tinrent lieu de raisonnement. Zyzmchuk regarda l'écran. « Frame, Hartley E. Promotion 69. Père : Edmund S. Frame. Promotion 43. Sénateur, Virginie. Mère : Alice (Sangster). Directeur d'études : Pr M. R. McTaggart, UER de musique. Résultats obtenus : Satisfaisants. Oral... »

Zyzmchuk parcourut les résultats scolaires de Frame, Hartley E. Sauf en musique, où ses notes demeuraient excellentes, son niveau était bon en début d'année et baissait régulièrement. Au printemps 1968, il était inscrit à l'essai. Aucun résultat n'apparaissait à partir de la rentrée 1968. A la place, il y avait une note : « Abandon, le 3 décembre 1968. » Puis plusieurs lignes vierges et : « Frais de scolarité : o dollar. Nouvelle adresse : Décédé. (Voir document VR/DD) ». Rien de plus ne figurait dans le document Frame.

Zyzmchuk jeta un coup d'œil sur la fiche d'instructions fixée sur le bord du clavier. Pour quitter un document : taper Control KD. Enfantin. Il quitta le document Frame. Zyzmchuk appuya sur la touche E. « Sélection ? » interrogea l'écran. VR/DD, tapa Zyzmchuk. Rien ne se passa. « Envoi ? » interrogea l'écran.

— Ça va, ça va, marmonna Zyzmchuk.

Des mots s'inscrivirent en vert sur l'écran : Document VR/DD — Étudiants Victimes de Guerre. Ce titre était suivi par beaucoup de noms et remontait jusqu'à la guerre de 1812. Le dernier de la liste était Frame. Hartley E., U.S. Army. Soldat de Première Classe. Viêt-nam.

Zyzmchuk laissa l'ordinateur en marche à la page du menu, il sortit de l'Association des anciens élèves et se rendit en voiture jusqu'au restaurant de *La Demeure 1826*, en face du motel. Il s'assit en terrasse et commanda un café.

Bientôt une automobile se gara devant la chambre 19. La femme brune en descendit.

Zyzmchuk prit sa voiture, roula jusqu'au motel.

— Je voudrais une chambre, dit-il au réceptionniste. La 20 est libre ? Je suis garé devant.

— Oui, mais il n'y a pas de cheminée. La 8 en a une, en revanche, et elle est libre aussi.

— La 20 me conviendra.

— Elles sont au même prix.

— Je préfère la 20.

— OK !

Une fois dans la chambre, Zyzmuck pressa son oreille contre le mur. Il entendit la femme parler sans comprendre ce qu'elle disait. Zyzmchuk examina son téléphone, suivit le fil jusqu'à une prise sur le mur du fond. Il regarda à l'extérieur : un câble téléphonique courait le long de la façade, à quelques centimètres du sol. Au niveau de chaque chambre, une petite boîte en plastique y était reliée.

Zyzmchuk prit sa boîte à outils et enjamba le rebord de la fenêtre. Le motel donnait sur une prairie rocailleuse où paissaient une demi-douzaine de vaches. Elles levèrent la tête, le jaugèrent, puis replongèrent leurs naseaux dans l'herbe.

Zyzmchuk ouvrit la boîte correspondant à la chambre 19, raccorda du fil électrique aux plombs et le fit courir jusqu'au branchement extérieur du numéro 20. Ensuite, il sauta à l'intérieur de sa chambre.

Il décrocha son téléphone. Une voix masculine disait : « Si c'est une plaisanterie, elle est de très mauvais goût. » Clic. Zyzmchuk entendit une respiration qui lui parut très proche. Puis la ligne fut coupée. Il raccrocha.

Il s'allongea par terre, contre le mur mitoyen. *La Demeure 1826* était dotée de moquettes épaisses et de meubles cossus mais ses murs n'étaient pas insonorisés. Zyzmchuk entendait les déplacements de la femme. Elle s'assit sur le lit, se releva, ouvrit un robinet, alluma la télévision, l'éteignit, décrocha son téléphone.

Zyzmchuk prit le sien.

« Boucher, concessionnaire Dodge. Buddy à l'appareil », dit une voix pleine de bonhomie.

« C'est Jessie Shapiro, monsieur Boucher. » La femme était nerveuse, comme sur le point de demander un prêt.

« Ah oui, madame Rodney.

« Est-ce que... »

« Navré. Rien de nouveau. »

« Il n'est pas repassé ? » La femme avait parlé plus bas ; Zyzmchuk l'entendait à peine.

...

Puis Zyzmchuk l'écouta marcher de long en large, se coucher. Il avait du mal à garder les yeux ouverts. Il se figura une vue aérienne de *La Demeure 1826* : la femme brune et lui couchés à quelques centimètres l'un de l'autre de chaque côté d'un mur. Puis, très distinctement, il entendit la femme gémir. Pas de plaisir, de désespoir.

De nouveau le téléphone.

« Oui ? » dit une voix masculine au bord de la colère. Un piano jouait en fond : les *Variations Goldberg*. Ça ne pouvait pas être un disque, se dit Zyzmchuk : la main gauche du pianiste était pour ainsi dire inexistante.

« Professeur McTaggart ? » s'enquit la femme ; elle parlait bas à nouveau et difficilement.

A nouveau, la femme s'éclaircit la voix et commença par s'excuser, mauvaise méthode avec le démon déchaîné qu'elle avait à l'autre bout du fil.

« Vous vous trompez de numéro. »

« Mais... »

« C'est à mon ex-femme qu'il faut vous adresser. Au revoir. »

« Fais chier ! » cria la femme : c'était un cri de fureur, comme un animal martyrisé. Zyzmchuk l'entendit à la fois dans le téléphone et à travers la cloison. Ensuite, quelque chose se fracassa contre le mur avec une sonnerie. Le téléphone : avait-elle repéré le micro ? Zyzmchuk demeura immobile. Il s'attendit à des bruits de téléphone qu'on démonte ou de fenêtre qu'on ouvre. Mais non, la chambre 19 resta silencieuse.

Au bout de quelques minutes, la femme s'en alla. Il écarta le rideau de sa chambre. Elle se dirigeait vers la réception. Sans cesser de l'observer, Zyzmchuk téléphona à Grace, au bureau, à tout hasard.

— On est samedi, Grace, lui dit Zyzmchuk. Jour de repos.

— Je ne suis pas fatiguée, monsieur Z. Et puis, je m'ennuyais. Et vous, quelle est votre excuse ?

Il n'avait pas de réponse à cela.

— Puisque vous êtes là, dit-il, j'aimerais connaître le contenu du livret militaire de Frame, Hartley E.

— Frame ? répéta-t-elle.

— Ouais.

— Pigé.

La femme brune — Jessie, Jessie Shapiro ou peut-être Rodney — se dirigeait vers sa voiture. Elle avait les yeux gonflés, l'air épuisé, et pourtant...

— Monsieur Z. ? dit Grace. Vous êtes toujours là ?

— Oui.

La femme brune se mit au volant.

— Il faut que je file, dit Zyzmchuk.

— *Ciao !*

Zyzmchuk suivit la femme brune vers le sud de la ville, dans une petite impasse. Zyzmchuk se gara au coin de la rue. Son téléphone sonna.

— Monsieur Z. ?

— Vous avez fait vite.

— Et pour cause. Les dossiers Hartley Frame ne sont pas accessibles sans autorisation du sous-directeur, voire d'une instance supérieure.

— Qui a demandé ça ?

— Je l'ignore. Vous voulez que j'appelle M. Keith ?

La femme brune, sur le perron d'une petite maison, bavardait avec quelqu'un que Zyzmchuk ne pouvait voir. Puis elle entra : la porte se referma sur elle.

— Oui ou non ? demanda Grace.

— A propos de quoi ?

— M. Keith. Il a autorité en la matière.

— Non, n'appelez pas M. Keith. Mais regardez si vous pouvez dégoter quelque chose sur Jessie Shapiro. Ou Jessie Rodney.

— Dans les fichiers de l'armée ?

— Dans n'importe quel fichier. Grace.

CHAPITRE 23

La femme brune était une bonne conductrice, mais elle ne regardait jamais dans son rétroviseur. Tout en la suivant vers le nord sur la route 7, Ivan Zyzmchuk se faisait cette réflexion. Il connaissait toutes sortes de gens dans son métier, qui avaient tous un point commun : ils regardaient, souvent, dans leur rétroviseur.

Il n'était que quatre heures de l'après-midi lorsque les deux voitures franchirent la frontière de l'État, mais le ciel s'assombrissait déjà. N'eût-elle été rouge cerise, Zyzmchuk n'aurait peut-être pas fait attention à la Jaguar qui roulait vers le sud. Elle tranchait sur la lumière déclinante. Zyzmchuk connaissait quelqu'un qui avait une voiture identique, et tourna la tête quand ils se croisèrent. Il vit celui qu'il connaissait penché sur le volant. Keith.

Quel parti prendre? Les mains et les pieds de Zyzmchuk décidèrent pour lui. Ils firent effectuer un dérapage contrôlé à la Blazer qui se termina en demi-tour. Plutôt bruyant, il n'y avait personne alentour que le bruit aurait pu gêner. Quelques instants plus tard. Zyzmchuk avait repris la direction du sud. Bienvenue dans le Massachusetts, disait le panneau. C'était un message personnel du gouverneur dont la signature figurait au bas.

La Jaguar avait roulé vite — cent ou cent dix, se dit Zyzmchuk. Il ne la rattrapa qu'en arrivant à Morgantown. La Jaguar prit un virage pas tout à fait contrôlé, ne tarda pas à ralentir, s'engagea dans une station-service, et s'arrêta à côté des pompes à essence.

Zyzmchuk se gara juste derrière, pare-chocs contre pare-chocs. Il sortit de voiture et s'approcha de la Jaguar côté chauffeur. La vitre s'abaissa, laissant s'échapper un air des Beatles.

— Le plein, dit Keith.

— Du super, j'imagine?

Keith fit volte-face.

— Zyz! Vieux pote, ajouta-t-il en baissant d'une octave. Que diable fais-tu ici?

202

Il coupa la musique.

Zyzmchuk appuya sur le toit de la Jaguar et testa la suspension. La voiture rebondit.

— Arrête, je t'en prie, dit Keith. Je te demandais ce que tu faisais dans le coin.

— Mon boulot. Et toi ?

— Ah oui, c'est vrai, dit Keith, comme se souvenant que Zyzmchuk en avait un. Alors, ce n'est pas vraiment une coïncidence. Plutôt une aubaine.

— Une aubaine ?

— Une chance, quoi. C'est dans l'histoire des trois petits...

— Je sais d'où ça vient.

Zyzmchuk secoua encore un peu la voiture. Keith fronça les sourcils mais ne fit pas de commentaires.

— Je ne vois pas le rapport avec cet événement, dit Zyzmchuk.

— Ça nous donne l'occasion de parler en dehors du bureau. Décompressons un peu. J'aurais dû me douter que tu serais par ici. Après tout, elle y est aussi.

— Qui ?

— Alice Frame.

Keith leva la tête vers Zyzmchuk.

— J'ai l'impression qu'on a un dialogue de sourds, Zyz. Je suis venu pour assister à l'inauguration du mémorial. Le sénateur n'a pas pu se libérer et il m'a demandé de le remplacer, pour ainsi dire. Alice est ici, évidemment. Et c'est à cause d'elle que tu es là. Voilà Est-ce que tout ça n'est pas logique ?

— Il va falloir que tu penses à changer tes amortisseurs, Keith, dit Zyzmchuk.

L'autre rit.

— J'adore ton sens de la repartie, Zyz. Il va nous manquer. Et si on dînait ensemble ? Tu pourrais me dire les derniers résultats de ton enquête.

— Bonne idée, j'ai faim.

— Formidable. Tu connais un endroit ?

Zyzmchuk lui recommanda le restaurant de *La Demeure 1826* — il avait apprécié leur café.

— Non, non, dit Keith, on peut trouver mieux.

— Tu connais la ville ?

— C'est ici que j'ai passé mes vertes années, Zyz.

— A faire quoi ?

— Devenir un gentleman. Apprendre à aimer l'art, la poésie, la civilisation occidentale. Dans certaines limites. Picasso, oui. Allen Ginsberg, non. C'est ce qui fait la réputation de l'université Morgan. J'y ai fait mes études.

— Je croyais que tu avais été à Harvard.

Keith secoua la tête.

— Plus tard. Après ma licence. Mais ce décor a été celui de mes premières années de fac.

Keith connaissait un restaurant. *Le Cochon d'Or.* L'intérieur évoquait une auberge française. Ils choisirent une table dans un coin sombre au-dessus de laquelle étaient suspendues des gousses d'ail.

— C'est moi qui régale, dit Keith quand on leur eut apporté la carte.

Zyzmchuk commanda une soupe aux champignons et un steak. Keith opta pour un soufflé de homard et des ris de veau. Zyzmchuk remarqua qu'il se débrouillait bien en français, mieux que le serveur en tout cas.

— Tu as envie de vin, Zyz ?

— Pourquoi pas ?

Keith étudia la carte des vins.

— Que dirais-tu d'un chiroubles ?

— Formidable.

La lueur des bougies se reflétait sur le verre de Keith et le col de sa chemise ouverte. Il avait une petite trace rouge près du cou, comme s'il s'était coupé en se rasant.

— Alors, dit-il. Qu'en est-il du cas de notre mamzelle Alice ?

On leur servit le premier plat. Keith enfonça la pointe de son couteau dans le soufflé. Il frémit mais ne se dégonfla pas.

— Parfait, dit-il, portant sa fourchette à sa bouche.

Il le mâcha avec délicatesse. Zyzmchuk avait l'impression qu'il comptait le nombre de ses mastications.

— Ah ! dit Keith, tapotant ses lèvres avec sa serviette. La soupe est bonne ?

— Formidable.

— Tant mieux, tant mieux.

Keith s'attaqua à une autre bouchée, puis dit :

— Tu n'as pas répondu à ma question.

Zyzmchuk posa sa cuillère. Voir Keith manger lui avait coupé l'appétit.

— Il n'y a rien à dire.

— Quel genre de rien ?

— Le genre chiant.

Keith examina son reflet dans la lame de son couteau.

— N'est-ce pas toujours comme ça ?

Qu'est-ce que tu en sais ? pensa Zyzmchuk, *tu as passé toute ta vie dans un bureau ;* mais il se contenta d'acquiescer. Le serveur remplit leurs verres ; tous deux buvaient vite. Keith reprit du soufflé et dit :

— Qu'a-t-elle fait ?

— Rien d'intéressant.

— Rien qui pourrait expliquer ses réactions lors du test ?

— Non.

— Dahlin est soucieux d'éviter toute discorde avec les autorités.

— Qui ne l'est pas ?

Keith sourit.

— Il a des ambitions professionnelles.

— Lesquelles ?

— Oh, ce ne sont que des on-dit.

Il porta son verre à ses lèvres.

— Il est bon, hein ?

— Oui.

Keith se regardait à nouveau dans la lame de son couteau. Il enfonça le coin de sa serviette dans un verre d'eau et tapota la tache de sang sur son col. En reposant le couteau sur la table, il dit :

— Le chiroubles est mon beaujolais préféré.

Zyzmchuk acquiesça mais ne dit rien.

— Et le tien ?

— Les rouges, répondit Zyzmchuk. Sauf quand ils coulent blanc.

— Ha ha ! Revoilà ton humour. Mais tu ne m'en feras pas accroire. Je sais ce que tu es.

— Quoi ?

— Un homme sophistiqué. Un homme d'expérience. Par exemple, je parie que tu saurais me citer les huit crus de beaujolais.

— Perdu. Et toi, tu le peux ?

Keith se pencha en avant, comme un étudiant passionné, et compta sur ses doigts.

— Chiroubles, juliénas, saint-amour, morgon, moulin-à-vent, brouilly, côtes-de-brouilly, fleury. Soit huit.

Il avait oublié le chénas — ce qui faisait neuf — mais Zyzmchuk n'insista pas.

— C'est le genre de chose qu'on vous enseignait ici ? demanda-t-il.

Keith rit.

— Cette école a une de ces réputations ! Non, Zyz, c'est mon père qui me l'a appris — il possédait une petite cave.

Keith sourit à cette évocation, fit tourner son vin et le dégusta.

— Qui a-t-elle rencontré ?

— Personne en particulier.

— Donc tu penses qu'elle n'a rien à cacher ?

— Je l'ai toujours pensé.

Keith acquiesça.

— Tu as sans doute raison. J'ai confiance en ton opinion, Zyz.

Il examina le fond de son verre.

— Cette affaire roumaine. Incroyable. Je ne comprends toujours pas comment tu t'en es sorti.

— Par un vol régulier, dit Zyzmchuk.

— Je voulais dire comment tu avais pu le faire ?

Zyzmchuk était certain que Keith n'avait pas vraiment envie de le savoir. Il vida le fond de la bouteille dans leurs verres et dit :

— Quand as-tu obtenu ton diplôme ?

— En 1969.

— Il n'y a pas si longtemps que ça, observa Zyzmchuk.

Il aurait pensé que Keith était plus âgé ; il n'avait ni le physique ni le comportement de son âge. Ou peut-être Zyzmchuk préférait-il se dire qu'il n'était pas tellement plus âgé que son patron.

— J'ai l'impression que ça fait un siècle.

Il commanda une autre bouteille de chiroubles.

— C'était une époque complètement dingue, Zyz. Grèves d'étudiants, manifestations, drogue, Viêt-nam.

— Tu y participais ?

— Pas vraiment, j'étais trop occupé. Mais je me suis imprégné de cette atmosphère.

— Tu étais occupé à quoi ?

— Mes études, pardi. Et le club de théâtre. En dernière année, on avait monté une adaptation du *Vent dans les saules*. On a joué à guichets fermés pendant une semaine. Que des garçons, à l'époque — maintenant les choses ont changé.

Keith tendit le bras vers son verre. Sa main tremblait légèrement.

— Tu as l'air fatigué, dit Zyzmchuk.

— C'est le décalage horaire.

— Où es-tu allé ?

— Partout.

Keith jeta un œil à sa montre en or — une Rolex, remarqua

206

Zyzmchuk; peut-être un moyen de lui faire comprendre où il était allé.

— Tu penses avoir besoin de combien de temps encore?

— Pour quoi?

— Pour mamzelle Alice.

La réponse était : Pas de temps du tout.

— Quelques jours.

— Quelques jours, répéta Keith. J'espère que tu ne fais pas... de zèle. C'était juste un coup publicitaire, après tout, comme dit Dahlin.

— Nagasaki aussi.

Keith rit.

— J'adore ta façon de voir les choses, Zyz. Vraiment. C'est d'accord. Quelques jours de plus. Nous attendons ton rapport pour mercredi alors, veille du Thanksgiving.

— D'accord.

Keith demanda l'addition. Il paya avec une carte or. Carte or, montre en or, passé en or et futur en or.

Ils se levèrent. Keith finissait son vin quand Zyzmchuk lui demanda :

— Tu connaissais Hartley Frame?

Keith s'arrêta de boire. Une goutte de vin coula sur son menton.

— Comment as-tu entendu parler de Hartley Frame?

— Le mémorial.

— Ah oui, bien sûr.

— Il faisait partie de la promotion 69 aussi, n'est-ce pas?

— Exact.

— Mais il n'a pas eu son diplôme.

— Tu as mené une enquête.

— Pas vraiment. Tu le connaissais bien?

— Assez bien. Nous étions camarades de chambre en première et en deuxième année. Mais j'ai passé ma troisième année à l'étranger — un programme passionnant. Après, je l'ai vu moins souvent.

— C'est par son intermédiaire que tu as connu le sénateur?

Keith s'assit.

— A qui as-tu parlé?

— A personne. Ça se tient, c'est tout.

— Oui, c'est par son intermédiaire. Je travaillais dans ses bureaux l'été.

— Pourquoi son fils est-il allé au Viêt-nam?

— Il a dû laisser tomber les études. C'était l'époque de la conscription, comme tu sais.

— Mais Frame ne pouvait-il pas lui éviter ça ?

— Peut-être. Mais il pensait que, politiquement, ce serait une mauvaise chose. Il voyait déjà les gros titres. En outre, Hartley était fâché avec lui, à ce moment-là.

— Pourquoi ?

— Le sénateur n'aimait pas le comportement de Hartley.

— Qu'est-ce qu'il lui reprochait ?

— Les bêtises habituelles de tout étudiant. Mais le sénateur est très conservateur.

— Comment Hartley est-il mort ?

— Personne ne le sait exactement. Pendant un moment, il a figuré sur les listes des Portés Disparus, puis comme Mort au Combat. La Croix-Rouge est intervenue.

— Alors, en quelque sorte, tu t'es mis dans la peau du personnage ?

— Lequel ?

— Le fils.

Keith regarda longuement Zyzmchuk.

— Ce n'est pas une chose très gentille à dire, mon vieux.

— Je la retire. C'est un peu trop gros de toute façon.

Il y eut un silence. La lueur de la bougie se reflétait sur les lunettes de Keith, masquant l'expression de son regard.

— Gros ?

— Stéréotypé, je veux dire.

— Oh, je vois.

Keith tendit la main vers son verre. Il était vide.

— Tiens, lui dit Zyzmchuk en versant le contenu de son verre dans celui de Keith.

— Non merci, dit Keith.

Mais il but quand même. A lui seul, il avait avalé la moitié de la première bouteille et la plus grande partie de la seconde, mais il n'y paraissait pas. Pour la première fois, il en imposait à Zyzmchuk.

— Moi aussi, j'aime bien les Beatles, Keith, lui dit Zyzmchuk une fois dans le parking.

— Les Beatles ?

— Tu les écoutais en voiture.

— Oh, tu sais, c'était juste histoire de passer le temps.

CHAPITRE 24

La nuit tombait tandis que la voiture de Jessie cahotait sur le chemin qui menait à « L'Immensité des Cieux ». « Bien sûr, lui avait dit DeMarco, ceci est une vaste conspiration. Et la nuit, tous les chats sont gris. » Il devait penser qu'elle était paranoïaque, esclave des clichés des années soixante, qui voyait des conspirations partout. Mais était-on paranoïaque quand tout le monde mentait autour de soi ? A commencer par sa propre belle-sœur : Doreen Rodney, alias Blue. Ses doutes sur elle n'étaient pas précis, mais ils augmentaient. Quelque chose s'éclaira dans son esprit.

Bordel de merde, tu ne peux donc pas décrocher ? Écoute-moi bien : il va falloir que tu te tires. Je suis...

Jessie savait maintenant ce qui lui avait paru familier en Blue : sa voix. La réaction de Disco quand elle avait émis l'hypothèse que Blue et Pat avaient été amants s'expliquait ainsi. Mais c'était là tout ce qu'elle comprenait.

Jessie contourna la maison. Le 4 × 4 était dans la cour ; le portail de la grange était ouvert et la vieille Corvette avait disparu. Jessie se gara derrière le 4 × 4. Elle laissa les phares allumés, braqués vers l'intérieur de la grange et s'approcha. La bâche était pliée dans un coin. Cent quarante kilomètres au compteur pendant deux décennies et aujourd'hui quelqu'un s'était finalement décidé à faire une petite virée.

Jessie éteignit ses phares et revint devant la maison. Elle cogna à la porte, qui s'ouvrit toute seule. Jessie hésita, puis entra.

Silence.

— Il y a quelqu'un ?

Elle n'obtint pas de réponse sauf l'écho de sa voix répercuté dans la maison. Ce qui ne voulait pas dire qu'elle était vide ; pas à « L'Immensité des Cieux ». Jessie tâta le mur jusqu'à ce qu'elle trouve un commutateur. Elle appuya. Rien ne se passa.

Elle longea le mur et essaya le suivant. A nouveau, rien ne se produisit, mais elle toucha quelque chose d'humide. Elle répéta la même opération et finit par laisser tomber. Lentement, elle traversa les pièces qui, autrefois, avaient résonné de la musique de ceux qui avaient peint la grange; aujourd'hui, elles étaient peuplées d'ombres. Elle sentit une odeur de sucre caramélisé.

La lumière de la cuisine ne fonctionnait pas non plus. Jessie fouilla dans des tiroirs jusqu'à ce qu'elle trouve une boîte d'allumettes.

A l'exception d'une chaise renversée, tout paraissait identique à la veille. Il y avait même un torchon sur la table, sur lequel étaient alignés des biscuits au chocolat. Jessie en toucha un, encore tiède. Il y avait donc peu de temps que le courant avait été coupé. Elle réfléchissait à cela quand ses mains, éclairées un instant par le halo de l'allumette, attirèrent son attention. Le bout de ses doigts était rouge.

Elle commença de trembler, porta ses doigts à ses narines. Ce rouge avait une odeur, mais pas une odeur de peinture. Plutôt de poussière de cuivre. Elle les toucha avec sa langue. Le goût était légèrement âpre : du sang.

Elle retourna dans le couloir, craqua une allumette et l'éleva à hauteur du commutateur. Des traces rouges dessinaient un arc de cercle au-dessus du bouton, puis glissaient le long du mur, comme si on s'était essayé à peindre avec les doigts et s'en était lassé.

Jessie examina la lucarne en croissant de lune, qui n'avait rien de remarquable. Elle s'engagea dans l'escalier. La petite flamme projetait les ombres devant elle — sur les marches, le couloir, la chambre de Disco. Son fauteuil roulant était dans un coin, mais lui n'y était pas assis, ni dans son lit, ni dessous.

Jessie longea le couloir en sens inverse. Elle avait posé le pied sur la première marche quand elle entendit claquer une portière. Elle souffla l'allumette et recula.

Un homme entra. Dans l'obscurité, Jessie vit seulement qu'il était grand et qu'il avait une démarche d'athlète.

L'homme renifla. Il tendit le bras. Une torche s'alluma. Il la braqua sur le mur. Un court instant, le faisceau lumineux éclaira son visage et Jessie eut le temps de voir des pommettes saillantes et des cheveux raides, blond platine.

M. Mickey.

Il traversa l'entrée. Jessie retira ses chaussures et marcha sans bruit jusqu'à la chambre de Disco. Elle se dirigea à tâtons jusqu'au placard, s'enferma à l'intérieur.

Le placard était très profond ; Jessie n'arrivait pas à toucher l'autre paroi. Elle s'accroupit sous des piles de vêtements. Des tissus rêches étaient pendus autour d'elle. Elle sentait des relents de sueur, voyait du noir, n'entendait que le silence.

Le temps lui parut incommensurable dans cet environnement dépourvu de repères. Puis des sons lui parvinrent : des pas feutrés sur le plancher. Elle se recroquevilla, tirant des vêtements sur elle. Les pas étaient de plus en plus forts. Puis de la lumière passa par l'interstice au bas de la porte.

Elle se glissa vers le fond de sa cachette. La poignée tourna. Jessie se cacha le visage derrière un vêtement en laine et tâtonna vers le fond dans l'espoir d'en récupérer d'autres. La porte s'ouvrit d'un coup.

Au même moment, la main de Jessie rencontra quelque chose de vivant.

Elle se figea. Elle ne percevait rien d'autre que ce qui était sous sa main — cheveux soyeux, du sang battant dans une veine. Le faisceau lumineux sonda l'obscurité. Le sang battait dans la veine. Et un souffle léger, comme si on l'éventait. Le souffle s'éloigna. La lumière s'évanouit, la porte se referma.

Les pas décrurent, de plus en plus lointains, puis rien. Les phalanges lui échappèrent et une main agrippa la sienne.

— Blue ? murmura une voix.

C'était Disco.

— Chut ! souffla Jessie.

Leurs paumes devinrent moites l'une contre l'autre. Jessie ne risqua un geste que lorsqu'elle entendit une voiture démarrer. Alors, elle retira sa main — elle dut tirer d'un coup sec pour la libérer de l'étreinte de Disco — et se précipita hors du placard.

— Blue, appela Disco toujours à voix basse, ne me laisse pas !

Jessie tomba à genoux dans la chambre, tremblante, trempée de sueur.

— Oh, mon dieu !

— Vous n'êtes pas Blue, dit Disco, la voix haut perchée et apeurée. C'est qui ?

— Jessie.

Sa voix lui parut tout aussi haut perchée. Elle fit de son mieux pour la contrôler, mais sans succès.

— On s'est parlé hier. Vous ne vous rappelez pas ?

— Je... je crois que oui.

— Qu'est-il arrivé ? Il y a du sang sur le mur, en bas.

La voix de Disco se percha dans les aigus.

— Le sang de qui ?

— C'est ce que je vous demande.

— Je ne sais pas. Je ne sais rien. Le courant a été coupé. Puis, ils sont entrés dans la maison et ils ont parlé avec Blue. En bas. C'étaient des dingues.

— Qui ?

— Je ne sais pas.

— Si, vous le savez.

— Merde, merde, merde !

Disco se balançait d'avant en arrière comme un juif en prière.

— Oui, je le sais. C'était Ratty. Ratty et un autre type. Je me suis caché dans le placard. Puis vous êtes arrivée. J'ai pensé que c'était Ratty. J'ai cru que j'allais mourir. Puis vous m'avez touché. Comme... comme une femme. Et j'ai pensé que c'était Blue. Où est-elle ?

— Je ne sais pas.

Disco s'agitait dans le placard.

— Je suis complètement coincé là-dedans, grommelait-il.

— Vous avez besoin d'aide ?

— C'est mon destin.

Jessie ne trouva rien à répliquer. Elle dégagea Disco, le tira jusqu'à son fauteuil roulant et l'y cala. Elle essayait d'être douce, mais Disco avait le corps tendu, inflexible et lourd. Il gémit.

— Qu'est-ce qui ne va pas ?

— Ça fait mal, putain de merde.

Jessie demeura silencieuse. Un avion passa très loin. La respiration de Disco retrouvait peu à peu son rythme normal.

— Qui est Ratty ?

— Une ordure.

Jessie décrivit M. Mickey.

— C'est lui ? demanda-t-elle.

— Non.

— C'est l'homme qui vient de partir.

— Connais pas. Je ne connais que Ratty. Tout est sa faute.

— Comment ça ?

— Mes yeux. Mes jambes. Mon vol de nuit pour l'oubli.

— Pourquoi est-ce sa faute ?

— C'est lui qui m'a donné le LSD.

— Vous n'étiez pas obligé d'en prendre.

212

— Qu'en savez-vous ? J'ai vu des choses que vous ne verrez jamais.

Se disputer avec Disco n'avancerait à rien.

— C'est possible, dit Jessie.

Il grommela et poursuivit :

— Je n'ai jamais pris du LSD comme celui-là. Il m'a donné envie de mourir et de voler.

— Ça s'est passé quand ?

— Il y a longtemps. Quand nous avons décidé de nous donner le grand frisson.

— Qui « nous » ?

— Seulement moi, je suppose. Blue était contre. Elle s'était déjà donné de petites sensations et ça lui suffisait. Mais pas à moi. Alors, j'ai voulu aller plus loin. C'est alors qu'a surgi Ratty. J'ai jamais aimé ce type-là. J'aimais pas sa façon de jouer

— Il jouait quoi ?

— Ma vie. On est allés sur les monts Blackstone avec deux tablettes bleues et un pichet de vin. On les a prises et on s'est assis au bord du vide. Les étoiles étaient juste là — on aurait pu les toucher en tendant le bras. J'avais l'impression d'être Dieu. Et puis Ratty a tout foutu en l'air.

— Quel est le vrai nom de Ratty ?

— Ordure.

— Comment a-t-il tout foutu en l'air ?

— En disant des choses qui n'étaient pas vraies. Ça m'a brisé le crâne.

— Qu'a-t-il dit ?

— Des choses sur Blue. Que Blue et Hartley Frame s'envoyaient en l'air dans mon dos.

— Vous sortiez avec Blue ?

Disco répondit presque en criant.

— On sortait ensemble depuis qu'on était gosses !

Il prit une inspiration et poursuivit plus calmement.

— On a failli se marier quand on avait dix-sept ans. Blue a préféré se faire avorter. On était restés très liés. Alors, je savais que ça ne pouvait pas être vrai. Mais ça m'a quand même brisé le crâne, j'ai regardé Ratty dans les yeux et je suis parti. Ses yeux n'étaient pas humains, mais je ne pouvais pas m'empêcher de les regarder. C'étaient des yeux de serpent dans un visage d'homme. Ratty avait les cheveux courts ce soir-là. Très courts. Alors que, normalement, il les avait longs. Ça faisait un an ou deux qu'on ne l'avait pas vu.

Ratty a compris que je ne pouvais pas m'empêcher de le regarder. Et alors il m'a dit : « C'est juste un avertissement, pilote. »

— Qu'est-ce qu'il entendait par là ?

— De laisser tomber le grand frisson.

— C'était quoi ?

— Du fric. Assez pour toute une vie.

— Je ne comprends pas.

Il y eut un long moment de silence.

— Je suppose que je n'ai pas compris non plus, dit Disco.

— Pourquoi dites-vous ça ?

— Parce que.

Jessie attendit la suite. Comme il ne se décidait pas à parler, elle demanda :

— Qu'est-il arrivé ensuite ?

— C'est la dernière chose dont je me souvienne. Après, je me suis réveillé à l'hôpital.

— Vous êtes tombé ou on vous a poussé ?

Pas de réponse. Jessie craqua une allumette.

— Vous êtes tombé ou on vous a poussé ?

Disco haussa les épaules.

— Qui est Ratty ?

— Le batteur.

— Dans le groupe de Pat ?

— Une ou deux fois. Mais ce n'était pas le groupe de Pat. C'était celui de ce salaud de Hartley Frame. Il obtenait toujours ce qu'il voulait. Hendrix lui avait donné sa Stratocaster. Comme ça.

A la faible lueur de l'allumette, les orbites vides de Disco étaient deux trous noirs.

— Croyez-vous qu'il sautait Blue ? Comment vous vous appelez déjà ?

— Jessie. C'est à elle qu'il faut le demander.

— Je lui ai demandé.

— Et qu'est-ce qu'elle vous a répondu ?

— Oui.

— Alors, c'est sans doute vrai.

— Non.

Disco donna un coup de poing sur son fauteuil roulant.

— Elle ment !

— Quelle importance maintenant ? Ce qui est important c'est de savoir où elle est et ce qui s'est passé ici ce soir.

— Blue va bien. Il n'y a pas plus forte qu'elle.

Alors pourquoi avait-elle paru si effrayée sur le répondeur de Pat?

— Blue a téléphoné à Pat samedi dernier. Elle lui a laissé un message en lui demandant de partir. Pourquoi?

— Devinez.

— Donnez-moi un tuyau. A quoi Pat devait-il échapper?

— A vos questions.

Disco eut un rire qui s'étrangla dans sa gorge.

— Que voulez-vous dire?

— Rien. J'ai toujours voulu ne rien dire.

— C'est à Ratty qu'il devait échapper?

Disco maugréa.

— A qui alors?

— Foutez-moi la paix. Je ne sais rien. Je suis aveugle.

— Mais pas con!

— J'étais con avant d'être aveugle. Pourquoi ne partez-vous pas? Blue ne veut pas que vous traîniez par ici.

— Pourquoi?

— C'est ce qu'elle dit.

— Très bien. Je m'en vais. Mais vous devez bien vous douter de l'endroit où elle est.

Disco ne répondit pas tout de suite. Jessie attendit. Il avait besoin de Blue, et elle, elle avait une voiture.

— Essayez la biscuiterie, dit-il d'une voix calme.

— Quelle biscuiterie?

— Celle de Blue, en ville.

Il lui donna le numéro de téléphone.

Jessie descendit. En passant devant le commutateur de l'entrée, elle craqua une autre allumette. Les traînées de peinture rouge avaient disparu.

Dans la cuisine, elle décrocha le téléphone. La ligne était coupée.

Elle roula jusqu'à Bennington et trouva la biscuiterie. Elle était ouverte mais Blue n'y était pas et personne ne l'avait vue. Le magasin faisait une promotion sur les biscuits au chocolat; sur l'enseigne étaient peints deux danseurs en pain d'épice. Au-dessus d'eux, on pouvait lire : EGGMAN COOKIES, D. RODNEY, PROP.

CHAPITRE 25

Ivan Zyzmchuk fut ravi d'entendre la sonnerie du téléphone. Il en avait assez d'être allongé sur son lit de *La Demeure 1826*, à contempler le papier peint. Le matelas était trop mou, les fleurs du papier trop mièvres, et il faisait trop chaud.

— Allô?

— Je t'appelle juste pour te dire au revoir.

C'était Keith.

Zyzmchuk se dressa sur son séant.

— Tu ne restes pas pour l'inauguration?

— Non. Le patron me réclame.

— Le sénateur Frame?

— J'adore ton sens de l'humour, Zyz. Toujours un bon mot à la bouche. Je suis certain que ça ne t'a pas empêché d'être pris au sérieux.

Keith se tut pour laisser à ses paroles le temps de faire leur effet.

— Mon patron, c'est Dahlin, reprit-il, comme tu le sais. Au revoir.

Zyzmchuk se leva. Au passage, il entrevit son reflet dans le miroir — carrure large et puissante, cicatrice en courbe sur l'épaule droite et une autre sur la cuisse gauche, comme des parenthèses autour d'une proposition relative. Il alla presser son oreille contre le mur. Aucun son ne lui parvint de la chambre voisine. Zyzmchuk enfila un survêtement et partit faire son jogging.

Le ciel ressemblait à un dôme bleu pâle et lisse, sans nuages, traînée d'avion ou oiseau. Zyzmchuk se sentait tout petit à tourner en rond sous un ciel pareil.

Au retour, il passa devant la faculté de musique. Quelques dizaines de personnes se tenaient sur la pelouse, face au mémorial sous sa bâche. Alice Frame, manteau de vison fermé jusqu'au col, prononçait un discours. Zyzmchuk approcha.

— ... et c'est parce que Hartley aimait tant la musique que son

216

père et moi-même avons décidé de créer une bourse d'études, la Bourse Hartley Frame, que le président de l'UER de musique décernera à l'étudiant de troisième année le plus méritant. Afin de marquer la création de cette bourse, nous sommes particulièrement fiers de faire don de cette œuvre à l'université Morgan.

Alice Frame tira sur la bâche d'un coup sec. Elle resta coincée. Jameson T. Phinney, en chapeau feutre, vint à sa rescousse. La toile glissa, dévoilant une énorme forme d'acier qui semblait représenter un homme penché sur une guitare. Sur le socle, on pouvait lire : À LA MÉMOIRE DE HARTLEY FRAME, 1947-1971. Le ciel lavait le mémorial de reflets pâles.

Des applaudissements polis se firent entendre, discrètement répercutés dans la cour. Une grande femme noire en veste rouge s'inclina en souriant. Alice Frame lui serra la main. Phinney fit de même. La foule se dispersa ; quelques personnes s'avancèrent dans l'espoir d'échanger quelques mots avec le sculpteur, Phinney ou Alice. Parmi elles, la femme brune : Jessie Shapiro, ou Rodney. Elle fit un signe de la main, essayant d'attirer l'attention d'Alice. Selon l'angle visuel de Zyzmchuk, ce geste formait un trait d'union entre les deux femmes.

Il arriva à temps pour entendre la femme brune dire :

— Madame Frame ? Pourrais-je vous parler un instant ?

— Mais certainement, répondit Alice.

Elle parut troublée, sans doute par l'intensité de l'intonation de la femme brune, perceptible même par Zyzmchuk.

— C'est un peu compliqué. Je...

A cet instant, Phinney posa une main sur l'épaule d'Alice, détournant son attention.

— Alice, j'aimerais te présenter un vieil...

Zyzmchuk fit le tour de la statue, s'en servant comme d'un rideau. Il ne voulait pas que la femme brune voie son visage, mais il avait envie d'observer le sien. Alice serrait la main d'un homme à l'allure d'imprésario. Le regard de la femme brune passa de l'un à l'autre ; elle se pencha comme pour affronter un vent violent, enfonça une main dans la poche de sa veste en daim. Zyzmchuk se prépara à courir s'interposer mais, au lieu d'un pistolet, elle tenait les débris d'une barrette. Zyzmchuk se détendit. La femme brune regarda la barrette ; elle ne la rangea pas, elle la garda serrée dans sa paume.

L'homme aux airs d'imprésario rejoignit le sculpteur. La femme brune se plaça devant Alice Frame, qui cligna les yeux.

— C'est au sujet de Pat Rodney.

217

Alice cilla à nouveau.

— Votre fils et lui étaient amis.

Elle parlait à voix basse : Zyzmchuk se rapprocha.

— Et alors ?

— Je... J'espérais qu'il serait ici. Mais je ne l'ai pas vu.

— Comment avez-vous dit qu'il s'appelait ?

— Pat Rodney. Il est sans doute avec une petite fille. La mienne.

— J'ai bien peur que ce nom ne me dise rien.

— Ils étaient des amis proches.

La femme brune s'énervait. Phinney, tout en écoutant le sculpteur, lui lança un regard.

— Ils jouaient dans le même groupe. Ils sont allés à Woodstock ensemble.

— Je suis désolée.

— Mais vous devez...

— Alice, cria Phinney, d'une voix plus forte que nécessaire, tu peux venir un moment ?

— Excusez-moi, dit Alice.

Elle se détourna et Phinney l'entraîna avec lui. Ils évoluaient aussi harmonieusement que Fred Astaire et Ginger Rogers : ils auraient formé un beau couple, se dit Zyzmchuk, souverains d'un monde où prévalaient les bonnes manières.

Mais, dans la réalité, ils étaient insignifiants. La femme brune gâcha la chorégraphie. Courant après eux, elle fit une nouvelle tentative.

— Madame Frame, réfléchissez... Hartley a bien dû vous parler de certains de ses...

— Je suis navrée.

Alice Frame pâlit.

La femme brune se planta devant Phinney et Alice. Zyzmchuk voyait parfaitement son beau visage aux traits minés par l'inquiétude. Le même air que Leni la dernière fois qu'il l'avait vue ; la nuit de l'échec.

— Et l'enterrement ? Les amis de Hartley ont bien dû y assister ? Je suis certaine que Pat...

— L'enterrement !

Alice fondit sur elle.

— L'enterrement de quoi ? D'une plaque d'identification et d'un télégramme ?

La femme brune vacilla.

— Comment ?

Alice aurait peut-être répondu mais Phinney la devança.

— Quoi que vous vouliez, le moment est mal choisi. Excusez-nous.

Prenant Alice par le bras, il l'entraîna. Un instant, Zyzmchuk crut que la femme brune allait insister encore, mais elle céda. Alice et Phinney rejoignirent la foule qui gravissait l'escalier de la faculté de musique. La femme brune s'éloigna lentement dans la direction opposée. Elle passa devant Zyzmchuk sans le voir. Ses yeux étaient brillants de larmes.

Zyzmchuk observa Alice et Phinney qui pénétraient dans la faculté. Des échos de musiciens accordant leurs instruments s'en échappaient. Il suivit la femme brune. Elle retourna à *La Demeure 1826*. Zyzmchuk pressa son oreille contre le mur. Il entendit le grincement d'un sommier, le choc d'une tête de lit contre le mur. Puis, plus rien.

Zyzmchuk se doucha, s'habilla et retourna à la faculté de musique. Il suivit les échos d'un trio de Mozart jusqu'à une salle de concert au troisième étage. Mais il n'y entra pas : Alice Frame parlait au téléphone dans une cabine de couloir.

Il la dépassa et s'arrêta devant un panneau d'affichage. Il sortit un bloc et prit des notes au hasard. « Cherche voiture pour Boston — partage frais d'essence. » « Projection à Slocum House Sam. Soir : *Eraserhead*. 1 dollar. » Zyzmchuk avait conscience du regard d'Alice Frame sur lui. Elle parla plus bas. Il continua de prendre des notes.

— Ça rend la chose si définitive, dit Alice.

Il y eut un long silence.

— Oui, je sais, nous en avons parlé des centaines de fois, mais ça ne facilite rien. En fait, ce fut plus dur que tout. Une femme m'a posé des questions sur un de ses amis. Tout m'est revenu en tête. C'est...

Un autre silence.

— Je ne sais plus. Pat quelque chose... Je ne crois pas qu'elle m'ait dit son nom... Brune, pas laide, mais quelle importance ? L'important c'est que c'était vexant. Parce qu'on ne connaissait pas du tout ses amis, n'est-ce pas ?

Zyzmchuk entendit des échos coléreux à l'autre bout de la ligne. Alice aussi éleva la voix.

— Non, c'est ta faute à toi !

A nouveau, Zyzmchuk sentit son regard. Elle parla plus bas.

— En partie.

Les réponses étaient inaudibles pour Zyzmchuk. Aucune importance — il ne pouvait plus continuer à faire semblant de prendre des notes. Il s'éloigna. Il entendit Alice dire :

— D'accord, Edmund. Je t'attends.

Le combiné fit un déclic sur son support. A ce moment-là, Zyzmchuk avait tourné le coin et s'était engagé dans l'escalier.

La bibliothèque de l'université Morgan était située sur un monticule donnant sur la faculté de musique. C'était une structure encore plus grande, exhibant des excès d'inspiration gréco-romaine et gardée par deux lions de pierre à la gueule ouverte. « Le savoir fait la force », rugissaient-ils, pour ceux qui penseraient que les bibliothèques sont faites pour les chiens.

Zyzmchuk poussa la lourde porte de chêne. Ses pas résonnèrent sur le sol en marbre. Un homme à l'air sévère et perruque lui décocha un regard désapprobateur depuis un cadre doré accroché au-dessus du bureau central. La femme assise à ce bureau avait des traces de doigts sur ses lunettes et le même air renfrogné. Elle indiqua à Zyzmchuk la salle des périodiques. Il lui fallut une demi-heure pour trouver ce qu'il cherchait.

VICTIME DE GUERRE

Le Première Classe Hartley E. Frame, ex-69, fils du sénateur Edmund S. Frame, 43, et d'Alice Frame de Sweet Briar Virginie et Morgantown Massachusetts, a été retiré de la liste des Portés Disparus et déclaré mort par l'U.S. army le 5 janvier 1971. Cette décision fait suite à la visite d'une équipe de la Croix-Rouge Internationale à un camp de prisonniers au Nord-Viêt-nam en décembre.

Le soldat Frame avait été envoyé au Viêt-nam en janvier 1970. Il a été vu pour la dernière fois lors d'un violent combat aux environs de Pleiku dans la nuit du 3 février de cette année-là. Il fut porté disparu en mars. Une messe de souvenir aura lieu à la chapelle ce dimanche.

Extrait du *Journal de l'Université Morgan*, 10 janvier 1971.

Zyzmchuk photocopia l'article. Au moment de partir, une étagère chargée de livres reliés de cuir pourpre retint son attention : le double des registres de l'université remontant jusqu'à 1845. « Pour époques antérieures, disait une notice, veuillez vous adresser à la bibliothécaire. » Zyzmchuk prit le volume de l'année 1969.

Le *Morganien* de 1969 faisait l'effet d'un film étranger : des images de personnes et de lieux qui ne signifiaient rien sans la nostalgie du spectateur. Zyzmchuk contempla des jeunes hommes aux cheveux longs sur des terrains de sport, dans des orchestres, à des soirées dansantes en compagnie de jeunes femmes portant des banderoles qui disaient : « Hey, Hey, L.B.J. — Combien de gosses t'as tués aujourd'hui ? » Il se souvint de son propre registre, Chicago 1951, avec une photographie de lui, Z., tout seul, sur la dernière page. Cet album avait été oublié dans un appartement quelconque. La nostalgie, c'est la mort sous les traits de la sentimentalité. Inutile de se précipiter.

Les photographies de chaque étudiant licencié apparaissaient par ordre alphabétique à la fin du *Morganien* 1969. Hartley Frame n'y figurait pas : il n'avait pas eu son diplôme. Zyzmchuk chercha Rodney et Shapiro mais sans plus de succès. En revanche, il trouva Keith. Il était plus mince et portait les cheveux longs dans le genre Prince Vaillant. Zyzmchuk était surpris de le voir avec une telle coupe mais remarqua que Keith arborait déjà ses lunettes à monture d'écaille et l'expression sobre d'un homme sérieux : peut-être, à cause des cheveux longs, d'un gentleman du XVIIIe siècle. Sous la photographie était noté : « Club d'art dramatique, Orchestre, Critique d'art, Club de tir. »

Zyzmchuk revint à la première page, cherchant d'autres photographies.

Il en trouva quatre.

Le Club de Critique d'art : Keith et quatre autres jeunes gens en veste de tweed, autour d'une table sur laquelle étaient disposés des verres et six bouteilles.

L'Orchestre : un groupe dépenaillé sur un terrain de football, sous la pluie. Keith était au milieu, une grosse caisse marquée « Morgan » attachée à ses épaules. Il n'avait pas l'air content.

Le Club de tir : des tireurs d'élite en rang. Keith était tout au bout. Sa position semblait parfaite.

Le Club d'art dramatique : « Le Magicien Ose ». C'était, d'après ce que Zyzmchuk put en juger, une sorte de satire politique. Le Magicien portait un masque à l'effigie de Ho Chi Minh et la méchante sorcière de l'Ouest ressemblait à Lyndon Johnson. Dorothée, en robe à pois, était jouée par Keith. Il était si maquillé que Zyzmchuk dut lire la légende pour être sûr qu'il s'agissait de lui.

CHAPITRE 26

Un évangéliste passait à la télé. Il avait un visage rougeaud, grassouillet, baigné d'amour pour Dieu et de mépris pour ses semblables. Jessie lui laissa la parole. Le programme des autres chaînes était terminé ; elle n'arrivait pas à dormir et n'avait pas envie d'être seule. La compagnie pernicieuse du prêtre valait mieux que rien. Il murmurait, vociférait, allait et venait sur scène. Dans son costume de soie blanche, on aurait dit un paon albinos.

Finalement, les sons d'un orgue s'élevèrent et des fidèles s'avancèrent pour recevoir le gage de leur rédemption. Cela faisait une belle toile de fond pour le générique de fin. Puis on pénétra dans un studio où le même prêtre, en costume plus sombre et humeur assortie, détaillait ses besoins financiers en demandant que les dons lui soient envoyés par retour de courrier. Ensuite, la neige envahit l'écran et Jessie resta seule avec ses pensées.

Toutefois, l'activité qui lui tenait lieu de raisonnement ne pouvait guère être qualifiée de pensée : trop désorganisée. Des fragments d'idées surgissaient comme des diables pour s'évanouir avant qu'elle ait pu leur donner forme. Elle était livrée à elle-même, à deux heures et demie du matin, couchée tout habillée sur son lit de *la Demeure 1826,* épuisée, insomniaque, considérant d'un œil morne son sac de voyage. Il était ouvert : le pull-over rouge de Kate en dépassait. En dessous, elle apercevait le cuir rayé bleu d'une des Reeboks et un coin de la couverture de *Jane Eyre.*

Pour la première fois, elle se dit que Kate était morte.

Cette idée la frappa comme un coup, ouvrant une brèche qui libéra des images insupportables : l'enterrement de Kate, le tri de ses affaires, l'espace vide sur le réfrigérateur à l'emplacement du poème « Ma Maman ».

— Assez !

Elle se força à se lever. Subir ce genre de pensées était une chose ; s'y complaire, du masochisme. Il y avait quelque chose de malsain dans tout ça, comme un tableau de martyre du Greco. Pis, ça ne menait nulle part.

Jessie prit le papier à lettres de l'hôtel. Jusqu'ici, elle avait joué au fin limier : cherchant la piste de Kate, flairant partout. Ça n'avait rien donné. Peut-être le moment était-il venu de faire machine arrière et de regarder les choses du point de vue de celui qui tenait la laisse. Ce qui impliquait qu'elle devait mettre ses pensées en ordre ; commencer par trouver une explication plausible à la disparition de Kate et, ensuite seulement, essayer de retrouver sa trace.

Explication numéro un : la théorie, pour moitié celle de DeMarco et pour moitié la sienne, selon laquelle Pat serait parti chercher de la drogue en sillonnant la route du souvenir avec un vieux copain. Elle devenait difficile à croire, puisque son vieux pote Hartley Frame était mort. Explication numéro deux : Pat était venu pour l'inauguration du mémorial de Hartley Frame. Celle-ci était invalidée par son absence à la cérémonie. De plus, aucune de ces théories ne justifiait le message apeuré de Blue sur le répondeur de Pat, et n'expliquait ni la présence de M. Mickey, ni celle de la clocharde qui avait surveillé la maison. Jessie ne concevait qu'un seul contexte dans lequel tout cela tenait : le trafic de drogue. Pat et sa sœur étaient-ils mêlés à quelque transaction ? Depuis des années peut-être ? Fallait-il y voir l'explication du paiement de dix mille dollars à Eggman Cookies ?

Si tout cela était vrai, alors M. Mickey et la clocharde pouvaient être les concurrents de Pat ou des fournisseurs ayant quelque grief contre lui. Blue avait appris qu'ils étaient sur le point de passer à l'attaque, mais son avertissement était arrivé trop tard. Vendredi, Pat était à Los Angeles. Lundi, il était chez Buddy Boucher. Un autre homme était avec lui dans la voiture. Comment Buddy Boucher l'avait-il décrit ? Il ne l'avait pas décrit. L'autre homme était resté dans la BMW — un peu faiblard, avait dit Buddy. Cet homme pouvait-il être M. Mickey ? Pourquoi pas ? Elle ne l'avait revu que le jeudi suivant — ce qui lui avait laissé le temps de revenir à L.A. puis de retraverser le pays. Pour quelle raison ? Avait-il découvert qu'elle s'était rendue à « L'Immensité des Cieux » ? Cherchait-il Disco quand il était monté dans sa chambre ? Elle ? Ou quelqu'un d'autre ?

Si cet autre homme était M. Mickey, c'est donc que Pat s'était rasé le crâne. Pourquoi ?

Jessie baissa les yeux sur son papier. Elle avait dessiné une boîte avec trois noms : M. Mickey, Clocharde, Ratty. En dessous se balançait une boîte vide : Kate. Autour, elle traça les contours d'une grange. Puis elle roula la feuille en boule, la jeta à la poubelle et se leva. Le motel mettait une torche électrique à la disposition de chaque client. Jessie prit la sienne et sortit. Prendre la place de celui qui tenait la laisse la ramenait à « L'Immensité des Cieux ».

La nuit était glaciale, le ciel dégagé. La lune, si ronde et orangée à L.A., paraissait ici toute petite et aussi blanche que des fausses dents. Jessie prit la direction du nord.

Il n'y avait pas beaucoup de circulation. Elle en profita pour accélérer — soixante-quinze, quatre-vingts, quatre-vingt-cinq. Puis, au loin, elle vit des phares venant de la direction du Vermont et ralentit. Ils semblaient se rapprocher à vive allure, et Jessie n'eut pas le temps de se préparer à la vitesse du véhicule. Il la frôla de si près que sa petite voiture de location en fut déportée et il était loin derrière avant qu'elle ne réalise ce qu'elle avait vu : une camionnette noire avec des rayures rouges et un visage d'homme, trop vite passé pour qu'elle ait eu le loisir de distinguer autre chose que sa calvitie.

Elle reçut une décharge électrique, comme ces stimuli qui excitent les muscles des animaux de laboratoire. Elle appuya trop fort sur la pédale de frein. La voiture fit un dérapage et se retrouva dans un champ de l'autre côté de la route, tourna sur elle-même plusieurs fois et cala.

Les sens de Jessie étaient aiguisés. Elle sentait une odeur de caoutchouc brûlé, en avait presque le goût dans la bouche ; elle entendait des chuintements de décompression de métaux et, très loin, celui d'un moteur qui s'éloignait. Mais, bien qu'elle n'eût pas tout à fait cessé de trembler quand elle remit le contact, elle n'avait pas peur. L'urgence était trop puissante pour s'autoriser un quelconque sentiment. Kate était à l'intérieur. Jessie en était certaine. Elle accéléra à fond. La voiture sortit du champ en vrombissant, creusant deux traces de pneus dans la terre, et reprit la direction de Morgantown.

Jessie gardait les yeux fixés sur la route dans l'espoir d'apercevoir les feux arrière de la camionnette. Mais en vain. Elle traversa Morgantown vers le sud à toute allure, passa devant *La Demeure 1826*, sombre sauf sa chambre et celle à côté, longea le campus et atteignit les collines qui se dressaient derrière. Un panneau indiquait la direction de Pittsfield, Stockbridge, Connecticut, New York. La camionnette avait pu prendre cette direction, ou obliquer dans Morgantown et être maintenant garée quelque part. Jessie freina et fit demi-tour, Morgantown n'était pas une métropole ; elle fouillerait la ville de fond en comble s'il le fallait.

La théorie était facile, mais la pratique nettement moins. Les rues de Morgantown étaient mal fléchées ; certaines revenaient en boucle d'autres finissaient en cul-de-sac. Au bout d'une heure, Jessie n'avait vu que deux signes de vie — un chien qui avait traversé un terrain de jeux, et une étudiante noire, prise un instant dans la lueur des phares, les bras chargés de livres. Elle imagina la camionnette roulant vers le sud, passant la frontière du Connecticut, se dirigeant vers New York. Cette image la força à affronter le fait qu'elle avait peut-être pris la mauvaise décision, et que l'avenir restait aussi incertain.

Ce fut alors qu'elle la vit.

Elle était stationnée près d'un trottoir bordé d'arbres, devant une résidence universitaire. Il n'y avait pas de réverbères, mais la clarté de la lune était suffisante pour éclairer les flammes rouges sur la carrosserie et la plaque d'immatriculation temporaire du Vermont. D'autres voitures s'alignaient devant la résidence mais il restait une place derrière la camionnette. Jessie s'y gara et coupa le contact.

Rien ne se produisit.

Aucune lumière ne s'alluma dans le véhicule. Ses portières ne s'ouvrirent pas.

Jessie prit sa torche électrique et sortit. Elle entendit un chien aboyer, faiblement, puis le son d'une guitare, encore plus faible.

Elle fit le tour de la camionnette. Elle s'efforçait de ne pas faire de bruit. Sans savoir pourquoi. Comme le lui avait dit Buddy Boucher, toutes les vitres étaient opaques, sauf le pare-brise. Jessie s'y appuya.

Personne à l'avant. Elle alluma sa torche et la dirigea sur l'arrière de la camionnette mais il était sombre, masqué par une toile en plastique qui brilla dans le faisceau lumineux. Sur le siège et par terre, elle vit, pêle-mêle, des emballages McDonald, des boîtes de Coca, des cassettes : *Fresh Cream. In-A-Gadda-Da-Vida, Strange Days*.

Jessie cogna doucement à la portière. Aucun son ne lui parvint. Personne ne se dressa, paniqué, personne ne s'étira dans son sommeil. Elle frappa à nouveau, assez fort pour que le bruit résonne au-delà de la résidence et se répercute sur la pelouse.

Elle approcha de la carrosserie, sa bouche touchait presque le métal froid et elle appela :

— Kate, Kate ?

Elle perçut une voix haut perchée et apeurée : la sienne. Elle s'efforça de parler plus bas et plus ferme.

— Pat ? Tu es là ?

Ce n'était que la voix de quelqu'un qui fait semblant de ne pas avoir peur.

Qu'est-ce qui te prend ? Agis. Bouge.

Jessie tourna la poignée de la portière. Verrouillée. Elle fit le tour de la camionnette, rien ne s'ouvrit.

Elle regagna sa voiture. Elle prit la photographie Polaroïd que lui avait donnée Buddy Boucher : même camionnette, même plaque minéralogique. Elle inspira profondément, essayant de s'armer de patience. A moins que Pat n'ait abandonné la camionnette, il reviendrait. Il ne restait qu'à attendre. Elle avait fini par le coincer.

Elle attendit. Elle se força à rester calme, mais elle ne pouvait pas contrôler ce qui se passait en elle. Les battements de son cœur s'accélérèrent, se calmèrent, s'accélérèrent de nouveau. Des vagues de fatigue l'envahirent, balayées par la panique. Et, plus étrange, elle sentit ses seins s'alourdir, comme avant une montée de lait. Elle n'avait pas ressenti cela depuis neuf ans. Passant la main sous son pull, elle se toucha un mamelon. Il était mouillé. Biologiquement, c'était impossible, sa raison le lui disait.

Mais son corps, lui, savait que Kate était proche. Elle sortit.

Elle remarqua alors un détail qu'elle avait vu depuis le début sans l'apprécier à sa juste valeur : de l'autre côté de la route, sur le bord de la pelouse, se trouvait une plaque carrée de la taille d'une grille de protection de conduit d'aération, ou de système d'arrosage. En guise de fermeture, il y avait un loquet sur un côté. Or celui-ci était relevé. Jessie trouva le cadenas sur l'herbe. Il avait été forcé.

Elle s'accroupit et souleva la plaque. Elle alluma sa torche. Son faisceau révéla un trou rond et profond, aux parois de brique. Une échelle d'acier s'enfonçait vers le fond.

On prenait de l'acide et on jouait dans les souterrains. C'était terrible. On s'était aménagé un petit coin à nous au bout d'une galerie. Avec un matelas.

Jessie s'allongea au bord du trou et le faisceau lumineux de sa torche fit étinceler les barreaux d'acier, dévoilant un sol en terre qui se perdait dans l'ombre. Qu'avait-elle entendu la première fois qu'elle était descendue de voiture ?

Un aboiement de chien.

Et le son d'une guitare, très faible, comme s'il venait de très loin. Ou du dessous.

Laissant la plaque soulevée, Jessie se redressa. Elle examina la camionnette. Le chauffeur, malgré l'espace vide derrière son véhicule, s'était collé à la voiture de devant à moins de vingt centimètres. Jessie se remit au volant et poussa sa voiture jusqu'à ce que ses pare-chocs touchent ceux de la camionnette. Ensuite, elle se glissa par le trou et descendit quelques barreaux.

Chaleur et moiteur montèrent vers elle. Elle atteignit le sol et sentit l'humidité sous ses pieds. Elle alluma la torche.

Le souterrain était juste assez haut pour s'y tenir debout sans se cogner aux tuyauteries. Une ampoule nue pendait au plafond, une autre un peu plus loin. Jessie tendit le bras vers un interrupteur mais se ravisa. Impossible de deviner s'il n'actionnait que ces deux ampoules ou tout le système d'éclairage du souterrain. Aussi, malgré son envie de lumière, elle n'y toucha pas et avança avec, pour seul guide, la faible clarté de sa torche instable.

Le souterrain était un monde en soi, étroit, doté de repères caractéristiques : câbles, fils, tuyaux, d'odeurs de terre humide, urine, pourriture, de bruits d'eau tombant goutte à goutte, de courses furtives de rongeurs, de glougloutements dans une tuyauterie au-dessus de sa tête ou bien cliquetis d'un transformateur, sans compter les pas feutrés de Jessie et sa respiration, rapide.

Telle était la cohérence de ce monde en sous-sol. Jessie s'y était presque accoutumée lorsqu'elle entendit une voix.

Une voix d'homme. Ou bien celle d'un adolescent. Elle s'arrêta et éteignit sa torche. Noir.

La voix venait du dessus, audible mais un peu assourdie, comme si elle provenait d'une pièce contiguë. L'homme, ou l'adolescent, dit :

— Je sais qu'on est en pleine nuit. Je m'excuse.

Silence. Puis il parla encore :

— Je viens de te dire que je m'excusais. Dis, maman ? J'aime pas être ici. Je veux rentrer à la maison.

Un autre silence.

— Mais je ne veux pas t'appeler au bureau. Tu ne peux donc pas... et puis merde !

Jessie entendit une démarche lourde au-dessus de sa tête. Elle devait se trouver au-dessous de la résidence ; elle avait pourtant l'impression d'avoir parcouru plus de chemin. Elle ralluma la torche et l'orienta dans la direction d'où elle venait. Elle ne vit qu'un cône de lumière, bordé d'ombres et finissant dans le noir. Peut-être était-elle allée plus loin, sous une autre résidence. Elle domina son envie de faire demi-tour.

Elle rencontra bientôt un embranchement : deux galeries sombres, formant un angle à quarante-cinq degrés. Elle dirigea sa torche vers l'une, puis l'autre. Elles paraissaient identiques. Elle s'agenouilla et examina le sol, cherchant des empreintes. Il y en avait beaucoup : quelques traces profondes et striées qui pouvaient avoir été laissées par des ouvriers ; d'autres, plus lisses et superficielles, dont l'une avait été faite par une semelle de crêpe. Le problème venait de ce que les empreintes étaient aussi nombreuses à l'entrée de chacune des deux galeries, et aucune assez petite pour appartenir à Kate.

Jessie se redressa.

Ne sois pas bête. Fais demi-tour. Attends à la camionnette.

Elle ne fit pas demi-tour. Elle resta sur place. Elle entendait l'eau goutter et sa propre respiration. Et puis, de la galerie de droite, lui parvinrent, très lointains, les échos d'une guitare. N'entendait-elle pas une voix aussi, qui chantait, aiguë et chevrotante ? Jessie retint son souffle. Soudain, elle eut très froid. Elle commença de trembler sans pouvoir s'arrêter. Elle avança sans hésiter dans la galerie de droite.

Si quelqu'un avait chanté tout à l'heure, la voix s'était tue maintenant, mais les accords de guitare semblaient plus proches. Puis ils diminuèrent, et bientôt Jessie n'entendit plus rien. Elle s'arrêta. Le son était-il parvenu d'une autre résidence ? Était-elle sous la faculté de musique ? Ou bien venait-il d'un autre endroit du souterrain ?

Elle fit demi-tour. Au bout d'un moment, elle entendit à nouveau une guitare, pas dans le tunnel, elle s'en rendait compte maintenant, mais plutôt de l'autre côté du mur de gauche. Elle braqua sa torche dessus tout en marchant : câbles, fils, briques humides. Elle découvrit alors une porte cadenassée dans le mur, portant un panneau : HAUTE TENSION ! DANGER DE MORT !

La porte était basse, elle lui arrivait à la taille. Elle s'accroupit pour examiner le cadenas : gros, en laiton, fixé par sécurité à un deuxième dans l'encadrement de la porte. Les accords de guitare lui parvenaient très distinctement maintenant. Elle crut reconnaître la chanson — elle avait le titre sur le bout de la langue.

Elle tira sur le cadenas en espérant qu'on ne l'avait pas fermé. Aucune chance. Puis, sans réfléchir, elle saisit la poignée de la porte, la secoua et tira de toutes ses forces. Elle céda. Le cadenas était bien accroché au chambranle de la porte mais il ne tenait à rien. Jessie constata qu'il avait été forcé et que les clous avaient été aplatis de l'autre côté.

Sa torche éclaira un souterrain différent : le plafond était plus bas, des toiles d'araignée s'y accrochaient en un épais entrelacs. Une araignée velue glissa de l'une à l'autre telle une funambule sous un projecteur. Le son de la guitare était maintenant tout proche, bien que Jessie eût le sentiment étrange qu'il venait du dessous. Elle avança à quatre pattes dans le souterrain. Les accords cessèrent.

Elle s'immobilisa. Cette galerie était silencieuse et l'atmosphère poussiéreuse et confinée. Quelque chose bougea dans ses cheveux. Elle donna un coup de bras pour se débarrasser d'une bête duveteuse, en réprimant un cri de dégoût. Puis elle reprit sa progression.

Le sol en terre sèche était couvert de fèces d'animaux ; elles projetaient de petites ombres — rondes, oblongues, cylindriques — mais au milieu de la galerie la plupart d'entre elles étaient écrasées. Jessie s'arrêtait de temps à autre pour écarter les toiles d'araignée ; puis elle guettait la guitare, mais en vain, et reprenait son cheminement.

Elle devina une ouverture, grâce à un courant d'air sur son visage, une différence dans le frottement de ses genoux dans la poussière. Une minute plus tard, le faisceau de sa lampe troua une caverne petite et ronde. Jessie rampa à l'intérieur et se releva. Ses cheveux effleurèrent le plafond grossièrement enduit.

Elle regarda autour d'elle. La caverne avait deux entrées : la plus basse par laquelle elle s'était glissée et une autre qui donnait de l'autre côté du souterrain. Les murs semblaient avoir été troués à la dynamite. Ils étaient recouverts de peintures fanées, de style psychédélique, exécutées à la gouache bon marché. Amants nus drapés dans leurs chevelures entremêlées, aux yeux énormes hors desquels jaillissaient des poissons ; pénis éjaculant des champignons : l'art préhistorique revu et corrigé par Aubrey Beardsley et la bande dessinée. Au-dessus de l'entrée de la galerie la plus haute se détachaient des mots peints aux couleurs de l'arc-en-ciel et maintenant à peine lisibles : « Je Tue Donc Je Suis. »

Et, tout au fond, dans une alcôve, Jessie vit un lit étroit : un matelas maculé, posé sur un sommier rouillé.

La Bohème.

Jessie entra. Elle distingua d'autres mots sur la pierre au-dessus du lit, lettres blanches tracées d'une main tremblante : « Nation Woodstock ». Elle toucha le W. La peinture était fraîche.

Le matelas, bien que souillé, n'était pas poussiéreux. Jessie en souleva un coin. Un objet en tomba : un passeport U.S. Son index glissait sur la couverture lorsqu'un hurlement déchira le silence.

C'était un cri sauvage ; d'homme ou de femme, Jessie l'ignorait. Peut-être n'était-il même pas humain. Bondissant, elle se cogna la tête au plafond rugueux, perdit l'équilibre et tomba à plat ventre, le cœur battant à tout rompre, sa torche dirigée vers l'entrée de la galerie d'où était venu le cri.

Pendant un moment, il n'y eut que le silence, puis elle entendit un enfant pleurer.

Une petite fille.

Jessie courut. Elle courut de toutes ses forces le long de la galerie, guidée par le faisceau de lumière instable. Toiles d'araignée et fèces animales, distance et temps — tout perdit sa réalité. Jessie courait. La petite fille pleurait, proche maintenant. Proche, mais... où ? Quelque part en dessous. Ce fut à l'instant même où Jessie en prit conscience que le sol se déroba sous ses pieds et qu'elle bascula dans le vide. La lumière de sa torche lui renvoya des visions éclairs étincelantes de briques et de barreaux d'acier. Puis elle heurta le sol. La lampe lui échappa des mains, se brisa contre le mur et s'éteignit.

Jessie était couchée par terre dans le noir total, le souffle coupé. Elle n'avait pas mal mais était incapable de bouger.

Silence.

Puis des pas.

La lueur d'une bougie.

A moitié aveuglée, Jessie ne distingua qu'un reflet sur un crâne chauve.

— Pat ? dit-elle.

— Petite maligne !

Non, ce n'était pas Pat. C'était le chanteur à la voix aiguë et chevrotante.

Il approcha, la regarda. Un sourire se dessina dans l'obscurité. *Un sourire surpris*, pensa Jessie, *et plutôt content*. Elle essaya de se redresser, quand quelque chose siffla dans les airs. La douleur lui monta à la tête et la propulsa dans le néant.

CHAPITRE 27

Zorro avait pris un sacré coup de vieux.

Cette impression réjouit Bao Dai ; mais peut-être n'était-elle due qu'à l'obscurité. Il interrompit le riff qu'il jouait à la guitare — elle n'était pas branchée sur l'ampli et, par conséquent, il était le seul à savoir à quel point son blues était hot. Il prit la bougie et l'approcha du visage de Zorro qui tressaillit et recula devant la flamme. Mais Bao Dai eut le temps de voir que c'était vrai : il avait pris un coup de vieux.

— Écoute, dit Zorro, on devrait trouver une solution.

Il chuchotait car la petite fille était endormie.

Bao Dai brancha la guitare et monta le volume à 5.

— Ah oui, laquelle ? demanda-t-il, reprenant le blues où il s'était arrêté.

Ou peut-être était-ce un autre air.

— Arrête, dit Zorro. Elle dort.

— Ça tombe bien, je joue une berceuse.

Il enchaîna avec *Big Rock Candy Mountain,* en fredonnant les paroles jusqu'au moment où elles lui échappèrent, et il continua avec un petit solo. Il se rendit compte que Zorro ne jugeait pas ça très bon. Avait-il raté une note ? Deux ? Sa technique n'était peut-être pas la meilleure, seul le style comptait. Les gens n'étaient-ils donc pas capables de le comprendre ?

Bao Dai s'arrêta de jouer.

— Tu te prends vraiment pour une star, dit-il.

— Non.

— Pour un grand guitariste professionnel.

— Il y a des centaines de types dans mon genre, tu sais.

— Ah oui ? Moi, je suis unique.

La petite fille bougea dans son sommeil. Peut-être les cordes de nylon la gênaient-elles ? Bao Dai lui avait enlevé les fils de cuivre afin qu'elle puisse dormir, mais n'avait pas pris le risque de la détacher complètement.

— Ne pourrait-on pas trouver une solution ? reprit Zorro.

— Tu veux dire faire un marché ?

— Oui, quelque chose comme ça.

— Dans le genre de celui qu'on avait fait ?

Bao Dai éleva la bougie à hauteur du visage de Zorro.

Il frémit.

— Je ferai tout ce qui est en mon pouvoir pour t'aider.

Bao Dai ne répondit pas. Il tenait toujours la bougie tout près du visage de Zorro.

— Dis ce que tu veux, et tu l'auras.

— Je veux tout.

— Tout ?

— Tout ce que tu m'as volé. Ta maison. La maison de Zorro.

— Je ne te l'ai pas volée.

— Ah bon ? Elle est à quel nom alors ?

Zorro ne répondit pas.

— La maison, répéta Bao Dai.

— D'accord.

— La guitare.

— Quelle guitare ?

— Celle-là. Elle est à moi, de droit.

— Mais...

Zorro prononça le vrai nom de Bao Dai.

— Ne t'avise pas de m'appeler comme ça ! Je m'appelle Bao Dai.

— D'accord, mais tu sais que cette guitare m'appartient.

— Parce que c'est à toi qu'il l'a donnée ? Elle me revient de droit. Tu as volé mon style.

— C'est faux ! Écoute, ne pouvons-nous pas nous entendre à l'amiable avant que... avant qu'il arrive quelque chose d'irréparable ?

Quelque chose d'irréparable ? Cette expression choqua profondément Bao Dai. Une marée rouge et brûlante lui monta à la tête, balayant ses pensées — sa capacité même de penser. Il enfonça la chandelle brûlante dans une des narines de Zorro.

Zorro hurla.

La petite fille se dressa et cria aussi.

Bao Dai retira la bougie du nez de Zorro. C'était la première fois qu'il portait la main sur lui. Il était navré.

— Excuse-moi, dit-il.

La marée brûlante se retira de son cerveau.

Il se sentait mieux. La dernière fois qu'il s'était senti aussi bien était le jour où il avait fait ce qu'il avait fait au caporal Trinh. Il éprouvait le même sentiment de soulagement, de liberté, de justice.

Bao Dai ralluma la bougie. Zorro et la petite fille l'observaient. Leur expression avait changé. Il était maintenant le dieu d'un monde à trois.

Ils l'observaient toujours, quand ce monde se modifia. De tout près leur parvint un bruit sourd suivi d'un cliquetis, comme un ventilateur grippé.

Bao Dai s'était levé, la bougie dans une main, la paire de cisailles dans l'autre.

— Silence !

Il s'enfonça rapidement dans le noir.

Un corps gisait par terre. Une femme. Elle remua. Un visage se dessina dans la clarté de la bougie.

— Pat ? demanda-t-elle.

Bao Dai la reconnut.

C'était Bobonne.

L'ex-petite épouse. Celle aux beaux nichons.

— Petite maligne, dit-il.

Puis il lui assena un coup de cisailles sur la tête, pas trop fort. Plutôt gentiment, en fait.

Ensuite, il ouvrit la porte qui se trouvait près de l'échelle et tira le corps à l'intérieur. Puis il fit demi-tour et attacha la petite fille avec le fil de cuivre. Il n'avait pas enlevé celui de Zorro tout à l'heure, il en rajouta.

Il revint auprès de la femme. Sa poitrine se soulevait au gré de sa respiration. Elle était chouette, très chouette. Il se pencha et releva le pull-over au-dessus de ses seins, qui se durcirent à l'air froid. Bao Dai les regarda. Au bout d'un moment, ils se détendirent un peu. Il eut envie qu'ils pointent davantage. Il en caressa un. Il était lisse, doux et souple. Avait-il senti un petit raidissement entre ses jambes ? Ou bien l'avait-il imaginé ? Il posa la bougie afin de libérer son autre main, puis de nouveau caressa la femme.

Des lumières éblouissantes scintillèrent tout autour de lui.

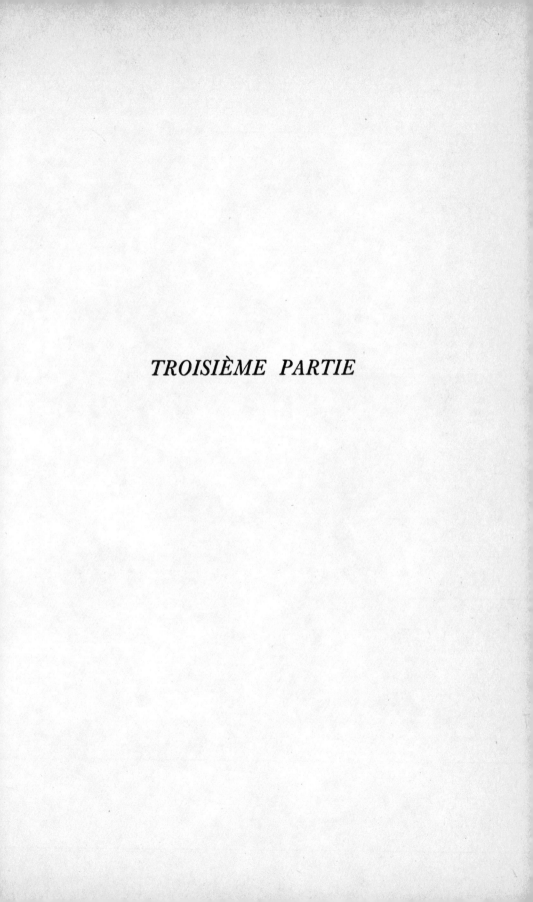

TROISIÈME PARTIE

CHAPITRE 28

Ivan Zyzmchuk s'éveilla en sursaut.

Depuis combien de temps dormait-il? Il consulta sa montre. 2 h 18 du matin. Pas plus d'une demi-heure. Il resta immobile sur son matelas trop mou, à l'écoute. Tout était tranquille. Il n'entendait plus les va-et-vient de la femme brune de l'autre côté de la cloison, ni la voix du téléprêcheur. Le seul son audible était celui d'une voiture qui s'éloignait vers le nord. Rien d'anormal. Il ferma les yeux.

Mais, cette fois, il ne sombra pas dans le sommeil. Bien que tout son corps ressentît la fatigue, ses yeux voulaient rester ouverts. Au bout d'un moment, il cessa de résister et se leva. La lumière filtrait à travers les rideaux de la chambre voisine, éclairant la place de parking de la femme brune.

Vide.

Zyzmchuk sortit en peignoir. La plainte de la voiture n'était plus audible. Il regarda par la fenêtre de la chambre 19. A travers l'interstice des rideaux, il vit le sac de voyage qu'il avait ramassé à l'aéroport, ouvert, un pull-over rouge posé dessus, et un coin du lit, non défait.

Il en était toujours à regarder ce décor tout en longueur lorsque lui parvinrent des bruits de moteur, qui, à nouveau, venaient du nord, mais approchaient si rapidement qu'il eut à peine le temps de se cacher dans l'ombre avant qu'un véhicule apparût, filant à grande vitesse. Il s'agissait d'une camionnette et non pas de la voiture à laquelle il s'était attendu. En quelques secondes, elle fut hors de vue, laissant dans son sillage la vision de flammes peintes sur la carrosserie et deux ou trois échos d'une stéréo; musique doublement déformée, par l'interprétation des musiciens et par l'effet Doppler-Fizeau.

Zyzmchuk regagna sa chambre, s'aspergea le visage et s'habilla. Au moment où il laçait ses chaussures, il entendit passer un autre véhicule, très rapide aussi, en direction du sud. Le temps qu'il sorte et il avait disparu. Il n'y pensa plus : quand la femme brune était partie, le bruit de son moteur aurait dû le réveiller.

De l'autre côté de son pare-brise défilait un monde obscur. Le ciel était le plus noir, ensuite la route, et enfin les champs et les arbres de chaque côté, ombres presque grises. Il franchit la frontière de l'État à cent dix kilomètres/heure, cherchant deux points rouges dans la nuit. En vain. Zyzmchuk entra dans Bennington, fit demi-tour et revint à *La Demeure 1826*. Dans la chambre 19, la lumière brûlait toujours ; le sac de voyage ouvert et le pull-over rouge étaient à la même place. Il regagna sa chambre et retourna se coucher. Il n'y avait rien d'autre à faire.

Mais il lui fut impossible de trouver le sommeil. La petite virée avait stimulé son activité. Son cœur avait envoyé du sang frais dans ses artères, l'éveillant tout à fait.

3 h 10.

Il se tourna et se retourna sur son lit jusqu'à quatre heures, à l'affût d'une voiture qui arriverait puis comprit que son attente serait vaine, guettant ainsi son propre endormissement. Il finit par enfiler son survêtement et sortit. Entraînement.

Il courut dans la direction du campus. Il n'avait pas fait un kilomètre qu'il comprit son erreur. Il s'était attendu à payer son manque de sommeil, mais pas si tôt. Maintenant, tandis que ses foulées résonnaient devant la faculté de musique où le guitariste en acier se dressait dans l'ombre, il faiblit. *Accélère,* se dit-il, comme il se l'était répété tant de fois par le passé ; il connaissait bien son corps, il ne devait pas relâcher son attention. Pourtant, il lui sembla atteindre sa limite. *Accélère. Accélère. Continue.* Aujourd'hui, pour la première fois, ses jambes fortes, puissantes, ne lui obéirent pas. Il continua de courir mais de plus en plus lentement et finit par s'arrêter. Il s'assit, s'adossant contre l'acier glacial de la statue. Il n'était pas fatigué, n'avait pas de point de côté, et pourtant ne pouvait pas continuer. Il palpa ses cuisses comme s'il examinait un corps étranger : elles lui semblaient tout en muscles, comme d'habitude, mais, quand il se redressa et tenta de reprendre sa course, le même phénomène se produisit.

Zyzmchuk traversa le campus en marchant. Il sentait toujours le contact froid de l'acier dans son dos et tentait d'accepter l'implication immense et somme toute banale de sa mésaventure : *Tu auras cinquante-sept ans dans deux semaines. Voilà ce que ça signifie.*

Il s'éloigna de la faculté de musique, descendit un escalier et contourna un immeuble en brique qui avait l'air d'être un dortoir. Il traversa une pelouse et déboucha sur le trottoir d'une rue déserte et silencieuse. Dans le virage, un véhicule était garé ; la camionnette noire avec un dessin rouge sur l'aile. Zyzmchuk l'observa une minute ou deux avant de reconnaître la voiture garée juste derrière.

Il examina les alentours, scruta la façade du dortoir, remarqua la lumière allumée dans la cage d'escalier mais pas dans les chambres. Sur la pelouse, il aperçut une trappe fermée contre laquelle il donna un coup de pied. Puis, tout en s'éloignant, il marcha sur un objet : un cadenas forcé.

L'instant d'après, Zyzmchuk avait soulevé la trappe et plongeait le regard dans le trou noir. Il avait laissé sa torche électrique dans sa boîte à outils, à l'hôtel. Il envisagea de retourner la chercher mais préféra fouiller dans les véhicules garés là. Peu de conducteurs s'étaient donné la peine de verrouiller les portières. Il trouva une boîte d'allumettes dans la cinquième voiture.

Revenu au bord du trou, il craqua une allumette. Des reflets jaunes dansèrent sur les barreaux d'une échelle. Zyzmchuk descendit.

En bas, il examina le sol. Beaucoup d'empreintes recouvraient la terre humide dont une série de traces plus petites que les autres, laissées par des pieds nus.

L'allumette s'éteignit. Il ne prit pas la peine d'en sortir une autre. Il tâta le mur de brique de chaque côté de l'échelle et, comme il s'y attendait, ses doigts rencontrèrent un interrupteur. Une ampoule nue s'alluma, suivie d'autres, espacées chacune d'une cinquantaine de mètres, et projetant des halos jaunâtres qui, sans se rencontrer, éclairaient suffisamment le long tunnel.

Il avança rapidement, conscient de la présence de fils et de câbles, d'eau qui tombait goutte à goutte et d'odeurs fétides, prévisibles et immédiatement occultées. Il cherchait autre chose qu'il ne pouvait pas nommer : il le saurait quand il l'aurait sous les yeux.

Le tunnel se divisait en deux. Zyzmchuk s'agenouilla. Les empreintes les plus récentes partaient vers la droite. Il y en avait quatre sortes : les premières laissées par un homme portant des chaussures en cuir ; les deuxièmes par un autre homme, plus lourd que le premier, en semelles de crêpe et boitant peut-être ; les troisièmes par une femme en mocassins ; et enfin des traces de talon nu. Ce furent celles-ci que suivit Zyzmchuk. Elles ne signifiaient rien de particulier mais c'étaient les plus récentes.

Quelques minutes plus tard, il découvrit que ces traces menaient à une porte basse et cadenassée. Il tira sur le cadenas, testant l'éventualité d'arracher le moraillon hors du bois. La porte et l'encadrement cédèrent.

Il rampa de l'autre côté, dans un second tunnel moins éclairé. Des toiles d'araignée s'accrochaient dans ses cheveux, se collaient sur son visage ; il ne prenait pas le temps de les enlever. Il avançait plus vite maintenant, sans savoir pourquoi.

Soudain, autour de lui, l'espace s'ouvrit. Il se retrouva dans une salle ronde aux parois rocheuses et plus haute de plafond, pas assez pourtant pour qu'il se tienne debout. Devant lui, dans la poussière, gisait un passeport U.S.

Zyzmchuk l'ouvrit. Il distingua la photographie d'un homme qu'il n'avait jamais vu et réussit à lire son nom : Gerald Brenner. Il feuilleta le passeport de Gerald Brenner. Il était plein de tampons ; trop nombreux pour les étudier maintenant.

Il se leva, prenant garde de ne pas se cogner la tête, et examina les peintures sur les parois, le lit et l'entrée d'une autre galerie au-dessus de laquelle on pouvait lire : « Je Tue Donc Je Suis. »

Un détournement de l'aphorisme de Descartes, en dehors duquel cette phrase ne lui évoquait rien. Elle était sans doute le résultat d'une plaisanterie d'étudiant : il accéléra l'allure en s'engageant dans la galerie, mais dut ralentir presque immédiatement : le tunnel n'était pas éclairé. Du verre craqua sous ses pieds : une ampoule en morceaux. Quelques mètres plus loin, le sol s'ouvrait sur le vide.

Il approcha du bord et jeta une allumette dans le trou. Il aperçut une autre échelle qui menait une quinzaine de mètres plus bas, où le tunnel continuait.

Zyzmchuk descendit. D'un côté se trouvait une porte fissurée, affaissée sur ses gonds. Pour la première fois, il pensa à son pistolet, enfermé chez lui dans son coffre-fort. Il poussa le battant.

Il s'ouvrit sur une pièce de rangement petite et poussiéreuse. A la clarté vacillante de l'allumette, il aperçut une autre ampoule en miettes, des meubles entassés en piles bancales, des cartons moisis, des emballages de fast-food et des canettes de boissons non alcoolisées éparpillés sur le sol. L'une des boîtes contenait les restes d'un hamburger aux oignons.

Zyzmchuk le renifla — pas du tout abîmé — et il pénétra plus avant. Contre un mur était retourné un canapé, dossier face à la pièce. Il leva l'allumette et découvrit la femme brune, couchée sur le dos, le pull-over remonté jusqu'au cou.

Zyzmchuk tira le canapé vers lui, vivement mais en douceur, et

240

s'agenouilla auprès de la femme. Du sang, rouge vif à la faible lueur de l'allumette, se coagulait dans ses cheveux; des gouttes étaient tombées sur les coussins déchirés et sales. Zyzmchuk posa un doigt sur sa carotide. Sa peau était froide et sèche, son pouls battait fort. Il pencha son visage vers celui de la femme brune et sentit son souffle chaud.

Jessie Shapiro, ou Rodney. Elle expira encore deux ou trois fois. Il ramena son pull-over sur sa poitrine.

Il l'appela.

— Jessie ? Jessie ?

Il n'obtint pas de réponse. Tandis que l'allumette se consumait, il eut le temps de voir qu'elle n'avait pas ouvert les yeux. Ses longs cils apparurent à la lumière.

Zyzmchuk fit craquer sa dernière allumette et examina le crâne de la blessée. Elle avait reçu un coup au-dessus de l'oreille droite ; la blessure n'était pas profonde mais longue et irrégulière. Il n'avait rien de propre avec quoi la recouvrir. Leurs vêtements à tous deux avaient été salis dans le souterrain. La seule chose qu'il pouvait faire, c'était frotter fort ses mains l'une contre l'autre dans l'espoir de les décrasser et ensuite en poser une sur la blessure. Il y exerça une pression.

Le sang mouilla la paume de sa main, s'infiltra entre ses doigts. Il s'assit sur le canapé, posa la tête de Jessie sur ses genoux et pressa plus fort. Le sang cessa de couler.

— Jessie ?

Pas de réponse.

Non ! pensa-t-il, tendant la main vers sa gorge. Elle n'était pas morte : il sentit son pouls régulier, plus fort que tout à l'heure, et son souffle contre son visage. Il tâta son corps à la recherche d'autres blessures, n'en trouva pas.

Ivan Zyzmchuk prit Jessie dans ses bras. Il n'aurait aucune difficulté à la sortir du souterrain et pourrait même la porter beaucoup plus loin si c'était nécessaire. Sa fatigue était oubliée. La femme brune était aussi légère qu'une plume.

CHAPITRE 29

Les pleurs résonnaient dans son sommeil comme une musique d'accompagnement. Elle avait toujours l'impression qu'ils venaient du dessus, mais pas des profondeurs d'un sous-sol inondé. Cette fois, elle savait, sans avoir besoin de réfléchir, qu'ils remontaient le long de tunnels obscurs et sans fin.

De plus, ce n'était pas Kate qui pleurait, mais elle, Jessie, et elle criait : « Papa, papa ! »

Quand elle ne put le supporter davantage, elle ouvrit les yeux.

Le silence. La pièce exsudait un silence de miel. Il emplit ses oreilles, son crâne, forma une fine pellicule devant ses yeux.

Elle était dans sa chambre du motel. Elle reconnut le double rideau à fleurs, le tapis beige, le téléviseur. Quelqu'un avait déplacé les meubles et retiré la cheminée.

Et son sac de voyage avait disparu.

Jessie se redressa. Tendre, tendre le cou, comme une pierre au bout d'une fronde. La pièce s'inclina et commença de tournoyer. Jessie retomba sur les oreillers.

Les murs continuaient de tourner mais moins vite et finirent par s'immobiliser. Le miel coula hors de Jessie. Les souvenirs affluèrent. Elle porta une main à son crâne et sentit le bandage.

Elle fit une nouvelle tentative pour s'asseoir. Cette fois, elle y réussit sans faire tanguer les meubles. Elle glissa ses jambes hors du lit, repoussa les couvertures. Le moindre geste exigeait un gros effort. Elle avait pris du poids : cent ou cent cinquante kilos.

Elle posa les pieds sur le sol et rassembla ses forces. Elle finit par y renoncer et se leva quand même. Voilà. Doucement. La pièce valsa de nouveau, mais revint vite en place — juste histoire de lui signifier qu'elle avait toujours l'avantage.

Jessie fit un pas en avant. Instantanément, elle perdit les kilos qu'elle avait pris et grandit de quelques centimètres. Marcher devint une épreuve de force — un peu comme sur des échasses, mais en moins drôle. Elle avança son autre pied et se balança comme un arbrisseau sous la brise, d'abord d'un côté puis de l'autre. Mais elle s'y habitua vite. Il ne lui fallut que deux ou trois minutes pour faire tout le chemin qui la séparait de la salle de bains.

Elle se regarda dans le miroir. Le reflet qu'elle y vit ne fut pas à son goût. Ce n'étaient pas seulement son extrême pâleur, les poches violacées sous ses yeux et le bandage enturbannant son crâne qui la gênaient, mais l'expression même de son regard, la peur, pis encore, l'impuissance. Le genre de regard qu'une femme ne pouvait se permettre de montrer à la face du monde ; le genre de regard que Barbara détestait. Était-il possible qu'un coup sur la tête puisse avoir tant d'effets ?

Elle se détourna.

Un bain la détendrait peut-être ; peut-être laverait-il son regard de cette expression. Elle tendit la main vers les robinets et se rendit compte alors qu'elle portait un peignoir en éponge. Un beau peignoir certes — doux, propre, confortable — mais qui ne lui appartenait pas.

Il était deux fois trop grand pour elle, sans doute à la taille du propriétaire de la trousse de toilette posée sur le bord du lavabo.

Jessie examina son contenu : rasoir jetable, peigne, brosse à dents, dentifrice. Un attirail de Spartiate comparé aux produits de beauté de Pat ou de Philip. Première constatation intéressante.

Deuxième du même ordre : sa propre trousse de toilette n'était pas là.

Jessie s'assit sur le rebord de la baignoire et envisagea les choix qui s'offraient : demander à parler au directeur du motel ; téléphoner à Buddy Boucher ; prendre un bain. Elle en était toujours à tergiverser lorsque la porte s'ouvrit.

Jessie se leva, chancelante, s'empara du rasoir et s'avança.

Un homme était entré : grand, pantalon de velours côtelé et pull marin, cheveux argentés coupés très courts. Elle comprit tout de suite que le rasoir ne lui serait pas d'une grande utilité.

Il l'observait. S'il remarqua le rasoir qu'elle brandissait comme un revolver ou un couteau, il n'en laissa rien paraître.

— Où est l'infirmière ? demanda-t-il.

Il ne parlait pas fort mais sa voix portait.

— Quelle infirmière ?

L'homme se retourna, ouvrit la porte, jeta un œil à l'extérieur. Une femme renfrognée, à la poitrine généreuse, traversait le parking d'un pas tranquille. Elle portait une robe blanche et avait un gobelet à la main.

— Salut, vous ! lança-t-elle en entrant. J'étais juste sortie acheter un café.

— Du vent ! dit-il.

— Hein ?

— Vous pouvez disposer.

L'infirmière redressa la tête d'un air agressif, mais l'expression de l'homme lui fit reconsidérer la prochaine réplique.

— Je ne me suis absentée que cinq minutes.

L'homme acquiesça tout en tenant la porte pour la laisser passer. L'incident était clos. L'infirmière ouvrit la bouche, la referma, sortit.

L'homme se tourna vers Jessie. Ils se regardèrent. Jessie envisagea de lui demander : « Qui êtes-vous ? », mais cette question lui parut stupide.

Il répondit tout de même.

— Je m'appelle...

Il prononça un nom qui commençait par un Z, composé de deux ou trois syllabes qu'elle ne comprit pas.

— Et que... que voulez-vous ?

— Vérifier que tout va bien.

— Vous êtes médecin ?

— Non. Il est à l'infirmerie.

— Que m'est-il arrivé ?

— Une légère commotion cérébrale. Et une entaille. Il a fait des points de suture.

Le regard de l'homme glissa vers le pansement. Il fronça les sourcils.

— Ça aurait pu être fait plus proprement.

Elle dut changer d'expression car l'homme s'empressa d'ajouter :

— Mais il a quand même fait du bon boulot et, une fois que vos cheveux auront repoussé, il n'y paraîtra plus.

— Formidable !

Instinctivement, elle porta une main à sa nuque.

— Attention avec le rasoir.

Jessie laissa retomber son bras et glissa le rasoir dans l'une des poches du peignoir.

— Combien a-t-il fait de points ?

— Pas trop. Vingt-cinq ou trente, je crois.

La pièce tangua, le tourbillon habituel.

— Ça va ?

— Oui, merci, répondit Jessie, un peu froidement, pour compenser son impuissance.

— Asseyez-vous.

— Je préfère rester debout.

Ils se regardèrent, les yeux dans les yeux. Ceux de l'inconnu étaient d'un gris assorti à ses cheveux. L'avait-elle déjà vu quelque part?

— Vous travaillez pour M. Mickey?

Elle avait parlé sans réfléchir.

— M. Mickey?

— C'est peut-être son prénom. Je ne suis pas sûre.

Si ce M. Z-quelque-chose trouvait que ses remarques n'avaient ni queue ni tête, il n'en laissa rien paraître.

— Pourquoi travaillerais-je pour lui?

— Je ne sais pas. Une idée comme ça.

Peut-être avait-elle fait le rapprochement entre les deux hommes à cause de leur taille et de la force qui émanait d'eux. L'homme qu'elle avait devant elle était moins grand que M. Mickey mais plus carré.

— Une idée qui vous venait d'où?

— Je ne sais pas. Je ne sais pas ce que je raconte, de toute façon.

Sans changement remarquable, le visage de l'homme passa d'une expression neutre à une franche antipathie.

— Qui êtes-vous? lui demanda-t-elle, à voix haute cette fois.

— Je vous ai déjà dit mon nom.

— Je ne l'ai pas compris.

— Aucune importance.

Il y eut un silence puis l'homme ajouta :

— Restez debout si vous voulez, mais moi, je m'assois.

— Faites comme chez vous.

— Excellente idée : c'est ma chambre.

Il s'installa dans un fauteuil de l'autre côté du lit. Ses gestes étaient déliés et précis — on les aurait qualifiés de gracieux chez un homme plus fin.

— C'est votre peignoir que je porte?

— Oui.

— Où sont mes affaires?

— A côté. Dans votre chambre.

Jessie ouvrit la bouche pour dire quelque chose, mais se ravisa.

— Oui? encouragea l'homme.

— Je... je ne sais plus très bien où j'en suis.

— Un coup sur la tête a toujours cet effet-là.

D'un ton tout aussi dégagé, il ajouta :

— Qui vous a frappée ?

— Je... comment savez-vous que c'était une agression ?

— Évident. Un coup porté avec un objet lourd. Vous avez de la chance d'être encore en vie.

— C'est le médecin qui a dit ça ?

L'homme secoua la tête.

— Il pense que vous vous êtes blessée en tombant.

— Pourquoi ?

— Parce que c'est ce que je lui ai dit. N'importe quel médecin digne de ce nom aurait tout de suite compris que je mentais. Mais, comme je vous l'ai dit...

— Ce n'est pas un très bon médecin.

L'homme eut un sourire très rapide.

— Et pourquoi lui avoir menti ?

— Parce que ça ne faisait aucune différence pour votre traitement. Radios. Points de suture. Vaccin antitétanique. Calmants. Et puis une agression entraîne des questions, la police, et coetera. Je n'étais pas certain que vous aviez envie de ce genre de complications.

Jessie le regarda droit dans les yeux, essayant de percevoir le sens caché de ses paroles. Elle n'y parvint pas. La pièce vacilla de nouveau.

— Vous feriez mieux de vous asseoir.

— Ça va.

— Le médecin pense que vous devriez rester couchée toute la journée.

— Vous avez dit vous-même que c'était un charlatan. Vous ne pouvez pas jouer sur les deux tableaux.

Il la scruta du regard.

— Comme vous voudrez.

Pourtant l'idée de s'asseoir devint irrésistible, peut-être parce qu'elle avait de nouveau l'impression qu'elle grandissait et que la chambre devenait toute blanche. Jessie fit quelques pas, contrôlés, stables, selon elle, et elle s'assit sur le bord du lit, en essayant de ne pas trop s'y affaler. Elle s'attendit à ce que l'homme dise : « Voilà qui est mieux », il ne fit aucun commentaire. Il semblait s'être replié sur lui-même, comme si ses yeux gris s'étaient couverts de nuages.

Jessie prit une profonde inspiration. La pièce retrouva ses couleurs naturelles.

— C'est dans le souterrain que vous m'avez trouvée ?

Il acquiesça. Les nuages quittèrent son regard.

— Vous êtes de la police ?

Il lui rappelait DeMarco — même taille mais plus large d'épaules.

— Non.

Moins agressif que DeMarco.

— Vous travaillez pour la sécurité du campus ?

Il eut de nouveau son fin sourire.

— Pour la sécurité en général.

— C'est-à-dire ?

— C'est-à-dire que j'aimerais que vous m'expliquiez ce que vous faisiez dans ces souterrains.

— Et si je refuse ?

— Alors il faudra que je complète le puzzle moi-même. Ce serait une perte de temps et, de plus, il se pourrait que j'en sois incapable.

— Et vous, qu'est-ce que vous cherchiez dans ces souterrains ?

— Vous. Qu'est-ce que vous faites dans la vie ?

Jessie le lui dit.

— Je ne l'aurais jamais deviné.

Il hocha la tête, sourit pour lui-même et ajouta :

— Qui vous a frappée ? Pat Rodney ?

— Vous le connaissez ?

— Non.

Il ne connaissait ni Pat ni M. Mickey.

— Alors, comment savez-vous son nom ? Je ne vois pas où est votre intérêt dans cette histoire.

— Quelle histoire ?

Jessie ne répondit pas.

L'homme se leva, marcha jusqu'à la fenêtre et écarta le rideau. Une pluie fine tombait d'un ciel gris et bas.

— Quand j'étais petit, commença l'homme tout en continuant à regarder à l'extérieur, j'avais un livre qui racontait l'histoire de deux mineurs. Ils s'appelaient Bazak et Vaclav. Ils ne se connaissaient pas. Ils habitaient deux villages différents et ne travaillaient pas dans la même mine. Mais un beau jour, au même moment, ils donnèrent tous les deux un coup de piolet qui fit s'écrouler la paroi qui les séparait.

Il laissa retomber le rideau et se tourna vers Jessie.

— C'était un livre d'images. Je revois encore l'expression qu'ils avaient.

— C'est censé être une parabole ?

— Non, un simple souvenir.

Il sortit quelque chose de sa poche.

— Tenez, c'est votre courrier. Il est arrivé pendant que vous dormiez.

Il se pencha au-dessus du lit et lui tendit une enveloppe. En haut, à gauche, figurait le cachet *Appleman and Carr* et elle lui avait été adressée *Demeure 1826*. Un des côtés était déchiré.

— Elle a été ouverte, dit Jessie.

L'homme soutint son regard sans ciller et ne répondit pas.

— Rien ne vous autorise à lire mon courrier.

Il s'assit sur une chaise.

— Vous feriez aussi bien de le lire aussi, comme ça on pourra en discuter.

La colère inspira certaines pensées à Jessie qu'elle préféra ne pas retranscrire en langage clair. Elle ouvrit l'enveloppe. Elle contenait une lettre de Dick Carr à laquelle était joint un mandat-poste d'un montant de cinq cents dollars.

« En consultant les papiers de Barbara, écrivait-il, je suis tombé sur un dossier à votre nom. Il contenait une note écrite par Barbara où elle évoquait la possibilité d'avoir recours à une décision judiciaire afin d'examiner les relevés de compte de votre ex-mari dans l'espoir de retrouver sa trace grâce à des transactions récentes. J'ai pris la liberté d'essayer d'obtenir ce recours et, grâce à un mandat du lieutenant DeMarco du 20 courant, j'y suis parvenu. Je vous prie de trouver ci-joint la photocophie de l'état du compte d'épargne et du compte courant de M. Rodney pour ces deux dernières années, ainsi que le détail du contenu de son coffre. J'espère que ces renseignements vous seront de quelque utilité. »

Jessie ignorait que Pat avait un coffre à la banque. Elle examina ce que Dick Carr avait trouvé.

Le premier document était une coupure de presse, un peu jaunie, extraite du *New York Times* du 6 janvier 1971 :

HARTLEY FRAME

Le Pentagone annonce ce jour que Hartley Frame, fils du sénateur Edmund S. Frame (Virginie) et d'Alice Frame, a été retiré de la liste des portés disparus, et déclaré mort, suite à une tournée d'inspection des camps de prisonniers du Nord-Viêt-nam par une délégation de la Croix-Rouge.

Le première classe Frame, né le 4 octobre 1947, à Sweet Briar, Virginie, a suivi sa scolarité à Hill School, Pottstown,

Pennsylvanie et à l'université Morgan, Morgantown, Massachusetts. Ses parents lui survivent.

L'autre document provenant du coffre de Pat était une liasse de talons de chèques agrafés ensemble qui indiquaient tous un paiement de dix mille dollars à l'ordre d'Eggman Cookies, et qui étaient tous datés du 18 mars de chaque année depuis 1971.

Jessie releva la tête et croisa un regard gris acier posé sur elle.

— J'ai besoin de savoir de quel côté vous êtes, dit-elle.

— Combien y a-t-il de côtés ?

— Je l'ignore.

C'est en prononçant ces paroles que Jessie se rendit compte de leur véracité et de l'ampleur du désespoir que cet homme lisait dans son regard.

— Une chose de plus que je ne sais pas !

Et soudain, elle fut en larmes, incapable de se dominer. Elle pleurait devant cet inconnu comme dans son rêve elle avait crié : « Papa ! Papa ! » La pièce s'inclina et tournoya de nouveau. Jessie roula sur elle-même et enfouit son visage dans les draps. Elle eut conscience que l'homme venait vers elle, avançait une main pour la toucher.

Pourtant, il ne la toucha pas.

Il s'éloigna. Elle entendit l'eau couler dans la salle de bains. Il revint près d'elle.

— Tenez, lui dit-il.

Il lui tendait un verre d'eau et des comprimés. Jessie s'essuya le visage sur le drap et s'assit.

— Qu'est-ce que c'est ?

— De l'amoxicilline, lut-il sur la notice. Il faut en prendre un toutes les quatre heures.

Jessie prit les antibiotiques dans le creux de sa main et vida le verre d'un trait. Elle avait très soif.

— Et les calmants ?

— Ce n'est pas la peine.

Elle les lui rendit. Elle avait mal à la tête mais voulait garder les idées claires. Il la dévisageait de très près, comme s'il pouvait évaluer sa douleur par le regard.

Il prit le verre vide dans ses deux mains comme s'il s'agissait d'un objet de valeur.

— Vous feriez aussi bien de tout me raconter, dit-il. Je sais que vous recherchez Pat Rodney ; qu'il est votre ex-mari ; que votre enfant est avec lui, et un troisième larron ; que vous vous intéressez à Hartley Frame ; que vous avez essayé d'obtenir des renseignements sur lui par l'Association des anciens élèves et que vous avez posé des questions à son sujet à Alice Frame, sans succès.

— Et comment savez-vous tout cela ?

Il parut surpris.

— Je ne pensais pas que vous vouliez tenir vos agissements secrets.

Jessie le regarda sans répondre. Puis, malgré ses larmes, malgré la douleur lancinante dans sa tête, elle rit. Un rire bref, faible, mais vrai. L'homme sourit.

— Vous devez penser que je suis complètement folle.

— Non.

— Quel est votre nom, déjà ?

— Appelez-moi Ivan.

— Drôle de nom pour un agent du FBI.

— Qu'est-ce qui vous fait penser cela ?

Il avait changé de ton, comme si elle venait de l'injurier.

— Le FBI ne s'occupe-t-il pas de la sécurité des sénateurs et autres choses du même genre ?

— Je ne suis pas garde du corps.

— Alors, pourquoi vous intéressez-vous à moi ?

— Complétez le puzzle, après je le saurai.

Jessie prit sa décision, sur la base de détails insignifiants puisqu'elle n'en savait pas assez sur les choses importantes pour se faire une opinion. Des détails comme le verre d'eau, la main tendue vers elle mais qui ne la touchait pas, le sourire éclair, l'expression pensive qui avait traversé les yeux gris. Autant d'indices qui ne relevaient pas de la logique, mais de l'intuition, de la féminité — toutes dispositions qui ne sont pour rien dans la grandeur de l'Amérique.

— Très bien, dit-elle. Par où dois-je commencer ?

— Par où vous voudrez.

Jessie choisit d'entamer son récit par celui d'un dimanche après-midi à Santa Monica, où le soleil ressemblait à un ballon étrangement blanc, et la longue attente d'une BMW qui ne devait jamais arriver. Elle répéta à Ivan le message qu'elle avait entendu sur le répondeur de Pat : elle parla de Blue et de « L'Immensité des Cieux ». Elle évoqua aussi l'inscription sur le tableau de Pat, M. Mickey, la villa de Malibu. Elle n'omit rien — ni le magasin de disques de Gato, ni Philip, ni DeMarco. Ni Barbara. Il alla chercher son sac de voyage dans la chambre voisine afin qu'elle lui montre la barrette cassée et les Reeboks rayées bleu. Zyzmchuk dut demander un double de la clef à la réception, Jessie ne retrouvait pas la sienne.

Elle lui montra aussi la photographie de Kate à la plage, se tenant comme une cigogne. Il mit des lunettes.

— J'en ai besoin pour voir de près, murmura-t-il si vite que Jessie l'entendit à peine.

Puis il examina la photographie pendant un long moment — beaucoup plus longtemps, pensa Jessie, qu'il n'en faut pour mémoriser un visage. Il la lui rendit sans un mot et retira ses lunettes.

Jessie était épuisée. Elle avait mal à la tête et n'avait pas la force de se lever. Pourtant, elle ressentait un étrange soulagement. Elle s'était déchargée de ses soucis sur quelqu'un.

Ivan demeura assis, immobile, puis il dit :

— M. Mickey était-il votre agresseur ?

— Je ne crois pas. Celui du souterrain était plus mince. Et M. Mickey n'a pas le crâne rasé. Mais qui aurait pu vouloir me tuer ?

— Personne n'a voulu vous tuer.

— Pourquoi dites-vous ça ?

Zyzmchuk revit son torse dénudé, le pull-over remonté au-dessus de ses seins. Il aurait sans doute dû demander au médecin de l'examiner pour voir s'il n'y avait pas de traces de viol ; il en était encore temps. Mais il se contenta de répondre :

— Parce que vous n'êtes pas morte.

Elle l'observait, d'un air qui ne donnait pas envie de mentir.

— Est-ce la seule raison ?

— Je n'en vois pas d'autre.

C'était une échappatoire, pas un mensonge, mais qui ramena ce sentiment d'impuissance dans le regard de Jessie et il s'en voulut.

— Je ne sais pas, dit-elle.

Zyzmchuk se leva brusquement, se frotta les mains comme pour embraser l'atmosphère d'optimisme.

— Quelle était cette phrase que vous avez lue sur le tableau ?

— « Il faut battre le fer tant qu'il est chaud. » C'était écrit en arabe phonétique.

— Quels étaient les mots exacts ?

Les mots exacts ? Jessie se rappela que Philip avait cru que c'était du français. Toi quelque chose la toi.

— « Toi giet la toi. »

— D'où tenez-vous que c'est de l'arabe ?

— C'est M. Mickey qui me l'a dit.

— Faux.

— C'est quoi alors ?

— Bonne question.

Ivan décrocha le téléphone.

— Allô, Grace ?... Il me faut une traduction. Que signifie l'expression « Toi giet la toi » ?

Il épela chaque mot, puis reprit place dans le fauteuil et Jessie sur le lit. Une minute s'écoula, deux minutes. Le téléphone sonna.

— Zyzmchuk, annonça-t-il.

Cette fois-ci, Jessie comprit son nom. Il écouta quelques secondes. Il leva les yeux vers Jessie.

— « Toi giet la toi » — il faut croire qu'il y a des accents — est du vietnamien. Et ça veut dire : « Je tue donc je suis. »

Jessie revit cette phrase écrite sur le mur du souterrain et se souvint de la chanson qu'elle avait écoutée chez Erica McTaggart : *Descartes Assassin.*

— Je... je ne suis pas sûre de bien comprendre.

Ivan se leva et s'approcha d'elle, main tendue.

— Bazak rencontre Vaclav, dit-il.

Ils se serrèrent la main.

CHAPITRE 30

Demeure 1826, assis au bureau de la chambre 20. Ivan Zyzmchuk ouvrit le passeport de Gerald Brenner. Jessie regardait par-dessus son épaule tandis qu'il en tournait les pages.

Gerald Burton Brenner. Homme chauve au visage rond et sourire béat. Né à Oakland, Californie, en 1951. Il avait beaucoup voyagé — Hong Kong, la Chine, le Japon, l'Australie, la Nouvelle-Zélande, l'année passée. Le visa le plus récent était celui de la Thaïlande ; M. Brenner se trouvait à Bangkok du 29 octobre au 1er novembre.

— Vous le connaissez ? demanda Zyzmchuk.

Jessie examina la photographie.

— Non, je ne l'ai jamais vu.

— Pourrait-il être votre agresseur ?

— Il faisait noir, je ne peux rien affirmer, mais je crois que l'homme du souterrain n'avait pas la même forme de visage — le sien était plus allongé et plus étroit.

Il la regarda avec insistance.

— Il y a combien de chauves dans cette histoire ?

— Que voulez-vous dire ?

— Un premier chauve chez le concessionnaire de voitures, identifié comme étant votre ex-mari. Un deuxième dans le souterrain et, disons, au volant de la camionnette. Vous avez entendu sa voix et ce n'était pas celle de votre ex-mari.

— Non.

De son doigt, Zyzmchuk suivit le contour du sourire de Gerald Brenner.

— Et lui serait notre petit chauve numéro trois ? Ou bien est-ce couper les cheveux en quatre ?

— Vous ne me croyez pas, c'est ça ?

Pendant un instant, Jessie eut l'écœurante impression qu'ils s'engageaient sur un sentier que DeMarco et elle avaient déjà emprunté.

— Si, je vous crois.

Il reporta son attention sur le passeport. Sur la dernière page, figuraient l'adresse de Gerald Brenner à San Jose, en Californie, le nom de son épouse, Ginny Brenner, et un numéro de téléphone.

— Qu'en dites-vous ?

Elle reconnut son sourire mécanique.

— A l'assaut ! A l'assaut ! dit-il en décrochant le téléphone. Comme disait l'officier Joukov, ou un de ses sbires.

Il écarta un peu le combiné de son oreille de façon que Jessie pût entendre la conversation.

A l'autre bout du fil, on décrocha avant la fin de la première sonnerie.

— Allô ? dit une voix féminine à peine audible.

— Pourrais-je parler à Gerald Brenner, s'il vous plaît ?

Après un moment de silence, la femme demanda :

— De la part de qui ?

— D'un de ses copains d'Auckland. Je suis aux États-Unis pour quelques jours et je me disais que je pourrais peut-être lui faire une petite visite.

La femme reprit, après un autre silence :

— Comment vous appelez-vous ?

— Vaclav.

— Il ne m'a jamais parlé de vous.

Zyzmchuk feuilleta le passeport jusqu'à la page où était apposé le visa de la Nouvelle-Zélande. Jessie remarqua la lenteur de ses gestes.

— Nous n'avons fait connaissance qu'en juillet dernier, précisa-t-il. Mais on s'est tout de suite bien entendus. Je parie que vous êtes Ginny ?

— Oui.

La ligne grésilla. Ce fut à peine si Jessie entendit la femme quand elle dit :

— Il vous a parlé de moi ?

La communication menaçait d'être coupée, et la voix de Ginny Brenner flanchait.

— Oui.

La femme éclata en sanglots.

— Oh, monsieur Vaclav, il est arrivé une chose épouvantable. Jerry est mort.

— Non ! Comment ?

— Il a été assassiné. A Bangkok. Il avait disparu depuis fin octobre mais il y a seulement quinze jours qu'on a retrouvé son corps.

Sa voix était entrecoupée de sanglots, à peine audibles.

— Il... Son cadavre flottait dans un canal.

— Mais... Pourquoi ?

— Ils disent qu'on a dû faire ça pour le voler. Le 21, Jerry avait fait une grosse vente et apparemment l'a arrosée. Personne ne l'a revu depuis.

Sa voix se brisa à nouveau.

— Je vous prie de m'excuser, dit Zyzmchuk. Est-ce absolument certain ?

— Comment ?

— Qu'il s'agissait du corps de votre mari.

— Oh oui. Le... il a été identifié par un de ses collaborateurs de la filiale de Bangkok.

— Quelle nouvelle épouvantable !

— Comme vous dites, dit Ginny Brenner, comme vous dites.

Zyzmchuk la salua et raccrocha.

Jessie s'écarta de lui.

— Vous vous en êtes bien tiré, dit-elle.

Ivan Zyzmchuk ne broncha pas. Puis il tourna la tête vers la photographie de Kate posée sur le bureau, et revint sur Jessie. Il n'était ni en colère ni même contrarié.

— Allons-nous pinailler sur les fins qui justifient les moyens ?

— Non, dit Jessie. Pas cette fois.

Zyzmchuk rit. Son rire, sonore comme sa voix, semblait venir du plus profond de son corps.

— Telle est ma déontologie.

Il la regarda puis se détourna.

— Ça vous dirait d'aller faire une balade en voiture ?

— Où ? A « L'Immensité des Cieux » ?

— En plein dans le mille ! Ma parole, mais vous n'avez pas besoin de moi.

Oh si, pensa Jessie. Mais elle se garda de le dire.

Elle sortit du lit. Un brouillard nimbait le contour de sa vision ; la pièce recommençait son tour de passe-passe.

— Vous êtes sûre que ça va ?

Elle entendit sa question à travers des tampons d'ouate. Elle se rassit.

— Accordez-moi une minute.

Elle respira à fond. Elle sentait le regard gris fixé sur son profil. *OK! Allons-y. Doucement et lentement.*

Elle se releva. Sa vision resta claire. La pièce ne tanguait pas.

— Partons, dit Jessie.

— Commencez par en prendre un.

Il lui tendait les calmants.

Jessie refusa d'un signe de tête.

— Il faut que je garde les idées claires.

— Faites-le pour moi. On sera sur la même longueur d'onde et je me sentirai mieux.

Ils se rendirent sur le parking. Le froid attaqua tout de suite Jessie, traçant les contours de sa blessure comme avec le coin d'un glaçon.

— C'est ça le genre de voitures que fournit le FBI? demanda-t-elle tandis qu'il lui ouvrait la portière.

— Vous la trouvez trop luxueuse? Elle nous est prêtée par la Maison Blanche.

Ils roulèrent plein nord. Le ciel était d'un bleu soutenu et la terre avait des teintes dorées.

— Vous avez des enfants, Ivan?

— Non.

Jessie jeta un coup d'œil sur lui. La question stupide qu'elle avait envie de poser était : « Vous êtes marié? » Mais elle se contenta de demander :

— Vous semblez ne pas mettre mon histoire en doute?

— Pas pour l'instant.

— Pour quelle raison?

— Drôle de question. Pourquoi pas?

— Le lieutenant DeMarco ne m'a pas crue, lui.

— Voilà au moins une bonne raison.

— Vous ne le connaissez même pas.

— Je ne parlais pas de lui, mais vous n'étiez pas obligée de me dire qu'il ne vous avait pas crue. C'est donc que vous me dites la vérité, ou alors que vous opérez à un très haut niveau d'ingéniosité. Et, dans les deux cas, vous m'intriguez.

— Alors c'est ça : de la curiosité.

— Et...? insista Zyzmchuk.

— Je me demandais si vous travailliez pour le sénateur Frame.

— Pourquoi?

— Vous m'avez vue bavarder avec sa femme. Votre voiture est

immatriculée à Washington — j'ai pensé que vous étiez venu ici à cause de lui.

— Je vous répète que ce n'est pas ça.

— Vous n'êtes pas son garde du corps, mais vous pouvez travailler pour lui. Ou pour elle.

Zyzmchuk sourit. Cette fois, son sourire s'attarda.

— Ça se tient, mais ce n'est pas la bonne réponse. Je n'ai jamais rencontré le sénateur. Et je ne connais pas sa femme non plus.

— Mais vous saviez qui elle était.

Zyzmchuk tourna vers elle un regard amusé.

— Cet interrogatoire va durer encore longtemps ?

— Ce n'est pas un...

— Écoutez, j'enquête pour le compte du gouvernement. C'est au moins une chose que vous avez devinée. Pourquoi ne pas en rester là ?

Jessie sombra dans le silence. Ils passèrent devant des troupeaux, puis un verger désert aux arbres dépouillés.

— Vous enquêtez sur quoi exactement ? demanda-t-elle quand elle n'y tint plus.

Zyzmchuk se tourna vers elle comme avant, sauf que, maintenant, toute malice avait disparu de son regard.

— Je vous le dirai quand je le saurai.

— Ça n'a aucun rapport avec la drogue, n'est-ce pas ? Vous n'êtes pas de la brigade des stupéfiants ?

— Je n'aurais pas les moyens de me payer leur coupe de cheveux.

Jessie avait envie de lui demander : « Pourquoi ne pas tout me dire ? » Elle ne tenait pas à le harceler de questions mais pourquoi pas ? Elle cherchait à obtenir des renseignements, non ? C'était vrai, mais elle avait enfin trouvé quelqu'un capable de l'aider, et elle ne voulait pas le contrarier. Au fond d'elle-même, une autre raison dormait, pour laquelle elle n'avait pas envie d'examiner cela de trop près, ou trop tôt.

Ils suivirent la route 8 jusqu'à l'embranchement. Zyzmchuk ralentit à hauteur de la boîte aux lettres sur laquelle étaient peintes des fleurs bleues dont les tiges s'entrelaçaient autour du signe de la paix à demi effacé. Il arrêta la voiture et sortit pour vérifier le contenu de la boîte : vide. Pourquoi Jessie n'y avait-elle pas pensé lors de ses précédentes visites ? Elle aurait pu trouver du courrier et faire le rapprochement avec Eggman Cookies plus tôt.

La voiture de Zyzmchuk faisait un bruit de ferraille en grimpant le long du sentier. Le soleil couchant flamboyait sur les fenêtres de la ferme au bout de la prairie, et sur le toit, à travers certaines lucarnes aux moulures blanches.

La voiture fit un bond si brusque que Jessie fut projetée contre le repose-tête, ce qui relança sa douleur. Elle porta une main à son pansement tandis qu'ils descendaient l'autre versant de la colline et sentit qu'elle saignait, mais ce n'était pas le moment de s'en inquiéter.

Des langues de feu léchaient les murs blancs, dansaient derrière les fenêtres du rez-de-chaussée et à l'étage.

« L'Immensité des Cieux » était en flammes.

Une explosion se fit entendre à l'arrière de la maison. Un nuage noir, où scintillaient des étincelles, s'éleva. La voiture dérapa et s'arrêta dans un tourbillon de poussière.

Un gros homme blond était accroupi dans la grange. Il transvasait l'essence d'un bidon rouge dans des bouteilles de Coca. Il leva la tête, surpris.

— C'est M. Mickey, dit Jessie.

La peur soudaine jaillie comme un orage avait rendu sa voix aiguë.

Zyzmchuk descendit de voiture. M. Mickey se redressa et Jessie vit à quel point il était grand : quinze centimètres de plus que Zyzmchuk et presque aussi carré. Il tenait une bouteille d'essence d'une main molle.

Zyzmchuk fit un pas. Jessie lisait à la fois l'impassibilité sur son visage et la tension sur ses épaules. Il posa une question rapide à M. Mickey, Jessie le devina à son intonation mais sans la comprendre. Il avait parlé dans une langue étrangère.

M. Mickey, lui, l'avait compris : ses yeux pâles s'agrandirent encore plus, l'espace d'une seconde, son regard glissa vers la grange. Jessie aperçut une silhouette en pantalon à fines rayures qui entrait en courant se mettre à l'abri.

Si M. Mickey avait espéré que Zyzmchuk regarderait lui aussi dans cette direction, il s'était trompé. Il lui jeta quand même la bouteille de Coca. Zyzmchuk inclina la tête, le projectile lui effleura la tempe mais il l'avait évité avec un minimum d'effort, comme un boxeur pare un coup.

Puis il chargea, poings serrés. M. Mickey ne bougea pas, jusqu'à ce qu'il n'ait qu'à tendre le bras pour saisir Zyzmchuk. L'instant d'après, M. Mickey bondit et son pied fit une tache indistincte qui battit l'air entre eux. Zyzmchuk, rapide, esquiva le coup. Le pied de M. Mickey frôla son menton et le toucha à l'épaule gauche. Le choc résonna comme un tapis qu'on bat à une fenêtre. Zyzmchuk tournoya sur lui-même.

Jessie le vit blêmir mais il ne tomba pas. Il fit un tour complet qu'il paracheva en se projetant comme une pierre. M. Mickey ne s'y attendait pas ; il avait lancé son autre pied mais ni assez haut, ni assez fort. Zyzmchuk sauta par-dessus. Il y eut un autre choc, étouffé, et les deux hommes roulèrent à terre.

Un nuage de poussière s'éleva.

M. Mickey hurla.

Zyzmchuk eut bientôt l'avantage.

Puis l'homme en costume à fines rayures se tint au-dessus d'eux. Jessie ne l'avait pas vu venir. Il abattit le bidon d'essence sur le crâne de Zyzmchuk qui s'effondra et demeura inerte.

A ce moment Jessie perçut le son d'une sirène qui venait de Bennington. L'homme en costume releva la tête. Jessie vit très nettement son visage — bien coiffé, rasé de près, il portait des lunettes à monture d'écaille. Elle l'avait déjà vu une fois : devant la maison de Pat. C'était l'agent immobilier qui lui avait demandé si la maison était à vendre, celui qui ressemblait à un présentateur TV. Elle ne sut pas déterminer si lui l'avait reconnue. Des reflets rougeoyants luisaient sur ses lunettes, masquant son regard.

M. Mickey se releva lentement. Lui aussi entendit les sirènes, de plus en plus proches. Il dit quelques mots à l'agent immobilier qui, après avoir ramassé le bidon d'essence, se dirigea vers l'endroit où Zyzmchuk était étendu.

Sans réfléchir, Jessie s'installa au volant de la vieille voiture et mit le contact.

La Blazer partit comme une flèche et fonça droit sur l'agent immobilier. Des reflets miroitèrent vers Jessie comme il la regardait approcher. Il tenta de l'éviter, mais l'aile accrocha le bidon d'essence et il tomba. Jessie fit demi-tour au fond de la cour et repartit. Les sirènes étaient très fortes. M. Mickey aidait l'agent immobilier à se relever. Il jeta un œil sur Zyzmchuk, toujours étendu sur le sol, puis sur la voiture qui approchait. Il hissa l'autre sur ses épaules et, à grandes enjambées, gagna les bois derrière la grange.

Zyzmchuk se releva. Jessie arrêta la voiture et se dirigea vers lui. Un grand craquement embrasa la ferme, comme si un os géant s'était cassé en deux. Des flammes gigantesques sortirent du toit, se déployant comme des voiles rougeâtres dans le ciel. Une vague de chaleur déferla sur la cour.

Le feu rugit.

Des morceaux de verre volèrent en éclats.

A l'intérieur de la ferme, on cria.

Jessie leva la tête. Un visage sans regard s'encadra à la fenêtre au-dessus de la cuisine.

— Disco! cria Jessie.

Elle sentit le souffle chaud contre sa peau.

Disco baissa la tête vers elle. Il bougeait posément, en automate, comme s'il était en transe. Puis il cria encore, dans sa direction, dominant le ronflement des flammes et le bruit des sirènes.

— Disco! Sautez! Je suis juste en dessous, je vous rattraperai.

Disco eut un rire de dément.

— C'est ce que me disait Ratty. « Saute! » Vous croyez que je suis assez con pour me faire avoir deux fois au même coup?

— Je ne suis pas Ratty! Tout ça s'est passé il y a longtemps!

— A qui pensez-vous faire avaler ça? Ratty est ici et vous travaillez pour lui.

Une immense flamme se dressa derrière lui, assassin sanguinolent.

— Disco, je vous rattraperai. Sautez ou vous allez mourir!

— Allez vous faire foutre!

— Sautez! hurla Jessie pour couvrir le ronflement des flammes. Sautez!

Elle remarqua à peine les pompiers qui s'activaient dans la cour et passaient près d'elle en déroulant leur bâche.

— Sautez! hurla de nouveau Jessie.

— Venez me chercher!

— Allez, mon pote, dit l'un des pompiers, saute. Dans la bâche! T'as pas le choix.

— Il est aveugle, dit Jessie.

— C'est pas vrai! hurla Disco. Je vous ai bien eue. J'y vois à des kilomètres!

Son rire dément retentit.

— Je suis complètement défoncé, espèce d'enfoirés. Tout cela n'est qu'un rêve.

Il rit une dernière fois, puis un rideau de flammes s'enroula autour de lui, et on ne l'entendit plus. Ses longs cheveux se dressèrent comme des fusées. Il n'existait plus.

Un autre os géant se brisa, libérant une nouvelle vague bouillante qui souffla le mur et déséquilibra Jessie. Elle roula au sol. La terre était froide malgré l'incendie. Elle se releva et quelqu'un la tira à l'abri dans la grange.

Le feu n'en finissait pas de rugir.

— Où sont les lances à incendie? cria Jessie. Où sont-elles?

— C'est trop tard, mademoiselle, dit le pompier qui observait la scène, bras croisés.

La fenêtre où Disco était apparu avait explosé. Jessie ne réussit même pas à retrouver son emplacement. La maison avait perdu sa structure et son identité, réduite à un tas de matériaux en combustion.

Elle sortit de la grange, cherchant Zyzmchuk des yeux. Elle le vit émerger de la forêt. A côté des arbres et de l'incendie, il semblait, pour la première fois, tout petit. Jessie le rejoignit.

— Trop tard, dit-il.

Au loin, depuis une clairière, un hélicoptère banalisé, sans lumière, décolla et s'éloigna en tournant dans le ciel pourpre.

CHAPITRE 31

Durant le trajet jusqu'au poste de police, Jessie se tourna vers Zyzmchuk et lui dit :

— J'ai eu le temps de voir celui qui vous a frappé. C'était l'agent immobilier.

— Décrivez-le-moi.

— Taille moyenne. Costume à fines rayures. Lunettes. Un peu gras. Elle haussa les épaules. Il me rappelle un présentateur TV.

— Lequel ?

— Je ne trouve pas son nom.

Le capitaine de pompiers et le commissaire divisionnaire étaient frères. Le pompier était le plus jeune et le plus sympathique.

— On n'aurait rien su pour la voiture, dit le commissaire, s'il n'y avait eu cette — comment elle a dit déjà ?

— Ornithologue, répondit le capitaine en détachant chaque syllabe.

— Une ornithologue du dimanche, oui ! reprit le commissaire. Non mais sans blague, que peut bien faire une ornithologue au milieu des bois à deux heures du matin, je vous le demande ?

— Observer les chouettes, suggéra Zyzmchuk.

Le commissaire de police le regarda longuement, imité par son frère. Mais ce n'était pas le premier regard insistant que Zyzmchuk s'était attiré depuis que Jessie et lui avaient fait leur entrée dans le poste de police. Le premier avait eu lieu après que Zyzmchuk eut sorti une carte de son portefeuille. L'inspecteur divisionnaire s'était rendu dans une autre pièce d'où il avait passé un coup de téléphone. Il était revenu en lançant :

— Ça va, mon gars. Je suis censé faire tout mon possible pour t'aider.

— Tout ton possible ? s'était étonné le capitaine de pompiers. Il est du FBI ou d'un truc dans ce genre ?

— Ouais, c'est ça, un truc dans le genre, avait aboyé le commissaire reportant sa contrariété sur son frère.

Le pompier s'était tu.

Le commissaire dit :

— Vous pourriez peut-être m'expliquer un peu ?

Zyzmchuk répondit :

— C'est un rapt d'enfant. Sa fille.

— Vous voulez dire que la gosse était dans l'hélico ?

— Je ne crois pas.

— Vous ne croyez pas. Vous voulez qu'on essaie quand même de le localiser ?

— Vous pouvez toujours essayer mais c'est un Sikorsky S-76, banalisé et d'une portée de tir de mille deux cents kilomètres. Ce ne sera pas facile.

— Comment sait-il tout ça ? intervint le capitaine de pompiers. Il faisait nuit.

Pour toute réponse, son frère lui décocha un regard furibond. Pourtant, Jessie, jugeant la question pertinente, regarda Zyzmchuk avec insistance.

— Les chouettes. Oui, bien sûr, répétait le commissaire divisionnaire. Les chouettes. Bref, cette... ornithologue a installé son campement dans le bois, à proximité de la frontière de l'État...

— Près du sentier qu'utilisaient les bûcherons, interrompit le capitaine de pompiers.

— C'est juste. Mais il n'est plus fréquenté à cause du panneau d'interdiction de circuler pour tout engin motorisé.

— Ça, c'est pour empêcher le moto-cross, précisa le capitaine.

— Tu fais chier, on s'en fout du moto-cross ! Excusez la grossièreté, ajouta-t-il à l'adresse de Jessie.

— Excusez-moi, dit le capitaine.

Son frère poussa un soupir.

— Donc, notre ornithologue du dimanche, qui faisait du camping, aperçoit à deux heures du matin des phares à travers les arbres et entend un moteur. Peu après, une voiture passe à une centaine de mètres d'elle. Un peu plus tard, elle entend une ou plusieurs personnes, elle n'est pas sûre, qui reviennent à pied. En fait, il se trouve que cette ornithologue est une de ces... comment dire ?

— Du genre Greenpeace ?

— En quelque sorte. Alors, dès le matin, elle téléphone au poste pour signaler l'infraction à l'interdiction de circuler. C'était hier mais je n'ai pu libérer un de mes hommes qu'aujourd'hui. Je ne pensais pas trouver quoi que ce soit, en fait. Et il y avait cette voiture dans l'étang.

— Oui, dit Zyzmchuk. On peut y aller ?

— Sans problème. Demain matin.

— Non, tout de suite.

— Maintenant ? On ne peut pas intervenir, il fait nuit. Mais, demain, on ira en jeep et on verra.

— Je préférerais tout de suite.

Le commissaire consulta sa montre.

— Bon, si c'est vraiment...

— Ça l'est, dit Zyzmchuk. On pourrait prendre le plongeur en passant.

Le capitaine de pompiers ouvrit la bouche tandis que son frère haussait les sourcils, avec un bel ensemble.

— David ? dit le commissaire. Il n'acceptera jamais de sauter à la baille à cette heure. Et puis, qui va lui payer ses heures supplémentaires ?

— Moi, dit Zyzmchuk.

Les deux frères échangèrent un regard entendu.

— Avec une prime à la clef, ajouta Zyzmchuk.

Cette offre accéléra le cours des choses.

— D'accord.

Le pare-brise de la voiture du commissaire divisionnaire était recouvert de gel.

— L'hiver sera rude, dit-il.

Ils traversèrent la ville endormie.

— Joanne a tué le dindon cet après-midi, dit le pompier.

Son frère ronchonna. Jessie se demanda ce qu'il était advenu de celui de « L'Immensité des Cieux ».

Au bout d'un moment, le capitaine de pompiers ajouta :

— Ils annoncent de la pluie pour jeudi.

Un peu plus tard, regardant par la vitre, il ajouta :

— Moi je pense plutôt qu'il va neiger.

David habitait une petite maison à la sortie de la ville. Il attendait dans son allée, debout à côté d'un 4 × 4 rouillé.

— Je vous suis, dit-il.

Il ouvrait de grands yeux dans l'obscurité.

— Écoute, Dave ? lui dit le commissaire par la vitre baissée, tu connais la route pour aller au Petit Étang ?

David cligna les yeux.

— Oui, bien sûr. J'y étais pas plus tard que cet après-midi

— Alors, tu pourrais peut-être les accompagner. Ils veulent juste jeter un œil.

Le regard de David passa de l'un à l'autre. Il s'était perdu dans le raccourci du commissaire.

Zyzmchuk l'aida à retrouver son chemin :

— Ça me va.

— D'accord, dit David.

Le commissaire se tourna vers Zyzmchuk.

— Je vous souhaite le bonsoir.

— Bonne nuit.

Zyzmchuk et Jessie descendirent de voiture. Le capitaine de pompiers se hâta de monter à l'avant. Son frère démarra avant qu'il ait fermé sa portière.

Zyzmchuk et Jessie s'installèrent à côté de David au volant. Au moment où il mit le contact, une femme en imperméable sortit de la maison.

— Tiens ! dit-elle à David en lui tendant une bouteille Thermos.

Elle ne prêta pas attention à ses passagers.

— Je laisse une salade et des œufs au frigo. Tu pourras te faire un sandwich.

— Merci, maman.

David s'engagea sur la route 9 en direction de l'est, par les montagnes. Il était couché sur le volant, le regard fixé sur la chaussée. Celui de Zyzmchuk l'était aussi. Jessie ferma les yeux mais cela ne fit qu'augmenter sa migraine. Elle se demanda si Zyzmchuk avait mal aussi : il ne se plaignait pas. Elle essaya de distinguer s'il avait des marques sur la nuque. Pas de trace de sang — on l'avait frappé avec le flanc du bidon d'essence et non avec le coin — mais elle crut voir une bosse sous les cheveux gris.

Zyzmchuk tourna la tête vers elle. Ils restèrent un moment les yeux dans les yeux.

— Ce n'était que le deuxième round, dit-il. On aura notre revanche.

Constater que le cours des pensées de Zyzmchuk était semblable au sien la rassura. Tout à coup, elle se sentit en sécurité, elle aurait pu rester pour toujours dans la cabine de cette voiture rouillée, avec ce garçon vif d'un côté et cet homme complice de l'autre. Enfin presque, car il y avait Kate, qui avait besoin de sa mère, sa maman avec une carapace de tortue. Cette voiture était la carapace de Jessie, et elle celle de Kate.

— Je voulais vous demander une chose, dit-elle.

— Je vous écoute.

— Qu'est-ce que vous avez dit à M. Mickey ?

Zyzmchuk sourit.

— *Kaka idyot Polkovnik Grushin ?*

— Ce qui veut dire ?

— Comment se porte le colonel Grouchine ?

— En ?

— Russe.

David les écoutait. Elle baissa le ton.

— Et il vous a compris ?

— A votre avis ? lui rétorqua Zyzmchuk à voix haute.

— Je pense que oui. Il a un accent. J'ai cru qu'il était scandinave. Je le lui ai même demandé.

— Il a dû trouver ça drôle.

— Ça l'a agacé. Il m'a dit qu'il était de Hermosa Beach. C'est sur la mer Noire ?

— Non, près de Redondo.

Elle se rendit compte qu'il plaisantait.

— Il est russe alors ?

Zyzmchuk acquiesça.

— Un... espion ?

Ce mot, si galvaudé par la presse, la télévision ou le cinéma, lui parut dénué de sens.

En revanche, le regard intrigué de David était réel, tout comme la voix de Zyzmchuk.

— On le dirait, dit-il.

— Comment le savez-vous ?

Zyzmchuk répondit par un semblant de rire.

David s'engagea sur un mauvais chemin qui s'enfonçait dans une forêt dense. Chaque soubresaut relançait le mal de tête de Jessie.

— Ralentissez un peu, dit Zyzmchuk.

David leva le pied.

— Mais quel peut être le rapport entre Kate et un espion soviétique ?

Une trouée apparut dans la futaie. David tourna pour s'y engager. Ses phares balayèrent un panneau cloué sur un tronc : STRICTEMENT INTERDIT À TOUT VÉHICULE MOTORISÉ.

— Peut-être aucun, répondit Zyzmchuk.

Des feuilles mortes recouvraient le sentier étroit. Les arbres les cernaient et Jessie eut l'impression de pénétrer dans un organisme vivant.

— Pat est déjà allé en Russie ? lui demanda Zyzmchuk.

— Non. En tout cas, pas quand nous vivions ensemble. Il n'aimait pas les voyages.

— Il a un passeport ?

— Pas à ma connaissance. Qui est le colonel Grouchine ?

— C'est une longue histoire.

— Je vous écoute.

Jessie observait Zyzmchuk, le regard perdu dans la contemplation des alentours. Elle pensa qu'il préparait sa réponse, puis comprit qu'il ne dirait rien.

David suivit le sentier pendant deux ou trois kilomètres jusqu'à une fourche, prit un embranchement, encore plus étroit. Ils s'arrêtèrent enfin au pied d'un monticule.

D'un geste, il désigna le sommet.

— C'est là.

Ils descendirent de voiture, gravirent la côte et débouchèrent sur un plateau rocailleux. Tout autour, la nuit s'ouvrait, circulaire. La lune se reflétait à la surface d'une eau noire et étale, une dizaine de mètres plus bas, dessinant une ligne argentée qui scintillait jusqu'à l'autre rive.

— Le Petit Étang, dit David.

Il sortit une torche de sa poche et s'accroupit sur le bord du rocher.

— C'est là, vous voyez ?

Une fine couche de terre et de gravier recouvrait le roc. David pointa sa lampe sur des traces de pneus à quelques centimètres du bord.

— Oui, dit Zyzmchuk. Vous avez votre équipement ?

— Mon équipement ? Vous voulez que je plonge maintenant ? J'ai déjà plongé cet après-midi et j'ai dit au commissaire ce que j'avais vu.

— Pas vous, dit Zyzmchuk. Moi.

— Alors dans ce cas...

David se tut. Il contemplait la ligne brisée tracée par la lune. Jessie en vit le reflet dans ses yeux.

— Vous avez un diplôme ? Une expérience du scaphandre autonome ?

— Oui, dit Zyzmchuk.

— L'endroit est profond. J'ai atteint les cinquante pieds à ma jauge et je n'avais pas touché le fond.

— Ne vous inquiétez pas, je vous dédommagerai si j'esquinte le matériel.

— Ce n'est pas ce que je voulais dire.

Il avait l'air vexé.

— Bon, dit Zyzmchuk. Préparons-nous.

Ils retournèrent à la voiture et David sortit son équipement : masque, tube respiratoire, palmes, embout, bouteille d'air comprimé, combinaison, lests et lampe.

— Vous ne rentrerez jamais dans cette combinaison, fit remarquer Jessie.

— Elle a raison, dit David. Je pourrai m'en procurer une plus grande demain.

Zyzmchuk hocha la tête.

— Il va falloir nous débrouiller.

— Vous plaisantez ? On est en plein mois de novembre. Vous ne tiendriez pas trois minutes là-dedans.

— Vous avez de la vaseline ? Il faudra lubrifier les glissières et le caoutchouc.

— Oui, dit David.

Portant l'équipement, David les précéda le long d'un sentier qui contournait la base du rocher et menait à une plage de galets.

Zyzmchuk se déshabilla. Son corps était pâle et dur comme un caillou. Il s'enduisit de vaseline, prenant l'apparence d'une statue. Il se rendit compte que Jessie l'observait mais n'en laissa rien paraître.

— Attendez, dit-elle.

Elle prit le tube et lui frictionna le dos. Il avait la peau chaude.

Il hissa la bouteille d'air comprimé par-dessus sa tête, vacillant légèrement. Il l'ajusta, chaussa les palmes, cracha dans le masque et le rinça dans l'étang.

Puis il pénétra dans l'eau.

— Bon dieu, dit-il en riant.

— Pourquoi ne pas patienter jusqu'à demain pour les miracles ?

Mais il avait déjà mis l'embout dans sa bouche et glissé sous la surface. En le voyant disparaître, Jessie se souvint de son rêve : elle sombrait dans les profondeurs d'un gouffre où Kate pleurait. Une pensée épouvantable se forma dans son esprit.

Des bulles argentées éclatèrent à la surface, tout près. Elles formèrent une ligne droite jusqu'à la base du rocher, de plus en plus petites.

Ils attendirent sur la plage de galets. Malgré son pull-over et sa veste de daim, Jessie avait froid. Elle se serait bien réchauffée en battant des bras mais l'idée de Zyzmchuk, sous l'eau, l'arrêta.

— Cinq minutes, dit David.

Le silence s'installa.

— Dix minutes.

— Vous avez une autre bouteille d'air comprimé ?

— Pas ici.

Une lueur jaune apparut et monta vers la surface, non loin du rocher.

— Le voilà ! dit David

Jessie vit grossir les bulles argent. Zyzmchuk surgit à quelques mètres du bord. Son visage avait viré au bleu — il ôta son masque et recracha l'embout.

— Je voudrais ouvrir le coffre.

Il avait du mal à parler, comme si ses lèvres et sa langue avaient épaissi.

— Vous avez des outils ?

— Je les ai laissés chez moi. Le commissaire avait dit qu'il s'agissait juste de...

— Une barre ferait l'affaire.

— Je n'ai qu'un tournevis.

— On va essayer.

David courut à la voiture.

— Ivan ! dit Jessie.

— Oui ?

Elle faillit dire « Pourquoi ne pas laisser tomber ? Pourquoi ne pas attendre demain ? », mais quelque chose dans son regard la retint. Aussi se contenta-t-elle de lui demander :

— Elle est bonne ?

Il rit.

David revint avec le tournevis, Zyzmchuk replongea.

— Il va bien ? demanda David.

— On dirait.

En silence, ils regardèrent les bulles qui avaient perdu leur brillant. La lune descendait à l'horizon. Une ligne de nuages se refermait sur elle comme une porte coulissante.

— Cinq minutes, dit David. J'espère qu'il surveille son oxygène. Il en faut beaucoup pour un grand gaillard comme lui.

Du temps passa. Une éternité.

— Six minutes, reprit David. Merde. Est-ce qu'il sait faire une remontée en apnée ?

— Qu'est-ce que c'est ?

— Nom de dieu !

David commença à marcher de long en large sur les galets en consultant sa montre toutes les secondes.

— Pourquoi n'a-t-il pas voulu attendre demain ? Ça n'aurait rien changé. A quelques heures près...

Jessie réfléchit à la question. Ivan Zyzmchuk était-il un fonceur, un impatient chronique ? Ou bien avait-il été vexé de sa défaite contre M. Mickey ? Voulait-il prendre sa revanche ?

Jessie n'eut pas le loisir d'aller au bout de sa réflexion. Sous la surface, une lueur jaune réapparut ainsi que d'autres bulles argentées.

— Le voilà ! dit David.

— Vous avez une couverture ?

— Dans la voiture.

— Allez la chercher.

David détala.

Zyzmchuk apparut à la surface à quelques mètres du bord. Il tremblait et restait sur place, il avait trop froid pour bouger. Jessie s'avança dans l'eau et l'aida à regagner la rive.

David l'enveloppa dans la couverture, puis, avec Jessie, ils lui donnèrent des tapes pour le réchauffer.

— Tenez, lui dit David en lui tendant une tasse de café.

Zyzmchuk avait du mal à boire, Jessie l'aida. Il claquait des dents. D'une main, elle lui maintint la tête. Sa peau n'était plus chaude mais glacée.

Il réussit à avaler une gorgée de café.

— Ça va, dit-il. Pas de problèmes.

Il avait tant de mal à articuler que Jessie pouvait à peine le comprendre.

— Je n'ai pas réussi à ouvrir le coffre.

— Ils le feront demain.

— Mais j'ai trouvé autre chose, une seconde voiture.

— Une autre voiture ? s'étonna David. Je ne l'avais pas vue.

— Elle est sous la Corvette. On a dû la pousser du même endroit.

— Quel genre ? demanda Jessie. Parlez !

Zyzmchuk ouvrit la main. Ils virent un disque de métal sur lequel étaient imprimées les lettres BMW.

CHAPITRE 32

Il fallut plus de temps que ne l'avait pensé le commissaire. La Corvette ne fut dégagée que vers trois heures et la BMW une heure après. L'eau se déversait des deux véhicules tandis qu'on les hissait jusque sur le gros rocher : claire de la Corvette et boueuse de la BMW.

Les deux voitures avaient certains points communs : un faible kilométrage — douze mille kilomètres pour la BMW et cent cinquante-six pour la Corvette, soit seize de plus depuis que Jessie l'avait découverte sous la bâche ; la couleur — le même bleu ; et le nom du propriétaire : des papiers détrempés trouvés dans les boîtes à gants attestaient que les deux voitures appartenaient à Pat Rodney.

Mais elles présentaient aussi quelques différences. La plaque de la BMW était récente. Celle de la Corvette — Pat 69 — n'avait pas été renouvelée. Le coffre de la BMW était vide. Pas celui de la Corvette : il contenait un corps plié en position fœtale, celui d'une femme qui portait un gros anneau d'or à l'oreille.

Blue Rodney.

Elle était habillée — jean, sandales, chemise à fleurs — mais les boutons de sa chemise avaient sauté, aussi était-il facile de voir le trou rond entre ses seins. Jessie pensa aux traces rouges dessinées au doigt autour de l'interrupteur à « L'Immensité des Cieux » et au goût du sang — celui de Blue — sur sa langue.

Une ambulance surgit. Les brancardiers portèrent Blue jusqu'au véhicule. Sa tête bascula sur le côté et de l'eau brune coula de sa bouche sur la carrosserie immaculée.

— Oh, mon dieu ! murmura Jessie.

Sa tension était telle qu'elle avait du mal à parler.

Ce fut alors que David, en combinaison orange, remonta de son dernier plongeon. Il lui fallut beaucoup de temps pour nager jusqu'à la rive. Jessie n'arrivait pas à détacher ses yeux de lui dans l'espoir de déceler quelque chose au moindre de ses mouvements. Il se mit enfin debout, retira son masque, essuya son nez et gagna la plage de galets. Jessie l'attendait, impatiente.

— Il n'y a plus rien, dit-il et il s'ébroua comme un chien.

Pas d'autres cadavres.

Les craintes les plus affreuses de Jessie ne s'étaient pas vérifiées mais elles étaient devenues plus identifiables, moins abstraites, s'étaient nourries des heures qu'elle venait de passer à assister au dragage. Son anxiété ne la quitta pas, mais battit en retraite, comme une armée qui attend son heure.

Deux dépanneuses remorquèrent la Corvette et la BMW. Les ambulanciers quittèrent les lieux, bientôt imités par le commissaire, le capitaine de pompiers et David, sous un crachin glacé.

Jessie se trouva nez à nez avec Zyzmchuk qui l'observait.

— Je boirais bien un verre, lui dit-il. Pas vous ?

Ils s'arrêtèrent dans une auberge à la sortie de la route 9 et s'assirent devant un feu de cheminée qui craquait dans l'âtre sans réchauffer Jessie. Sa peau était aussi glacée que la peau blanchâtre de Blue.

— Vous buvez quoi ?

— Ça m'est égal.

— Deux cognacs, commanda Zyzmchuk.

L'aubergiste ne semblait pas issu d'une famille d'aubergistes, mais ressemblait plutôt à un homme qui aurait abandonné un métier bien payé en ville pour s'installer à la campagne et poursuivre un rêve de propriétaire.

— Vous voulez un vrai cognac de France ou bien une fine d'Espagne ?

— Un vrai cognac pour madame et du tord-boyaux pour moi.

— Je puis vous assurer, commença l'aubergiste qui ajouta à contrecœur : « cher monsieur », que notre cognac espagnol est plutôt...

— Du tord-boyaux pour tout le monde ! lança Jessie.

Zyzmchuk éclata de rire. L'aubergiste ravala ses paroles et s'éloigna.

Le cognac d'Espagne arriva sur la table et Zyzmchuk porta un toast :

— A la santé des picadors !

L'alcool brûla la gorge de Jessie et une chaleur se répandit dans tout son corps, comme une retombée du soleil d'Espagne.

— Il y a des fois où le cognac espagnol est tout juste ce qu'il faut, dit Zyzmchuk. Surtout celui qui a dix ou douze étoiles sur la bouteille.

Ils étaient assis sur une banquette, côte à côte, ayant pris soin de ménager un espace entre eux. Un annuaire professionnel du Vermont était posé sur une desserte. Zyzmchuk s'en empara et le feuilleta.

— C'est drôle, dit-il. Elles n'y figurent pas.

— Qui ?

— Les Autos Big-Top de Bennington.

— Qu'est-ce que c'est ?

— Le nom du concessionnaire qui a vendu la Corvette, à en croire le chrome sur le coffre.

— Pourquoi voulez-vous lui parler ?

Jessie avait conscience de l'irritation qui transparaissait dans sa voix, mais elle était trop fatiguée, trop inquiète, pour lutter.

Zyzmchuk ne s'en offusqua pas.

— Quelqu'un... celui que vous appelez M. Mickey... est allé chez...

— Ce n'est pas moi qui l'appelle M. Mickey. C'est lui-même qui se donne ce nom.

— Il est peu probable que ce soit son vrai nom. En Russie, les M. Mickey ne courent pas les rues.

Leurs regards se croisèrent avec colère. Zyzmchuk leva la main en disant :

— On fait la paix, Bazak ?

— D'accord, Vaclav.

Ils commandèrent un autre cognac.

— J'étais sûr que vous l'apprécieriez, dit l'aubergiste.

Il attisa le feu, vida un cendrier, s'éloigna.

— Le prétendu M. Mickey, reprit Zyzmchuk, s'est donné du mal pour faire disparaître le cadavre et la Corvette.

— Pourquoi ?

— C'est ce que nous devons découvrir.

— Et la BMW ?

— Bonne question. Mais on ne peut pas la mettre à l'actif de M. Mickey.

— Pourquoi ? Ça ne peut être que la même personne qui...

Zyzmchuk secoua la tête.

— Quatre personnes sont mortes. Blue Rodney, Disco et sans doute votre amie ont été tués par M. Mickey. Mais Jerry Brenner ?

— Je ne sais pas.

— Moi non plus. C'est pourquoi nous devons considérer ces deux voitures séparément.

Zyzmchuk regarda fixement le contenu de son verre.

— Elles étaient belles ces voitures, au fond de l'eau, l'une sur l'autre.

Il se leva et se rendit à la cabine téléphonique.

L'opératrice n'avait pas d'abonné au nom des Autos Big-Top, ni à Bennington ni nulle part dans le Vermont.

— Buddy Boucher connaît peut-être, suggéra Jessie.

Zyzmchuk sourit.

— Excellente initiative, mineur !

Jessie l'appela.

— Salut ! dit-il. Rien à signaler. Je vous préviendrai dès qu'il se passe quelque chose. Faites-moi confiance.

— Il y a autre chose, monsieur Boucher. Vous pourriez peut-être m'aider à trouver un autre concessionnaire automobile qui était installé à Bennington.

— Vous voulez acheter une voiture ?

— Non, trouver le concessionnaire.

— Vous savez, je suis le moins cher du coin.

— J'en suis certaine, mais je veux simplement entrer en contact avec lui.

— Comment s'appelle-t-il ?

— Je l'ignore. Sa société s'appelait Autos Big-Top.

Il y eut un silence. Puis Buddy Boucher dit :

— Pourquoi recherchez-vous ce concessionnaire ?

— C'est très compliqué, monsieur Boucher. En fait, je pense qu'il a vendu une voiture à mon ex-mari en 1969 et il pourrait peut-être m'aider à le retrouver.

— Vous parlez de votre ex-mari, M. Rodney ?

— C'est le seul que j'ai jamais eu !

— Alors, c'est non. Les Autos Big-Top ne lui ont jamais vendu de voiture.

— Comment le savez-vous ?

— Parce que je n'oublie jamais le visage d'un client, madame Rodney. C'est une des règles de notre métier.

— Je ne comprends pas.

— Les Autos Big-Top, c'était moi, jusqu'en 1972. J'ai vendu et enchaîné avec Dodge. Big-Top a fait faillite deux ans plus tard.

— Mais je viens de voir une Corvette avec votre plaque, au nom de Pat.

274

— De quelle année ?

— 1969.

— De quelle couleur ?

— Bleu. Le même que la BMW.

— Bleu azur, dit Buddy Boucher. Décapotable ?

— Oui.

— Je crois que ça me dit quelque chose, madame Rodney. J'ai une bonne mémoire des voitures. Celle-ci était partie pour cinq mille cent ou cinq mille deux cents dollars. C'était une jolie somme à cette époque. Mais ce n'était pas un M. Rodney qui l'avait achetée.

— Qui alors ?

— Je ne m'en souviens pas, mais si c'est important je peux le retrouver. J'ai toutes les fiches de l'époque à la cave. ⸱

— C'est important.

Buddy Boucher s'éloigna tandis que Jessie patientait. Elle entendit un de ses enfants crier : « C'est moi Terminator ! »

Un autre surenchérit : « Non, c'est moi ! Je suis Terminator ! »

Les cris se changèrent en pleurs. « Ça suffit ! » trancha une femme. C'était maintenant elle qui criait le plus fort. « Vous pouvez très bien être Terminator tous les deux ! »

Les pleurs cessèrent.

« C'est idiot ça, maman. »

Buddy Boucher reprit l'appareil.

— Vous êtes toujours là ?

— Oui.

— J'ai la fiche en question. Corvette Stingray bleu azur, pneus à flanc blanc, 327 V-8, radio, sièges en cuir, numéro de série 43567978.

— Ça m'a l'air d'être ça, mais je ne connais pas le numéro.

On lui tapota l'épaule. C'était Zyzmchuk qui lui montrait un bout de papier sur lequel il avait écrit : 43567978.

— Oui, reprit Jessie, c'est bien ça.

— J'ai vendu cette voiture le 29 août 1969 pour cinq mille cent vingt-cinq dollars. Cash. J'ai une photocopie du chèque sous les yeux.

— Qui a payé ?

— Comme je vous disais, ce n'est pas M. Rodney. Le chèque est signé Hartley Frame.

Zyzmchuk dit à mi-voix :

— Qu'il vous l'envoie.

275

— Monsieur Boucher? Pourriez-vous me faire parvenir cette photocopie? Elle pourrait m'être d'un grand secours.

— J'aime bien avoir mes archives complètes, madame Rodney, en cas de contrôle fiscal. On ne sait jamais.

— Et si vous m'expédiez une photocopie de la photocopie?

— Ça devrait être possible.

Tandis qu'elle lui dictait l'adresse de *La Demeure 1826,* elle sentit une autre tape, amicale, sur son épaule. Zyzmchuk articula le mot « Banque ».

— Ce chèque a été tiré sur quelle banque, monsieur Boucher?

— La Banque Nationale de Morgantown. Massachusetts.

— Merci bien. Au revoir.

Elle raccrocha sur Buddy Boucher qui lui disait :

— Mais je ne vois pas quelle est l'importance de tout ça puisque ce n'est pas votre mari qui...

Jessie se tourna vers Zyzmchuk :

— Moi non plus à vrai dire.

— *Po-iti-po-dyengy,* dit-il.

— Ce qui veut dire?

— « Allez à l'argent » — Trotski ou un de ses sbires. Telle est la seule chose à savoir sur cette Terre.

— Le Petit Étang? dit Erica McTaggart. Ça fait des siècles que je n'y suis plus allée.

Elle était assise sur le divan en velours déchiré de son salon minuscule, enveloppée dans une couverture. C'était une maison pleine de courants d'air et il n'y avait pas de feu dans la cheminée, seulement un tas de cendres.

Jessie lui demanda :

— Pat y allait parfois?

Erica lui lança un regard pénétrant, puis ses yeux se portèrent sur le chevalet, maintenant débarrassé des figures masculines, pour enfin se poser sur Zyzmchuk, adossé contre la cheminée.

— Je crois, oui, répondit-elle. On était toute une bande à y aller pique-niquer de temps en temps. Au printemps 68 ou 69. Il devait certainement y venir aussi.

— Qui d'autre? demanda Zyzmchuk.

— Diverses personnes. Sergeant Pepper.

— Hein?

— C'était le nom de leur groupe, précisa Jessie.

— Oui, dit Erica. Et puis quelques filles de Bennington peut-être.

— Et Hartley Frame ?

— Évidemment, c'était son groupe.

Zyzmchuk et Erica se dévisagèrent un moment. Puis elle détourna la tête, en s'emmitouflant dans la couverture.

— Et si on faisait un feu ? proposa Zyzmchuk.

— Il y a du bois dehors, mais je crois qu'il est humide.

Zyzmchuk sortit.

— A part Hartley et Pat, qui faisait partie de ce groupe ? demanda Jessie.

— Ça changeait souvent. Des fois, je chantais. Il y a eu un pianiste pendant un moment, mais il a laissé tomber, et puis plusieurs batteurs. Le camarade de chambre de Hartley l'a été un temps.

Erica jeta un coup d'œil vers la porte et demanda à voix basse :

— C'est votre petit ami ?

— Non.

Erica hocha la tête.

— Un peu vieux de toute façon.

Zyzmchuk rentra, les bras chargés de bûches.

— Comment s'appelait le colocataire de Hartley Frame ? demanda Jessie.

— Dennis Keith, lui répondit Erica sans hésiter.

— Vous avez une mémoire d'éléphant.

— Il ne faut pas exagérer. C'était un type du coin.

— Comme Pat ?

— Pas tout à fait. Dennis fut l'un des rares à fréquenter l'université. Sa mère faisait le ménage chez moi.

Zyzmchuk s'agenouilla près de la cheminée et balaya les cendres.

— Elle habite toujours ici ? demanda-t-il.

— Non. Elle est morte il y a quelques années.

— Et son père ?

— Il ne l'a jamais connu. Il est mort en Corée, je crois.

Zyzmchuk cassa une petite branche.

— Vous n'auriez pas une photo de lui par hasard ?

— Du père ?

— Non, du fils.

— Plus maintenant. Avant, j'avais un album entier sur les années soixante — Hart, le groupe, la grande manif devant le poste de police, la grève, tout — mais il est resté chez Ross après notre divorce et il l'a jeté avant que je me rende compte que je ne l'avais plus. Vous imaginez sa mesquinerie ! Je voulais m'en servir pour un collage.

Zyzmchuk disposa les brindilles en tas puis roula un journal en torche qu'il glissa dessous. Il posa une bûche et craqua une allumette. Le papier s'enflamma, puis les brindilles. La bûche ne tarda pas à fumer. Zyzmchuk souffla. Une flamme minuscule lécha l'écorce et s'étala lentement.

— En revanche, il me reste une photo d'elle, dit Erica. De Mme Keith.

Elle conduisit Jessie et Zyzmchuk à sa chambre. Au-dessus du lit défait était accroché un grand dessin au fusain qui représentait deux amants. C'était une simple étude, pas très bien exécutée mais assez vigoureuse. Erica avait ostensiblement signé dans le coin inférieur droit de son œuvre.

La photographie en question était, avec beaucoup d'autres, punaisée autour du miroir de la coiffeuse. Ce n'était pas un portrait de Mme Keith. Erica figurait au premier plan ; plus jeune, plus ronde aussi, dans un tout petit bikini. Elle riait en regardant l'objectif. Jessie se fit une idée de la raison qui avait poussé Erica à leur montrer ce cliché. Elle se demanda si elle aurait fait la même offre en l'absence de Zyzmchuk.

Au fond du champ se tenait une femme âgée dans une robe à pois informe. Ses cheveux gris étaient noués en chignon et des cernes soulignaient ses yeux.

— C'est Mme Keith.

— C'était votre femme de ménage ? demanda Zyzmchuk.

— La mienne et celle d'autres personnes aussi. Les Keith étaient pauvres.

— Leur fils a pourtant fréquenté l'université.

— Grâce à une bourse. C'était un bosseur. Il me fait penser aux étudiants actuels. Et puis il savait comment se mettre en avant. Hartley, lui, ignorait jusqu'à l'existence même de ce concept. C'est peut-être ce qui faisait son charme, d'ailleurs.

— Est-ce que vous sous-entendez que Keith a manipulé Hartley pour obtenir son emploi chez le sénateur ? interrogea Zyzmchuk.

Erica se tourna vers lui. Jessie voyait son profil reflété dans le miroir, sourcils froncés, la tête légèrement inclinée — une préfiguration de la vieillesse.

— On dirait que vous le connaissez ?

— Comme ci, comme ça, lui répondit Zyzmchuk. Alors ?

— Vous êtes de la police ?

— Non. Je suis un ami de Jessie et je l'aide à retrouver sa fille.

Dans le miroir, le visage d'Erica se détendit un peu.

— Je n'irais pas jusqu'à dire qu'il le manipulait. Ils fréquentaient la même fac. C'était une amitié virile, en somme. De toute façon, le boulot n'a pas marché.

— Ah bon? s'étonna Zyzmchuk. Je croyais que Keith avait travaillé tous les étés pour le sénateur.

Erica secoua la tête.

— Il n'a travaillé pour lui qu'un seul été. Et encore, une partie seulement. Ça n'a pas collé.

— Pourquoi?

— Je l'ignore. Hartley ne me l'a jamais dit. Ça n'avait pas grande importance.

— L'expression « Je tue donc je suis » vous rappelle-t-elle quelque chose, madame McTaggart?

— Évidemment!

Son regard se posa sur Jessie.

— Elle vient de la chanson que je vous ai fait écouter, *Descartes Assassin*.

— Qu'est-ce que cela?

— Rien de plus que ce qu'on entend. Vous ne voulez quand même pas que je vous fasse un cours?

— Si.

— Bon! Eh bien, il s'agit d'une satire, je suppose. Mon ex-mari est un fan de Descartes, le dernier homme universel et toutes ces conneries. Il était aussi *pour* la guerre du Viêt-nam. C'est ça qui a inspiré la chanson.

— C'est vous qui l'avez écrite? demanda Jessie.

— Uniquement les paroles. Hart avait composé la musique. Vous voulez l'écouter?

Jessie se tourna vers Zyzmchuk.

— Non, merci, dit-il. En revanche, j'aimerais bien savoir pourquoi cette phrase est écrite sur un des murs des souterrains.

— Qu'êtes-vous allé y faire?

Zyzmchuk répondit sur un ton froid et cassant que Jessie ne lui connaissait pas.

— Je viens de vous le dire. Nous recherchons la fille de Jessie.

Erica changea d'expression. Son visage devint plus déterminé; son regard indiqua clairement que Zyzmchuk, après tout, n'était pas son type.

— C'est nous qui l'avons écrite sur le mur. Voilà comment elle y est arrivée. Et je suis bien incapable de vous expliquer pourquoi ! Ce serait comme essayer d'expliquer ce qu'est l'humour. On en a ou on n'en a pas.

Elle consulta sa montre. Un geste qui, lui, se passait d'explications.

Ils traversèrent le salon jusqu'à l'entrée. Le feu s'était éteint.

— Je vous avais dit que le bois était trop vert, remarqua Erica.

Jessie et Zyzmchuk sortirent et la porte claqua derrière eux. Cliquetis de serrure. Verrou. Seconde serrure. Second verrou.

Après un moment de silence, Zyzmchuk finit par dire :

— Tiens, elle n'a pas tourné la clef !

Jessie le regarda, éberluée, avant de comprendre qu'il plaisantait. Son visage arborait une expression nouvelle ; tout d'un coup, elle l'imagina en petit garçon espiègle. Elle fut prise d'un fou rire. Elle n'avait pas ri autant depuis le soir où elle s'était assise dans sa cuisine avec Barbara. Cette fois, sa gaieté ne s'acheva pas en crise de larmes.

Un coin de rideau se souleva à la fenêtre de la petite maison triste d'Erica McTaggart. Zyzmchuk s'en rendit compte et dit :

— Que diriez-vous d'une autre fine d'Espagne ?

— Excellente idée.

— Mais d'abord au travail.

Deux jeunes gens en blouson descendaient l'escalier de la bibliothèque de l'université Morgan.

— J'ai un partiel demain à neuf heures, dit l'un d'eux. De quoi parle Kierkegaard ?

— T'es foutu ! répondit l'autre.

— C'est bien comme ça que je l'avais compris, moi aussi, lança Zyzmchuk à Jessie tandis qu'ils pénétraient dans le bâtiment.

Les salles d'étude étaient bondées mais, hormis une jeune femme qui feuilletait un numéro de la revue *Money*, la salle des périodiques était déserte. Zyzmchuk plaça la bobine de micro-film étiqueté « NYT Mai-Août 1969 » sur le lecteur et la fit passer à toute allure jusqu'au mois d'août.

— Nous y voilà, dit-il en arrêtant l'image sur le vendredi 15 août : l'ouverture du festival de Woodstock.

Le *New York Times* y avait consacré un papier par jour. Les journalistes avaient joué sur différentes approches, traitant d'abord l'événement comme une histoire amusante, comme la vogue du hula hoop ou les rituels de boue amazoniens ; puis comme une catastrophe naturelle (mais il n'y avait eu que deux victimes, ce qui n'était pas suffisant pour un scoop — dès l'instant qu'elles n'étaient pas mortes dans un incendie en plein centre de Manhattan — encore moins pour y consacrer la « une ») et, pour finir, comme un désastre financier qui, toutefois, n'avait pas semblé perturber énormément les producteurs ; indice que quelque chose de nouveau s'était passé.

Zyzmchuk dessina un calendrier sur une feuille de papier. De la quinzième à la dix-septième case, il écrivit « Woodstock ». Dans la vingt-neuvième, qui correspondait au dernier vendredi du mois, soit deux semaines après le début du festival, il nota : « Corvette ».

— Où voulez-vous en venir ? lui demanda Jessie.

— Je ne le sais pas encore. Le 15 août, Pat Rodney, Hartley Frame et quelques autres se rendent à Woodstock. Deux semaines plus tard, Hartley achète une voiture au nom de Pat.

— Il la lui a offerte ?

— Ça me paraît l'explication la plus simple.

Jessie se souvint de sa première conversation avec Disco : il disait que le festival avait marqué la fin de « L'Immensité des Cieux ». *Ils ont tous foutu le camp.* Woodstock avait-il coïncidé avec la fin de la communauté ou en avait-il été la cause ? S'était-il passé quelque chose au cours du festival ? *Que savez-vous sur Woodstock ?* Simplement que le groupe avait joué dans les bois avec Jimi Hendrix et que celui-ci avait offert sa guitare à Hartley : celle qui avait disparu de chez Pat, se rappela-t-elle. Jessie se souvint aussi que c'était justement la chanson de Joni Mitchell, *Woodstock,* qu'elle avait entendue sur le magnétophone de Pat.

— Hartley a peut-être offert autre chose à Pat à ce moment-là, dit-elle.

— Quoi ?

Elle lui parla de la guitare de Hendrix et ajouta :

— Mais Pat a toujours prétendu l'avoir achetée à une vente aux enchères. Pourquoi aurait-il menti ?

Zyzmchuk ne répondit pas.

— Et pourquoi a-t-il pris cette guitare en allant s'installer en Californie, mais a abandonné la Corvette dans la grange ?

Encore une question à laquelle Zyzmchuk n'avait pas de réponse.

Ils sortirent de la bibliothèque. Jessie n'avait plus envie de cognac. Ils retournèrent au motel. Ils regagnèrent leur chambre.

Face à son reflet dans le miroir de la salle de bains, Jessie défit son bandage. Elle n'arrivait pas à voir la partie de son crâne où ses cheveux avaient été rasés, mais elle pouvait la toucher, sentir les points de suture sous ses doigts, comme autant de ponts au-dessus d'une rivière asséchée.

On frappa. Son bandage à la main, elle s'avança et cria :

— Oui ?

— C'est moi, dit Zyzmchuk.

Jessie porta la main à sa tête dans l'idée de remettre rapidement son pansement, puis elle se dit que ce n'était pas important et ouvrit.

— Faites voir, lui dit Zyzmchuk, en passant dans son dos.

Elle sentit son souffle à l'endroit où sa peau était à nu.

— Pas mal. Vous cicatrisez vite.

Il prit une chaise, et Jessie s'assit au bord du lit.

— Vous avez faim ? lui demanda-t-il.

— Non.

— On m'a transmis un message téléphonique, dit-il. Je dois partir demain matin.

— Vous rentrez chez vous ?

— Chez moi ? Non, au bureau. J'ai un rapport à faire et puis il y a une ou deux choses que je pourrai peut-être voir là-bas.

— Lesquelles ?

— Jeter un œil sur le livret militaire de Hartley Frame, par exemple.

— Dans l'espoir d'y découvrir quoi ?

— Je ne sais pas.

— Vous avez dit que quatre personnes étaient mortes. Vous n'avez pas parlé de la cinquième.

— Qui ?

— Hartley Frame.

Zyzmchuk sourit.

— En effet.

— Vous pensez qu'il n'est peut-être pas mort au Viêt-nam ; c'est ça ? Et qu'il est revenu en utilisant le passeport de Gerald Brenner ?

— Peut-être, mais ça ne sert à rien de faire des suppositions tant que je n'ai pas vu son livret militaire.

— A quoi bon ? Nous savons déjà que son corps n'a pas été retrouvé.

— Bon, très bien, dit Zyzmchuk. Mais où aurait-il vécu pendant tout ce temps ?

— Prisonnier quelque part là-bas. Il a réussi à s'enfuir et il s'est rasé le crâne pour ressembler à Gerald Brenner.

— Il n'existe aucune preuve que des Américains soient retenus au Viêt-nam contre leur volonté.

— Mais c'est possible.

— Peut-être. En supposant qu'il ne soit pas mort, il a pu rester de son plein gré.

— Et ?

— Et il a été expulsé.

— Pour quelle raison ?

Zyzmchuk haussa les épaules.

— Vous voyez bien qu'il est trop tôt pour tirer des conclusions. Pour commencer, il faut qu'on en sache davantage sur Gerald Brenner et son passeport. Est-ce son assassin qui l'a pris ? A-t-il été trouvé par terre ou confisqué par la police ? A-t-il été vendu au marché noir ? Qui l'a acheté ?

— Je vois, dit Jessie.

Elle se sentait faible et lasse. Elle s'allongea sur le lit et ferma les yeux. Les mèches de cheveux de Disco, telles des fusées, se dressèrent sous ses paupières closes. Puis ce fut au tour des cheveux de Kate, bruns et frisés, de prendre feu.

— J'essaierai d'être de retour demain dans la soirée, lui dit Zyzmchuk. Quelqu'un viendra le matin pour vous tenir compagnie pendant mon absence.

— Qui ?

— Un de mes amis.

— C'est indispensable ?

— Ne vous fatiguez pas...

La chambre numéro 19 était silencieuse et fraîche. Jessie ramena les couvertures sur elle. Peu après, elle perçut les pas de Zyzmchuk sur la moquette. La lumière s'éteignit. Elle l'entendit s'installer sur une chaise.

— Vous allez rester ici toute la nuit ? demanda-t-elle.

— C'est plus sûr.

Une voiture vrombit tel un insecte géant. Puis le calme revint. Un silence étouffé, songea Jessie, comme si elle était ensevelie sous des coussins de neige. Elle n'entendait que sa propre respiration, n'avait d'autre sensation que le froid et sa douleur à la tête. Elle avait besoin de sommeil, mais, dès qu'elle fermait les yeux, elle voyait brûler sa fille.

— Ivan, appela-t-elle.

Un prénom qui, la veille encore, lui paraissait étrange, exotique.

— Oui ?

— Viens.

Silence. Aucun bruit sauf son propre souffle. Puis des pas sur la moquette, une démarche lente et hésitante. Il se cogna contre le lit en passant et fit mine de s'asseoir.

— Non, dit Jessie en rabattant les couvertures. A l'intérieur.

Silence. Il fut bientôt contre elle. Jessie l'entendait respirer et sentait sa chaleur. Elle se blottit contre lui.

— J'ai peut-être oublié comment m'y prendre, dit-il.

Il se trompait.

Ensuite, il la tint serrée dans ses bras. Ses yeux étaient à quelques millimètres de ceux de Jessie, grands ouverts.

CHAPITRE 33

Jessie s'éveilla. Il la regardait.

— Où étais-tu le 15 août 1969 ? lui demanda-t-il.

— C'est un interrogatoire ?

— Oui.

— De quoi suis-je accusée ?!

— D'avoir un passé dont j'ignore tout.

— C'est un délit ?

— Oui, impardonnable.

— Je n'ai rien à cacher. Le 15 août 1969, c'était l'été avant ma première année de fac. Je devais être à la plage. Et toi ?

Le regard de Zyzmchuk se perdit dans le lointain. Puis il sourit.

— Je chassais le bouquetin.

— Le bouquetin ?

Il acquiesça.

— Avec le Shah.

Il souleva légèrement sa tête. Jessie l'observait.

— Que signifie ce regard ? lui demanda-t-il.

— Tu y lis de l'horreur. C'est ma manière à moi d'exprimer l'horreur.

— N'en parlons plus, dit-il.

Il l'enlaça.

— Tu vas me rendre accro, dit Jessie.

Il ne répondit pas.

Peu après, elle dormait d'un sommeil paisible. Quand elle s'éveilla, son mal de tête avait disparu, Zyzmchuk aussi. Elle n'était pourtant pas seule : un inconnu était assis dans le fauteuil.

Jessie se redressa, ramenant le drap sur sa poitrine.

— Ne craignez rien, dit-il d'une voix ténue. Je suis un ami d'Ivan.

Il avait beau pointer sans cesse son menton en avant pour se donner l'air agressif, il n'avait rien d'un garde du corps. Le reste de sa personne était petite et tassée, un vieillard décrépit et suffisant.

— Je m'appelle Bela.

— Et moi Jessie.

— Oui, je sais.

— A quelle heure Ivan est-il parti ?

Bela consulta sa montre.

— Il n'y a pas très longtemps. Il sera de retour ce soir. En attendant, nous resterons ici. Dans cette chambre.

— J'aimerais bien pouvoir me lever.

Bela pointa son menton un peu plus en avant.

— Vous lever, d'accord. Mais sortir, non !

Il ne bougea pas, cou tendu. Jessie demeura immobile, le drap contre elle. Il comprit et une faible rougeur colora son teint cireux.

— Je vais rester devant la porte.

Il sortit. Jessie prit une douche et s'habilla.

— La voie est libre ! cria-t-elle.

Bela entra et la jaugea des pieds à la tête.

— Vous avez quel âge ?

Jessie le lui dit.

— Ivan a cinquante-six ans, dit-il d'une voix tranchante. Cinquante-sept dans deux mois.

— Je le sais.

— Peuh !

Il reprit place dans le fauteuil, sortit un livre de sa poche et entama sa lecture. Le titre était écrit dans une langue que Jessie n'identifia pas. Les yeux de l'homme roulaient sans arrêt sous ses paupières. Il humecta son index et tourna une page. Ses yeux roulèrent de plus belle. Jessie se demanda s'il n'était pas un peu fou.

— Vous travaillez avec Ivan ?

Il leva la tête, l'index arrêté sur le mot où il avait interrompu sa lecture.

— Qu'est-ce que vous croyez que je fais en ce moment ?

— Pour la même société, je voulais dire ?

— Je suis trop vieux pour trouver du travail dans cette Terre promise.

Il détacha son index de la page du livre et le pointa vers Jessie.

— Ivan aussi d'ailleurs. Ils se débarrassent de lui.

— Qui « ils » ?

— « Qui » ! demanda-t-elle. Vous ne savez rien de lui. Il n'a pas le sou. Il va falloir qu'il trouve du travail. A son âge.

Bela reporta son attention sur le livre. Ses yeux roulaient sous ses paupières.

— Qu'est-ce que vous lisez ? lui demanda Jessie au bout d'un moment.

— La vie de Verdi, répondit-il sur un ton qui laissait supposer qu'il ne croyait pas en son intérêt.

— En quelle langue ?

— La mienne. Le hongrois.

Il referma le livre d'un coup sec et le remit dans sa poche. Il en ressortit un autre objet : une photographie dans un cadre d'argent. Il se leva et la posa sur la tablette de la cheminée. Puis il se dirigea vers la fenêtre, écarta les doubles rideaux et regarda à l'extérieur.

Jessie s'approcha de la cheminée. Le cliché, noir et blanc, représentait une jeune femme assise à une petite table ronde. Elle était brune, souriante, jolie et très jeune.

— Qui est-ce ?

Bela se retourna.

— Leni. Ma fille.

Il s'approcha, comme une fleur se tourne vers le soleil, et se planta devant la cheminée.

— Elle est très jolie.

Elle regretta de ne pas avoir utilisé un autre mot, surtout lorsqu'elle entendit Bela répéter :

— Jolie ?

Il y eut un long silence. Il la dévisageait, le menton pointé vers elle.

— Jolie. Sûr qu'elle était jolie. Il vous a parlé d'elle ?

— Non.

Alors elle comprit.

— Ils sont mariés, c'est ça ?

— Mariés ? répéta Bela, hors de lui.

Jessie recula, essayant de deviner ce qui l'avait énervé.

— Divorcés ?

Pendant une fraction de seconde, elle crut qu'il allait la frapper.

— Elle est morte ! Ils l'ont tuée après que cette photo a été prise. Ils n'ont pas eu le temps de se marier.

Il s'emporta.

— Mais ils n'auraient jamais divorcé ! Jamais !

Jessie recula.

— Je ne comprends pas. C'est arrivé récemment ?

— En 1956. Vous appelez ça récent ?

Jessie commença, elle aussi, à s'énerver.

— J'avais quatre ans ! s'écria-t-elle, comme s'il l'avait accusée de complicité de meurtre.

L'argument sembla porter. Bela retrouva son apparence normale.

— C'est vrai que vous êtes jeune.

Son regard parut de nouveau aimanté par la photographie.

— Elle aussi était jeune. Plus jeune que vous peut-être. Je ne me rends plus compte de l'âge des gens. Quel est le vôtre ?

Jessie le répéta.

Il fit oui de la tête.

— Elle était plus jeune que vous. Elle avait vingt-deux ans.

Il tendit le doigt, sans agressivité cette fois, et le posa avec tendresse sur l'image de Leni.

— Elle était enceinte de cinq mois. Elle avait toute la vie devant elle.

Bela avait des larmes dans la voix, mais ses yeux étaient secs.

— Que s'est-il passé ?

— Il y avait un vendeur de journaux et Grouchine a coincé sa femme.

— Le colonel Grouchine ?

— Exact. Que savez-vous de lui ?

— Ivan m'en a parlé une fois, mais j'ignore qui il est.

— C'est le Russe, dit Bela.

Un long silence s'ensuivit, si long que Jessie crut que l'explication allait s'arrêter là. Pourtant Bela reprit :

— A l'époque, il n'était pas si haut placé ni si puissant qu'aujourd'hui. Ce n'était qu'un filou russe de plus. C'est lui qui...

Bela laissa sa phrase en suspens et reporta son regard sur la photographie.

— Il vous a parlé de Leni ?

— Non.

— Non ?

Tout à coup, il eut l'air très vieux, les traits tirés. Il s'appuya à la cheminée, comme s'il cherchait à conserver son équilibre dans une bourrasque.

Jessie ouvrit son portefeuille.

— Regardez, moi aussi j'ai une photographie de ma fille.

Elle lui tendit le cliché qui représentait Kate à la plage. Bela n'y jeta même pas un regard.

— Elle a disparu. C'est elle qu'Ivan m'aide à retrouver.

Bela tourna la tête, examina la photographie en silence, puis dit :

— Comment s'appelle-t-elle ?

— Kate.

— Quel âge ?

— Dix ans.

— Dix ans, répéta-t-il en soufflant très fort. Et elle a disparu ?

— Oui.

— C'est Grouchine qui l'a enlevée ?

— Oh, non, aucun rapport.

Mais un frisson courut le long de la colonne vertébrale de Jessie et la secoua tout entière. Elle aurait voulu pouvoir sauter dans la photographie, prendre Kate dans ses bras et ne plus la lâcher.

— Aucun rapport, répéta Bela. Alors pour quelle raison Ivan s'en mêle ?

— Je l'ignore. Je ne sais même pas ce qu'il fait exactement.

Bela la contempla de ses yeux secs et inexpressifs. Puis il lui prit la photo de Kate des mains et la cala dans un coin du cadre. Jessie remarqua que Leni avait des cheveux frisés, elle aussi, semblables à ceux de Kate.

— Je les hais, ces Russkoffs, dit Bela.

Il reprit place dans le fauteuil et ressortit son livre.

— Vous aimez Verdi ?

C'était plus un constat qu'une question.

— Je ne connais pas grand-chose de sa vie.

— Je parlais de sa musique.

Quelques accords lointains revinrent à la mémoire de Jessie, souvenirs de dimanches matin de son enfance, au cours desquels son père monopolisait le tourne-disque. Mais elle était incapable de les identifier et Bela attendait une réponse.

— J'ai vu *La Traviata*. Le film, précisa-t-elle. J'ai beaucoup aimé.

— Le film ? s'indigna Bela, en faisant la grimace comme s'il venait d'avaler quelque chose de mauvais. Qui chantait ?

— Placido Domingo et Teresa Stratas.

— Peuh ! Et dans le rôle du père ?

— Je ne m'en souviens pas.

— Peuh !

Bela ouvrit la biographie de Verdi, retrouva sa page et reprit sa lecture. Ses yeux roulaient dans leurs orbites ; son index mouillé tournait les pages.

Plus tard, Jessie lui demanda :

— Vous avez faim ?

— Non, répondit-il sans lever la tête.

— Moi oui.

C'était vrai. Elle n'avait pas ressenti de véritable envie de manger depuis le jour de la disparition de Kate, et, brusquement, elle était affamée. Elle ne désirait pas en analyser les raisons ; l'amour y était pour beaucoup ; cela prouvait que la vie continuait, quoi qu'il arrive ; comment accepter cette idée ?

Bela referma son livre.

— J'ai compris. Qu'est-ce que vous voulez ?

— Allons en face.

— Non, moi j'y vais. Vous, vous restez ici. Et ne laissez entrer personne. Vu ?

— Vu.

— Qu'est-ce que je vous rapporte ?

Jessie faillit répondre « Rien du tout », mais elle mourait de faim.

— Des œufs brouillés. Des toasts. Du jus d'orange. Du café. Du bacon.

— Du bacon ?

— Et puis du poisson si vous en trouvez. Truite ou saumon.

— Œufs brouillés. Toasts. Jus d'orange. Café. Bacon. Poisson.

Il leva les yeux sur elle : il était petit.

— Leni mangeait comme ça, elle aussi. Comme un homme. Mais elle ne grossissait pas.

Il la jaugea rapidement, et admit à contrecœur :

— Vous non plus, vous n'êtes pas grosse.

Jessie sortit un billet de vingt dollars de son portefeuille.

— Tenez.

Bela le refusa d'un geste.

— Je ne veux pas de votre argent. Fermez à clef et mettez l'entrebâilleur.

Il sortit.

Jessie obéit ; elle regrettait d'avoir demandé tant de nourriture. Que mangeait Kate au petit déjeuner ? Qu'avait-elle mangé ces douze derniers jours ? Jessie en perdit l'appétit. Elle s'immobilisa au milieu de la chambre, paralysée.

On frappa à la porte. Jessie fut sur le point d'ouvrir — elle avait déjà posé une main sur la poignée — lorsqu'elle se rendit compte que Bela ne pouvait être déjà de retour.

— Bela ?

Silence. Puis une voix — celle d'un homme cultivé — demanda :

— Madame Shapiro ?

Jessie ne répondit pas. Cette voix lui était inconnue. Ce n'était ni celle de M. Mickey, ni celle de l'agent immobilier et encore moins celle, bizarrement située entre l'aigu et le grave, de la clocharde.

— Madame Shapiro ? répéta la voix. On m'a dit que je pourrais vous trouver ici.

A quoi bon rester silencieuse ? Celui qui se trouvait derrière la porte l'avait entendue bouger.

— Qui « on » ?

— Alice Frame. Ma femme.

Jessie ouvrit la porte, mais sans retirer la chaîne. Sur le seuil se tenait un homme en veste de peau et pantalon en tweed.

— Sénateur Frame ?

Il lui sourit.

— Appelez-moi Ed.

Malgré cette entrée en matière des plus décontractées, il n'appartenait pas à la catégorie d'hommes qu'on a envie d'appeler par un diminutif. Il avait des cheveux grisonnants à la coupe parfaite, des ongles manucurés et un visage à figurer sur les monts Rushmore ou, pour le moins, sur un timbre-poste. Puis elle se souvint de l'avoir déjà vu au journal télévisé et sur des photographies illustrant des articles qu'elle n'avait pas lus. Elle se contenta de dire :

— Je n'ai pas dit à votre femme où j'étais.

Il lui sourit une nouvelle fois.

— Pas exactement, c'est vrai, mais comme tout le monde descend dans cet hôtel !

Jessie comprit l'expression « un sourire de commande ».

— Puis-je entrer ?

Jessie regarda par-dessus son épaule, de l'autre côté de la rue. A travers la vitre du restaurant, elle distingua des silhouettes anonymes. Impossible de savoir laquelle d'entre elles était celle de Bela.

— Ou bien préférez-vous sortir ? insista le sénateur Frame. Je ne vous retiendrai que quelques minutes.

Les sénateurs américains étaient des gens polis. Ils n'étaient pas du genre à vous frapper sur le crâne à coups de jerricane ni à vous kidnapper sur des yachts anonymes. Jessie ouvrit la porte.

— Entrez.

— Je vous remercie.

Il inspecta la chambre.

— Très joli, dit-il. J'ai séjourné ici une fois. Dans cette chambre même, j'entends.

— A l'époque où votre fils était à l'université Morgan ?

Le sourire refit son apparition. Jessie se demanda si c'était un tic ou bien l'expression indispensable à la carrière d'un sénateur.

— Non. Nous avions déjà notre chalet à l'époque. C'était lors de ma dixième réunion, en 1953, je crois. La prochaine d'importance sera la cinquantième. Je n'arrive pas à le croire.

Le sénateur fit une pause, comme s'il contemplait le passage du temps, puis il ajouta :

— Mais je ne suis pas venu pour vous ennuyer avec mes souvenirs. Ma femme m'a dit que vous êtes mariée à un ancien ami de mon fils.

— Je l'étais, oui. Mais...

Le sénateur Frame haussa les sourcils — proéminents, telles des falaises neigeuses.

— Continuez, je ne mords pas.

— Mais votre femme m'a dit qu'elle n'avait jamais entendu parler de Pat.

Il ouvrit les mains en un geste clérical qui invitait au compromis et à la tolérance.

— Alice n'est pas elle-même ces jours-ci. Je crains que cette histoire de mémorial n'ait réveillé de vieux démons.

— Elle connaissait donc Pat ?

— Je n'irais pas jusque-là, mais Alice et moi l'avons rencontré à plusieurs reprises. Si c'est bien de Pat Rodney dont nous parlons.

— Oui.

— J'aimerais en être sûr.

Le sénateur Frame sortit une photographie d'identité de sa poche et la tendit à Jessie. Elle eut conscience qu'il l'observait tandis qu'elle la regardait.

— C'est bien lui.

Elle représentait un Pat adolescent, au charme naissant, aux cheveux blonds un peu plus clairs et pas encore aussi longs qu'à sa période Sergeant Pepper.

Le sénateur remit la photographie dans sa poche.

— Où habitez-vous ?

— Nous avons divorcé, mais nous vivons tous les deux à Los Angeles.

— Malibu ?

— Non, j'habite Santa Monica et lui Venice.

— Ah, ces quartiers ont des noms d'un exotisme !

Il écarta les doubles rideaux et regarda à l'extérieur. Il semblerait que cette fenêtre attire les gens, songea Jessie.

292

Le sénateur se tourna vers elle.

— Ma femme m'a dit que vous aviez des ennuis.

— Pat et moi avons une petite fille.

La photographie de Kate était toujours coincée dans le cadre de Bela. Jessie la prit et la donna au sénateur qui ne prit même pas la peine de la regarder.

— Et alors ? dit-il.

— Ils ont disparu tous les deux.

— Quand ?

— Il y a presque deux semaines.

— Le mercredi 19 ?

— Un peu moins de deux semaines. Depuis le dimanche.

— C'était à Los Angeles ?

— Oui.

— En ce cas, pourquoi êtes-vous ici ?

Jessie hésita. Le sénateur fit à nouveau un geste qu'elle associa à la prêtrise et à une bénédiction.

— Alice et moi aimerions vous aider, madame Shapiro. A moins que quelqu'un d'autre ne s'en charge déjà ?

— Pourquoi m'aider ?

Il resservit son sourire.

— J'admire votre franc-parler, madame Shapiro. Je l'observe de plus en plus chez les jeunes femmes d'aujourd'hui. Je vous comprends parfaitement.

Son sourire s'évanouit, très progressivement, comme un acteur fait durer sa sortie.

— Nous aimerions vous venir en aide pour la bonne et simple raison que votre mari — enfin, votre ex-mari — était un ami de notre cher fils.

Le sénateur fit mine de poursuivre, puis se ravisa et eut un geste d'impuissance. Ses yeux se mouillèrent, pas assez pourtant pour former des larmes, mais plutôt deux fines pellicules de rosée. Il cligna les paupières et l'effet disparut.

— Si vous êtes d'accord, bien évidemment.

— Si je suis venue ici, c'est parce que Pat et Kate ont été vus dans le Vermont peu de temps après leur disparition.

Elle parla de Buddy Boucher.

— Et un homme était avec eux.

— Qui ?

Jessie ne put résister à l'impulsion de traverser la chambre jusqu'à la fenêtre, d'écarter les doubles rideaux et de regarder à l'extérieur.

Elle vit des feuilles mortes poussées par le vent à travers l'étendue du parking.

— Sénateur Frame ? Vous a-t-on donné des preuves irréfutables de la mort de votre fils au Viêt-nam ?

Il y eut un silence. Le sénateur avait blêmi ; ses traits avaient la couleur des flancs des monts Rushmore.

— Où voulez-vous en venir ?

— Se pourrait-il qu'il soit vivant ?

— J'ose espérer que vous avez de bonnes raisons pour me faire subir cela, jeune dame.

Jessie réussit à réprimer son envie de dire « je suis désolée ». Elle ne l'était pas suffisamment.

— Je n'ai pas de preuve, dit-elle, mais c'est la seule explication à tout ce qui s'est passé. A moins que vous ne soyez certain de sa mort.

Elle lui révéla la phrase écrite sur le tableau de Pat et la découverte du passeport de Gerald Brenner.

A mesure qu'elle parlait, les yeux du sénateur s'asséchaient mais son teint restait crayeux.

— Je ne suis pas sûr de sa mort, dit-il enfin. On n'a pas retrouvé son... son cadavre, si c'est à cela que vous pensiez. Mais le Pentagone a confirmé cette thèse, et puis toutes ces histoires sur les portés disparus qui seraient retenus prisonniers dans des camps dans la jungle, c'est de la foutaise ! J'ai lu les rapports de la CIA.

Il se laissa tomber dans le fauteuil. Il contempla le bout de ses chaussures de marche à semelle épaisse, en cuir riche et souple.

— Mais c'est possible. Je suppose que c'est possible.

Il leva les yeux vers elle.

— Vous avez parlé de tout ça à la police ?

— Pas de votre fils. Je n'y ai pas pensé tout de suite. Pour la police, il s'agit d'un conflit banal dans un divorce, ou alors d'une affaire de drogue.

Le sénateur Frame hocha la tête.

— Votre femme et vous détestiez Pat, n'est-ce pas ? reprit Jessie.

— Je n'avais pas d'opinion.

— Votre femme, alors.

— « Détester » serait aller un peu loin. De toute façon, le problème ne se pose plus. Êtes-vous soutenue par quelqu'un, madame Shapiro ?

— Pas exactement.

— On vous aide ?

— Un ou deux de mes amis.

Songeant à Barbara, elle ajouta :

— Leurs noms ne vous diraient rien.

— Vous n'auriez pas des amis à Washington ?

Jessie hésita.

— Un certain Keith, par exemple ? insista le sénateur.

— Non.

Il la scrutait, aussi impressionnant qu'un détecteur de mensonges, songea-t-elle. Puis il montra ses dents une nouvelle fois.

— Maintenant, vous pourrez dire que vous avez un ami à Washington, madame Shapiro.

— Merci, sénateur.

— Appelez-moi Ed. Vraiment. Ed, pour les amis.

— Merci, Ed.

— Et me permettez-vous de vous appeler Jessie ?

— Je vous en prie.

Il se leva et lui tendit la main.

— Ce serait un miracle de revoir mon fils. Un vrai miracle. L'espoir fait vivre.

Elle lui serra la main. Il avait la peau froide, presque aussi froide que celle d'Ivan après son plongeon dans l'étang.

— Qu'allez-vous faire à présent ? Appeler le FBI ? demanda-t-elle.

Il fronça les sourcils.

— Pas encore, je pense. Tout d'abord, je vais avoir une longue discussion avec l'armée. Nous commencerons par là.

Il inscrivit un numéro sur une carte de visite.

— Nous séjournons dans le chalet des monts Blackstone jusqu'au Thanksgiving.

Il dessina un plan au verso de la carte.

— N'hésitez pas à me téléphoner en cas d'urgence.

Arrivé à la porte, il s'arrêta et fit volte-face.

— Pas un mot à Alice.

Une nouvelle nappe de brouillard voila son regard.

— Je ne tiens pas à lui briser le cœur, une fois de plus.

Il se figea, laissant à ses paroles le temps de faire leur effet. La porte s'ouvrit brusquement dans son dos. Il fit un bond de côté. C'était Bela, portant un plateau chargé de victuailles. L'instant d'après, le plateau était par terre et Bela pointait un pistolet sur le sénateur. Celui-ci recula jusqu'au fauteuil dans lequel il se laissa tomber. Jessie eut l'impression qu'il allait y disparaître.

— C'est qui celui-là, bordel ? aboya Bela à l'adresse de Jessie, les yeux fixés sur le sénateur.

— Rangez ça, dit Jessie. Il est sénateur.

— Il pourrait même être le président Roosevelt que je m'en foutrais ! Personne ne devait ni entrer ni sortir.

Jessie surprit le regard que lui lança le sénateur.

— Il essaie de nous aider, Bela.

— Silence ! Vous, dehors !

Le sénateur se glissa jusqu'à la porte, sans quitter Jessie des yeux. Son sourire avait disparu.

— Vous n'avez pas été tout à fait honnête avec moi, Jessie.

— Dehors ! répéta Bela.

— Elle dit vrai, dit Frame. Il se trouve que je suis sénateur des États-Unis, et ce genre de traitement...

— Dehors, redit Bela sans hausser le ton mais d'une voix plus dure.

La voix aiguë, l'accent hongrois, le pistolet — autant d'éléments qui faisaient apparaître Bela sous un nouveau jour ! Il pouvait être dangereux.

Le sénateur le comprit. Il se glissa à l'extérieur, se tournant à moitié vers Jessie.

— Je ne pensais pas que vous aviez ce genre de fréquentations. D'où croyez-vous que ses ordres...

Bela claqua la porte sur la fin de sa question. Il la ferma à clef et mit l'entrebâilleur. Il regarda par la fenêtre le sénateur Frame monter dans une grosse jeep, d'usage plus touristique que militaire, et démarrer.

Bela se retourna vers Jessie. Il tenait toujours son pistolet en main, sans plus y prêter attention, mais pointé dans sa direction.

— Leni faisait ce genre de choses, elle aussi. Des bêtises. Elle en est morte.

— Cet homme est un sénateur, pas un tueur.

La colère transparaissait dans la voix de Jessie.

— Et alors ? dit Bela. Le type qui a descendu Leni était un héros national en Russie. Ça ne fait aucune différence.

— Assez ! cria Jessie. Je me fous de votre Leni. Tout ce que je veux, c'est récupérer ma fille.

Bela lui lança un regard furieux. Son visage rougit petit à petit, comme si un feu brûlait à l'intérieur de lui. L'espace d'un instant. Jessie songea qu'il allait lui tirer dessus.

Mais il détourna le regard et rangea son arme. Puis il s'agenouilla et ramassa le petit déjeuner.

CHAPITRE 34

— Putain, les seins qu'elle a, ta femme! dit Bao Dai.

Ils étaient assis sur le matelas : Bao Dai accroupi, Zorro recroquevillé et la petite fille endormie.

— Qu'est-ce que tu racontes?

— Ta femme, elle a de sacrés lolos. Je les ai pelotés.

— Je n'ai pas de femme, je t'ai déjà dit qu'on avait divorcé. De toute façon, elle est en Californie.

Bao Dai sourit et secoua la tête.

— Je les ai pelotés, je te dis. Comment as-tu pu quitter des seins pareils?

Son sourire se figea.

— Il faut dire que tu as toujours été doué pour trouver des nanas baisables. Pas vrai?

Silence.

— Je viens de te poser une question.

— Je ne sais pas.

— Ne fais pas le modeste. Tu avais du flair pour ça, hein? Tu vois de quoi je veux parler.

Pas de réponse.

— Et elle baisait bien, ta femme?

Bao Dai se concentra pour essayer de se souvenir de sa dernière érection. Pas une de ses petites contractions de rien du tout, une vraie. Il n'y parvint pas. Il ne se rappelait que le caporal Trinh et ce qu'il lui avait fait pendant l'Année du Cochon, ou peut-être avant, l'année d'un autre animal.

— Je t'ai posé une question.

— Laquelle?

— Si ta femme baisait bien.

— Pourquoi me demandes-tu ça?

— Ne me parle pas sur ce ton!

— Pourquoi me demandes-tu ça? répéta Pat plus doucement.

— Je viens de te le dire... j'ai peloté ses lolos. Tu ne me crois pas ?

Bao Dai se redressa et pataugea à travers la pièce. Il sortit une clef de sa poche et la brandit sous le nez de Zorro. *Demeure 1826,* indiquait la languette de plastique. Numéro 19.

— Elle est ici, tu peux en être sûr. Et elle m'a confondu avec toi.

Bao Dai trouva cette idée particulièrement amusante. Il rit. La petite fille s'étira dans son sommeil.

— Où est-elle ? chuchota Zorro.

Bonne question. Bao Dai regarda la clef de la chambre, la frotta et la remit dans sa poche.

— Elle prend des acides ?

— Non. Pourquoi ?

— J'en ai. Ça te dit ?

— Plus personne n'en prend maintenant.

Bao Dai eut envie de le frapper au visage. Il recula et dit :

— Je suis passé à côté de tout, c'est ça ?

— Je regrette. Je te l'ai dit : si tu nous libères, je ferai tout ce que je peux pour te dédommager.

— Commençons tout de suite.

— Comment ?

— En reprenant de zéro.

— De zéro ?

— Ouais. On va faire un voyage. Ou plutôt deux voyages. Un vrai et puis un autre.

— Où ?

— A Bethel.

— Mais pourquoi ?

— C'est la case départ. C'est toujours de là qu'on recommence, non ?

Pas de réponse. Comment contrer une telle logique ? Bao Dai monta au premier pour dire au revoir. La mère était dans la cuisine.

— Ça sent bon la tarte, maman. C'est quoi ? Pomme ? Rhubarbe ? Ou banane sous-développée d'Amérique du Sud ? Je plaisante, maman.

— Rhubarbe. Ta préférée.

Regard inquiet de la mère.

— Tout va bien ?

Pas vraiment — la cave était plus inondée que jamais, mais la mère n'aimait pas avoir des soucis en tête, aussi Bao Dai lui répondit :

— Bien sûr.

— Je voulais dire..., commença la mère, mais Bao Dai ne l'écoutait pas.

Le vieux crucifix, toujours accroché à la même place sur le mur, captait toute son attention. La peinture était certes un peu passée, mais on voyait encore les cinq filets rouges. Sur le crucifix vinrent se superposer des images : le fouet de son père, celui du caporal Trinh, l'Année du Cochon. Sa gorge se serra. Il déglutit.

— Va chez le quincaillier, maman. Il me faut des clous.

— Pour quoi faire ?

— Pour boucher un trou. Des clous de six pouces feront l'affaire.

— Ça arrêtera les fuites d'eau ?

— Ce sera toujours mieux que rien.

La mère revint avec les clous et un bouquet de fleurs. Puis elle repartit, les fleurs à la main. Bao Dai fit monter Zorro et l'amena près du téléphone. Il ressortit la clef de la chambre. Le numéro du motel était inscrit au dos de l'étiquette.

— On va organiser une petite sauterie.

— C'est-à-dire ?

— Téléphone-lui et donne-lui rendez-vous.

— Non.

— Quel est le problème ? J'ai bien le droit de la connaître un peu, non ?

— Je ne l'appellerai pas.

Bao Dai sortit son couteau en fanon de baleine et le pointa entre les côtes de Zorro. Il appuya un peu. Ses doigts tremblaient autour du manche. Zorro le remarqua et la panique l'envahit.

— Si. Tu vas téléphoner. Ou alors...

Bao Dai inclina son couteau vers la cave et fit le geste de trancher.

— Ce sera d'abord elle, puis toi. Mais je n'ai pas envie de vous faire mal.

— Ah non ?

— Bien sûr que non. Si notre petite sauterie se passe bien, il se peut même que je vous laisse partir.

— Nous tous ?

— Et comment !

— Moi, l'enfant et Jessie ?

— C'est son prénom ?

— Oui.

— J'aime bien.

— Alors, c'est d'accord ? Tous les trois ?

— Il te faut un papier signé ?

300

— Non.

La peur était toujours lisible dans les yeux de Zorro. Il était loin d'être aussi courageux que le caporal Trinh.

— C'est sérieux ? C'est tout ce que je veux savoir.

— Sûr, dit Bao Dai, en lui tendant le téléphone.

Mais, chambre 19, personne ne répondit.

— En route ! dit Bao Dai. On essaiera plus tard.

CHAPITRE 35

— Viré, proposa Bela.

Assis dans le fauteuil, le journal local ouvert sur les genoux, il s'était, depuis un bon moment, plongé dans l'Anagramme du jour. Jessie, pour sa part, en était restée au petit déjeuner. Œufs brouillés, bacon, toasts, truite fumée — un mélange qui avait refroidi. Elle n'avait plus faim. Elle avait bu une gorgée de jus d'orange, s'efforçant de trouver quelque chose à dire à Bela. Elle était sur le point de renoncer quand il avait levé les yeux de son journal pour dire : « Viré. »

— Ivre.

— Ivre. Ça colle.

Ils avaient fait la paix. La colère de Bela était passée aussi vite qu'une ondée.

— Et « Frashter », ça vous inspire ?

— « Frashter » ?

Plus compliqué.

— Je peux voir ?

Bela lui tendit le journal. Elle réfléchit quelques secondes puis passa aux énigmes suivantes. Elle n'en résolut aucune. Pour mettre le lecteur sur la voie, un dessin représentait un joueur de corne-muse apeuré devant les fantômes qui surgissaient des tuyaux de son instrument. La légende disait : « Ce que récolta le joueur de flûte de Hamelin. » Jessie s'amusa à combiner les lettres. En vain.

— C'est inextricable !

Jessie constata que Bela avait piqué un somme. Ses cheveux étaient si blancs et si fins qu'elle voyait la peau rosâtre de son crâne.

Elle tourna la page. Elle parcourut un article consacré au prix de la dinde, puis la rubrique des messages personnels. Rien. Ses yeux tombèrent sur un entrefilet au bas de la dernière page.

OBSÈQUES

Le service funèbre de Doreen Rodney sera célébré ce matin, à 11 heures, en l'église de Sainte-Marie de North Adams, Massachusetts. Sa dernière résidence fut Bennington, Vermont. L'ensevelissement aura lieu au cimetière local.

— Bela ? appela doucement Jessie.

Il ne broncha pas.

Elle se leva. Blue Rodney était la sœur de Pat. Il lui avait versé dix mille dollars par an depuis 1971. N'était-il pas logique qu'il assiste à son enterrement ?

Jessie jeta un œil sur les cheveux de Bela.

Personne ne doit entrer ni sortir.

Il y avait peu de chance qu'il accepte de se lancer dans une expédition jusqu'à North Adams, en tout cas pas sans de longues tergiversations. Et il était déjà dix heures et demie. Elle enfila sa veste, et posa un mot sur la biographie de Verdi. « Partie faire un tour. De retour vers une heure. » Un peu léger, peut-être, mais elle n'aimait pas être traitée en prisonnière. Elle se glissa au-dehors.

Il fallait peu de temps pour se rendre en voiture de Morgantown à North Adams ; il avait fallu deux cents ans pour que cette ville mérite le détour. A onze heures moins cinq, Jessie se garait devant l'église Sainte-Marie, petite bâtisse d'un blanc sale coincée entre un magasin de surplus et un terrain vague. Le thème du sermon dominical, « Soyez Généreux dans ce Monde Ingrat », était placardé sur le portail. Jessie entra dans l'église. Elle était vide, à l'exception d'un vieillard au nez violacé qui balayait.

— Le prêtre a commencé à 10 heures pour ne pas rater le match, lui dit-il.

Il lui expliqua comment se rendre au cimetière, au bout d'une route qui passait devant une station-service et un entrepôt. La pelouse avait besoin d'être tondue et les allées ratissées. Jessie suivit l'une d'elles, bordée de pierres tombales sur lesquelles les noms des morts avaient, tout comme eux, disparu, rongés par le temps.

Elle rencontra le prêtre qui venait en sens inverse, un vieil homme. Il portait un surplis blanc et ses chaussures étaient maculées de boue. Il ne ressemblait en aucune façon au rabbin à la cravate en cachemire, mais ce fut avec le même geste pressé qu'il consulta sa montre en passant son chemin et Jessie songea à Barbara, à un cimetière plus pimpant, dans une région plus souriante.

303

Comme par un arrêté divin, les nuances de gris prédominaient : le ciel, la terre, les pierres tombales, la femme solitaire tout au bout du sentier. Pat n'était pas là. Ni les amis de la défunte, vieillissants et chevelus, qu'elle n'aurait pas été étonnée de voir. Il n'y avait que cette femme grise au bout de l'allée. En s'approchant, Jessie vit qu'elle tenait à la main un bouquet de glaïeuls jaunes. Les fleurs luisaient comme un soleil.

Jessie arriva à sa hauteur. Elle se tenait au bord d'un trou en partie rebouché, le regard vers la terre fraîchement retournée. A côté, posée dans une brouette une pierre tombale. « D. Rodney » était gravé sur le marbre.

La femme entendit Jessie et releva la tête.

— Ils font une pause, dit-elle.

Elle portait un manteau léger et un fichu imprimé de palmiers d'où dépassaient quelques mèches de cheveux gris. Elle avait la voix enrouée et la peau ridée du fumeur invétéré. Mais Jessie ne remarqua pas ces détails immédiatement : ce furent les yeux de la femme, d'un bleu lumineux, qui la frappèrent.

— Je suis en retard, dit Jessie.

— Ce n'est pas grave. Personne n'est venu. C'est arrivé si vite. Je suppose que la nouvelle n'a pas eu le temps de se répandre. Doreen avait des amis, vous savez. Beaucoup d'amis, précisa-t-elle, au cas où Jessie aurait eu envie de la contredire. Êtes-vous... Étiez-vous une de ses amies ?

— Je la connaissais. Et vous ?

Bien que l'expression de la femme eût anticipé sa réponse, elle ne manqua pas d'ébranler Jessie.

— Je suis Mme Rodney. La mère de Doreen.

Jessie garda le silence. Ses pensées se bousculaient. Cette femme était la mère de Pat ; sa belle-mère à elle ; la grand-mère de Jessie. Or Pat avait toujours dit que ses parents étaient morts des suites d'un accident de voiture avant qu'il vienne dans l'Ouest. Ou bien il avait menti, au bien Blue n'était que sa demi-sœur. Pat avait les yeux bleus, mais moins limpides et moins étonnants que chez cette femme et sa fille. Jessie essaya de se souvenir d'une allusion qu'aurait pu faire Blue au lien de parenté qui l'unissait à Pat, mais en vain.

Comment aborder la question ? Jessie n'en avait pas la moindre idée. Elle fonça tête baissée :

— Avez-vous un fils qui s'appelle Pat ?

Mme Rodney plissa les yeux.

304

— Qu'est-ce que ça peut vous faire ?

— Oui ou non ?

Mme Rodney serra davantage le bouquet entre ses doigts.

— Qui êtes-vous ?

— Je m'appelle Jessie Rodney.

— Rodney ?

— J'ai été la femme de Pat pendant cinq ans. Nous avons une petite fille.

Mme Rodney se mordit les lèvres, très fort.

— Je vois que cette nouvelle est une surprise pour vous, dit Jessie. Votre existence en est une pour moi. Pat m'avait dit que vous étiez morte dans un accident de voiture.

— Il aurait mieux valu !

Mme Rodney avait les yeux pleins de larmes, qui roulèrent le long de ses joues.

— Que voulez-vous dire ? demanda Jessie. Pourquoi Pat a-t-il menti ?

— Oh, fichez le camp ! Je n'ai pas envie de vous parler.

Elle se tourna vers la tombe.

— N'avez-vous donc aucune pudeur ?

— Je sais que c'est un moment difficile pour vous.

Jessie tendit le bras mais Mme Rodney recula.

— Mais c'en est un pour moi aussi, reprit-elle. Pat a disparu en emmenant notre fille. Votre petite-fille.

— Je n'ai pas de petite-fille.

— Si !

Jessie sortit la photographie de Kate qu'elle tendit à Mme Rodney. Celle-ci détourna la tête. Alors, Jessie fit une chose qui l'épouvanta : elle attrapa Mme Rodney par la nuque — si fine et si osseuse — et la força à regarder la photographie.

— Elle s'appelle Kate ! Elle est votre petite-fille et elle est toujours vivante, elle !

Sa voix tremblait. Elle lâcha Mme Rodney.

— Vous l'avez vue, n'est-ce pas ?

— Je ne sais pas de quoi vous parlez. Je n'ai jamais vu cette gosse. Tout ce que vous me dites est peut-être vrai, mais je ne l'ai jamais vue. Et cela fait des années et des années que je n'ai pas revu Pat. Depuis qu'il est allé à cet horrible concert.

— Quel concert ?

— Celui de Woodstock.

Mme Rodney plongea de nouveau son regard dans la tombe. De ses mains, elle tordait les tiges des glaïeuls.

— Je ne vous crois pas, dit Jessie.

Mme Rodney poussa un soupir. Un gémissement, peut-être. Puis elle ouvrit un sac à main et fourragea à l'intérieur. Elle en sortit un paquet de cigarettes, trouva son briquet. Avec les fleurs, cela faisait beaucoup de choses à la fois. Le bouquet échappa à ses mains tremblantes et chut dans la tombe. Mme Rodney contempla les fleurs, l'œil morne. Elle poussa un autre soupir et tira une grosse bouffée.

— Vous les avez vus, reprit Jessie. N'est-ce pas ?

Mme Rodney secoua vivement la tête. De la cendre tomba sur elle.

— Où sont-ils ? insista Jessie.

— Je ne sais pas de qui vous parlez, dit Mme Rodney, les lèvres crispées autour de sa cigarette. Je ne sais même pas qui vous êtes. Vous m'accostez, comme ça, à l'enterrement dema fille, sans égard pour ma peine, vous me harcelez de questions, mais j'ignore tout de vous. Il ne m'a pas par...

Mme Rodney s'interrompit, mais trop tard.

— Vous voyez, dit Jessie. Je vous ramène chez vous.

— Vous n'avez pas le droit.

— C'est la vie de ma fille qui est en jeu.

Jessie avait haussé le ton.

— Et ça me donne tous les droits !

— Je pourrais très bien appeler la police.

— Bonne idée. Eux aussi sont à sa recherche.

— Vraiment ?

Mme Rodney tira sur sa cigarette jusqu'au filtre qu'elle jeta. Le vent le poussa dans la tombe où il rejoignit les fleurs.

— Oh, mon dieu, aidez-moi ! implora Mme Rodney. Je n'en supporterai pas davantage.

Elle s'accroupit pour ramasser son mégot. Mais il était trop bas. Elle se pencha davantage et sa jupe se souleva, dénudant ses jambes décharnées.

— Attendez, je vais vous aider, dit Jessie.

Elle s'agenouilla, récupéra le mégot et le bouquet de fleurs. Elle écrasa le mégot sous son talon et posa les glaïeuls dans la brouette.

— Où êtes-vous garée ?

— Je n'ai pas de voiture. Je suis venue à pied.

— Moi, j'en ai une.

Elles descendirent jusqu'au parking. Un chien aboya méchamment.

— Et si je refuse de vous dire où j'habite ? dit Mme Rodney.

— Je finirais bien par le découvrir.

Elles prirent place dans la voiture de Jessie. L'avant avait été cabossé par la camionnette devant la résidence universitaire et le pare-brise était fêlé, mais Mme Rodney ne sembla pas le remarquer. Elle demeura silencieuse, le regard perdu dans le vague, puis dit :

— Tournez à droite au bout de la rue.

Mme Rodney habitait près du cimetière, dans une rue à peine carrossable bordée de pavillons délabrés. Sa maison était la pire de toutes : gouttières bouchées, peinture écaillée, fenêtres sales et gazon brûlé. Jessie nota tout cela en passant, mais la première chose qu'elle remarqua fut l'absence de la camionnette noire. Mme Rodney l'observait du coin de l'œil.

Elle ouvrit la porte et passa devant Jessie. Elle scruta l'obscurité puis fit volte-face, pirouetta presque, comme une femme un peu éméchée, et lança d'une voix très claire :

— Vous voyez ? Il n'y a personne !

Jessie la poussa de côté et entra. Elle passa d'une pièce sombre à l'autre, allumant la lumière d'un geste sec. Elle vit du papier mural crasseux, des meubles affaissés, des objets ébréchés, cassés, abîmés. Mais aucune trace de Pat ni de Kate.

Elle regagna l'entrée d'où Mme Rodney n'avait pas bougé.

— Vous voyez ?

— Il y a une cave ?

— Non.

Mais Mme Rodney ne put s'empêcher de jeter un œil vers une porte à l'autre bout de l'entrée. Quelle piètre menteuse elle faisait !

Jessie ouvrit en grand.

— A votre place, je n'y descendrais pas. C'est toujours inondé, l'avertit Mme Rodney.

— Inondé ?

Jessie alluma. Une faible lueur brilla dans le sous-sol. Empruntant l'escalier branlant, elle s'y dirigea.

La cave sentait mauvais. De l'eau miroitait tristement sous une ampoule nue. Mais elle n'était pas profonde et n'engloutit pas Jessie lorsque son pied quitta la dernière marche.

Trois matelas émergeaient telles des îles. Ils étaient presque aussi miteux que celui du souterrain, mais nus. Des couvertures, usées et froissées, les recouvraient en partie ; des boîtes de jus de fruits, des emballages de fast-food, du papier aluminium, une épingle noircie, quelques morceaux de fil de cuivre épais traînaient partout. Sous l'une des couvertures, Jessie trouva un T-shirt Coca-Cola, taille junior.

Elle le prit et y enfouit son visage. Pas d'odeur, mais elle le garda contre elle.

Elle explora le reste de la cave. Un escalier en pierre menait à une trappe donnant sur une cour au sol boueux. Suffisamment boueux pour révéler clairement des traces de pneus qui contournaient la maison.

Jessie referma la trappe et monta au rez-de-chaussée. Mme Rodney n'avait pas bougé. Jessie lui mit le T-shirt sous le nez.

— Ils sont partis, dit Mme Rodney.

— Pat ?

Mme Rodney acquiesça.

— Kate ?

— Oui.

— Qui est l'autre ?

— Vous le savez.

— Hartley Frame ?

Mme Rodney hocha de nouveau la tête.

— Où sont-ils allés ?

Pas de réponse.

— Quand sont-ils partis ?

— Ce matin, je crois. Je ne les ai pas vus, en fait. Ils ne sont pas restés longtemps. Ils sont arrivés lundi. Je n'étais au courant de rien. Je le jure sur tout ce qui est sacré.

Lundi. Le lendemain de sa virée dans les souterrains. Hartley Frame avait dû déguerpir, emmenant Pat et Kate avec lui. Ils avaient pris la fuite.

— Pourquoi les avez-vous hébergés ? Vous ne vous êtes pas rendu compte que quelque chose n'allait pas ?

A nouveau, des larmes brillaient sur les joues de Mme Rodney.

— Tout est la faute de mon mari.

— Votre mari ? Il est vivant ?

— Au Purgatoire.

— Il est mort alors ?

— Oui. Mais pas assez tôt.

Sa voix se cassa.

— Que voulez-vous dire ? demanda Jessie.

— Tout est sa faute, ça s'explique psychologiquement. Il était retors et brutal. Il battait Pat, il le battait, sans arrêt...

Mme Rodney s'approcha de Jessie. Ses larmes ruisselaient. Elle agrippa Jessie par le bras ; ses mains, petites et osseuses, étaient étonnamment fortes.

— Il n'arrêtait pas de le frapper. Je veux que vous compreniez et essayiez de lui pardonner. Pat ne veut pas être violent.

Jessie se dégagea de son emprise.

— De quoi parlez-vous ? Pat n'est pas violent.

Mme Rodney sembla sur le point de dire quelque chose, puis se ravisa.

— Ce n'était pas complètement la faute de mon mari, reprit-elle, même si c'était une brute. Dennis Keith y est pour quelque chose aussi.

— Comment ? demanda Jessie, songeant à la photographie d'une autre vieille dame, dans la chambre d'Erica McTaggart.

— Je ne lui en veux pas, remarquez, pas autant qu'au paternel. Ils étaient amis après tout, quand Pat était gosse. Sa mère et moi, on travaillait à l'usine toutes les deux. Mais Dennis était différent : il avait un but, lui.

— Où voulez-vous en venir ?

Les allusions de cette femme déroutaient Jessie.

Mme Rodney, elle aussi, haussa le ton.

— C'est lui qui a présenté mon fils à Hartley Frame et c'est à cause de lui qu'il a pris des grands airs, qu'il s'est mis en tête des idées impossibles.

— C'est-à-dire ?

— Se moquer de tout. Adopter leur musique et leur... leur immoralité.

— Madame Rodney, est-ce qu'ils vendent de la drogue ?

Elle abaissa le regard sur le tapis à leurs pieds.

— Je ne sais pas. Je ne suis au courant de rien. Je ne suis qu'une vieille teigne stupide et inutile.

— Essaient-ils d'échapper à l'assassin de Blue ?

Enfin, Mme Rodney cessa de pleurer en silence. Elle hurla puis, s'affaissant contre le mur, se laissa glisser sur le sol. Jessie se précipita et lui posa une main sur l'épaule. Mme Rodney ne réagit pas ; elle ne tenta pas de la repousser.

Jessie s'agenouilla devant elle. Les yeux de Mme Rodney n'étaient plus d'un bleu brillant, mais opaques, brouillés par les larmes.

— Où sont-ils allés, madame Rodney ?

Pas de réponse.

— Vous devez me le dire. Vous voulez que votre fils meure ?

Mme Rodney hurla encore, un cri strident qui troua l'air comme une sirène.

— Pas la petite ! cria-t-elle. Pas elle, au moins !

— Elle a un prénom. Elle s'appelle Kate. Et elle est votre petite-fille.

— Oh, si seulement vous pouviez dire vrai ! Je donnerais... Je donnerais...

Elle ne trouva rien à donner. Mme Rodney reprit d'une voix si basse que Jessie eut du mal à saisir :

— Vous ne comprenez donc pas ? Il est toujours mon fils. Rien ne pourra changer ça.

Jessie l'aida à se relever, puis lui essuya le visage avec le revers de sa manche.

— Vous êtes gentille, dit Mme Rodney.

— Où sont-ils allés ?

Le regard voilé se posa sur elle.

— A la case départ, dit-elle. Ils sont retournés à la case départ.

— Je ne comprends pas.

— C'est ce qu'a dit Pat. Retour à la case départ.

— Qu'entendait-il par là ?

— Je l'ignore. Sinon je vous le dirais. Je jure devant Dieu que je vous le dirais !

CHAPITRE 36

Le monde extérieur était toujours composé de nuances de gris. Les plus sombres prédominaient tandis que Jessie roulait vers le motel. Elle se gara devant la chambre 19 et, quand elle sortit de voiture, un vent froid la saisit au visage. Elle leva la tête. Le ciel était à l'orage.

Jessie chercha la clef de sa chambre dans sa poche, puis se souvint qu'elle ne l'avait plus. Elle frappa, s'attendit à voir apparaître le visage furieux de Bela mais personne ne vint ouvrir. Elle se rendit chambre numéro 20. Pas de réponse non plus.

Elle alla à la réception. Personne. Les clefs étaient posées dans les casiers en bois derrière le bureau. Elle prit le numéro 19.

Elle revint dans sa chambre. Tout était en l'état, sauf son mot qui avait disparu et Bela qui n'était plus endormi dans le fauteuil. A sa place était posée la biographie de Verdi.

Elle téléphona chambre 20 et laissa sonner. Pas de réponse.

— Merde !

Bela était-il parti à sa recherche, dans le froid ?

Elle raccrocha. La sonnerie retentit immédiatement.

— Oui ? Allô ?

— Allô ? répéta Jessie.

— Jessie ? dit une voix.

Une voix d'homme qu'elle reconnut à peine.

— Pat ?

— Oui. C'est moi. Jessie ?

— C'est moi. Oh, mon dieu, où...

Mille questions se pressaient.

— Kate va bien ?

— Oui.

— Passe-la-moi.

Pat ne répondit pas. Jessie entendit des chuchotements. Puis Pat lui dit :

— Elle n'est pas ici pour le moment.

— Où est-elle ?

Autre silence.

— Dehors.

— Qu'est-ce que ça veut dire « dehors » ? Va la chercher.

— Attends une...

Chuchotements.

— Où es-tu, nom de dieu ? dit Jessie, sans être certaine d'avoir formulé sa question à voix haute. Qu'est-ce que tu fais ?

Ce fut la voix d'un autre homme qui lui répondit.

— Salut, Jessie !

Jessie n'avait conscience ni de la force avec laquelle elle serrait le combiné ni des battements de son cœur, tout entière concentrée sur le faible grésillement à l'autre bout de la ligne.

— Vous êtes Hartley Frame ?

L'homme rit, de façon très déplaisante.

— Qui sait ?

— Je veux parler à ma fille.

— Elle est dans l'impossibilité de venir au téléphone pour le moment. Tu veux lui laisser un message ?

— Pourquoi ne peut-elle pas venir ? Vous lui avez fait quelque chose ?

— Moi ? Bien sûr que non. Je te propose de venir la chercher.

— Où ?

— Où ? Tu me demandes où ?

Le ton de sa voix était pire que son rire.

— Vous disiez que je pourrais venir la chercher.

— Sûr. Et j'étais sérieux. Je fais durer le plaisir, c'est tout. Le problème, c'est... qui viendra avec toi ?

— Personne.

— C'est bien. Ça vaut mieux. Il est trop... tôt, tu comprends ?

Long silence. Il attendait une réponse.

— Vous n'êtes pas encore prêt ?

— Ouais, c'est exactement ça. Alors, viens seule, pour le moment. Après tout ce qui est arrivé, je ne voudrais pas me sentir... trahi, si tu vois ce que je veux dire.

Jessie voyait très bien. Du moins se rappela-t-elle l'essentiel des articles qu'elle avait lus et des films qu'elle avait vus sur les dérèglements psychologiques des anciens combattants du Viêt-nam. Et elle se rendit compte que la situation était encore plus grave qu'elle ne l'avait pensé.

— Je serai seule. Mais où ?

— Devine. Je te donne droit à trois réponses.

— Écoutez, je n'en ai pas la moindre idée.

— Essaie toujours.

— Le chalet sur les monts Blackstone ?

Il rit.

— Perdu !

— Je vous en prie, dites-le-moi.

— Tente ta chance !

— « L'Immensité des Cieux » ?

— Perdu !

— Je ne peux pas deviner !

— Courage, Jessie. Sois bonne joueuse.

Elle réfléchit.

— Dans les souterrains ?

— Subtil ! Mais perdu. Tu abandonnes ?

Elle était sur le point de dire oui lorsque la réponse s'imposa à elle.

— Woodstock, dit-elle. A l'endroit du festival.

Il y eut un moment de silence.

— Alors là, tu m'épates ! Gagné à la quatrième réponse. Normalement, ça ne devrait pas compter mais, pour toi, je veux bien faire une exception.

— Et vous me rendrez ma fille ?

— Promis. Si tu viens seule.

— Comment être sûre qu'elle va bien ?

— Parce que je le dis.

— Laissez-moi lui parler.

— Pourquoi ? Tu ne me crois pas ?

Oh, mon dieu, songea Jessie. Les articles de presse et les films n'expliquaient pas comment réagir dans ces cas-là. Elle pensa à Alice Frame.

— Ce n'est pas ça, mais je suis sa mère et elle me manque. Tout comme vous manquez à la vôtre.

— Que sais-tu sur ma mère ?

L'écouteur vibra contre son oreille.

— Elle vous croit mort. Vous la rendriez très heureuse si vous reveniez la voir. Cela changerait sa vie.

— Sans blague ?

— Je lui ai parlé.

— Quand ?

— Dimanche.

— C'est-à-dire aujourd'hui ?

— Non, l'autre.

Long silence.

— Nous allons parler de beaucoup de choses, dit-il.

— Oui, répondit Jessie, pensant qu'il faisait allusion à lui et à sa mère.

— Je parlais de toi et moi.

— Comment ?

— Tu verras !

Autre silence. Jessie tendit l'oreille, dans l'espoir d'identifier des bruits. Kate était tout près, elle le sentait.

— Comment être sûre que Kate va bien ?

— Tu n'as pas confiance en moi ?

— Ce n'est pas ça, mais je suis une mère, au même titre que la vôtre.

— Ma mère ?

— Oui.

Il eut ce rire qu'elle n'aimait pas.

— Elle est bonne celle-là !

Chuchotements. Puis il dit :

— D'accord, maman, je te la passe !

Bruits.

Respiration.

— Kate ? Kate ? C'est toi ?

— Maman ?

Ce mot transperça Jessie jusqu'au cœur.

— Oh, Kate, ma chérie, tu vas bien ?

Kate avait une voix tremblante, mais ne pleurait pas.

— Maman, ne...

La communication fut coupée. Jessie demeura près du téléphone, dans l'espoir qu'il sonnerait de nouveau. En vain.

CHAPITRE 37

Le bureau de Grace avait changé. La grande table, la chaise pivotante, l'écran, le clavier, l'imprimante, les classeurs, les photographies du Grand Cañon fournies par le gouvernement étaient toujours aux mêmes places, mais la boîte d'amandes Roca avait disparu. Grace aussi.

A sa place était assis un jeune homme aux cheveux bruns coupés court et à la peau de bébé. Son parfum donnait à la pièce une odeur de pinède.

— Où est Grace? s'étonna Zyzmchuk.

— Grace, monsieur?

— Qui êtes-vous?

— Je m'appelle Fairweather, monsieur, et je suis le nouveau GR-3.

— Depuis quand?

— Depuis hier, monsieur. Je suis très heureux de cette promotion et impatient de m'atteler à une tâche difficile.

Zyzmchuk regagna son bureau. Personne n'avait pris sa place. Il s'y installa et téléphona chez Grace. Pas de réponse.

Il appuya sur un bouton. Fairweather fit son apparition.

— Vous devez être M. Zyzmchuk, monsieur. Si j'en crois le plan des bureaux.

Il bougea sa main droite, anticipant une éventuelle poignée de main — elle ne vint pas.

— Dahlin est arrivé?

— M. Dahlin est à Bruxelles, monsieur. M. Keith a demandé qu'on vous prévienne que la réunion a été reportée à une heure. Il sera là à une heure moins le quart.

Fairweather s'exprimait d'une manière précipitée qui donnait l'impression que tout ce qu'il disait était urgent. Zyzmchuk en avait déjà marre de lui.

— Savez-vous où se trouvent les archives, Fairweather?

— Si je me fie au plan des bureaux, oui, monsieur.

— Allez consulter la section russe. Je veux les photographies de tous les employés consulaires soviétiques, y compris les agents commerciaux, des environs de Los Angeles.

— Très bien, monsieur.

Fairweather tourna les talons, d'une façon presque militaire, et marcha rapidement vers la porte.

— Elargissez vos recherches à toute la Californie, Fairweather.

— Très bien, monsieur.

Zyzmchuk décrocha son téléphone. Il composa le numéro de la Banque Nationale de Morgantown.

— Passez-moi le directeur, s'il vous plaît.

— Vous voulez parler de M. Spring, je suppose. Qui dois-je annoncer ?

— Ivan Zyzmchuk, de Washington.

— Un instant.

Sonnerie.

— Allô, M. ah...

— Zyzmchuk.

— Oui. Ronald Spring à l'appareil. Que puis-je faire pour vous ?

— Je vous appelle au nom de l'Association des anciens combattants du Viêt-nam, monsieur Spring, au sujet d'un bien qui appartient peut-être à un soldat décédé. Nous essayons de vérifier qui en est le propriétaire afin de pouvoir statuer. Le paiement avait, semble-t-il, été effectué par votre banque.

— Quand ?

— En août 1969. Le 29.

— Il y a longtemps. Je n'étais pas là.

— Mais vos archives remontent jusqu'à cette période ?

— Pas sur ordinateur, mais en fichier.

— En ce cas, je vous serais reconnaissant si vous pouviez regarder.

— Maintenant ?

— Ce serait parfait. Nous essayons de classer certains de nos vieux dossiers en vue du nouveau budget.

— Je n'en doute pas, mais vous devez passer par certaines filières pour ce genre de choses.

— Même pour le compte en banque d'un mort ?

— Il va falloir que j'y réfléchisse. Le problème est que...

— Oh, autre chose, monsieur Spring, coupa Zyzmchuk, j'ai oublié de mentionner que nous aimons envoyer des citations aux officiels qui nous ont aidés dans le secteur privé. Signées par le ministre de la Défense.

— Des citations ?

— Oui, prêtes à être accrochées au mur.

— Je vois. Au fait, je m'appelle Ronald B. Spring. Je suppose que les citations ne sont jamais signées par le Président ?

— Seulement dans des circonstances exceptionnelles. Je pourrais toujours essayer de glisser un mot en ce sens.

— Je vois, répéta M. Spring. A quel nom a été ouvert le compte dont vous parlez ?

— Frame. Hartley E.

— Un chèque du 29 août 1969.

— C'est cela même.

— Je vais essayer.

— Je vous remercie.

Zyzmchuk sonna Fairweather, qui apparut, les bras chargés de dossiers.

— Voici les photographies des employés consulaires soviétiques, monsieur, y compris des agents commerciaux, de toute la Californie. J'ai demandé la section « Russe » comme vous me l'aviez ordonné, mais la secrétaire m'a dit que tout était classé sous la rubrique « Soviétique ».

— Autant pour moi, dit Zyzmchuk.

Une faute qu'il ne cesserait jamais de commettre.

Fairweather posa les dossiers sur le bureau.

— Autre chose, monsieur ?

— Oui. Pour toutes les communications sur ma ligne, vous annoncerez : « Association des anciens combattants du Viêt-nam, comptabilité, j'écoute... »

Fairweather écarquilla les yeux. Voilà le genre d'aventure qu'il avait tant attendue.

— Tout le temps, monsieur ?

— Jusqu'à ce que je vous dise d'arrêter.

— Bien sûr, monsieur.

Zyzmchuk ouvrit les dossiers. Il examina des visages russes sur des photographies d'identité, surtout des hommes, et quelques femmes. Ils arboraient l'expression solennelle de gens préoccupés par leurs affaires ; quelques-uns d'entre eux s'étaient laissé aller à sourire, histoire de montrer que, dans le fond, ils étaient des types bien, à moins qu'ils n'aient pu contenir leur amusement en prenant connaissance du contenu officiel de leur travail.

M. Mickey était l'un de ceux qui souriaient. Ses cheveux platine et ses yeux pâles accentuaient la mauvaise qualité du tirage, mais Zyzmchuk n'avait pas de difficulté à reconnaître les visages de ceux qui avaient essayé de le tuer. M. Mickey était fiché en tant que conseiller technique du secteur commercial du consulat de San Francisco. Au-dessous de la photographie figurait son vrai nom : Mikhail Tsarenko, trente-huit ans, membre du GRU. Grade : Major (depuis septembre 1984).

Zyzmchuk en était toujours à contempler le portrait de Mikhail Tsarenko, lorsque le téléphone sonna.

— C'est un certain M. Spring, chuchota Fairweather. Je lui ai dit que c'était l'Association des anciens combattants du Viêt-nam. Il n'a pas eu l'air surpris.

— Passez-le-moi.

— Allô, dit M. Spring. Monsieur ah... ?

— Lui-même. Vous avez fait vite.

— Ce qui n'est pas sur ordinateur est tout de même classé, rétorqua M. Spring, légèrement froissé.

— Vous avez raison. Et qu'avez-vous trouvé ?

— Un chèque de cinq mille cent vingt-cinq dollars libellé à l'ordre des Autos Big-Top de Bennington, dans le Vermont, le 29 août 1969 ?

— C'est ça.

— S'agit-il du Hartley Frame auquel ils ont érigé un monument ? Le fils du sénateur ?

— Oui. Ça a dû être un des derniers chèques qu'il ait émis.

Un silence plus long. Zyzmchuk entendit des bruits de papiers.

— L'avant-dernier. Je n'arrive pas à concevoir pourquoi ses parents veulent retrouver la trace de cinq mille dollars dépensés il y a vingt ans.

— Ça les regarde, dit Zyzmchuk. Quand a-t-il fait le dernier chèque ?

— Vous avez besoin de savoir cela aussi ?

— Tout comme vous, nous tenons à ce que nos dossiers soient précis. En parlant de ça, c'est bien un B entre Ronald et Spring ?

La respiration de M. Spring se fit bruyante. Un soupir, peut-être.

— Oui, dit-il. B pour Barry.

— Vous voulez que ce soit Ronald B. ou Ronald Barry qui figure sur la citation ?

Silence.

— Ronald B., je pense. C'est comme ça qu'ils me connaissent par ici.

— Parlez-moi donc de ce dernier chèque, Ronald B.

Froissements de papiers.

— Le dernier chèque. Voilà. Il a été libellé à l'ordre des Guitares Mojo, à Reno, Nevada. Quatre cent soixante-quatre dollars et trente-trois cents.

— Quelle date?

— Le 14 janvier 1970. Ce qui avait laissé un solde créditeur de soixante-dix dollars et quatre-vingts cents. Le compte étant resté inactif durant l'exercice 71, l'argent fut transféré sur le fonds de roulement.

— Avez-vous ces deux chèques sous les yeux, monsieur Spring?

— Oui.

— Regardez les signatures. Ne remarquez-vous rien d'anormal?

— D'anormal?

— Repensez à l'époque où vous étiez caissier.

— Je n'ai jamais été caissier de ma vie.

— Mais si vous l'aviez été, remarqueriez-vous une irrégularité?

Silence.

— Non, elles ont l'air parfaites. « Hartley Frame », voilà tout.

— Sont-elles identiques, monsieur Spring?

— Oh, ça. Oui. Elles sont identiques. Du moins, en ce qui me concerne, mais je ne suis pas un expert en écriture.

— Ça va, dit Zyzmchuk, je vous remercie.

— Monsieur ah...?

— Oui?

— Quand puis-je espérer recevoir ma citation?

— Nous allons essayer de vous la faire pour Noël. Mais vous les connaissez, au gouvernement.

M. Spring gloussa. Ils se saluèrent.

Fairweather entra dans le bureau.

— M. Keith a appelé, monsieur. La réunion est reportée à deux heures et demie.

— Pour quelle raison?

— Il ne l'a pas dit, monsieur.

— D'où appelait-il?

— Je l'ignore, monsieur. Il a dit qu'on ne pouvait pas le joindre.

— Cessez de m'appeler « monsieur ».

— Oui...

Il retint le « m » juste à temps.

319

Zyzmchuk jeta un coup d'œil par sa fenêtre. Ces dernières heures, une ligne de gros nuages avait recouvert le ciel comme le toit d'une décapotable.

— Prévenez-moi dès son arrivée.

— Oui m...

— Fairweather, savez-vous utiliser l'ordinateur ?

— Comme tout GR-3 qui se respecte, m...

— Alors, sortez les états de service de cet homme.

Il inscrivit « Hartley Frame » sur un papier.

— J'y cours.

Zyzmchuk sortit et longea le couloir jusqu'au bureau de Dahlin. Personne, excepté Gorbatchev qui pissait contre la haie. Il traversa le couloir et ouvrit la porte de Keith. Il n'y avait pas de photographie sur les murs, mais des cartes des régions viticoles d'Europe. Il y avait aussi un calendrier Picasso, des meubles somptueux, des tapis épais et les plantes les plus vertes de tout l'immeuble.

Sur le bureau était posé un numéro du *New York Times*, ouvert à la page d'un article de Frank Prial sur l'avenir des bordeaux. « Comment se porte la cave de ton papa ? » dit Zyzmchuk à voix haute, au cas où quelqu'un écouterait. Puis il prit place au bureau et composa le numéro personnel de Keith. Il laissa sonner vingt fois avant de raccrocher.

2 h 30. Pas de Keith. Zyzmchuk descendit boire un café.

— Le temps est à l'orage, disait une femme de ménage qui se trouvait près du distributeur.

— Pluie ou neige ? demanda un gardien.

— Il va pleuvoir ici et neiger dans le Nord.

Zyzmchuk alla se poster près de l'entrée. Les nuages étaient plus sombres et plus épais encore que tout à l'heure, comme s'ils retenaient leur souffle. Il retourna appeler *La Demeure 1826,* chambre 19. Pas de réponse.

A trois heures, Fairweather refit son apparition.

— Oui ?

— Ça vous va si je vous appelle M. Zyzmchuk ?

— Oui. Qu'y a-t-il ?

— Oh ! M. Keith a téléphoné. Il a eu un empêchement. La réunion aura lieu à cinq heures.

— Il est toujours en ligne ?

— Non, monsieur Zyzmchuk.

— Où est-il ?

— Il a dit qu'on ne pouvait pas le joindre.

— Mais il appelle bien de quelque part !

Fairweather recula d'un ou deux pas. Zyzmchuk se rendit compte qu'il avait haussé le ton.

— Je crois qu'il téléphonait de sa voiture, monsieur Zyzmchuk. J'ai entendu des klaxons.

— Rappelez-le.

Fairweather composa le numéro de la voiture de Keith. Pas de réponse.

— Il s'est peut-être arrêté pour faire le plein, dit Fairweather.

— Essayez dans dix minutes.

Dix minutes plus tard, Fairweather fit une deuxième tentative, puis une troisième. Impossible de joindre Keith.

— A votre avis, il téléphonait de près ou de loin ? demanda Zyzmchuk.

Fairweather réfléchit.

— Franchement, je ne saurais le dire, monsieur Zyzmchuk. Je me concentrais pour bien noter le message, vous comprenez.

Fairweather regagna son bureau. Zyzmchuk essaya à nouveau de joindre Jessie au motel. Toujours pas de réponse. Il demanda la chambre 20. A l'extérieur, les nuages s'amoncelaient de plus en plus noirs. Dans les immeubles alentour on allumait les lampes.

Cinq heures, toujours pas de Keith. Entrée de Fairweather.

— Demain, c'est le Thanksgiving, monsieur Zyzmchuk.

— Et alors ?

— Je me demandais si je pourrais... partir maintenant. En rester là pour aujourd'hui, quoi. J'aurais voulu commencer à farcir la dinde !

— Avez-vous trouvé les états de service de Hartley Frame ?

— Oh, c'est vrai, j'avais oublié de vous dire ! Il n'existe pas de livret militaire au nom de Hartley Frame.

— Vous avez dû faire une fausse manœuvre.

Grace avait dit que les états de service de Frame étaient classés secret.

— Non, monsieur Zyzmchuk. Je peux vous montrer si vous voulez.

Zyzmchuk le suivit dans le bureau de Grace. Fairweather prit place devant l'écran et tapa sur le clavier. Ses doigts volaient sur les touches, comme ceux d'un pianiste.

— Voilà. Nous sommes dans les archives militaires.

Il tapa « Frame, Hartley E. ».

Le reste de l'écran demeura vierge pendant quelques secondes. Puis un message apparut : « Erreur 57 — Non Répertorié ».

— Ce qui veut dire ? demanda Zyzmchuk.

— Ce qui veut dire, monsieur Zyzmchuk, que Frame, Hartley E., n'a jamais été dans l'armée. Voulez-vous que j'essaie les autres services ?

— Non.

Zyzmchuk sentait le regard de Fairweather posé sur lui. Pendant un instant, il crut qu'il partageait ses pensées.

— Oui, Fairweather ?

— Ce sera tout ? demanda Fairweather, prouvant le contraire.

— Oui.

— Je peux partir ?

— Oui.

— Merci, monsieur Zyzmchuk. Ce sera un plaisir de travailler avec quelqu'un qui a votre expérience. Joyeuses fêtes !

Les premières gouttes de pluie s'écrasaient doucement contre la vitre et dégoulinaient en rigoles hésitantes.

CHAPITRE 38

Grace habitait un studio à l'est du campus de Georgetown. Dans l'entrée de son immeuble, Ivan Zyzmchuk pressa sur l'interphone. La voix de Grace ne résonna pas dans l'appareil, la serrure n'émit aucun déclic. Deux hommes en costume apparurent dans l'escalier et sortirent.

— Il faut à tout prix que je me dégote des tickets pour le match des Redskins, dit l'un d'eux.

— Je suis désolé, répondit l'autre. Je ne peux rien pour vous.

Zyzmchuk gravit deux étages. Au bout du couloir, il frappa chez Grace. Il n'obtint pas de réponse mais entendit pourtant un bruissement de l'autre côté de la porte, comme des lapins qui remueraient dans un carton.

Il frappa de nouveau.

— Grace, appela-t-il. C'est moi, Ivan.

M. Z., faillit-il dire.

Grace ouvrit. Elle portait une robe de chambre molletonnée rose et des mules assorties ornées d'une houppe. Cette couleur lui allait bien. Il trouva qu'elle avait minci ; cela lui allait moins.

— Oh, monsieur Z. ! s'exclama-t-elle. Ils m'ont virée.

Ses lèvres tremblaient. Il crut qu'elle allait fondre en larmes, mais non.

— Je peux entrer ?

— C'est une vraie porcherie. C'est déjà moche au départ, mais en ce moment c'est une vraie porcherie.

— Aucune importance.

Grace s'effaça pour le laisser passer. Des reproductions de Degas étaient accrochées aux murs ; toutes des ballerines. Ces filles minces en tutu regardaient le studio de Grace : le lit défait, le tas de journaux et de revues ; les bols sales qui traînaient partout ; et, à la télévision, les concurrents d'un jeu qui sautaient de joie en découvrant un grille-pain.

— Je vous avais prévenu : c'est une vraie porcherie.

Zyzmchuk débarrassa un coin du canapé et s'y assit.

— Qu'est-il arrivé, Grace ?

Elle regardait l'émission-jeu.

— Ils m'ont virée, dit-elle calmement. Que vais-je faire ?

Roulements de tambour. Sonneries de trompettes. Une belle femme en robe moulante souleva un rideau pourpre dévoilant ainsi un four à micro-ondes et un magnétoscope. Applaudissements.

Zyzmchuk se leva et éteignit la télévision.

— Qui vous a renvoyée ?

— M. McKenna. C'est lui qui se charge des licenciements.

— Pour quel motif ?

— Rendement insuffisant.

— C'est ridicule. Vos performances sont remarquables.

Grace haussa les épaules. Il n'y avait en elle aucun signe de rébellion ; il lui fallait un bureau pour être opérationnelle, comme une abeille a besoin d'une ruche.

— M. McKenna ignore tout de votre travail. Qui lui a donné cet ordre ?

— Je ne sais pas. Ça pourrait être n'importe qui.

— Non, Grace. Qui aurait pu le faire ?

— Vous voulez dire techniquement ?

— Oui.

— Il faudrait que je réfléchisse.

— Alors réfléchissez.

Le regard de Grace s'illumina un peu ; il l'avait replongée dans la routine du bureau, peu importait que ce ne fût que temporaire et artificiel. Zyzmchuk appela *La Demeure 1826*, demanda d'abord une chambre puis l'autre. La sonnerie n'en finissait pas. Grace attendait qu'il reporte son attention sur elle. Il raccrocha.

— Outre M. McKenna, seulement trois personnes sont décisionnaires en cas de licenciement. M. Dahlin, M. Keith...

— Cela fait deux.

— Et vous.

Un sourire fugitif éclaira son visage. Il n'avait pas beaucoup de temps.

— Ce n'est pas moi.

Les lèvres de Grace tremblèrent.

— Oh, je le sais bien.

— Alors, qui ?

Elle réfléchit. A nouveau, les larmes lui montèrent aux yeux.

— Je ne sais vraiment pas. Aucun d'eux n'a jamais émis la moindre critique à l'égard de mon travail. Et M. Keith n'est pas venu souvent au bureau ces temps derniers.

— Quelqu'un sait-il que vous m'aidez à rechercher le dossier militaire de Hartley Frame ?

Elle secoua la tête.

— Non, à moins qu'on n'ait consulté mes docs.

— Vous avez consigné la recherche sur Hartley Frame ?

Grace acquiesça.

— Oui, et celle sur la femme aussi. Je note tout, monsieur Z. Je me réfère toujours à ma bible. Enfin, je m'y référais.

Son regard parcourut la pièce comme pour évaluer où cela l'avait menée.

— Quelle femme ? demanda Zyzmchuk.

— Celle sur laquelle vous m'aviez demandé des renseignements.

Grace le dévisageait.

— Jessie quelque chose. Elle avait un nom composé. Il n'y avait rien sur elle. J'ai essayé le Bur...

— Vous avez consigné cela aussi ?

Zyzmchuk se rendit compte qu'il avait haussé le ton. Il s'était levé.

Grace recula en fermant le col de sa robe de chambre.

— J'ai fait une bêtise ?

Zyzmchuk fit un effort pour parler de façon rassurante.

— Non, Grace. Qui a pu avoir accès à vos documents ?

— Quiconque connaît mon code.

— C'est-à-dire ?

— C'est un secret de polichinelle : la base-D, M. McKenna et ceux qui réparent les ordinateurs.

Zyzmchuk marchait de long en large dans la petite pièce. Il tira les rideaux. Un vent du nord s'était levé et poussait la pluie.

— Monsieur Z. ? Auriez-vous fait une bêtise ? Est-ce pour cela qu'on m'a virée ?

Il referma les rideaux et se tourna vers Grace. Elle avait peur. Il ne pouvait pas la réconforter.

— Que s'est-il passé quand vous avez essayé d'obtenir les états de service de Hartley Frame ?

— Je vous l'ai dit. Ils sont classés secret. Il faut le feu vert de Dahlin ou même de plus haut pour y avoir accès. Je vous ai posé la question et vous...

— J'ai essayé aujourd'hui même, Grace.

— Vous-même ?

— Non. Il y a un nouveau... GR-3.

— Déjà, murmura-t-elle.

— Oui.

A nouveau, les lèvres de Grace tremblèrent. Zyzmchuk attendit qu'elle se calme puis ajouta :

— Il n'a rien trouvé au nom de Hartley Frame.

— Il a dû se tromper.

— Pas à ma connaissance. Il a abouti à « Erreur 57 ».

Grace demeura silencieuse, ne voulant pas répéter que son remplaçant avait commis une erreur.

— Qu'aviez-vous eu sur l'écran ?

Grace sembla surprise.

— Je vous l'ai déjà dit : classé secret.

— Mot pour mot ?

Elle plissa les yeux comme une enfant.

— Il est d'abord apparu le code de classification. C'est-à-dire NP-6, pour service actif. Puis l'entrée Frame, Hartley E., son unité, et c'est tout.

— Son unité ?

— Oui. La 173ᵉ Brigade de la Flotte Aéroportée.

— Aurait-elle ses propres archives ?

— Différentes de celles de l'armée de terre ?

— Oui.

Grace se concentra et son regard sembla parcourir vingt-cinq années de circulation de paperasses dans tout Washington.

— Absolument.

— Partons, dit Zyzmchuk.

— Comme ça ? dit Grace en désignant sa tenue.

— Pourquoi pas ? Enfilez un manteau, ça suffira.

Ils gagnèrent la voiture de Grace au pas de course. Ses mules roses cliquetaient sur le trottoir, sa robe de chambre dépassait de son manteau d'une trentaine de centimètres, mais elle marchait légèrement.

— Je vous laisse le volant ? demanda-t-elle en sortant les clefs de son sac à main.

— Non, conduisez.

Grace roulait vite et bien. Elle se gara à la place réservée à Zyzmchuk, mais aurait pu choisir n'importe laquelle. Il était six heures passées et le parking était désert. Ils prirent l'ascenseur et longèrent rapidement le couloir jusqu'à l'ancien bureau de Grace.

Elle s'installa devant l'ordinateur. Ses doigts volèrent sur les touches puis se figèrent brusquement.

— Je n'arrive pas à entrer. La machine refuse de valider mon code.

— Utilisez le mien. Je l'ai noté quelque part.

— Ne cherchez pas. Je le connais. Je connais tous les codes.

— Même celui de Dahlin ?

— Oui.

— Alors utilisez le sien.

Grace sourit.

— Vous m'amusez, monsieur Z.

Ses doigts potelés frappèrent à nouveau les touches. Sur l'écran, lettres et chiffres défilaient, incompréhensibles pour Zyzmchuk. Il observait plutôt les doigts de Grace, comment ils hésitaient, survolaient le clavier, tapaient — parfois sur une seule touche, parfois toute une série. Puis tout s'effaça sur l'écran sauf le curseur qui clignotait dans le coin supérieur gauche.

— Nous y sommes, dit Grace.

Ses doigts pianotèrent. « Frame, Hartley E. » s'inscrivit sur l'écran. Quelques instants passèrent ; rien ne bougeait que le curseur. Puis des mots s'inscrivirent sur tout l'écran.

— Gagné ! s'exclama Grace.

Zyzmchuk se pencha par-dessus son épaule, faisant des efforts pour tout lire au fur et à mesure.

Frame, Hartley Edmund
Taille : 1,80 m.
Poids : 77 kg.
Yeux : bleus.
Cheveux : blonds.
Corpulence : moyenne.
Signes particuliers : néant.
QI : 132.
Scolarité : Université, niveau licence.
Catégorie : 1A, à partir du 1er janv. 1969.
Déclaré apte le : 1er sept. 1969. Fort Dix.
Incorporation : 3 oct. 1969. Fort Dix.
Classes : 3 oct. 1969-1er déc. 1969. Fort Dix. Affecté à la 173e Brigade de la Flotte Aéroportée le 3 déc. 1969. Grade : deuxième classe.
Ordre d'affectation : 22 déc. 1969.

Embarquement : 10 janv. 1970. U.S.S. Oriskany. San Diego.

Débarquement : 28 janv. 1970. Baie de Cam Ranh.

Promotion : 6 fév. 1970. Deuxième classe.

Porté disparu : 10 mars 1970. Zone de Pleiku. Voir note 1.

Décès : entre mars 1970 et décembre 1970. Date exacte inconnue. Voir note 2. Déclaré mort le 5 janv. 1971. Voir note 3.

Décorations : Médaille du Combat. Purple Heart. Étoile de bronze. Toutes posthumes.

NOTE 1 : (Extrait du rapport du sergent Millard Flemming, du 11 mars 1970). Le 9 mars 1970, le deuxième classe Frame a participé, avec cinq autres hommes, à une mission d'exploration dans la zone nord de Pleiku. Le 10 mars, vers 22 h 30, notre bivouac a été cerné par trente à quarante Nord-Vietnamiens. Il s'est ensuivi une fusillade d'une dizaine de minutes. L'ennemi a cédé. Nos pertes s'élèvent à deux blessés, dont un sérieusement, et à la disparition du deuxième classe Frame qu'on n'a pas revu après le combat.

NOTE 2 : (Extrait du rapport de M. Gilles Ricord, de la Croix-Rouge Internationale, en date du 3 déc. 1970). J'expédie sous autre pli la plaque d'identification (numéro 237-32495, au nom de Hartley E. Frame) et les empreintes digitales fournies par le gouvernement du Nord-Viêt-nam. Il semblerait que le corps ait disparu dans l'incendie qui a détruit les locaux du camp D-1.

NOTE 3 : Les empreintes correspondent à celles de Hartley Frame, prises à Fort Dix, le 1er sept. 1969 — J. M. Morris, Laboratoire Central d'Identification, Hawaii.

— C'est tout ?

Grace tapa sur une touche. Les mots défilèrent et disparurent.

— Oui, dit Grace. Ça vous aide ?

Zyzmchuk contempla l'écran noir.

— Ça soulève quelques questions.

— Par exemple ?

Par exemple, comment Hartley Frame avait-il pu faire un chèque aux Guitares Moyo, à Reno, le 14 janvier 1970 si, le 10 du même mois, il était sur un bateau en partance pour le Viêt-nam ?

— Vous n'en savez rien ou vous ne voulez pas me le dire ? insista Grace.

Zyzmchuk garda le silence, perdu dans un labyrinthe de pensées. Au-dehors, la nuit était tombée, aussi noire que l'écran de l'ordinateur. La pluie frappait au carreau.

Il finit par parler, mais ce ne fut pas pour répondre à la question de Grace.

— Il faut que j'aille à l'aéroport, Grace.

— Je vous y conduis.

CHAPITRE 39

Il pleuvait à verse, lignes obliques tracées par le tranchant d'un couteau. Jessie quitta les Berkshire, entra dans New York et traversa l'Hudson. La pluie et le vent unissaient leurs efforts pour dépouiller les arbres de leurs dernières feuilles. Les branches se fouettaient comme des flagellants se mortifiant à plaisir.

Jessie gardait ses mains crispées sur le volant et roulait le plus vite possible. Mais la petite voiture de location était moins maniable depuis les chocs qu'elle avait subis devant la résidence universitaire. Elle alluma les phares et s'aperçut que seul l'un d'eux fonctionnait. Elle mit la radio, qui grésillait. La seule station qu'elle réussit à capter programmait de vieux succès annoncés par une animatrice à la voix de femme fatale.

— En route pour vos douceurs préférées des années cinquante, soixante et début soixante-dix.

Ball and Chain, de Janis Joplin. *She Said She Said* des Beatles. *Rip This Joint* des Stones. Puis il y eut la publicité pour Levi's. Jessie éteignit la radio d'un geste sec avant le début du solo de guitare. Elle se concentra sur la route. Son cerveau devint une boîte qui ne renfermait qu'un seul mot : « Pitié ».

A une heure, Jessie pénétra dans Woodstock. Par n'importe quel autre temps, la ville aurait pu être belle. En l'occurrence, les pelouses étaient boueuses et les boutiques fraîchement repeintes évoquaient un décor de film après que les éclairagistes ont déserté le plateau.

Jessie se gara devant un magasin, offrant une citrouille en vitrine. Une clochette tinta. Elle se trouvait chez un marchand de fromages. Une femme, en pull-over cachemire et jean de marque, tenait une étiquette blanche à la main et dessinait le mauvais accent sur le *e* de chèvre.

— Que désirez-vous ? Je vous conseille nos camemberts. On vient de les recevoir, ils sont succulents.

— Ce sera pour une autre fois, répondit Jessie. Je cherche l'emplacement du festival.

— Quel festival ?

— Celui de Woodstock.

— Ah ! Ça, je ne sais pas. Nous n'avons ouvert que le mois dernier. Nous étions à Manhattan, mais c'était devenu insupportable. Allez vous renseigner auprès de quelqu'un du coin.

A la manière dont elle prononça « du coin », Jessie comprit que son installation ne serait pas définitive.

Elle roula jusqu'à une station-service et y fit le plein.

— Je cherche l'endroit où a eu lieu le festival de Woodstock.

Le pompiste passa sa tête par la vitre. Lui était peut-être du coin.

— Par un jour comme aujourd'hui ? s'étonna-t-il. Ah, vous alors ! Il éclata de rire.

— Je vais vous dire ce que je dis à tous, reprit-il. Le célèbre festival de Woodstock n'a pas eu lieu à Woodstock.

Sa voix sifflait.

— On n'en aurait voulu pour rien au monde. Ni à l'époque ni maintenant.

Il rit de nouveau. La pluie gouttait du rebord de sa casquette sur l'épaule de Jessie.

— Où a-t-il eu lieu ?

— Eh bien, plus bas, à Bethel. Je n'arrive pas à comprendre comment des pèlerins comme vous ne le savez pas encore, vous qui êtes si toqués de ce truc-là !

— Et comment va-t-on à Bethel ?

— Eh bien, vous tournez après le réservoir..., commença le pompiste, puis il se lança dans un discours plein de noms de villes et de routes qui n'évoquaient rien à Jessie.

— C'est loin ? demanda-t-elle, s'attendant à ce qu'il réponde huit ou dix kilomètres.

— Environ quatre-vingts kilomètres, dit-il avec la suffisance d'un blagueur sûr de son effet. Par ce temps, il vous faut une bonne heure pour y arriver. Au moins.

Jessie prit la direction du sud et gravit des collines sous un ciel lourd. Il pleuvait de plus en plus fort, il faisait de plus en plus froid. Elle mit le chauffage. La route, étroite et sinueuse, passait par de nombreuses petites villes. Il y avait peu de circulation mais ce ne fut qu'après cinq heures que Jessie entra dans Bethel. La nuit n'allait pas tarder à tomber.

Rien ne laissait supposer que l'endroit fût un pôle d'attraction pour New-Yorkais blasés. C'était une ville de province des plus ordinaires. Jessie entra dans une boutique banale.

— On ferme ! cria un vieil homme en blouse de travail.

— Pourriez-vous me dire où se trouve l'endroit du festival de Woodstock ?

L'homme soupira.

— Tout droit jusqu'à Hurd Road. Prenez à droite et continuez jusqu'à ce que vous arriviez à une intersection de quatre routes. C'est là.

Il laissa tomber une poignée de boulons dans un sac en papier.

Jessie quitta Bethel. La pluie battait la mesure sur le capot et dégoulinait sur le pare-brise fissuré. De l'autre côté des nuages, le soleil se couchait : durant quelques minutes, tout s'empourpra. Jessie arriva à Hurd Road et prit à droite.

Des champs vides s'étiraient vers les bois, au loin. Aucun mouvement n'y était perceptible, ni tracteur, ni animal, ni homme. Aucune trace de la camionnette noire, de Kate, de Pat ou de Hartley Frame. Elle arriva au carrefour et ralentit. Une forme foncée et petite surgit dans ce désert, à peu de distance du bas-côté de la route. Jessie s'arrêta.

Elle descendit de voiture, et marcha à travers champs. La boue collait à ses chaussures. La forme foncée, elle le voyait maintenant, était une borne en pierre. Sous le bas-relief, représentant le manche d'une guitare sur lequel était posée une colombe, on pouvait lire : « *Ici eut lieu le Festival de musique de Woodstock.* »

Jessie regarda autour d'elle. Elle était seule. Elle contempla l'inscription, l'esprit vide. La pluie, s'infiltrant par son col, la ramena à la réalité.

Hartley Frame lui avait-il menti ? Mais pour quelle raison ? Pourquoi lui téléphoner alors ? Jessie n'arrivait pas à comprendre. La seule idée qui lui vint à l'esprit fut de retourner voir Mme Rodney.

Bouge, se dit-elle. Mais elle n'avait plus de volonté. Elle demeura immobile sous la pluie, à regarder la borne qui se dressait dans ce champ désert où, un jour, s'étaient entassées un demi-million de personnes. La chanson de Joni Mitchell lui revint en mémoire. Elle l'avait entendue récemment, sur le magnétophone de Pat, dans son studio.

Que s'était-il donc passé ce vendredi soir à Los Angeles ? Oui, cela avait dû arriver le vendredi soir car, le lundi, ils avaient traversé le pays.

Hartley Frame avait frappé à la porte, peut-être quelques minutes seulement après qu'elle eut déposé Kate. Comment avait-il découvert où habitait Pat ? Par Blue Rodney. Elle avait essayé d'avertir son frère, mais son message était arrivé trop tard.

Qui avait ouvert la porte ? Pat ? Kate ? Pat avait-il reconnu Hartley tout de suite ? Il l'avait fait entrer. Ou bien l'autre s'était imposé. Et ensuite ? Elle n'avait que deux certitudes : ils avaient écouté la chanson de Joni Mitchell et ils étaient partis dans la BMW bleue. Peut-être avaient-ils fait un crochet par la banque de Pat : Buddy Boucher avait été payé en liquide.

Les choses s'étaient-elles envenimées ou bien avait-ce été atroce dès le départ ?

Jessie se rappela un autre détail. La guitare de Jimi Hendrix. La Stratocaster suspendue au mur du studio. Celle que Pat avait prétendu avoir achetée à une vente aux enchères, mais qui, selon Disco, avait été offerte à Hartley par Jimi Hendrix en personne au cours du festival. Elle aussi avait disparu. Troisième certitude : ils avaient emporté la guitare avec eux. Au bout du compte, ça ne l'avançait à rien. Elle en revenait toujours à Mme Rodney.

Jessie détacha son regard de la borne. La pluie lui fouettait le visage. Seule une faible touche de pourpre colorait les nuages. Elle était sur le point de retourner à sa voiture lorsqu'elle remarqua une forme à l'orée du bois, une tache sombre. Elle cligna les yeux. La tache était toujours là.

Jessie coupa à travers champs. La luminosité était de plus en plus faible mais, au fur et à mesure qu'elle avançait, la tache prenait une forme rectangulaire. Puis Jessie aperçut un point rouge. Elle se mit à vomir.

Le rectangle incertain se précisa et devint la camionnette noire. Le point rouge fleurit et s'élança en flammes peintes sur les côtés. Bientôt, Jessie distingua même le reflet argenté de rayures sur un coin de la portière arrière et une bosse sur le pare-chocs.

Jessie courait. Elle n'entendait rien que la pluie, sa course dans la boue et sa respiration. *Ne fais pas l'idiote,* lui soufflait une voix intérieure. Mais que devait-elle faire ? Elle l'ignorait.

Elle arriva à hauteur de la camionnette, garée sous un grand arbre à la lisière du bois. Aucun bruit ne lui parvint de l'intérieur. Elle était si proche qu'elle n'avait qu'à tendre la main pour toucher la carrosserie, froide et mouillée. Elle essuya le pare-brise pour regarder à l'intérieur. Personne à l'avant. Le rideau en plastique était tiré derrière le siège.

Jessie fit le tour du véhicule. Toutes les portières étaient verrouillées. Elle appuya son front contre les vitres opaques mais ne vit rien. Elle essaya une nouvelle fois de faire coulisser la portière latérale, de toutes ses forces, mais en vain.

Soudain, elle entendit un bruit venant de l'intérieur. Et une voix, celle de Kate, qui disait :

— C'est qui ?

— Katie ! Katie ! C'est moi !

— Maman ! C'est toi ?

— Oh, oui, oui, oui. Tu vas bien, ma chérie ?

Une vague d'émotion submergea Jessie et elle eut l'impression de s'y noyer. Elle dut faire un effort pour contrôler sa voix.

— Tu peux ouvrir la porte ?

— Je suis attachée. Dépêche-toi, maman.

— Ne t'en fais pas, je vais te délivrer.

Jessie se pencha et ramassa un caillou. Elle le lança contre la vitre côté passager qui se brisa en mille éclats. Elle avait glissé sa main à l'intérieur et agrippé la poignée lorsqu'un homme jaillit de sous la camionnette et se dressa devant elle. Il portait un costume d'été crasseux et affichait un grand sourire sur des dents noires et pourries.

— Bienvenue à Woodstock, Jessie, dit-il en lui tendant les bras.

Il s'était rasé le crâne mais ses cheveux repoussaient et formaient un duvet brun. La pluie dégoulinait sur son visage décharné.

— Hartley, commença Jessie.

Mais ce nom mourut sur ses lèvres quand elle vit la couleur de ses yeux.

— Je suis venue chercher ma fille.

Le sourire se figea.

— Je ne suis pas Hartley. Je m'appelle Bao Dai.

Oh, mon dieu !

Elle ne savait que dire, ni comment réagir, ni comment faire pour sortir Kate de cette camionnette.

— Bao Dai, répéta-t-il. C'est le nom d'un empereur. L'empereur des Vietcongs. L'empereur de la boue.

— Oui, je sais. C'est vous qui avez écrit : « Toi giet la toi » sur le tableau, chez Pat.

Elle avait dit la première chose qui lui était passée par la tête.

Il fronça les sourcils.

— Ce n'est pas comme ça qu'on prononce.

Il fit un pas vers elle. Jessie recula.

334

— Je te fais peur, Jessie.

— Oui.

Il sourit de nouveau, montrant ses dents pourries.

— Ce n'est pas la peine. Je t'aime bien. Viens.

Il lui tendit la main.

Jessie ne bougea pas.

— Où?

— Juste bavarder un peu.

— Bavardons ici. Ma fille est dans cette camionnette et je veux rester près d'elle. Je veux la voir.

— Elle va bien. Elle est aussi un petit peu ma fille, tu sais.

Il avança sa mâchoire, comme s'il s'attendait à être contredit, mais Jessie se tut.

— Viens, répéta-t-il.

Elle ne broncha pas. Il glissa sa main sous sa ceinture et en sortit un couteau. Jessie le reconnut — c'était celui de Pat, avec le manche recouvert de cuir.

— Tu m'obliges à te montrer ça, lui dit-il sur le ton d'un homme vexé. Moi, je ne voulais pas. Tu ne pouvais donc pas me suivre gentiment?

Il s'élança et l'agrippa par le poignet. Il était rapide et très fort. Sa main était ferme et rêche. Jessie essaya de se dégager mais il resserra son étreinte et l'entraîna vers les arbres.

— Vous disiez que je pourrais récupérer ma fille. Vous disiez que vous ne nous feriez aucun mal.

— Et je le pensais. Mais je n'étais pas défoncé, et maintenant je le suis.

— Maman? cria Kate.

Il poussa Jessie dans le bois avant qu'elle ait pu répondre et l'entraîna à sa suite, tantôt courant, tantôt trébuchant entre les arbres, sur une cinquantaine de mètres. Puis, brusquement, il s'arrêta. Un autre homme était adossé contre un arbre. Ligoté avec une corde de nylon. Il était trempé, sale et tremblait de la tête aux pieds. Ses longs cheveux blonds lui collaient à la figure. Pat.

Quand il vit Jessie, ses yeux s'emplirent de larmes.

— Oh, Jessie. J'ai peur, dit-il. Il a des acides. Il m'a forcé à en prendre. J'ai peur.

La main qui tenait Jessie relâcha son étreinte; l'autre la menaça avec le poignard. Jessie se libéra et, en s'appliquant à ne pas faire de gestes brusques, elle se dirigea vers Pat. Elle posa doucement une main sur son épaule. Malgré tout ce qu'il avait fait — avoir mis

Kate en danger, l'entraîner, elle, dans ce guet-apens, et d'autres choses qu'elle ne comprenait qu'à moitié —, ce n'était pas le moment de lui lancer des reproches cinglants ainsi qu'elle se l'était promis. Il était déjà démoli ; et il était toujours Pat.

— Tout va bien se passer, dit-elle en essayant d'être convaincante.

Mais il ne lui serait d'aucune aide. Elle était seule.

— Bien sûr que oui, dit Bao Dai dans son dos. Moi aussi, j'en ai pris. Des bleues et des rouges. On est des potes. On partage tout.

Jessie se tourna vers lui. Il sortit un flacon de sa poche.

— Et j'en ai pour toi aussi.

— Non merci, dit Jessie.

— Ne fais pas la timide, shoote-toi, branche-toi... J'ai oublié la suite.

Il déboucha le flacon et en sortit une pilule.

— Une belle bleue.

— Non.

— Si. C'est du bon. Je vois tout plein de couleurs.

Il regarda autour de lui. Jessie, pour sa part, ne voyait que du gris, du marron et le bleu éclatant de ses yeux.

— Il faut bien rattraper le temps perdu.

Il s'avança vers elle, main tendue.

Jessie bondit sur le côté, contourna un arbre et se mit à courir. C'était sa seule chance. *Arriver à la camionnette. Déverrouiller la portière. Prendre Kate. Courir.* Voilà ce qu'il fallait faire.

Elle avait atteint l'orée du bois, n'était plus qu'à une dizaine de mètres de la camionnette, lorsqu'il la rattrapa. Il courait très vite. Il la plaqua contre terre, et son crâne heurta le sol boueux, pas très rudement mais c'était le deuxième choc en trois jours.

Il s'écoula quelques minutes avant que Jessie rouvrît les yeux. Le ciel ne s'était guère assombri et la pluie tombait avec la même force. Elle était couchée sur le dos dans le bois. Son crâne la faisait plus souffrir que la première fois. Elle essaya de se redresser. Impossible.

Ses poignets et ses chevilles étaient ligotés avec du fil de cuivre attaché à des piquets de tente enfoncés dans le sol. Jessie tira de toutes ses forces, mais elle ne pouvait bouger.

Ce fut alors qu'elle perçut des voix, assez proches. L'homme qui se faisait appeler Bao Dai disait :

— C'est par ici que ça s'est passé, non ? Couche-toi.

Pat lui répondit :

— Non, je ne veux pas. Pourquoi ne pas...

336

Elle entendit le bruit d'un coup de poing, puis la voix de Bao Dai :

— Quand je te dis de te coucher, tu te couches ! Voilà. C'est bien. Ça, c'était la règle numéro deux.

— Ne fais pas ça. Ne fais pas ça. Je t'en supplie.

— Moi aussi, j'ai supplié des dizaines de fois. Si tu savais le nombre de fois que j'ai supplié le caporal Trinh.

— Tu ne peux pas m'en vouloir pour ça. Qui aurait pu deviner ce qui allait...

— A qui d'autre en vouloir ? coupa Bao Dai, en haussant la voix. Putain, je suis complètement défoncé. Et tu sais quoi ?

— Quoi ?

— Il m'arrive exactement ce que je craignais. Un mauvais trip. Tu vois ce que je veux dire ? Vraiment mauvais.

— Je peux peut-être... t'aider.

Jessie comprit que Pat essayait de gagner du temps. Elle aurait voulu réfléchir à sa place.

— Toi ? M'aider ? S'il y en a un qui m'a bien baisé, mon vieux, c'est toi. Encore mieux que le caporal Trinh. Tu sais quoi ? Je devrais couper ta sale queue jaune.

— Oh, mon dieu !

— Comme tu dis : oh, mon dieu. Tu découvriras qu'Il est d'un grand secours. Mais ne t'en fais pas. Tu crois que je ferais une chose pareille ?

— Non.

— Alors, croise les doigts.

Bao Dai éclata de rire et ajouta :

— Ne t'avise plus de me proposer ton aide, c'est tout. C'est ta faute si je fais un mauvais trip, compris ?

— Oui.

— Pour sûr.

Silence.

Puis Bao Dai reprit la parole.

— C'est ici exactement, à ce putain d'endroit. C'est ici que tu as volé la guitare qu'Hendrix m'avait donnée...

— C'est à moi qu'il l'avait donnée. Tu le sais.

Jessie se dit *Pat, pauvre fou,* avant même que Bao Dai hurle :

— Ta gueule !

Un cri de douleur.

Puis Bao Dai reprit :

— C'est exactement ici. Tu m'as dit : « Tu voudrais pas faire un truc génial ? » Voilà ce que t'as dit : « génial ». N'est-ce pas la chose la plus... la plus...

Bao Dai chercha, puis laissa tomber.

— Et moi, j'étais qu'un petit con de citadin et je t'ai demandé « Quoi ? » et tu m'as répondu : « Je t'en donnerai pour ton argent. »

— Et je le maintiens, si tu me libères.

— Ah ouais ?

Bao Dai éclata de ce rire que Jessie n'aimait pas, et cette fois il ne s'arrêtait pas.

— Avec une autre voiture ? Une deuxième bagnole de sport pour le petit sportif que je suis ?

— Si tu veux. Je te propose même mieux : tu n'auras plus besoin de travailler.

— Je n'ai jamais bossé de ma vie.

Bao Dai riait de nouveau, de plus en plus fort.

— Tu n'auras pas à commencer. Je te donnerai tout ce que tu veux.

— Ce n'est pas de l'argent que je veux.

— Alors quoi ?

— Je veux toutes ces années.

— Mais je ne peux pas te les rendre.

Pat fondit en larmes.

— Mais si. Je vais prendre la gosse, pour commencer.

— Tu sais bien que c'est impossible. Mais tu pourras nous rendre visite de temps en temps.

— Espèce de salaud !

Jessie se rendit compte que Bao Dai avait atteint une limite. Il la dépassa.

— Des visites ? Tu me donnes la permission de visiter ma propre vie ? Tu te rends compte ? Laisse-moi te dire une chose. Tu sais ce qu'il y a dans ma cuisine ?

— Quoi ?

— Ça.

— Oh non ! Mon dieu, non !

— Mon dieu, si !

Ensuite, Jessie entendit un martèlement et Pat poussa un hurlement horrible. Puis un autre. Bao Dai criait par-dessus ses cris.

— Et dis-toi que ce n'est pas suffisant. C'est ma vie que tu as volée, Hartley Frame, et tu dois payer.

Il baissa le ton. Sa voix ne fut plus qu'un murmure.

— C'est la règle numéro un.

— Pat, je t'en prie, ne me fais pas ça.

— Trop tard.

— Je t'en prie.

Jessie écouta les suppliques de son ex-mari qui tournèrent aux gémissements, puis au silence.

Puis des bruits feutrés vinrent dans sa direction. L'homme qui se faisait appeler Bao Dai fut bientôt au-dessus d'elle. Il avait des yeux de fou.

— Le moment est venu de payer.

Il retira son costume ocre crasseux et sa chemise. Il ne portait rien dessous. Son corps était maigre et sec, ainsi que ses jambes et ses bras, tailladés de cicatrices, luisant sous la pluie comme s'ils étaient inhumains. Bao Dai ne semblait pas se soucier de la pluie.

Il s'accroupit à côté de Jessie, déboutonna sa veste et souleva son pull-over.

— Je ne vous ai rien fait, dit Jessie.

Il lui caressa les seins de ses deux mains dures et rêches.

— Vous n'avez aucune raison de me haïr !

Mais il ne la regardait pas, ne l'écoutait pas. Son regard était braqué entre ses jambes, sur son pénis, mou et flasque.

— A ton avis, à quand remonte ma dernière trique ?

Il lui pinça le bout des seins et les tordit.

Ne lui fais pas voir que tu as mal. Jessie savait cela d'instinct. Pour le moment, c'était tout ce qu'elle savait.

Il pinça ses mamelons plus fort. Son pénis se souleva un peu. Jessie avait envie de se mordre les lèvres pour ne pas crier, mais elle ne pouvait prendre ce risque.

D'une main, il continuait à lui pincer les seins. De l'autre, il lui tripotait le ventre, tentant d'ouvrir les pressions de son jean, qui résistaient. Il sortit son couteau et trancha la toile. La lame écorcha le ventre de Jessie, le sang coula. Il sourit et son pénis se tendit davantage.

Jessie pressentit son avenir : court et douloureux. Elle n'avait qu'un moyen de s'en sortir. Tout reposait sur son appréhension de la situation : agir à l'encontre de tout son être. Mais elle ne calcula pas le prix à payer : elle avait si peu de chances de survivre.

— Regarde-moi, lui dit-elle, en essayant d'imiter la voix de séductrice série B de l'animatrice radio. Regarde-moi dans les yeux.

A contrecœur, il leva la tête vers elle. Jessie plongea son regard dans ses yeux de fou, comme si elle regardait un amant démoniaque qui l'aurait ensorcelée et susurra :

— Tu n'es pas obligé de te donner tant de mal, chéri. Détache-moi et je vais coopérer.

Ses mains s'immobilisèrent. Il y eut un moment de silence qui, pour Jessie, dura une éternité. Puis il dit :

— Merde !

Il regarda entre ses jambes. Son pénis retombait.

— Tu pouvais pas la fermer ?

Il porta une main à son sexe, mais en vain.

— Tu as tout gâché.

Maintenant il était en colère, sans plus. Il lui empoigna les seins et les serra comme des balles en caoutchouc. Cette fois, Jessie ne put s'empêcher de se mordre les lèvres, au point qu'elle sentit le goût de son sang, mais elle ne cria pas.

— Tu as tout gâché.

Il se releva, tendit la main vers ses vêtements dans la boue. Quand il fut à moitié rhabillé, Jessie devina qu'il avait déjà une autre idée en tête. Il ne la regardait plus. Il disparut. Elle entendit ses pas qui s'éloignaient. Un moteur démarra et son ronronnement se perdit dans le lointain.

Elle était couchée dans la boue. Elle avait envie de pleurer et de ne jamais s'arrêter. Mais ce n'était pas le moment. *Ne pense pas à ta peur. Pense à Kate.* Elle gigota pour essayer de se détacher. La pluie l'aida : la terre était molle autour des piquets de tente. Elle finit par libérer un bras. Quelques instants plus tard, elle était debout.

Elle se dirigea d'après les gémissements qu'elle entendait. Elle n'eut pas à aller loin. A une cinquantaine de mètres, elle arriva au bord d'un trou peu profond entouré de terre fraîchement retournée. Quelques pelletées avaient été jetées dans le trou, pas assez pour recouvrir l'homme qui y gisait. De la terre maculait son visage et ses longs cheveux blonds. Ses yeux étaient clos. Il gémit : le père de son enfant, le seul homme qu'elle ait jamais aimé.

Il était couché sur quelque chose. Crucifié sur la guitare de Jimi Hendrix.

De gros clous transperçaient ses avant-bras — l'un fiché dans le corps de la guitare, l'autre dans le manche. Son bras droit avait très peu saigné mais le gauche, cloué aux touches, saignait encore, trempant sa chemise et gouttant sur la boue.

Jessie courut vers lui, tomba à genoux et posa une main sur son front. Il ouvrit les yeux, la reconnut.

— Jessie.

Sa voix n'était plus qu'un souffle, malgré lui.

— J'aurais dû te le dire il y a longtemps.

— Oh...

Jessie ne prononça pas son prénom. Elle ne savait plus comment l'appeler. Elle essuya son visage et ses cheveux.

Il ferma les yeux.

— Jessie, reprit-il.

Elle l'entendait à peine.

— J'aurais voulu que ça marche entre nous. Tout est ma faute.

— Ce n'est pas vrai.

Il rouvrit les yeux. L'angoisse noyait son regard.

— Il faut que tu partes, dit-il. Dépêche-toi. Il l'emmène chez son grand-père.

— Où ?

— Au chalet. Il va faire quelque chose. Il croit que mon père...

Son visage se tordit de douleur, comme si quelqu'un avait tiré violemment sur des fils invisibles.

— Je vais commencer par t'emmener à l'hôpital.

— Non. Laisse-moi.

Jessie déchira sa chemise pour en faire des garrots.

— Laisse-moi.

— Tu vas t'en sortir. Tu as perdu un peu de sang, c'est tout.

Elle s'agenouilla derrière lui, le prit sous les aisselles et essaya de le faire asseoir. Il gémit. Elle donna une poussée. Le manche de la guitare se coinça sous une pierre. Il hurla. Elle n'arrivait pas à le libérer. La tête du clou se souleva très légèrement au-dessus de la peau. Il poussa de nouveaux hurlements. Jessie empoigna le clou et tira. Elle réussit à l'extraire.

Il s'assit, à moitié libéré de la guitare. Il cessa de hurler, esquissant un pauvre sourire. Alors, Jessie vit l'ampleur de l'hémorragie. Le clou avait laissé un trou énorme dans son bras. Le sang coulait à flots, trempant le garrot, giclant sur elle.

— Oh, non ! murmura-t-elle, en pressant désespérément sa main nue sur la blessure.

Le sang passait entre ses doigts.

Il ferma les yeux et retomba dans le fond du trou. Jessie gardait la main sur la blessure, priant pour que l'hémorragie cesse.

Elle finit par s'arrêter. Mais sa respiration aussi. Jessie tenta de lui faire du bouche-à-bouche. Sa poitrine se souleva. Il souffla l'air que lui avait insufflé Jessie. Sa poitrine retomba. Elle recommença. Il l'expira. Cela ne servait à rien, mais elle demeura un long moment au bord du trou, essayant de lui redonner vie.

Elle finit par abandonner. La nuit était tombée — une nuit sans étoiles, sans clair de lune et pleine d'une pluie glaciale. Elle le hissa hors du trou, et le sortit du bois, tantôt le traînant, tantôt le portant. La distance était longue jusqu'à la voiture, elle manquait de temps. Mais elle ne pouvait se résoudre à le laisser là.

Elle le tira à travers champs. Cela lui prit un temps fou. La guitare se détacha du corps. Elle l'abandonna dans la boue. La pluie se transforma en neige, frappant aussi fort. Le vent la poussait en bourrasques au-dessus de la ferme de Yasgur.

CHAPITRE 40

L'avion vira vers la droite, vers la gauche, prit un peu d'altitude, puis redescendit. Les ceintures de sécurité des voyageurs étaient restées bouclées durant tout le voyage. Pas de nourriture, pas de boisson, pas de change de dernière minute avec calculettes et ordinateurs de poche. Par-delà les hublots s'étendait une nuit noire pleine de tourbillons blancs. L'avion survola un aéroport invisible, descendit en branlant, toucha le sol, une, deux, trois fois, puis roula jusqu'à l'aérogare. Les passagers descendirent, riant nerveusement. Cinq minutes plus tard, l'aéroport fermait.

La Blazer attendait dans le parking où Ivan Zyzmchuk l'avait laissée. Il vira jusqu'à la sortie et s'arrêta devant la guitoune du gardien.

— C'est le déluge par ici, dit celui-ci d'un air joyeux en encaissant. C'est toujours au moment du Thanksgiving qu'il y a le plus de monde. Le temps n'aurait pas pu être pire.

Zyzmchuk s'engagea dans la nuit. Un grand vent soufflait du nord et poussait des rafales de neige à travers le ciel. Sur les collines, des voitures étaient bloquées ; elles patinaient, dérapaient sur le bas-côté de la route à des embranchements et y étaient abandonnées. Zyzmchuk s'arrêta. Il roulait sans pneus-neige mais il avait des chaînes dans le coffre. Il les mit, et se fraya un chemin jusqu'à l'autoroute parmi la circulation déréglée.

A l'entrée de la bretelle, un panneau clignotant interdisait le passage. Un policier se tenait à côté, engoncé dans un manteau épais.

— C'est fermé, mon gars, lui cria le policier. Rentrez chez vous.

— Sur quelle distance ?

— Sur toute cette putain d'autoroute. D'ici jusqu'à la frontière de l'État.

— Il faut que je passe.

— Une autre fois. C'est bloqué. Compris ? Ils ne sablent pas. Ils ne dégagent même pas la chaussée. C'est très mauvais.

— Je prends le risque.

Le policier porta une main à son arme.

— Dites donc, vous cherchez les ennuis ?

— Non. J'ai une autorisation spéciale. Elle est dans ma poche. Je vous la montre.

Le policier dégaina. Zyzmchuk lui tendit sa carte d'identité. Le policier rangea son arme, prit la carte et l'examina à la lueur d'une torche. Il fronça les sourcils.

— C'est la première fois que j'en vois une comme ça.

— Il faut un début à tout.

Le policier examina le verso vierge de la carte.

— Il va falloir que j'appelle quelqu'un.

— Le temps nous manque.

— Pourquoi ? De toute façon, vous n'irez pas très loin. Il y a des congères aussi hautes qu'un homme.

— Je n'ai pas le temps de tergiverser.

— Hein ?

Zyzmchuk fit vrombir le moteur de la Blazer, embraya et démarra. Le pare-chocs percuta le panneau clignotant. Dans le rétroviseur, Zyzmchuk aperçut le policier, les mains empêtrées avec la carte d'identité, la torche électrique et le pistolet. Puis il fut hors de vue.

Zyzmchuk accéléra à fond. *Conduis comme un dingue, vieux fou. Conduis comme un dingue*, disait-il.

Ce qu'il fit. Il ne croisa aucune voiture en mouvement. Il ne voyait que du blanc, troué d'une lueur jaune en son milieu. *Suis cette lumière jaune, c'est la seule chose que tu aies à faire.* Il ne se traita plus de fou. C'était la vérité, mais à quoi bon ?

Zyzmchuk suivit la lumière pendant quatre heures. Les vieilles chaînes mordaient dans la neige, le vieux pare-chocs fracassait les congères. Zyzmchuk ne voyait que du blanc et du jaune, puis du rouge lorsque le signal l'avertit que le moteur était en surchauffe.

Ne me fais pas ce coup-là, putain de moteur ! Il s'imagina éventrant la Blazer si jamais elle le laissait tomber. Cette vision passa. Il continua sa route, le pied à fond sur l'accélérateur.

Dans le parking de *La Demeure 1826*, les congères atteignaient un mètre vingt de haut. Zyzmchuk laissa sa voiture sur la route, phares allumés, et se fraya un passage dans la neige.

Il frappa à la porte de la chambre 20. Pas de réponse. Même

résultat chambre 19. Il n'avait pas de clef. Il jeta un œil aux fenêtres de la réception. Aucune lumière. Il donna des coups d'épaule sur la porte de la chambre 20 qui céda.

Vide.

Il défonça la porte de la chambre 19. Il trouva Bela dans la pièce sens dessus dessous. Il gisait sur le sol, le visage tuméfié. Zyzmchuk s'agenouilla près de lui et lui tâta le pouls. Il ne battait pas et son corps était froid. Il avait le poing droit fermé. Avec douceur, Zyzmchuk lui ouvrit la main et y trouva une poignée de cheveux platine.

Zyzmchuk se releva. Il vit la biographie de Verdi ouverte à côté du fauteuil renversé. Il crut tout d'abord que c'était le seul objet à ne pas avoir été touché. Puis il le ramassa et découvrit le pistolet de Bela dessous.

Zyzmchuk l'examina : aucune balle n'avait été tirée. Il imagina Bela en train de lire, s'endormant, posant son arme par terre, son livre par-dessus, fermant les yeux. Un peu plus tard entre le major Tsarenko ; le vieil homme met du temps à se réveiller, l'esprit confus, il ne trouve pas son pistolet tout de suite.

Une idée traversa l'esprit de Zyzmchuk et le fit courir à la salle de bains, allumer la lumière, regarder d'un œil hagard. Mais il n'y avait pas d'autres cadavres.

Pas ici.

Zyzmchuk enfonça le pistolet dans sa poche et quitta la chambre 19, le cœur gros de l'envie de tuer.

CHAPITRE 41

Jessie descendit les collines, retraversa l'Hudson et remonta vers les Berkshire. La neige tombait autour de la voiture, de plus en plus dense. Elle avait la sensation de flotter dans un cocon de blancheur et de silence. Elle était seule dans l'habitacle, avec le cadavre de son ex-mari sur le siège arrière.

Quand elle attaqua l'ascension des montagnes, le vent souffla plus fort. Il s'immisçait par les fentes, faisait voleter la neige comme de la plume dans la lueur des phares ou l'envoyait lécher la chaussée par rafales. Impossible de rouler vite. Jessie s'appliquait à ne pas quitter la route. Elle ne vit aucune trace de la camionnette noire qui la précédait, ni d'aucun véhicule avant Morgantown.

Elle arriva à *La Demeure 1826* mais n'entra pas dans le parking. La Blazer de Zyzmchuk n'était pas là.

Jessie rebroussa chemin et s'engagea sur la route des monts Blackstone. Elle était étroite, escarpée et tout en lacet. L'air se fit plus âpre et le vent redoubla de violence. Les phares éclairaient de façon confuse un espace de quelques mètres devant la voiture. Ses pneus crissaient sous l'effort. Jessie commit l'erreur d'accélérer. Les roues arrière dérapèrent, le véhicule fut déporté et heurta un monticule de neige, puis glissa, lentement, vers l'autre côté de la route pour s'immobiliser dans un petit dégagement, enneigé jusqu'aux enjoliveurs.

Jessie sortit et regagna la route, arc-boutée contre le vent. Il transperçait la couche mince de ses vêtements mais elle n'avait pas froid, concentrée sur deux feux arrière rouges qui clignotaient un peu plus haut sur la route.

En s'approchant, elle vit que ce n'étaient pas ceux de la camionnette mais d'une petite voiture, bloquée par la masse d'une congère. Le moteur tournait; Jessie l'entendait bien qu'elle ne vît pas les gaz du pot d'échappement car ils étaient balayés instantanément par le vent. Elle se dirigea vers la portière côté conducteur. De la musique s'échappait dans la nuit mais Jessie ne parvenait pas à voir qui l'écoutait : une mince couche de neige recouvrait la vitre. Elle l'essuya et regarda à l'intérieur.

Deux silhouettes étaient enlacées sur le siège avant. Une femme poussa un cri. Jessie recula d'un pas. La portière s'ouvrit. Un homme sortit et Jessie le reconnut : elle l'avait vu à l'inauguration du mémorial. Mais elle pouvait jurer que lui ne la reconnaissait pas.

— Qu'est-ce que vous voulez ? lui demanda-t-il.

Avant que Jessie ait eu le temps de répondre, la voix de la femme se fit entendre dans l'habitacle :

— Encore elle !

C'était Alice Frame.

— Qui « elle » ? s'étonna l'homme.

Le vent souffla plus fort. Il dut élever la voix pour se faire entendre.

— Tu sais bien. Celle qui m'a complètement tourneboulée.

— Oh !

Il regarda Jessie d'un air courroucé, sourcils froncés.

Elle le poussa et se pencha vers l'intérieur de la voiture. Alice Frame était assise côté passager, emmitouflée dans un épais manteau de fourrure. Elle leva les yeux vers Jessie d'un air craintif mais irrité.

— J'ai de mauvaises nouvelles pour vous, lui dit Jessie. Au sujet de votre fils.

— Comment pourrait-il y avoir de mauvaises nouvelles le concernant ?

— C'est pourtant vrai.

Elle sentit l'homme la tirer en arrière mais se dégagea.

— Vous feriez mieux de venir, dit-elle à Alice Frame.

— Mon dieu, soupira Alice. Ça ne finira donc jamais.

Elle descendit de voiture.

— Ne l'écoute pas, dit l'homme.

— Donne-moi la main, Jamie, veux-tu ? lui demanda Alice.

Il prit soin d'enfiler un gant de cuir. Ils descendirent la route, guidés par Jessie, jusqu'au dégagement. *Le vent aurait dû souffler dans son dos*, songeait Jessie, *et pourtant elle l'avait à nouveau dans la figure*. Elle préférait penser à cela plutôt qu'à l'épreuve qu'elle allait infliger à Alice Frame. Mais elle devait être sûre.

Jessie ouvrit la portière arrière. Le plafonnier s'alluma. Elle s'écarta et Alice regarda à l'intérieur.

Les expressions qui se succédèrent sur son visage le transforme-

347

raient à jamais. La première montrait qu'elle l'avait reconnu. La deuxième, qu'elle était horrifiée et la troisième, Jessie ne put la définir.

— Qu'y a-t-il? dit l'homme.

Alice tomba à genoux dans la neige.

— Qui est-ce? demanda l'homme en jetant un œil dans la voiture. Il est saoul ou quoi?

Alice se lamentait.

— Il est revenu, il est revenu...

Elle leva les yeux vers Jessie et battit des paupières.

— Il était vivant pendant tout ce temps.

Jessie fit non de la tête en réponse à la première affirmation mais qui valait tout aussi bien pour la seconde. Elle se tourna vers l'homme.

— Avez-vous vu passer une camionnette noire?

— Comment voulez-vous qu'un véhicule passe? La route est bloquée.

— Depuis combien de temps êtes-vous garés là-haut?

— Pourquoi tenez-vous à le savoir?

— Réponds! hurla Alice Frame.

L'homme adopta un ton plus poli sans pour autant répondre à la question de Jessie.

— Pourquoi tenez-vous à le savoir? répéta-t-il.

— Parce que son assassin est au volant de cette camionnette.

Elle regarda Alice.

— Et que ma fille est à l'intérieur. Votre petite-fille.

Alice l'observa à la faible lueur projetée par l'ampoule du plafonnier. Des larmes gelaient sur son visage. Elle ne comprenait pas mais tout un monde de possibles s'ouvrait devant elle. Aucun n'était agréable.

Jessie l'aida à se relever.

— Nous allons avoir besoin de votre aide, dit Jessie à l'homme.

— Pour quoi faire?

— Il est peut-être monté jusqu'au chalet avant votre arrivée.

— Qui? Je ne comprends pas un traître mot de ce que vous dites. Tout ce que je sais, c'est que vous harcelez Alice avec vos questions, puis que vous transportez un... un homme décédé jusqu'ici et que vous vous mettez à nous donner des ordres.

Il marqua une pause et consulta sa montre.

— Je crois que la meilleure solution est d'alerter la police.

— Nous n'avons pas le temps, dit Jessie.

348

Il l'ignora.

— Viens, Alice.

Alice s'essuya le visage du revers de sa manche.

— Allez, viens, répéta-t-il. Bon, Alice, tu sais que ce n'est pas une si bonne idée que ça avec Edmund dans le secteur. Ça pourrait entraîner toutes sortes de...

Il baissa la voix.

— Maggie ne sait pas que je suis en ville, acheva-t-il.

Alice tressaillit mais la douleur repartit aussi vite qu'elle était venue. On ne pouvait plus l'atteindre du tout, cette nuit en tout cas. Elle fit demi-tour et prit le chemin de la colline. Jessie la suivit et l'homme les regarda s'éloigner.

Plus elles grimpaient et plus le vent soufflait fort. Il agitait le sommet des arbres en gémissant. Alice n'ouvrit pas la bouche avant qu'elles arrivent à l'entrée d'un chemin sur leur droite. Elle demanda alors :

— Où était-il ?

— Vous voulez dire...

— Pendant toutes ces années.

— A Venice, en Californie. Il a... Il avait une maison là-bas.

Elles s'engagèrent sur le chemin. Les arbres, serrés les uns contre les autres, étouffaient le bruit du vent. Jessie entendait la respiration d'Alice.

— Qu'est-il arrivé ? demanda-t-elle d'une voix rauque, à peine audible.

— Ils ont conclu un marché à Woodstock. Un marché sordide.

Des lumières brillèrent entre les arbres. Tout à coup, Jessie sentit la main d'Alice serrer très fort son bras.

— Mon mari était-il au courant ? L'a-t-il toujours su ?

Jessie l'ignorait, mais cela lui faisait pressentir les raisons des agissements d'Ivan Zyzmchuk. Elle n'avait pas le temps de s'attarder sur ces considérations. A ce moment précis, après avoir tourné, elles virent la camionnette noire abandonnée dans la neige.

Jessie courut. Elle fit glisser la portière latérale, pressentant qu'il n'y avait personne à l'intérieur. Elle n'eut pas besoin d'examiner l'arrière du véhicule, les emballages de hamburgers, les boîtes de Coca. Les pinces coupantes et les quelques morceaux de fil de cuivre. Un coup d'œil lui suffit et elle s'élança dans la neige en courant. Alice, derrière elle, la héla, mais Jessie n'entendit rien, ne s'arrêta pas. Elle prit conscience d'une ombre, deux peut-être, qui se déplaçait entre les arbres mais elle ne s'arrêta pas. Elle arriva au chalet.

Par l'entrebâillement de la porte, elle sentit la fumée d'un feu de bois et entendit une voix d'homme. Elle ne comprit qu'un seul mot : « Papa. » Elle connaissait cette voix ; celle de Pat Rodney, l'homme qui s'était rebaptisé Bao Dai. Avec raison, peut-être, après avoir découvert la vérité, et ce qu'il avait éprouvé dans les bois : Pat Rodney n'existait plus.

Jessie poussa doucement la porte de quelques centimètres et se faufila à l'intérieur. Elle se retrouva dans un grand hall d'entrée au parquet de pin luisant ; des skis étaient accrochés au mur ; trois marches recouvertes d'un tapis menaient à une porte ouverte. Jessie les gravit.

Dans une vaste pièce ouverte sur trois côtés par des baies vitrées, au tapis persan épais et rouge, un feu mourant brûlait dans l'âtre et éclairait trois personnes : le sénateur Frame, Bao Dai et Kate. Le sénateur tournait le dos à la cheminée, un fusil de chasse dans les mains. Bao Dai tenait Kate devant lui, un bras passé autour de sa poitrine, la pointe d'un couteau contre sa gorge. Jessie fut prise d'une envie de tuer.

Aucun des trois ne l'aperçut. Les yeux de Bao Dai ne quittaient pas le canon du fusil ; et le sénateur Frame regardait fixement Bao Dai.

— Pose ça par terre, dit Bao Dai au sénateur. Tu ne voudrais pas qu'il arrive du mal à ton fiston, dis, papa ?

Les mâchoires du sénateur se crispèrent.

— Je ne suis pas votre « papa ».

— Alors pourquoi vous a-t-on envoyé ma plaque d'identification ?

Les pupilles de Bao Dai étaient devenues si larges que les iris bleus et brillants étaient presque invisibles. Il remua le couteau dans l'attente d'une réponse. En vain. Kate ouvrit la bouche comme pour crier mais aucun son ne sortit de sa gorge.

— Et si l'on parlait de votre mignonne petite-fille ? dit Bao Dai. Je sais que vous ne voudriez pas qu'il lui arrive quelque chose.

Jessie avança doucement dans la pièce, longeant le mur qui se trouvait derrière Bao Dai.

— Je n'ai pas de petite-fille, rétorqua le sénateur. Je ne sais pas ce que vous voulez mais le calibre douze n'a pas de secret pour moi et je n'hésiterai pas à m'en servir.

Il épaula et visa.

— Non ! dit Jessie.

Bao Dai et le sénateur tournèrent vivement la tête vers elle, imités par Kate, ce qui suffit à lui percer la peau contre la lame. Le sang coula le long de son cou. Sa bouche s'ouvrit une fois encore sans émettre un seul son. L'instant d'après, Bao Dai avait reculé jusqu'à la baie la plus proche d'où il pouvait surveiller à la fois le sénateur et Jessie. Un grand sourire barrait son visage. Puis Alice pénétra dans la pièce et son sourire s'élargit encore.

Elle se dirigea vers son mari d'un pas lent mais assuré, comme une somnambule.

— Tu savais tout, dit-elle. Tout.

— Je ne vois pas de quoi tu parles, Alice. Tu es dans ma ligne de tir. Je te signale qu'il y a un dingue dans cette maison.

— Ça, je le sais, dit Alice. Je le sais !

Bao Dai éclata d'un rire aigu et bref.

— Range ce fusil, papa. Il est encore temps de faire ami-ami.

Le sénateur fit un pas de côté et remit en joue. Bao Dai agita le couteau. Jessie vit alors ses tendons frémir sous la peau de son avant-bras musclé.

— Arrêtez !

Elle plongea sur lui.

Avant qu'elle l'ait atteint, quelque chose claqua à l'extérieur. Dans le dos de Bao Dai, la baie vitrée vola en éclats. Il tomba sur le tapis rouge, entraînant Kate dans sa chute. Jessie atterrit sur le plancher, roula sur elle-même et agrippa sa fille.

— Kate. Kate. Tu n'as rien ?

Kate ne répondit pas. Elle avait les yeux grands ouverts, elle respirait et le sang qui la couvrait était celui de Bao Dai.

Un vent glacial souffla dans la pièce ; des flocons de neige tourbillonnaient autour d'eux. Un homme, chaussé de raquettes, en costume de skieur, escalada la baie, un pistolet à la main. C'était M. Mickey. Il se baissa pour déchausser ses raquettes. Puis il traversa la pièce, prit le fusil de chasse des mains du sénateur et le déposa avec précaution sur un canapé.

— Qui êtes-vous ? demanda le sénateur.

— Un ami.

M. Mickey poussa le corps de Bao Dai du bout de sa botte. Ses yeux étaient grands ouverts et la mort leur avait restitué le bleu intense de ceux de sa mère et de sa sœur. Son visage grimaçait toujours. M. Mickey claqua la langue en signe de désapprobation, comme si l'homme allongé par terre s'était mal comporté. Puis il leva les yeux et dit :

— Il y a comme qui dirait un courant d'air. Pourquoi ne pas nous rapprocher du feu ?

— Vous ne m'avez toujours pas dit qui vous êtes, reprit le sénateur.

Le regard d'Alice se posa sur son mari, puis sur M. Mickey ; un regard ahuri, effrayé : celui d'un rêveur basculant d'un cauchemar dans un autre.

M. Mickey garda le silence.

— Rendez-moi mon fusil, dit le sénateur.

— Je comprends, répondit M. Mickey. Mais il s'agirait de ce que votre peuple appelle une mauvaise appréhension de la situation. Excellente expression qui renferme si bien l'essence de votre civilisation.

M. Mickey marqua une pause et jeta un coup d'œil à la pièce.

— Si, du moins, vous étiez seul en cause, reprit-il. Mais votre épouse en sait trop. Et cette femme...

Il désigna Jessie de son pistolet.

— ... Cette femme en sait dix fois trop.

— Je ne comprends pas, dit le sénateur.

Le visage digne des monts Rushmore se couvrait de sueur.

— Est-il besoin de vous rappeler que je suis sénateur des États-Unis ?

— Mais rien de tout cela ne se produirait si vous ne l'étiez pas, rétorqua M. Mickey. Et si cela ne signifiait pas autant pour vous.

— Vous n'êtes pas très clair.

— Ah non ? Savez-vous quel est votre nom de code à Moscou ?

A nouveau, M. Mickey jeta un coup d'œil circulaire dans la pièce, pour être certain que tout le monde était attentif à ses propos.

— « Robinet ».

Il se permit de sourire à cette pointe d'humour.

Le sénateur imagina peut-être que M. Mickey ne pouvait à la fois sourire et être sur ses gardes ; ou savait-il ce qui allait suivre ; ou n'apprécia-t-il pas son nom de code. Toujours est-il qu'il esquissa un geste vers le canapé, maladroit et lent. M. Mickey eut tout le loisir de viser.

Ce fut cet instant que choisit Jessie pour prendre Kate dans ses bras et s'élancer hors de la pièce.

Courir.

Descendre les trois marches. Traverser le hall. Elle vit un homme

352

posté à l'extérieur, dans la tempête. Ou plutôt elle aperçut, non pas un homme, mais des raquettes, des jambes, des ombres. Elle fit volte-face, traversa en un éclair la cuisine où une dinde attendait de passer au four, gravit un escalier. Elle entendit claquer un coup de feu, et Alice gémir : « Non ! » Puis une autre détonation.

Jessie atteignit le deuxième étage du chalet, parcourut un long couloir et entra dans une pièce située à son extrémité. Elle sentait les petites mains de Kate qui s'accrochaient à elle.

— Oh, maman, tu as mis si longtemps.

— Je sais, ma chérie, mais tout va aller bien maintenant.

Des pas lourds résonnèrent dans l'escalier. Jessie regarda autour d'elle, affolée. Il n'y avait pas d'autre porte, aucune issue. Elle alla à la fenêtre et actionna le mécanisme d'ouverture. C'était une double fenêtre et elle ne savait pas l'ouvrir. Les pas se rapprochaient dans le couloir. Elle s'empara d'une chaise et la lança à travers la vitre. La tempête surgit en hurlant dans la pièce. Jessie reprit Kate dans ses bras. M. Mickey s'encadra dans l'embrasure de la porte, pistolet au poing. Il la visa à la tête en disant :

— Trop tard !

Sans doute à cause de la tempête, il n'entendit pas Alice Frame derrière lui. Du sang coulait de sa bouche. Elle trébucha en agrippant son bras pour saisir l'arme. M. Mickey redressa son revolver d'un mouvement du poignet mais Alice ne le lâcha pas. Un instant, son regard croisa celui de Jessie.

— Sautez !

Un coup de feu claqua. Alice s'effondra sur le sol. M. Mickey dégagea son pistolet et se retourna.

Jessie sauta dans la nuit.

La chute ne fut pas longue, à peine plus longue que le plongeon à Malibu. Mais, en bas, il n'y avait pas d'eau et elle tenait Kate dans ses bras. Elles tournoyèrent lentement. Jessie tendit une main pour amortir sa chute et, de l'autre, elle tint Kate aussi fort qu'elle le put. Elle se retrouva couchée sur le dos, souffle coupé, dans la neige.

— Kate ? Kate ?

— Ça va, maman, dit une voix contre sa poitrine. Et toi ?

— Oui.

Jessie se redressa. Une douleur parcourut son avant-bras. Elle glissa ses jambes sous elle et se releva d'une poussée. Puis, soutenant Kate de son bras valide, elle s'éloigna de quelques pas. Elle eut bientôt de la neige jusqu'à la taille et tomba sur son côté blessé. Elle se mordit les lèvres pour ne pas crier. Un coup de feu partit d'en haut, presque inaudible à cause du vent. Elle dégagea une jambe, retomba, s'enfonça encore.

Elle était derrière la maison. Les monts Blackstone se dressaient devant elle, sombres et immenses dans la neige battue par le vent. Elle atteignit le couvert des arbres.

— Accroche-toi à mon cou, ma chérie.

Deux mains glacées se posèrent sur son cou. Ainsi son bras valide était libre. Elle s'en servit pour avancer entre les arbres, pas à pas, s'enfonçant dans la neige, tombant, se relevant. Mais les mains de Kate glissaient ; elle grelottait. Elle ne portait pas de manteau. Jessie essaya d'ôter sa veste en daim et d'en envelopper Kate mais son bras blessé l'en empêcha.

Elle poursuivit sa progression difficile. Lorsque Kate répéta qu'elle avait froid, sa voix était si rauque que Jessie put à peine la comprendre. Elle-même n'eut pas la force de répondre. Elle continua de marcher. Ses vêtements se durcissaient au fur et à mesure que sa sueur gelait.

Kate cessa de claquer des dents. Son corps s'alourdit. Il n'y avait d'autres bruits que le souffle hargneux du vent et les efforts désespérés de Jessie. Elle crut entendre la plainte d'un moteur, mais cela s'éteignit. Et elle reprit sa marche.

Un cliquetis ténu se fit entendre derrière elle. Elle se retourna mais ne distingua que les lumières du chalet, loin, en contrebas.

Le bruit persista, devint plus distinct. Jessie se retourna une nouvelle fois. A présent, elle voyait l'ombre d'un homme derrière le rideau de neige, avançant sans difficulté. Le cliquetis provenait de ses raquettes.

Jessie reprit sa marche. *Clic. Clic.* Avancer. S'enfoncer. *Clic. Clic.* Avancer. S'enfoncer. *Clic. Clic.* De plus en plus proche. Puis elle entendit la respiration d'un coureur de fond.

Elle avançait, s'enfonçait dans la neige, repartait. Bientôt une main se posa sur son dos, la courba jusqu'à la faire tomber sur Kate, qui se débattit avec frénésie. Jessie, mobilisant ses dernières forces, roula sur le côté et regarda M. Mickey au-dessus d'elle. Ses yeux étaient inexpressifs ; il avait juste un travail à accomplir. Le contraire de Bao Dai : pour lui, le meurtre ne s'encombrait pas de considérations morales — ni damnation ni rédemption.

M. Mickey ne se pressait pas de sortir son arme. De son énorme main, il empoigna Jessie et lui enfonça la tête dans la neige.

Elle essaya de se dégager, de mordre, de crier, sans succès.

Alors un ours blanc se dressa derrière M. Mickey. Il éleva ses

354

grosses pattes et les abattit sur le crâne de M. Mickey qui s'effondra sur Jessie.

Des sirènes retentirent. Jessie fut débarrassée de M. Mickey tandis que l'ours, penché sur elle, l'observait, avec un air chagriné.

De nouveaux cliquetis. L'ours leva la tête vers M. Mickey à quatre pattes, la tête ballottante, et aperçut un autre homme qui surgissait sur des raquettes. Son visage était masqué par des lunettes de ski et il tenait une arme.

M. Mickey grimaça un sourire.

Un coup partit.

M. Mickey s'affala dans la neige. Mort.

— Je l'ai eu, Zyz, dit l'homme aux lunettes de ski.

— Keith ? dit l'ours.

— A la rescousse, oui !

Les sirènes mugissaient.

L'ours souleva Jessie, puis Kate et commença de descendre le long de la pente.

— Je peux marcher, tu sais, dit Jessie.

— Je te crois sur parole, dit l'ours.

Il ne la lâcha pas.

Ils étaient presque arrivés quand Jessie chuchota un secret à l'oreille de l'ours :

— Le présentateur de la télé : c'est George Will.

CHAPITRE 42

— Tu te rends compte, Zyz, un rond-de-cuir comme moi qui sauve un dur à cuire comme toi! s'exclama Keith.

Matinée du Thanksgiving. Le vent était tombé, la neige recouvrait tout. L'univers était d'un bleu aveuglant et d'un blanc éblouissant. En faire partie — là, sur les monts Blackstone, à regarder les infirmiers sortir les corps du sénateur, de sa femme, du major Tsarenko et de Pat Rodney pour les transporter dans l'ambulance — blessait les yeux de Zyzmchuk.

— Tu as beaucoup d'imagination, Keith, dit-il.

Keith éclata de rire. Ses joues luisaient dans l'air froid comme des pommes astiquées.

— Plus fertile que la mienne, en tout cas, reprit Zyzmchuk. Parfois, j'ai du mal à imaginer les choses.

— C'est à cause de tes origines slaves, Zyz, soit dit sans vouloir te vexer.

Zyzmchuk sourit.

— Ça doit être ça. Une espèce de blocage sociogénétique. Il y a certaines choses que je ne peux tout simplement pas concevoir.

— Quoi, par exemple?

— La cave à vin de ton père.

Le sourire de Keith se figea.

— Que veux-tu dire?

Trois policiers sortirent du chalet, portant le tapis rouge roulé sur leurs épaules.

— Qu'est-ce qu'il y conservait?

Keith se détendit.

— Elle était plutôt modeste, en réalité. Du bourgogne, surtout, si je me souviens bien. Il y a si longtemps.

— Et ta mère, elle aimait le vin?

— Ma mère?

Zyzmchuk fit un signe d'assentiment.

— Oui, est-ce qu'elle aimait boire un petit coup, de temps à autre ?

— Quelquefois, je suppose.

— Quand elle rentrait après avoir récuré les sols chez Erica McTaggart, par exemple ?

Keith regarda Zyzmchuk droit dans les yeux. L'éclat de la neige lui faisait cligner les paupières, réduisait ses pupilles à deux fentes.

— Que veux-tu dire exactement, Zyz ?

Zyzmchuk regardait fixement un point sur la montagne blanche.

— Tu portes ta montre ? demanda-t-il. Ta Rolex en or ?

Keith fronça les sourcils.

— Oui.

— Quelle heure est-il ?

Keith retroussa la manche de son manteau.

— Huit heures vingt.

— Belle montre, dit Zyzmchuk. Ta mère l'a vue ?

— Elle est morte il y a des années.

— Je sais. J'ai vu une photo d'elle l'autre jour. Je crois que cette montre l'aurait impressionnée.

— Pourquoi dis-tu cela, Zyz ?

— Parce qu'elle était pauvre.

— Pas vraiment. Elle appartient à la classe moyenne.

— Les gens de la classe moyenne ne frottent pas les sols pour gagner leur vie. Tu étais pauvre, Keith. Tu n'avais pas de père et ta mère faisait le ménage chez les McTaggart. A présent, tu possèdes une montre en or, une Jaguar rouge et une villa à Malibu. Tu as fait pas mal de chemin.

Keith fronça les sourcils.

— Je n'ai pas de villa à Malibu, Zyz.

— Mais si. Un bon petit placement. Pas à ton nom, c'est tout. Tu connais Fairweather ? Cet après-midi, il s'envolera pour Panama se procurer tous les détails. Ça l'excite beaucoup.

Un hélicoptère de la police contourna la montagne et plongea vers le chalet.

— Tu as gagné gros, d'accord, reprit Zyzmchuk, mais ça devait être dur d'être un pauvre étudiant boursier, par ici, à Morgantown. Avec tous ces gosses de riches. Comme Hartley Frame.

Keith le regarda longuement, puis ses yeux se mouillèrent et sa voix se cassa un peu :

— C'était dur, Ivan. Ça paraît bête à présent, peut-être, mais ça a été dur. Je voulais tellement... faire partie du lot. Je suppose que j'ai un peu embelli certaines choses, de temps à autre.

— C'est compréhensible. En fait, il n'y a qu'un point que je ne comprends pas.

— Lequel ?

— Pourquoi Frame t'a-t-il viré l'été où tu as travaillé à Washington ?

— Je ne te suis pas, Zyz. Primo, j'y ai travaillé tous les étés et secundo, il ne m'a jamais viré. Je suis parti de mon propre gré il y a juste deux ans, lorsque j'ai rejoint ton service.

Zyzmchuk secoua la tête

— Tu n'y as travaillé qu'un seul été, Keith. Et on t'a viré. Que s'est-il passé ? Ça ne pouvait pas être bien grave, sinon il ne t'aurait pas repris ensuite, n'est-ce pas ? C'était à cause de tes cheveux longs ?

Keith se tut quelques instants. Un chasse-neige remontait lentement le chemin, précédé d'un rideau de poudreuse. Keith soupira.

— J'ai eu une aventure, très très courte, avec Alice. C'est elle qui l'a voulu. Ça ne signifiait rien mais Frame l'a découvert.

— Ça va être dur à vérifier, dit Zyzmchuk, vu les circonstances.

Keith haussa les épaules.

— Il t'a donc viré ?

— Oui.

— Et par la suite il t'a réengagé ?

— Oui.

— Il avait donc oublié et pardonné ?

— Je le suppose.

— Quand t'a-t-il repris avec lui ?

— Environ un an après mon diplôme.

— A peu près à l'époque où la Croix-Rouge a visité le camp de prisonniers et déclaré que Hartley Frame était mort ?

Keith regarda autour de lui. Pas Zyzmchuk. Il savait déjà ce qu'il y avait à voir : la montagne d'un côté, la police de l'autre.

— Je ne me souviens pas de la date exacte.

— Non ? Et Woodstock, tu t'en souviens ?

— Woodstock ?

— Le festival. Quand Hartley et Pat ont passé leur petit marché dans les bois ?

— Je ne vois pas de quoi tu parles, Zyz.

— Tu y étais. C'était justement le genre de truc entre un riche et un pauvre que tu comprends si bien. Pat s'est fait passer pour

Hartley aux trois jours en échange de la Corvette bleue. Celle dont tu t'es débarrassée dans l'étang. Juste sur la BMW que Pat Rodney y avait balancée.

Pas étonnant, songea Zyzmchuk. Les gens du pays connaissent les meilleurs endroits pour se débarrasser des choses encombrantes, et tous les deux étaient de ce pays. Leurs mères avaient travaillé ensemble à l'usine ; les fils avaient commencé ensemble au bas de l'échelle et l'un s'était servi de l'autre pour se hisser au sommet.

— Sans doute espéraient-ils tous les deux que Pat Rodney se ferait réformer, poursuivit Zyzmchuk. Ou Pat le pensait, ou bien s'en moquait. Peut-être estimait-il qu'aller au Viêt-nam valait bien une voiture. Ou alors n'était-il qu'un gosse stupide. En tout cas il n'a pas été réformé. Dans le dossier, ses empreintes digitales ont passé pour celles de Hartley Frame. Il est parti au Viêt-nam sous le nom de Hartley, a été fait prisonnier. Pendant ce temps, Hartley s'est rendu en Californie sous le nom de Pat. Puis la Croix-Rouge a visité le camp de prisonniers et a rassemblé assez de preuves pour déclarer que Hartley était mort. Le tour de passe-passe devenait un fait accompli. Bien sûr, c'était malin de garder Pat Rodney vivant. On aurait pu l'utiliser plus tard comme objet de propagande, au cas où le sénateur se serait présenté aux élections présidentielles, disons. En attendant, tous ceux qui étaient au courant ont essayé d'en profiter. Doreen Rodney en faisant chanter Hartley ; Disco en essayant maladroitement d'entrer en contact avec le sénateur. Il est venu ici, n'est-ce pas ?

— Tu dois être très fatigué, Zyz. Tout cela n'a pas de sens.

— Ah non ? Tu ne te souviens pas d'avoir intercepté Disco et de l'avoir emmené faire un petit tour ?

Keith regarda de nouveau autour de lui. Les policiers n'avaient pas bougé.

— Mais c'était du menu fretin comparé à toi, reprit Zyzmchuk. C'est par toi que tout est arrivé. J'ai vérifié les dossiers de l'armée. C'est mal organisé, il m'a fallu du temps pour les trouver.

Keith se mordit les lèvres.

— Le côté drôle de l'histoire, c'est que toute la section de Hartley aurait pu être facilement exterminée, or les Nord-Vietnamiens se contentèrent de prendre un seul prisonnier. N'est-ce pas étrange ?

— Étrange ?

— Oui. Un peu comme si c'était un coup monté ; comme si, depuis le début, ils savaient qui était leur prisonnier.

— Ce sont des paroles en l'air, Zyz. Je ne te suis pas du tout.

— Mais si. Quand Pat Rodney est parti pour le Viêt-nam, quelqu'un — à l'imagination fertile — s'est rendu à l'ambassade d'URSS et a dévoilé le marché conclu à Woodstock. Oh, je voulais te demander une chose. Tu as mentionné que tu as passé ta première année d'études à l'étranger. Où ?

— Je faisais des études artistiques.

— Mais où es-tu allé ?

— Dans différents musées. Aux Offices, à la Tate Gallery, au Louvre.

— A l'Hermitage aussi ?

— Oui.

— Ça a dû être une année très agréable. Rencontrer des gens, voir toutes sortes de choses. Il faudra qu'on en parle, un de ces jours. Bref, un type imaginatif se rend à l'ambassade d'URSS et raconte le marché de Woodstock. Il leur vend le renseignement, j'en suis sûr, mais cela restera difficile à prouver. Les Russes apprécient l'imagination, aussi décident-ils que ce type pourrait leur être utile. Ils le renvoient auprès du sénateur. Il informe le sénateur du tour de passe-passe et lui explique comment sa carrière va se terminer à moins qu'il ne coopère. Mais peut-être que le sénateur n'a jamais su que les Russes étaient impliqués dans l'histoire, ou a-t-il refusé de le savoir. C'était ça, Keith ?

Keith resta muet.

— Ce qui me plaît, reprit Zyzmchuk, c'est que tu le téléguidais. Pendant un moment, j'ai pensé que c'était le contraire. Ça m'a troublé. Tu valais mieux que je ne le pensais. Pas un simple rond-de-cuir, Keith. Un vrai pro. Ça va prendre des années pour évaluer tout ce que les Russes ont obtenu, si on y arrive — et eux aussi.

Une voiture de police remontait la colline derrière le chasse-neige et se gara devant le chalet. Grace en descendit et se dirigea vers eux, un panier à provisions à la main.

— Mais le major Tsarenko te téléguidait. Tu as dû passer une sale journée quand il t'a annoncé que Pat Rodney s'était évanoui dans la nature.

Keith fronça les sourcils.

— Tu fais allusion au Russe, Zyz ? Celui que j'ai empêché de te tuer la nuit dernière ?

— Oui, ce qui m'a prouvé à quel point tu étais pro, dit Zyzmchuk. Mais le timing était un petit peu décalé. Pas de ta faute, mais le major n'était plus qu'un pion quand tu l'as tué. Bien sûr, c'est moi que tu voulais descendre mais tu as compris que c'était trop tard en entendant les sirènes de police. Tu as donc supprimé ton patron pour lui éviter de tomber aux mains de ceux qui auraient été trop curieux.

— Tout ça, c'est de la théorie, Zyz. Totalement improuvable.

— Il y a un témoin.

— Qui ?

— Elle t'a vu devant la maison de Los Angeles. Tu n'as pas réussi à intercepter Pat Rodney là-bas, n'est-ce pas ? Le vrai Pat Rodney, j'entends. Manque de pot. Ça signifiait traiter avec Jessie Shapiro.

Keith ne répondit pas.

— Elle t'a revu dans cette grange du Vermont. Elle m'a dit que tu ressemblais à un journaliste de la télé ; elle ne se rappelait pas lequel. Je ne crois pas qu'elle regarde beaucoup la télévision. Mais ça lui est finalement revenu : George Will.

— C'est une plaisanterie, Zyz ? Je me suis trouvé en sa présence plusieurs fois et je puis t'assurer que je ne lui ressemble pas du tout.

— J'ai toujours pensé le contraire, Keith. Et le jury pensera de même.

Grace les rejoignit. Elle ne regarda pas Keith.

— Je suis allée dans cette villa, comme vous me l'avez demandé, monsieur Z, et j'ai trouvé ça.

Elle ouvrit son panier. A l'intérieur se trouvaient une perruque grise, une robe à pois et une paire de lunettes de soleil.

— Du Rôle du Déguisement dans la Matrice des Services Secrets Modernes.

— Vous n'aviez pas le droit d'entrer chez moi, dit Keith.

Grace ne répondit pas. Il se tourna vers Zyzmchuk.

— Dahlin te flanquera à la porte dès que je lui en parlerai.

— Dahlin a été viré il y a une heure, dit Zyzmchuk. Tu aurais dû t'enfuir à toutes jambes hier soir, Keith. Tu aurais pu prendre un avion de l'Aeroflot à Montréal.

— Je ne crois pas, vu l'état des routes.

— C'est probable.

Ils échangèrent un regard.

— Je ferai tout mon possible pour toi, Keith, si tu me dis où je peux trouver le Picasso.

— Quel Picasso ?

— Celui de la Période Rose. Alice Frame a déclaré qu'il avait été volé il y a une dizaine d'années et je suis sûr qu'elle le croyait. Le sénateur et toi aviez une autre opinion. J'aimerais bien que sa petite-fille le récupère.

Keith ne répondit pas.

Zyzmchuk prit Grace par le bras, fit mine de s'éloigner mais s'arrêta.

— Quel rôle jouais-tu dans *Le Vent dans les saules* ?

Nouveau silence — qui s'éternisa. Puis un très léger sourire anima le visage de Keith.

— Celui de Ratty, le rat. La critique avait été bonne, si je me souviens bien, même s'il s'agissait du journal des étudiants.

Zyzmchuk entraîna Grace. Les policiers se dirigèrent vers Keith.

— Un certain lieutenant DeMarco a téléphoné de Los Angeles, dit Grace. Il a laissé son numéro.

— Jetez-le.

Zyzmchuk prit congé de Grace et monta dans sa Blazer.

Il rejoignit la route 7. Le chasse-neige n'était pas passé. Il hésita. Obliquer vers le sud, c'était se diriger vers Washington ; vers le nord, retourner en ville. Zyzmchuk demeura immobile dans cet univers bleu et blanc aveuglant. *Je suis trop vieux*, songea-t-il, *je ne connais rien au rôle de père ; ça ne reposait sur rien de sérieux, c'était seulement parce qu'elle était en danger.*

Tout en ruminant ces pensées, il tourna vers le nord. Il pouvait quand même dire au revoir.

Il se gara devant *La Demeure 1826*. Les chambres 19 et 20 étaient sous scellés. Un policier se tenait en faction devant la porte numéro 1. Il s'écarta pour le laisser passer.

Ivan Zyzmchuk entra. Il faisait bon à l'intérieur, un feu crépitait. Jessie Shapiro dormait sur le lit, son bras cassé dans le plâtre, l'autre autour de sa fille assoupie. Leurs cheveux bruns, bouclés, se mêlaient sur l'oreiller.

Zyzmchuk referma la porte. *Je suis trop vieux*, songea-t-il, *je ne connais rien au rôle de père ; c'était seulement parce qu'elle était en danger.* Mais il avait envie de se reposer, ne serait-ce qu'un moment. Quel mal y avait-il ? Il ne s'endormirait pas, il s'étendrait juste un petit moment, sans déranger personne, partirait avec le premier chasse-neige et quitterait la ville sur ses traces.

Il s'étendit sur le lit.

Peu après, le chasse-neige cahota devant *La Demeure 1826*. Dans la chambre numéro 1, Ivan Zyzmchuk dormait profondément, un bras passé autour des épaules de Jessie et de sa petite fille.

*Cet ouvrage a été composé
par l'Imprimerie BUSSIÈRE
et imprimé sur presse CAMERON
dans les ateliers de la S.E.P.C.
à Saint-Amand-Montrond (Cher)
en janvier 1991*

Nᵒ d'édition : 2636. Nᵒ d'impression : 3684-2706.
Dépôt légal : février 1991.

Imprimé en France